读客®

读客外国小说文库

激发个人成长

上帝鸟

【美】詹姆斯·麦克布莱德 著

郭雯 译

James McBride
The Good Lord Bird

文匯出版社

献给妈妈和杰德，他们热爱一切叫作whopper的东西，包括汉堡王和吵吵先生。

目 录

第三部　史诗（弗吉尼亚州）

致　谢

序言

罕见黑人历史资料重见天日

A. J. 华特森

（美联社）特拉华州威明顿市1966年6月14日报道：一场大火烧毁了该城最古老的黑人教堂，却让一份内容离奇的黑奴记载资料得以重见天日，该资料精彩地描写了一段鲜为人知的美国历史。

位于阿比西尼亚第四大街和贝恩桥大街路口的第一联合黑人浸礼会教堂昨夜遭大火焚毁。消防部门称责任归咎于教堂工作人员使用的瓦斯暖气。火灾没有人员伤亡，然而在火灾余烬中发现的几个焦黑的笔记本（它们的主人是一位近期过世的教堂执事）却引起了全国学术界的兴趣。

查尔斯·D.希金斯，于去年五月去世，自1921年以来，他一直为该教堂信众。希金斯是一位厨师，也是一位业余历史学家，他为另一位年迈的联合浸礼会教徒"洋葱头"亨利·沙克尔福德记录口述，后者据称是1859年美国著名在逃犯约翰·布朗洗劫哈珀斯费里事件的唯一一名黑人幸存者。布朗是一名白人废奴者，他企图占领全国最大的军火库，并以此展开反蓄奴战争。这次失败的洗劫事件导致一场全国性的恐慌，并直接促成美国内战的开端。布朗被处以绞刑，十九名同案犯也在事件中丧命，其中包括四名黑人。

时至今日，人们没有发现过也不知道曾经存在过关于布朗及其同党的完整记载。

这份记载放在一个防火的金属盒内，藏在教堂祭坛后执事座椅下面的地板底下，希金斯在这个祭坛恪尽职守地主持教会仪式长达四十三年。盒子里还有一个信封，内有联邦时期发行的十二美元货币，一根象牙色嘴啄木鸟——一种几近灭绝的鸟类——身上的罕见羽毛，还有一封来自希金斯刚去世的妻子所写的便条："如果我还能再见到你，我要把你这碎嘴的、吵死人的浑蛋撵出我该死的大门。"

希金斯无子嗣。他为宾州切斯福德的阿琳·伊莱斯做了二十九年厨子。他是第一联合浸礼会最年长的成员，被教众们亲切地称呼为"吵吵先生"和"奇葩老执事"。他去世时，人们不能确定他的确切年龄，据教众们猜测可能接近百岁。他也是本地议会会议的一大奇观，经常身着内战时期的华丽衣服出席会议，并呼吁市议会将"度庞大街"更名为"约翰·布朗大街"。

希金斯先生在这些装订得整整齐齐的笔记本中写道，他在1942年进行过一系列访谈，并收集了沙克尔福德先生一生的点滴小事。根据希金斯先生所说，他与沙克尔福德先生相识，缘于两人于20世纪40年代初在第一浸礼会教堂同时担任主日学校教师，直到1947年沙克尔福德被撵走，起因被希金斯描述为"涎皮赖脸，瞎碰一个名字叫蜜桃的小鬼……"

根据希金斯先生的文字，在此事件之前教众们显然以为沙克尔福德先生是女人。根据希金斯先生的说法，他显然是个身材矮小的男人，"长着姑娘似的身量，一头卷发……还有一颗恶棍的心"。

希金斯先生说，记载这段生平的时候，沙克尔福德先生的年龄是一百零三岁，但他又写道："也许不止这个岁数。洋葱头比我年长至少三十岁。"

虽然沙克尔福德先生的名字出现在逃过大火的1942年的教会登记册上，但现有教众都不够年长，不足以记得此人。

教众们宣布，计划将沙克尔福德先生的生平记录交给一位黑人历史专家进行甄别，稍后将会把这些笔记付梓出版，所获收入将为教堂购买一辆厢式汽车。

第一部

解放契约

（堪萨斯州）

1

与上帝相会

我打娘胎里出来时是个黑小子，各位务必要记牢。可我却当了十七年黑娘们儿。

我爹是纯种黑鬼，老家在堪萨斯地界的奥萨沃托米市，紧挨着司各特堡往北去的劳伦斯城边儿。虽说我爹是个剃头师傅，可心思却一天也没放在这营生上，净惦记着谈经布道了。爹还瞧不上寻常教堂，那种地方逢着礼拜三晚上除了宾果游戏之外啥也不让干，娘们儿三个一群、五个一伙儿地凑在一起剪纸娃娃。我爹在"荷兰佬儿亨利酒馆"里给人剃头，一次摆弄一个脑袋，绝对不分心。从堪萨斯再往南去，顺着考瓦河有一条加利福尼亚小径，酒馆恰好卡在小径的某个十字路口上。

我爹的主顾大都是穷苦人，出老千的、贩黑奴的，还有顺着堪萨斯小径一路溜达到这地界儿的醉汉。甭管横看竖看，老爹怎么看也算不上个大块头儿，衣服倒是都往大里穿。他特别爱顶个高礼帽，老把裤脚吊在脚脖子上，衬衫要立领儿，皮靴要高跟儿。这套行头多半是捡来的垃圾，再不就是从横尸草原的白人身上扒下来的，这些死鬼要么是得了水肿病，再不就是打架斗殴丢了小命。爹衬衫上的弹孔足有两毛五分钱硬币大。头上的帽子整整比脑袋瘦两圈儿。裤腿是从两条裤子上分别剪下来的，颜色还不一样，在屁股缝那块融为一体。头发硬得划得着火柴。女人家看见他唯恐避之不及，连我妈也是，我一降生，她就永远地闭上了眼。人家说她是个低眉顺眼的棕皮肤女人，黑白混血种。"这世上，只有你妈明白男人的心思，她能琢磨出我的天机。"爹吹嘘，"我这人哪，能耐多着呢。"

甭管什么能耐，全叠在一块儿也不够高，爹把最好的衣裳全招呼在身上，再蹬双皮靴，扣上八厘米高的礼帽，满打满算也只有一米四，更别说里面还有一大截子是空的。

爹个子不大，嗓门儿倒不小。没有哪个白人能拼得过我爹那高嗓门儿，你一个也找不到。他那声音又高又尖。我爹一开口，活像嗓子眼儿里塞了一把小口琴似的，砰砰砰！咣咣咣！您可别不当回事儿，跟他说话你得留着神，我爹一边儿给你刮着脸，一边儿从嘴里往外喷射唾沫星子，再加上那一嘴臭气，你的心思得分成三份才够用。那股味儿就跟猪肠拌上锯末子差不多，老爹在屠宰场干过好几年，大部分黑人一见他就都躲得老远。

白人倒是挺待见他的。我常看见爹夜里灌足了酒，蹦到荷兰佬儿亨利酒馆的台子上，一把剪子虎虎生风，乌烟瘴气之中，那破锣嗓子听着分外刺耳："主正降临到我们身边！他要扒光你的牙齿，拽光你的头发！"说罢这话，爹一扭身，滚到一群密苏里流氓堆里。这群已成烂泥的醉鬼专干下流事，绝对让你大开眼界。这伙白人暴徒动不动就把他打倒在地，踹得他满地找牙，可他们倒不恨我爹打着圣灵的旗号往他们身上撞——就算他是被一股龙卷风卷进屋子的也一样。那个年月里，那片草原上，抛洒圣血的救世神绝对是一位大救星，而这帮闯荡西部的白人天天都在找救命稻草。多数人早已心灰意冷，他们一路西行而来，觉着自己的遭遇跟人家传说的全然不一样，因此只要是能让他们跳出被窝杀光印第安人，只要是能让他们不给疟疾折磨死、不给响尾蛇咬死的法子，他们都愿意试一试。爹在堪萨斯地界酿的上等烧酒也是一桩护身法宝——虽说老爹满口《圣经》语录，却并不反对尝上一两口——两三口更好——那些挎着枪的亡命徒拽掉他的头发，把他揍得动弹不得，转眼却又拉他起来，说："咱们喝两口。"这伙人从晌午就开始东游西逛，嘴里吵吵个不停，还咂吧着爹鼓捣出来的够劲儿酒。爹对自己与白人的交情颇为得意，据他说，这都仗着《圣经》。"小子，"他说，"一定得记住《哈西结书》，第十二章第十七节：'将这杯子拿给那口渴的邻居，亚哈上尉，让他喝掉他的酒。'"

后来我长大成人，再后来，再再后来，我总算才知道《圣经》里根本没有《哈西结书》这一章，也没有什么亚哈上尉。实际上，爹根本不认字，他嘴里那一套一套的《圣经》全是白人说给他听的。

眼下城里谣言四起，说要吊死我爹，罪名是"圣灵附体"，他们还说，他跟这批最先闯荡西部的亡命徒调情，在荷兰佬儿亨利酒馆里歇脚打盹儿、端茶送水的这帮人里干什么的都有——投机贩子、放兽夹的、半大小子、行脚商、摩门教徒，甚至还有白种娘们儿。这些可怜的定居者们光操心从木板地里蹿出的响尾蛇和爱走火的后膛炮就够头疼了，还得时刻担心烟囱装得不对劲把自己呛死，至于哪个黑鬼打着"戴王冠的伟大救赎者"的幌子在他们中间混得起劲儿，他们才懒得管呢。说真的，到了1856年我十岁的时候，镇子里头已经公开嚷嚷着要把我老爹的脑浆子揍出来。

那年春天，有个外乡人顺手代劳了，可我琢磨着，就算没这件事，他们早晚也得亲自动手。

荷兰佬儿亨利的小店不偏不倚，正好坐落在密苏里州地界旁。它相当于邮政局，能打官司，能传闲话，也管保叫你喝个痛快，附近混日子的密苏里叛军在里头玩牌、吹牛、嫖妓女，这些人越过堪萨斯边境，满嘴跑火车，成天咋咋呼呼说什么黑人要占领全世界啦，白人的宪法权利已经给北方佬儿扔到茅房里去啦。我才懒得听他们胡说八道，只想趁着爹给他们剃头刮脸的工夫，混在里头去给他们擦皮鞋，光是顾着往我那小嗓子眼儿里塞玉米饼灌麦芽酒就够我忙的了。可是刚一开春，荷兰佬儿亨利的酒馆却传起一个大恶人的故事，那是个白人，大伙儿管他叫约翰·布朗老头儿，这家伙从东边儿的一道穷山沟里来，领着"波特瓦特米枪队"的几个小子来我们堪萨斯地界寻事。听人家说，约翰·布朗老头儿带着几个杀人不眨眼的儿子，打算把大草原上的男女老幼杀得一个不留。约翰·布朗老头儿是盗马贼。约翰·布朗老头儿放火烧人家的农场。约翰·布朗老头儿糟蹋女人，还砍人家脑袋。约翰·布朗老头儿干了这件坏事，干了那件坏事，老天爷呀，他居然干了那么多坏事情，人家对他一忍再忍，现如今已经是忍无可忍。约翰·布朗老头儿这个王八蛋的所作所为简直到了恶贯满盈、猪狗不如的地步，让你大开眼界，我认识的白人都是多么善良呀，他可把人家欺负到家了，而且天知道他还打着什么坏主意呢。老天爷，我暗下决心，哪天冤家路窄，我非得亲手要了他狗命不可。

结果呢，我前脚放了狠话，紧跟着就有个破衣烂衫的爱尔兰老头儿一脑袋撞进荷兰佬儿亨利的酒馆，一屁股坐在爹的剃头凳子上。那副模样没啥特别的。堪萨斯州地界上这种人足有上百，他们到处转悠，寻思哪里可以搭便车到西部去，或者找个放牛的活计。眼前的老流氓一点儿都不显眼。这驼背的小老头儿瘦得皮包骨头，初来乍到，浑身牛粪味儿，一紧张就直抽抽的下巴上长着参差不齐的胡须。他的嘴边、眼角布满褶子，要是能拢到一块儿，快赶上一条运河了。两片薄嘴唇往后绷着，一副苦相。他身上的外套、马甲、长裤、领结都好像被耗子啃得体无完肤了似的，脚上的靴子也惨不忍睹。他的脚指头全往脚尖上挤。那副潦倒不堪的模样，就算在大草原上也真是让人看不过去，但他是个白人，因此他一屁股坐在爹的椅子上要剃头刮脸的时候，爹还是往他身上套了件围裙，干起了活儿。跟平常一样，爹照顾他的脑袋，我料理他脚底下的皮鞋，这哪还是鞋呀，露在外面的脚指头比皮子还多。

过了几分钟，爱尔兰人斜眼看看四下里无人，轻声对爹说："你可信《圣经》？"

哎，一提到上帝我爹就跟吃错了药似的，这下子他可坐不住啦。"哎哟，老爷，可不是嘛。《圣经》上的诗文我全都会哪。"

那糟老头子笑了笑。说不上是真笑还是假笑，因为他老板着脸，根本不会笑。但是他的嘴唇好像咧了咧。谈起上帝他显得挺高兴，这也不出奇，因为他全仗着上帝的荣耀才四处奔波，还因为他本人正是杀人狂魔约翰·布朗，堪萨斯地界的第一号流氓，大模大样地坐在荷兰佬儿的小酒馆里，脑袋值一千五百美元悬赏，堪萨斯州境内半数居民要跟他打官司。

"棒极了。"他说，"跟我说说，你最喜欢《圣经》的哪一章？"

"哦，我全喜欢。"爹说，"但是我最喜欢《哈西结书》《啊哈帛书》《特劳特书》，还有《教皇书》。"

老家伙拧起眉毛。"我怎么不记得我读过这些？"他说，"我可是从头念到尾来着，念了好几遍呢。"

"我也记不准了，"爹说，"但是，不管你会的是哪一段，陌生人，我的天，如果你乐意说给我听听，我可是很乐意听听的。"

"我很乐意，老弟。"那陌生人说，"先说这一段：'塞耳不听我主哀求的，他将来也将呼号哀求。'[1]"

"乖乖老天爷呀，这说得可真好！"爹蹦起多高，两只靴子撞得啪啪响，"再来一段我听听。"

"我主伸出手去，触摸所有邪恶，使其湮灭。"

"我的心坎里热乎乎的！"爹说，又蹦起来，拍着手道，"再来几句！"

那老笨蛋嘴里可就没了把门儿的了。"将基督徒置于罪前，他将扑上去攥住它的脖子！"

"接着来，陌生人！"

"让那黑奴脱离罪恶的暴君！"老笨蛋差不多撕破喉咙了。

"这可真是金句！"

"将那犯罪的撕成碎片，就跟稻谷秸秆似的！让那为奴的永世不得翻身！"

"说得好！"

这俩活宝你一言我一语，简直成了荷兰佬儿亨利酒馆的众矢之的，两个人周围一米五之内起码围上来十个人，其实那些跑买卖的，摩门教徒、印第安人、妓女——包括约翰·布朗本人——本可以趴到爹耳朵旁边，一句悄悄话就能救他一命，因为堪萨斯边境地界就是为

---

1 原文应为：塞耳不听穷人哀求的，他将来呼吁也不蒙应允。《箴言书21：13》——译注（本书中注释，如无特殊说明，均为译注）

了黑奴这档子事儿才给卷到战争里头的。劳伦斯城遭了劫。总督跑得没了影，根本没有王法。从帕尔米拉来到堪萨斯城的白人拓荒者全都给密苏里州的驯马师身上踹了个遍。可爹什么都不知道。他从来没踏出荷兰佬儿的酒馆方圆一千六百米。然而大家全不吭声。爹这个宗教狂热分子手里一把剪子夹得咯咯响，嘴里呵呵傻笑。"哦，圣灵可是要来了！基督的鲜血！错不了！把那秸秆子剁碎！剁碎！我觉着我已得见我主真颜！"

酒馆蓦然安静了。

荷兰佬儿亨利偏挑这工夫走了进来。

荷兰佬儿亨利·夏曼是个虎背熊腰的日耳曼种，光脚也足有六掌[1]高，肥掌酷似剁肉刀，唇色如同小牛肉，嗓门高得像打雷。他是我的主子，我爹、我姑姑、我姑父，还有几个印第安女人也是他的人，而且归他独享。说起那荷兰佬儿，就算买个白人来使唤也不是办不到。爹是头一个进门的黑奴，所以有点儿特权。想来就来，想走就走。那荷兰佬儿晌午照例来收钱的时候，爹就打开藏在理发椅背里的雪茄盒子，老老实实地奉上钱去。这一天偏就逢着中午。

荷兰佬儿走过来，伸手到爹的理发椅背后，打开盒子，拿了钱，转身刚要走，一眼瞥见坐在爹椅子上的老家伙，觉得碍眼。

"你看着怪眼熟的。"爹说，"你叫什么名字？"

"舒博尔·摩根。"那老家伙说。

"你到我们这地界儿干啥来了？"

"找活儿干。"

---

1 一掌约为十厘米，为量马单位。

荷兰佬儿犹豫了一刻，斜眼睨着老家伙。他觉着怪不对劲儿。"我屋子后头有些木头等着劈。"他说，"半天给你五十美分。"

"你的好意我心领了，不过我不干。"老家伙说。

"七十五美分。"

"不干。"

"那给你一美元怎么样？"荷兰佬儿问道，"一美元可不少了。"

"我不要。"老家伙嘟嘟囔囔地说，"我等着考瓦河来船呢。"

"那船还得两个礼拜才来。"荷兰佬儿说。

老家伙拧起眉毛。"要是你不介意，我正坐这儿跟基督教兄弟谈《圣经》上的金玉良言呢。"他说，"您为什么不发您的财，砍您的木头去，要不然我主上帝还以为你是只蠢头蠢脑的肥猪。"

那年月，荷兰佬儿身上老是带着一把叫作"胡椒瓶"的转管手枪。枪虽小巧，火力可不含糊。四根枪管。近距离射击厉害得很。荷兰佬儿把它塞在裤子的前口袋里，好随时掏枪。连枪套也省了。直接塞进前口袋。他伸手掏枪，四根枪管指着地面，攥着枪跟那老棺材瓢子接着说。

"这种话只有那种嘴里还叼着奶头的扬基佬儿才说得出。"他说。有几个人起身躲出去了。可老家伙稳如泰山一般，纹丝儿不动。"老爷，"他对荷兰佬儿说，"这话可不客气。"

那时候我还同情荷兰佬儿来着。他不是个歹人。说实话，荷兰佬儿对我，对爹，对我姑姑、姑丈和那几个印第安娘们儿都挺照顾，那几个娘们儿专跟他干那种勾当。他还有两个弟弟，威廉和杜尔瑞，他供他们大把花钱，把钱寄给给远在德国的老娘，还有几个别的娘们儿，再加上他弟弟威廉从蚊子溪和别处哄来的婊子们，全都吃他的穿他的，这可不简单，因为那威廉连个烂货也不如，在堪萨斯地界儿跟哪个都能称兄道弟，独跟老婆孩子处不来。除了这些，荷兰佬儿还有一座小农场、几头奶牛、几只鸡、两头骡子、两匹马、一个屠宰场，还有一座酒馆。荷兰佬儿身上的担子可不轻，每天只睡两三个小时。说实话，其实荷兰佬儿亨利自己的日子过得也不比黑奴轻松多少。

他后退一步，手里的"胡椒瓶"还指着地面。"站起来。"

理发椅架在一座木头台子上。老家伙不紧不慢，起身走下来。荷兰佬儿扭头对酒保说："递给我一本《圣经》。"酒保照做。接着荷兰佬儿走到老家伙身边，一只手拿着《圣经》，另一只手握着枪。

"我得让你对这《圣经》起个誓，说你支持蓄奴制，支持美国宪法，"他说，"否则你这老货就别想走出去。可如果你是个废奴州那边儿过来的、蓝肚皮的谎话包，我就用这把手枪爆了你的头，让你的耳朵里流出白花花的脑浆子。手，放在《圣经》上。"

就在那当儿，我就瞧出约翰·布朗老头儿是个什么人了。不是什么善良人，而是个大魔头。可老家伙独独一桩事情不在行，他扯不来谎话——手上按着《圣经》就更不行了。这下子他给怔住了。他一甩手，按住《圣经》，眼神头一次直勾勾的。

"你叫什么名字？"荷兰佬儿问。

"舒博尔·艾萨克。"

"我记得你刚才说是舒博尔·摩根。"

"摩根是我的中间名。"

"你有几个名字？"

"要那么多名字干吗用？"

说话间，缩在角落里一张桌子旁睡觉的老醉鬼德克给吵醒了。德克坐起身来，斜眼扫着房间里的东西，嘟嘟囔囔地说："怎么搞的，荷兰佬儿，那边的家伙瞧着像是约翰·布朗老头儿。"

一听这话，荷兰佬儿的两个兄弟威廉和杜尔瑞，还有一个叫詹姆斯·道尔的小伙子——这三个人改天才归西呢——全从门口的桌子旁站起来，拔出柯尔特手枪指着那老家伙，围拢过去。

"此话当真？"荷兰佬儿问道。

"什么话？"老家伙说。

"你是约翰·布朗老头儿？"

"我说我是了吗？"

"这么说，你不是了？"荷兰佬儿说，倒松了口气似的，"那你到底是谁？"

"我是造物主的孩子。"

"你这老东西，还管自己叫孩子。你究竟是不是约翰·布朗老头儿？"

"主安排我是谁我就是谁。"

荷兰佬儿把《圣经》往地下一扔，手里的"胡椒瓶"抵住老家伙的脖子敲了敲。"别放狗屁，你这蠢脑壳，上帝怎么不拿雷劈死你！约翰·布朗老头儿，到底是不是你？"

打我认识他到今天，已经过去好多年了，约翰·布朗老头儿从来不动声色，连掉脑袋——不管掉他的脑袋还是旁人的脑袋——也不例外，可关系到我主上帝，那可大不相同。他看着荷兰佬儿亨利把那本《圣经》碰到地上，胡乱嚷嚷着上帝的名讳，恶向胆边生。老家伙按捺不住火气，绷紧了脸。再说出话来，可不像个爱尔兰人了。他不再压着嗓门说话了。原来他的真嗓子又高又细，跟石墨线一样紧绷绷的。

"你用造物主的大名口出不逊，也不怕闪了舌头，"他冷冷地说，"只要神圣荣耀的主一声令下，我就以他之名铲除祸害。你手里那把破枪一个子儿也不值。我主动个手指头，就夺了你的枪去。"

"少放狗屁，有本事报上你的名字，叫上帝劈死你。"

"不许再以上帝的名讳动粗口，先生。"

"狗屁！我想怎么叫就怎么叫，叫那拖着老二的上帝劈死你！我冲死狗的屁眼儿里嚷嚷，然后从你那吃屎的扬基佬儿的嗓子眼儿里灌下去，叫你这遭上帝雷劈的黑种翻个个儿！"

老家伙大怒，身子一晃，从理发椅上蹦下来，一抖大衣，亮出一把锋利的小刀。虽说他快得像一条响尾蛇，可荷兰佬儿手里的枪管早抵住老家伙的喉咙，就差拉开枪栓了。

他还真没含糊。

"胡椒瓶"的脾气可不是谁都摸得准的。它不像柯尔特步枪或是一般的步枪那么好对付。枪膛里填的是火药粉，不能受潮，偏偏那天荷兰佬儿身上的臭汗和嘴里的臭词儿全喷到自己的两只大手里了，只能这么解释了，当时那荷兰佬儿刚一拉开枪栓，只听得枪膛里一声怪叫，"嚯!"走火了。枪管炸了一根，碎片稀里哗啦撒了一地。荷兰佬儿扔了枪摔在地板上，跟头牛犊子似的乱哼哼，他的手都快炸飞了。

另外三个用柯尔特手枪指着布朗老头儿的家伙后退了一步，免得脸上溅了老家伙的脑浆——其实他们个个恨不得亲手崩出老家伙的脑浆子——可一眨眼工夫，那老东西便缴了那把夏普斯步枪，三人张大了嘴，瞪着那把仍在冒烟的半截枪管子。

"我说过，我主上帝动动手指头，就夺了你的枪。"他说，"万王之王一到，恶虫臭蛆皆回避。"他用那夏普斯枪戳了戳荷兰佬儿的脖子，用眼觑着另外三个小子说："把你们的手枪都放在地板上，否则我要他命。"

他们全乖乖听话，老家伙手里攥着枪，转向酒馆里的众人，大声说："我是约翰·布朗。我是波特瓦特米步枪队的上尉。蒙我主上帝的祝福而来，要将本州境内的黑人悉数解放。任何人胆敢阻拦，叫他尝尝我的葡萄粒儿和火药的厉害。"

哈，当时屋子里至少站着半打醉鬼，个个揣着枪，可竟没一个人敢掏出来，因为布朗老头儿简直神了，把大伙儿都震住了。他瞟了一圈，和和气气地说："这地方每一名黑奴，不管你藏在哪里，都请出来吧。你现在自由了。跟我走。不要怕，我的孩子。"

哈，屋子里也有几个来跑腿儿，或是伺候主子的黑人，可大都躲在桌子底下抖得跟树叶子似的，等着爆发枪战呢，老家伙这几句话一出口，这些人全都蹿出来，四散奔逃，一个都没落下，撒丫子就逃。除了他们那死命往家逃的挨刀砍的后脑壳，你什么也看不见。

老家伙望着他们一哄而散。"他们还没得到我主的拯救。"他咕哝了一句。但是他那解救人类的事业还没完呢，他朝着站在一旁、体似筛糠的我爹走过去说，我爹正念叨着："祖啊，祖啊……"

老家伙觉得爹挺主动，因为爹用黑人土话说"祖啊"，而老家伙说的是"主"，在我听来，都顺耳得很。他拍拍我爹的后背，心里挺舒坦。

"朋友，"他说，"你是个聪明人。你和你那半黑不白的可怜闺女都得到了祝福，你们接受了我们神圣的救世主的安排，自由地生活，你的下半辈子也用不着窝在这邪恶的巢穴里，与这些有罪的野蛮人为伍了。你现在是自由人。从后门走出去吧，我手里有枪，就对着这些野蛮人，我将带你走向自由，以锡安国之王的名义！"

爹怎么想我不知道，可我自己耳朵里灌满了什么国王呀，野蛮人呀，锡安国呀之类的词儿，老家伙手里的步枪那么一晃悠，他说的"闺女"那个词儿叫我咋都想不通。没错，我身上套着个土豆袋子，跟那年月里大多数黑人孩子一个样儿，我那半黑不白的肤色和卷曲的头发也让城里好些小子使劲儿笑话我，用拳头招呼也不管用。可是，在荷兰佬儿的酒馆里，就连印第安人都知道我是个小伙子。我那年纪还没到爱女孩子的时候，毕竟在我摸爬滚打的酒馆里，女人们几乎个个嘴里叼着雪茄烟，大嚼猪下水做的肉肠子，身上臭得跟老爷们差不多。但是就连那些为人不齿的、那些灌多了酒的、那些棉铃象甲虫和棉铃都分不清的、那些辨不明红黄蓝绿的，都清清楚楚地看得出我不是个娘们儿。刚要分辩，房间里突然响起一阵刺耳的尖叫声，我只得住了口。可我立马就发现那号叫声正是从我自己的嗓子里出来的，我得承认我没忍住，尿裤子了。

爹吓呆了。他站在那儿，抖得跟一袋子棉花壳儿似的："老爷，我的亨利呃，他不……"

"我们没时间检查你是不是个神经病，先生！"老家伙厉声说，把爹那后半截话堵了回去，他手里还握着那枪站在屋子中央。"我们得走了。你们这几位朋友有种，我得把你们连同那亨丽埃塔送到安全的地方去。"嗨，叫我说什么好呢！我大名可是唤作亨利·沙克尔福德的呀。可那老家伙听我爹说了个"我的亨利呃，他可……"就以为我唤作"亨丽埃塔"，那老家伙的脑袋瓜子只是这么一根筋，说什么就是什么。他才懒得管到底当不当得真呢。就算当不得真，他也给它硬生生拗成真。他真算得上是白人中的一条男子汉。

"可我那儿子……"

"有点儿胆子吧。"他对我爹说，"那林子里还有只老公羊等着抓呢。《乔尔书》头一章第四段儿说得好：'棉花地里虫一走，早有蝗虫扑上来。待到蝗虫飞走时，早有尺蠖上来啃。尺蠖啃光田里棉，还有那毛虫等在后。'"

"这话说的是个啥意思？"

"你只管待在这儿，总有条路给你讨生活。"

"可我那儿子可不是黑……"

"嘘！"老家伙说，"没时间磨牙。日后给这闺女讲《圣经》的时候再细说。"

说着，他便拽起我的手——那支夏普斯枪还上着膛呢——往后门退走。我听见顺着后巷马蹄儿声音嘚嘚直响。他来到门口时，暂时放开我的手去推门，这时我爹冲他扑了过去。

说时迟那时快，荷兰佬儿扑向那扔在地上的柯尔特手枪，一把抓起来，用那仍滚烫的枪口指向老家伙，扣动了扳机。

子弹没打中老家伙，却击中了门框，一片碎木头向两边迸出去约二十厘米远，跟一把飞刀似的直插在门边上，笔直笔直的，齐胸高——我爹正好赶到。"噗"的一声当胸戳了进去。

一个后滚翻，我爹摔在地上，当场气绝。

这当儿，马蹄声更急，已到了我们身边，老家伙一脚踢开了门。

荷兰佬儿亨利坐在地上嘶吼："贼黑鬼！你欠我一千二百美元呢！"

"跟我主上帝要去吧，你这异教徒。"老家伙说完便一把扯住我，噔噔几步奔入小巷，远走高飞，没影了。

2

上帝鸟

我们一路狂奔出城，下了那千人踩、万人踏的加州小路，直入堪萨斯平原。老家伙一伙原来有三个人，除开他还有两个年轻牛仔。那两人骑着两匹杂色花马，在前头狂奔，老家伙和我紧随其后，骑的是染了色的马，一只眼睛蓝，一只眼睛黄。那马还是荷兰佬儿的。那老家伙果然是个盗马贼。

我们打马狂奔，一连几个小时不敢歇气。一块块棉花田眼睁睁给我们甩在身后，风驰电掣之中，热浪抽着我的脸蛋子。堪萨斯地界全是平原，滚烫的土地一眼望不到边，可是你骑着马在上面跑的时候，才发现脚下不是一马平川。我的屁股蛋子在马背上可遭了罪，因为我这还是头一遭骑马。那马一路跑上一座小山包，我正觉得再也耐不住的时候，一行人却已登上一座山坡，戛然停下脚步。那是一片空地，有几座木棍支起来的三角帐篷倚石墙而立，旁边篝火尚有些余烬。老家伙跳下马，也扶我下马。

"该给这几匹马饮饮水、歇歇脚儿了。咱不能磨蹭，后头还有追兵。"他盯着我看了一眼，那张老脸拧起两道眉毛。我瞧出他有几分愧意，仿佛不该掳了我、不该让我爹枉死，那眼神儿多少有点儿不寻常，他就这么着瞧了我好长时间。最后他在那被虱子咬得千疮百孔的口袋里翻找起来，半天摸出个外头包着羽毛的圆疙瘩。他掸掸上头的土，说："刚才出的那几件事，我瞧你也不是滋味儿，但是，以自由的名义，咱们全是正义的战士，也就是蓄奴制的死对头。不管你愿不愿意，你现在也是没了家，就算你家还有几个人，这辈子说不定再也见不着了。但是话说回来，你总还是人类大家庭的一分子，到这里来跟回家也差不多。我看你还是拿着这东西吧，孩子，它代表你得了个自由身，来到了新家庭，加入到我们的队伍里，为自由而战，虽说你是个女孩儿，而且我们一有机会就得让你走。"

他把那东西递给我。甭管啥东西，反正我不想要，可他是个恶声恶气的白种佬儿，加上他还冲着那玩意儿发了一通感慨，所以我看我还是收下为妥。拿来一看，原来是个洋葱头，干巴巴、灰扑扑，上面覆了一层羽毛，结了一层蜘蛛网，到处都露着线头儿，也不知道他口袋里还有多少这类破烂。那东西比一坨干驴粪还不如呢。老家伙特别能攒破烂儿，后来那些年我总是看见他从口袋里源源不断地掏出些破东烂西，足够装满一只五加仑的大桶，可老家伙这趟到荷兰佬儿地盘只为探探情报，所以还算是轻装简从。

我接过那玩意儿攥在手里，也不知道他想干啥，心突突直跳，我瞧他是想让我吃了它。我当然不想吃。但这一场段路走下来，我还真饿了，再说我还是他的俘虏，于是我干脆一口咬了下去。那东西臭得跟什么似的，像块石头顺着我的喉管滚了下去，但是我不由分说，几秒钟之内就结果了它。

老家伙整大了眼睛，我头一次看到他那张老脸上慌了神儿，我觉着这说明他不太高兴，但是随后几年我就明白了，你可以随便理解那种表情，你觉得是什么就是什么。

"你方才把我的幸运符给吞了。"他嘟囔着，"那东西在我身上足足十四个月，有它在，没一把刀、一粒子弹近得了我的身。我瞧着主莫不是有意叫我丢了它。《圣经》里说：'尔等与我之间，不可有无用之物阻隔。'可就像我这样敬畏上帝的人，衣兜里都装满了罪过，于我的脑壳中鞭笞不停——还有我两股之间，实话说了吧，我有二十一个儿子，活了十二个，小洋葱头。但是我的好运气现在跑到你的两只耳朵中间去了；你把我的罪恶、我的救赎都吞下了肚，就跟耶稣基督嚼着世人的罪，好让你我得活一样，你把我的罪也给吞下了肚。这是个教训，我上了这把年纪，竟让那亵渎之物阻隔了我与万王之王。"

我根本闹不清他说了些啥，不过我很快就会知道，约翰·布朗老头儿生活中的种种遭遇，都能给他扯到"我主"身上去，连蹲茅坑儿也不例外。我幸免于难，没着了他的道儿，这也算得上是原因之一，按道理说，生养我的老爹不仅是个信徒，还狂热得要命，我应该顺理成章信了才对。但是我算个什么呢，竟敢跟白人计较这些，更何况那人还刚把我掳了来，我还是把嘴巴闭紧点儿吧。

"既然你给我指明了造物主的路，现在又是我的幸运符，小洋葱头，我也得给你带点儿好运气，我现在摆脱了这些身外之物，这些魔鬼才玩的把戏。"他在口袋里又翻了一通，拿出一只顶针、一条树根，还有两个空罐子、三个印第安人的箭头、一把削苹果刀、一只棉子象鼻虫，还有一把弯刀。他把这些东西塞进一只袋子递给我。

"拿着，愿它们给你带来好运，直到你有朝一日遇到那指给你造物主的康庄大道的人，洋葱头。因为先知将化作人，化作少年，或是个女孩，就像你这样的，人人必得那万能神的智慧，当他们遇到他们自己的先知，带他们找寻造物主的圣言，他们给那已经预备好了的人示下信号，那其中也包括你，小洋葱头。"说完，他又加了一句，"愿你在旅途中也遇到另一个小洋葱头，让她做你的幸运符，好让你摆脱那些个身外的把戏，让你如同我一样，成为自由之人。"

说到这里，他把口袋里最后一样东西也掏出来，一片怪模怪样、黑一道白一道的长条形羽毛，他把羽毛丢到我头上，塞在我的卷发里，停了一刻，寻思着，眼睛瞧着。"这是上帝鸟的羽毛。那可是稀罕东西。我把我的稀罕宝贝给你，也不觉得难过。《圣经》里说：'拿出自己的宝物，给那需要的人，你便向主的路走近了一步。'秘诀就在这里了，小洋葱头。但是你知道，不应该相信太多异教徒的话，别对那伟大的统治者的言语作过多的解释。你这里解释一下，那里解释一下，不知不觉就全是邪恶了。我们既是战士，属于那正义、神圣的言语，他老人家也允许我们堕落个一两回，譬如让我们弄弄幸运符啦什么的。但是我们不能蹬鼻子上脸。你明白了？"

我根本闹不清他说了些个啥，可瞧他那股狠劲儿，我只能点头称是。

他好像挺满意，把脑袋朝天摆了一摆："如我们的万王之王一般教诲子孙，他们便不会离弃。我聆听你的教诲，哦，威力无边的神，我感谢你，每时每刻庇护我等。"

我觉得上帝自然是点头赞成他的，这一番话讲出来，老家伙似乎心满意足，立马把我抛到了九霄云外。他转过身去，从口袋里扯出一张巨大的帆布地图。他噔噔噔地踩着靴子走到帆布帐篷旁边的小屋，一屁股坐在地上，把脑袋埋进那张地图，再不出声儿了。他转念想了一想，又示意我坐在他身旁的地方，我也照做了。

另外两个骑马的也跳下马走过来，看样子这两个是那老家伙的儿子，因为差不多跟他一样丑。走在前面的膀大腰圆，约二十岁，比荷兰佬儿高些，光脚差不多一米九。我从来没见过哪个家伙身上披挂着这么多家伙，两把七连发重步枪挂在大腿根旁的皮兜子里——那是我第一次看到这玩意儿。还有一把宽剑、一杆猎松鼠的步枪、一把铅弹猎鹿步枪、一柄鹿刀和一把夏普斯步枪。走起路来身上活像开了个五金铺。他可真是个凶神哪。后来我得知他的名字叫作弗雷德里克。另一个家伙个子矮些、壮些，一头红发，一条胳膊有点儿残，年纪也老了不少。他叫欧文。两人都没说话，等着老家伙吩咐。

"饮饮马，给我们撮堆火来。"他说。

两人马上着手操持，我在老家伙身边的小棚子里坐下。虽说遭了绑，可我真的饿得前胸贴后背了，说句公道话，在约翰·布朗老头儿手下头获得自由的头几个小时，跟保持自由之身的最后几个小时的感觉一样——自由比当黑奴饿多了。

老家伙坐在帆布帐篷里，后背抵着墙壁，脸贴着地图。营地里空空如也，却着实繁忙。四处扔着几把枪、几件家具。那地方臭烘烘、热腾腾的，一股怪味招来不少蚊子，它们乌云似的聚成一团团。其中一团落到我脑袋上，给我叮得不轻。我用手乱拍，招得几只老鼠在老家伙身后的石头缝里乱窜起来，就在他肩膀上方。有一只老鼠从石头缝里跌下来，恰好跌在老家伙面前的地图上。一人一鼠面面相觑。对上帝创造出来的每一种生物，老家伙都有办法对付。后来我有幸亲眼见到他如何抱起一只初生的羊羔儿，温情脉脉地把它送上屠宰场，我目睹过他只需要轻拍软语一番便可驯服一头烈马，不费吹灰之力便使那陷在沼泽地快要灭顶的犟骡子脱离险境。老家伙小心翼翼地提起那老鼠，轻轻放回岩石缝里，让它找兄弟去，那鼠兄鼠弟便老实得跟小狗似的，越过老家伙的肩膀瞧着他观看地图。我觉得老鼠兄弟跟我差不多。它们想闹明白自己在什么地方呢。于是我开口打听。

"中溪。"他咕哝了一句，似乎没心情扯闲话。他对两个儿子没好气地说："给那孩子弄饭。"

那大个子弗雷德里克绕过火堆来到我身边。他身上的家伙什儿太多了，就跟开了乐队似的。他友善地俯瞰着我说："你叫什么名字？"

这还真难住我了，我可没时间编个女孩名字。

"亨丽埃塔，"老家伙钻在地图里突然说了一句，"是个黑奴，不过现在自由了。"他自豪地说，"从今以后，我要叫她小洋葱头。我自有我的道理。"他冲我挤挤眼睛，"这闺女眼睁睁看着她可怜的爹被那恶棍荷兰佬儿亨利宰了。他真是个浑蛋，我本该一颗子弹结果了他，可当时没来得及。"

我发觉老家伙只字没提自己死里逃生那回事，可想到我爹死在碎木飞镖下的惨状，不禁鼻子一酸，于是我揉揉鼻子，眼泪大颗大颗地落下来。

"行了，行了，小洋葱头，"老家伙说，"我们马上把你安顿好。"他往旁边一靠，又把手伸到那口袋里，摸索了一通，拿出另一个小礼物——一条皱皱巴巴、被虫蛀得不成样的裙子和一顶软帽。

"这是给我女儿艾伦准备的生日礼物，"他说，"从店里买的。把它送给你这样的漂亮丫头，庆祝你重获自由，想必她也一定开心。"

我打定主意，再也不跟他打什么哑谜了，我本来也没打算吃他口袋里那颗烂洋葱，苍天在上，我也绝不打算穿那件裙子、戴那顶软帽。天荒地老，海枯石烂，也别想动摇我的决心。可我现在小屁股都要保不住了，虽然我的屁眼儿不大，可毕竟也长在我自己身上，我也爱惜着呢。再说，老家伙可不是个吃素的，而且我还在人家屋檐下。我没辙了，眼泪又唰唰地淌下来，这下给我得了不少便宜，大伙儿全都对我百依百顺，我马上意识到女孩子家哼哼唧唧地哭鼻子是个好法宝。

"没事。"老家伙说，"你只要感谢上帝的慈悲心肠就行了。你不欠我的。"

就这样，我拿过裙子，心一横，钻到树林子里把它套在身上。软帽我弄来弄去总是戴得不对劲儿，可最后还是想办法扣上了。因为老家伙的儿子闺女全是巨汉，搞得那条裙子直接拖到我的脚面上。他那几个闺女，个子最矮的也将近一米八，光着脚就有这么高，可鄙人的身材随家父。不管怎么说，我还是设法把那身披挂招呼到身上，然后钻出树林，勉强说："多谢照顾，老爷。"

"我不是你的老爷，洋葱头。"他说，"你跟天上的鸟儿一样自由。"他转身朝弗雷德里克说："弗雷德[1]，牵我的马，教洋葱头骑，敌人说不定很快就赶上来。要打仗了，咱们可不能磨蹭。"

那是我第一次听到"打仗"这个词，可当时我脑子里只想着怎么脱身。我真恨不得马上飞回荷兰佬儿的酒吧。

弗里德带我来到荷兰佬儿那匹杂毛老马身边，扶我坐上去，自己也跨一匹马，牵着龙头稳稳地带着我的马前行。我们一边往前走，弗雷德一边跟我聊着天。他可真能侃。他的年龄比我大一倍，但我看出

---

[1] 弗雷德里克的昵称。

来他是个半吊子，您要是听出来我话中有话，就会明白我是说他的脑子不好使，一团糨糊。他嘴里叽里咕噜，却什么也说不出来，因为他老是心神不定，一分钟也安稳不住。我们就这样往前走了一阵子，他说个没完，我却默默无语，最后他说："你喜欢庄稼汉吗？"

"喜欢，老爷。"我说。

"我不是你的老爷，洋葱头。"

"知道了，老爷。"我说，我改不了口。

"别管我叫老爷。"

"知道了，老爷。"

"好吧。那我就管你叫小姐。"

"好的，老爷。"

"要是你一直管我叫老爷，我就一直管你叫小姐。"他说。

"好的，老爷。"

我们俩我一句"老爷"他一句"小姐"的，这么着有好几分钟，最后我简直气炸了，只想搬起一块石头把他的脑袋砸开花，可他是白人，我又不是，于是我禁不住又哭起来。

一见我淌眼泪，弗雷德拧起眉头。他勒住马说："我很抱歉，亨丽埃塔。当我没说好吗？"

我们不再争辩，缓步继续向前。沿着小溪走了大概八百米光景，棉花地便到了尽头。空地和棉花地的交界处是一堆石头和一大片树林。我们下了马，弗雷德朝四下里看看。"咱们先把马放在这儿。"他说。

我瞅准一个逃跑的机会。我一心琢磨着脱身之计，便说："我得上茅房，可是人家是姑娘，得背着人。"睁着眼说自己是姑娘，我简直要噎住了，可那光景，说谎是我的家常便饭。说白了，蓄奴那会儿，黑鬼们个个是说谎精，不管男奴女奴，哪个敢跟主子掏心窝子呢。我们黑人这一辈子全靠装样子，只有锯木头的黑奴不用说话，所以活得最长。我可不打算告诉他咱是男儿身。但是，我主上帝光芒普照，底下不管哪个——别管黑白男女——都得上茅房，我实在是憋不住了。弗雷德的脑袋笨得跟糨糊差不多，我又看到了一个脱身的机会。

"闺女家的确得背着人，小洋葱头。"他边说边把两匹马拴在一根低垂的树枝上。

"但愿你说话算数。"我说，我见过新英格兰来的白种女人这么说来着，她们把马车停在荷兰佬儿的酒馆前，自己进去方便，出来的时候嗵地一摔门，嘴里吭吭地咳嗽，头发甩得跟炸培根似的，因为那股头油味儿真能把奶酪都凝固住。

"当然了。"弗雷德说，往旁边退了一步，我便钻到附近一棵树后方便。弗雷德为了表示自己没有歹意，走到足足三十米开外，背对着我盯着那些树木傻笑，我后来跟他打了几年交道，才发现他这个人真是不错。

我蹲在一棵树后撒了尿，突然就往外蹿。我简直飞了起来。我跳上荷兰佬儿的杂毛马，使劲儿踹马肚子，那马儿应该知道回家的路吧。

问题是，那畜生却不认得我。一路拽着马缰绳的是弗雷德，我一跳上马背，那畜生立刻觉出背上那人不会骑马。马儿撅起两蹄，往前猛冲，好像要带着我飞上天。我给扔到半空，脑袋撞到石头上，失去了知觉。

醒过来的时候，弗雷德正站在我身旁，脸上也没了傻笑。我摔了那一下，裙子翻到脑袋上，新帽子也甩到背后去了。应该补充一句，我小时候从来不知道内衣为何物，我可是在酒馆子里长大的，身边全是社会渣滓、干粗活的，要不就是打手。这下我的命根子可是一览无余了。我忙不迭把裙子拽到脚踝处，坐起身来。

弗雷德一脸茫然。感谢上帝，他的脑子不够用，一团糨糊。他的机灵劲儿大概是滑到九霄云外去了。他问："你是娘们儿？"

"什么嘛，你要非问不可，"我说，"我也不知道。"

弗雷德眨眨眼，慢吞吞地说："爹说我不是抽屉里最快的那把刀，人家说什么我都信。"

"我也一样。"我说。

"咱们回家去的时候，也许我们可以问问我爹。"

"问啥？"

"问你是不是娘们儿。"

"换我可不问这个，"我立马说道，"他操心的事够多了，还有打仗什么的。"

弗雷德考虑了一会儿。"你说得对。还有啊，我爹可不那么容易被人骗。《圣经》是怎么说娘们儿来着？"

"我可不知道。我不认得字。"我说。

他开怀大笑。"我也不认得字！"他乐开了花，"我家里好多兄弟姐妹，只有我不会那把式。"看到我跟他一样蠢，他似乎很开心。他说："跟我来。给你看点东西。"

我们撇下马儿，我随着他走到茂密的树丛中。走了几步后，他竖起手指要我别出声，我们便悄悄向前爬去。爬过一丛灌木后，来到开阔地，弗雷德突然停住了脚步。他只是悄悄地站着，好像在听。我听到一阵啪啪声。我们继续前进，最后弗雷德给我看他想给我看的东西。

一根粗大的白桦树顶上，有一只啄木鸟正笃笃地敲着。那鸟儿真是个大家伙，黑白两色，还有一圈红色。

"见过吗？"他问。

"我分不清什么鸟儿是什么鸟儿。"

弗雷德抬眼盯着鸟儿。"他们管那个叫作上帝鸟，"他说，"因为漂亮，人们一见就会说：'上帝啊。'"

他观察那鸟儿。那傻东西差不多把他给迷昏了，我真想挣开他跑路，可他离我又太近。"我呀，什么鸟都能抓住，下套儿也行，"他说，"但是那种鸟儿……那可不是个天使。人家说上帝鸟的羽毛能让人明事理，受用一辈子。我恰好不懂什么道理，洋葱头。记忆力什么的。"

"那你怎么不去逮一只来？"

他不睬我，盯着那粗壮的树干，啄木鸟一下一下地啄着。"逮不着。它们怕人。爹说，异教徒那些花里胡哨的东西都靠不住。"

你猜怎么着？我口袋里塞的正是他爹给我的花里胡哨的玩意儿，还有一根羽毛，看上去好像正是从我们盯着的那种鸟儿身上弄下来的。

我的眼睛觑着逃走的机会，既然他疯疯癫癫的，我想不如把他弄得更迷糊一点儿，让他忘记我是个男儿身，这样我不就更容易逃走了嘛。我在我的小口袋里翻了一会儿，掏出他爹给我的那根羽毛，递给他，把他吓得屁滚尿流。

"你从哪儿搞到的？"

"这可不能说。不过给你了。"

他给吓趴下了。问题是，我自己也不知道这东西是不是上帝鸟身上弄下来的。他爹说是，可我不知道他爹嘴里有几句真话。那个亡命徒，再说，那年月，白人肚子里鬼点子多着呢，我自己是个说谎精，看别人自然也一身骚。可是似乎又的确不像个假玩意儿。羽毛是黑色的，略带点红色和白色。也许是天使身上的，或者是蜂鸟身上的，我也说不准。管他的，这东西可把弗雷德乐坏了，他想回报我点什么。

"我要给你看点特别的东西。"他说，"跟我来。"

我跟他走回我们的马，他卸下身上的七连发步枪、剑、枪带和来复枪，全放在地上。他从褡包里翻出一张毯子、一把干玉米粒，还有一根橡木棍子。他说："咱们不能在这儿开枪，怕敌人听见。看我的，不费一枪一弹就能打到野鸡。"

他带我来到一个中空的树墩，在周围的地上撒上一条直线的玉米粒，一直通到树墩，还扔了几颗在树墩子里面，然后选了个不太远的地方坐下。弗雷德手里拿着刀，在毯子上剜了两个窥视孔——一人一个——然后用毯子裹住我们俩。"世界上所有的鸟儿都怕人，"他悄悄说，"可是罩上毯子，你就不是个人了。"

我想说我不管怎么都不觉得自己像个人，可我还是忍住了。我们就那样坐在毯子下面，瞪眼往外看着，过了一会儿我觉着累，便靠在他身上睡着了。

弗雷德一个打挺儿，把我吓醒了。我从我那个洞里往外一看，瞧得真切，一只野鸡正凑过来，忘情地吃着弗雷德的玉米粒。那野鸡顺着干玉米粒，径直走进了空心树干。它把脑袋往里一探，弗雷德便折断了他手里握着的橡树枝。那野鸡听到声音吓得僵住了，说时迟那时快，弗雷德忽地把毯子盖在野鸡身上，一把攥住鸡脖子。

我们如法炮制，又抓了两只，然后打道回府。老家伙和欧文正对着地图争得不可开交，让我们用猎物做晚饭。我们在篝火边烤熟了野鸡，我便开始担心弗雷德那张大嘴巴会不会把他今天的见闻说出来：

"弗雷德，你还记得咱们说好的吗？"

"说好的什么？"

"没什么。"我说，"可是你也许不能告诉别人我给了你什么东西。"我嘟囔了一句。

他点点头。"你的礼物让我明白事理了，洋葱头，光是念念那名字，我已经长了点儿心眼。我感激你，绝不告诉任何人。"

我真为他难过，他那颗糨糊脑袋真是空空如也，可他对我又是如此信任，竟不知道我长着男儿身，随时准备逃跑哩。他爹已经把那羽毛给了我，不让我告诉别人。我把那羽毛给了他儿子，也告诉他不要说出去。真是该信的不信，不该信的轻信。那年月，白人对黑鬼说的话比他们之间互相说的还多，因为他们知道，黑鬼什么也不会，只会说"嗯哼"，要不就是"嗯"，然后就该干什么干什么去了。这给了我一种感觉，白人可以随便耍弄。黑人总是比白人先走两步棋，他们考虑到每一种可能性，确保每句谎话都让白人称心如意。白人一般都是傻瓜蛋，我就是这么想的，我觉得弗雷德也是那类人。

然而我想错了，弗雷德的脑子没有完全坏掉。他爹的脑子也没坏。鄙人拿别人当傻瓜，岂料自己才是头号笨蛋。你一对别人指手画脚，就会出这种事。错把地狱当天堂，早晚醒悟悔断肠。

3

老家伙的军队

野鸡刚刚烤熟，老家伙手下那帮当兵的就一个接一个地晃了进来。约翰·布朗老头儿那支令人闻风丧胆的军队我听得耳朵都要磨出茧子，实际上却不过是一群乌合之众，面黄肌瘦，遍体鳞伤，垂头丧气，准保让你大开眼界。这帮人无一例外全是半大小子，瘦得像泡了牛奶的马鬃似的。还有一个外国来的犹太人、一个印第安人，其余的面相也颇不善，全都奇丑无比，愁眉苦脸。他们好像刚刚打劫回来，坐着一辆破马车吵吵闹闹地冲进营地，车子咣当乱响，就跟卖干货的铺子似的，车上放着瓶瓶罐罐、杯盘碗盏，还有家具啦，牌桌啦，纺锤啦，还有一条条皮货，各种破烂在马车周围挂了一圈。

他们抢了各种东西，单单没有吃的，野鸡的肉香把他们一下子吸引到篝火旁。大家站成一圈。其中一个，就是那个叫韦纳的犹太人——又高又瘦，穿一件吊带裤——给欧文递过去一张报纸。"拿着，吃完了再拿出来。"他一边说一边瞧着火，"要不上尉肯定要马上开路。"

可是老家伙走过来看见了他，一把夺过报纸。"韦纳先生，毫无疑问，劳伦斯那边的报纸已经出来了。"他说，"可是别担心，我已经拜读过了。"他转向其他人说："大家伙儿，填饱肚子之前，咱们先感谢那神圣的供养者，给咱们这些粮食，我们毕竟借着他老人家之名传播自由。"

人们低着头站成一圈，把老家伙围在当中，他手中擎着帽子，那张皱纹累累的老脸正好位于烤鸡和篝火正上方。

三十分钟之后，篝火熄灭，饭菜凉得跟从冰窖里拿出来的差不多，可老家伙还在那儿喋喋不休。我实在该给各位学学约翰·布朗老头儿是怎么布道的，可我又觉着一百年之后的各位读者坐在暖烘烘的教堂地下室里，穿着斯泰西·亚当斯牌皮鞋，披着人造毛大衣，只需抬屁股走到墙角，按个按钮就能烤火、热咖啡，绝对没法儿感同身受。老家伙的布道只能看不能听，动之以情超过晓之以理。你得身临其境才行：广袤无垠的堪萨斯平原上，空气里弥漫着烤野鸡的香味儿和水牛粪的臭味，蚊子嗡嗡叫，大风从这边呜呜地往你身上吹，老家伙从另一边对你怒喝呼号。说到祷告，老家伙真个是凶神恶煞。一件事儿好像才讲完，另一件事儿便"呼啦"一声冒出来，冲散了前头那个，然后另一个又冲上来击碎前一个。过了一会儿，几件事儿全都挤在一起，粉身碎骨，互相矛盾，最后你根本闹不清谁是谁，还有他干吗要布这篇道。那篇气势磅礴的演讲恰似一阵旋风，呼啸着吹过平原，把沿途卷上来的灌木丛、棉花象鼻虫和一座座平房一股脑儿碾成齑粉，四处抛撒。他讲得大汗淋漓，汗水顺着古铜色的脖子滴下来，划过衬衫，什么滚烫的祭品啦，耶稣灯台上的羊羔啦，从他口中咆哮而出；就在这当儿，我身上那件裙子痒得要命，身上还有蚊子咬，差不多要把我活吃了。最后，欧文嘟囔了一句："爹！我们得上路了！

这地方有骑马的敌军呢！"

老家伙一下醒过神来。他咳了一声，又说了一串"至尊圣母玛利亚"和"感谢上帝"之类的话，结束了长篇大论。"我应该给汝等完整地讲一次，"他不满意地嘟囔着，"而不是随便拼凑几个词儿，就打发了我们伟大的救世主，他用鲜血付出了代价，我们的生活都是拜他所赐。"他特别喜欢用"汝等""尔等"这样的字眼儿。

人们一屁股坐下，大快朵颐，老家伙在一旁看报纸。读罢，他沉下了脸，过了一小会儿，又把报纸搓成拳头大的一团，叫喊起来："怎么搞的？他们动手打了咱们的人！"

"谁挨打了？"欧文问。

"我们在国会的人！"老家伙展开那团报纸，大声读给每一个人听。我听明白了，两个家伙为了黑奴问题动了手，就在华盛顿特区美国政府的大厅里，其中一个还把另一个打晕了。似乎有个来自马萨诸塞州，叫作萨姆纳的家伙吃了亏，而另一个南卡罗来纳州的小子在他脑袋上敲断了自己的手杖，结果拥戴他的人民给他邮寄了好多根新手杖。

老家伙把报纸一丢："备马，动身。我们今晚就杀回去。动作快点，咱们得干活！"

这些人根本不着急离开，他们刚刚在这里安顿下来，正忙着胡吃海塞呢。"有什么大不了的嘛。"一个家伙说，"多等一天也无妨。"

"黑鬼们都等了两百年了。"老家伙说。

那家伙哼了一声。"让他们等吧。咱这营地干粮可不太够。"说话的跟其他人一样穿得破破烂烂，身体倒挺壮实，挎着六连发手枪，还穿着真正的马裤。那根粗壮的脖子酷似南美兀鹰的脖颈，上面密布皱纹，他边说边不住嘴地啃咬着野鸡。

"我们不是来吃喝的，马丁牧师。"老家伙说。

"两个傻瓜在国会里打了一架，说明不了任何事。"他说，"咱们自己有自己的战争。"

"马丁牧师，你想偏了。"上尉说。

牧师嚼着野鸡肉说："我得好好念书，这样就不劳烦你给我讲这讲那了，上尉，我压根儿不信你那套说辞。我每次从你这里出去，再回来时总有一张新面孔在这里吃东西。咱们这儿粮食本来就不够吃。"他冲我点点头说，"那是谁？"

我心里盘算着逃跑的事，正拼命大嚼野鸡肉呢。

"马丁牧师，那是小洋葱头。"弗雷德里克骄傲地说。

"她打哪儿来？"他问。

"从荷兰佬儿亨利的酒馆里偷来的。"

牧师的眼睛睁大了，转向老家伙："美利坚合众国有那么多难缠的家伙，你干吗偏偏跟他过不去？"

"不是我要跟他过不去，"老家伙说，"我去他的地界打听消息。"

"这下你可打听出麻烦来了。我可不想跟荷兰佬儿为了鸡毛蒜皮干仗。我到美国来可不是为了跟他开枪玩儿的。"

"没人要开枪。"老家伙说，"咱们东奔西走，正是为了救赎，《圣经》里说：'不舍真理，我主必垂青。'"

"别跟我扯什么《圣经》，"牧师哼了一声说，"这里谁知道的也没我多。"

他这话可真是说偏了，我在上帝这颗绿色小星球上活了一百一十一年，从来没见过有人能跟约翰·布朗老头儿似的张口闭口不离《圣经》。老家伙伸伸懒腰，转过身去，冲着那牧师一口气说了六七条《圣经》引文，牧师刚要拿出看家金句回击，不料老家伙又甩出六七条更厉害的。这一下牧师彻底哑巴了。牧师举手投降。

"已经够了。"他没好气地说，"可你太爱出风头。荷兰佬儿那地方聚了一伙儿穿红衬衫的密苏里人。这下他正好有借口把他们放出来。这下他们可会紧紧咬住咱们不放了。"

"放马过来，"老家伙说，"洋葱头已经是咱家的一员，我得保护她，让她别再给人家当奴隶。"

"她可不是我家的一员。"牧师说，他啃吧着一块野鸡骨头，冷酷地扔在地上，再吮吮手指，"我为堪萨斯州的自由而战，可不是为了给这种油头粉面的小黑鬼赎身。"

老家伙冷冷地说："我原以为你是支持废奴州的呢，牧师。"

"我现在也支持废奴州。"牧师说，"那跟为了偷别人家的黑奴开枪杀人完全是两回事。"

"要是你对解放黑奴有意见，那就大路朝天，各走一边。"布朗老头儿说。

"我跟着你们，还不是为了大众的利益。"

"那么，我的利益就是解放这个地方的黑奴。我可是个彻头彻尾的废奴分子。"

正吵得不可开交呢，其他人也吃饱了，坐在地上看热闹。

"那个就是荷兰佬儿的黑奴。买来的，花了钱哪！"

"过不了多久他就想不起来了。"

"这种事儿他哪忘得掉。"

"等他来了我让他忘个干净。"

那印第安人奥塔瓦·琼斯走到上尉跟前说:"荷兰佬儿不是坏种,上尉。他开酒馆之前帮过我的忙。他也不支持蓄奴制。本该给他个机会,劝劝他来着。"

"你给他说好话,还不是因为你自己也有一两个黑奴。"另一个男人大声说。

"你这谎话精!"琼斯说。

他们又大吵特吵起来,有的人是墙头草,有的支持老家伙,其余的站在牧师一边。老家伙默默地听着,最后摆摆手,让大家安静些。

"我要给蓄奴分子来个出其不意。他们干的那些事儿我们都清楚。他们杀害了查尔斯·道。他们送乔·汉密尔顿去见上帝,还当着他老婆的面。他们强奸了威廉米娜·汤普金。都是强奸犯、劫道的。罪人,全都是罪人。他们把这地界儿都毁了。《圣经》里说:'你的敌人自有他的火来烧。'荷兰佬儿亨利是我们的对头。可他要是不犯我,我也不惹他,我不会在我这儿吃亏。"

"我不跟荷兰佬儿作对。"马丁牧师说,"我跟他没有仇。"

"我也是,"另一个人说,"荷兰佬儿还押给我一匹马咧。再说,咱们这支队伍成色太杂。我从康涅狄格州大老远的过来,可不是为了跟什么犹太人一起走路。"

那犹太人韦纳就站在琼斯身边,攥紧拳头朝那男人走过去说:"豆芽菜,再动动你的臭嘴,我就打断你的罗圈腿。"

"够了!"老家伙说,"我们明天夜里就动身去奥萨沃托米。蓄奴分子就在那里。想去的跟我走。不想去的可以回家。但是得取道劳伦斯市往北走。我可不想有人往南去给荷兰佬儿报信。"

"你想跟荷兰佬儿作对，请便。"牧师说，"我不干。但是谁也别想对我发号施令——尤其是还当着这么个油头粉面、说话像只鸟儿似的黑鬼。"说话间，他把手搭在挂在左边的连发步枪上。豆芽菜和另外几个人随着他往旁边退了几步，顷刻间，老家伙的军队就分成了两派：老家伙这边一伙人，牧师身后一伙人。

老家伙身后的人群突然闹腾起来，牧师的眼睛睁得跟银币差不多大，弗雷德正怒气冲冲地向他这边走来，手里拿着家伙。那杆七连发手枪在他身上就像几根小树枝似的。说时迟那时快，他来到牧师身边，两杆枪捅在牧师的胸口。我听到两杆枪的枪栓咔嚓咔嚓向后拉开的声音。

"你要是敢对我的朋友洋葱头再说一个字，我就打穿你的胸口！"他说。老家伙赶紧拦住他："弗雷德里克！"

弗雷德僵住了，抽回两支手枪。

"让他去吧。"

弗雷德里克后退一步。牧师松了口气，鼓了鼓眼睛，可是他还没傻到拔出枪，因为欧文也分开人群，还有布朗家的另外几个小子也走了出来。布朗家的人不好惹，面沉似水，就跟上帝对凡人的态度一个样。他们从不放狠话，也舍不得动脑子，懒得跟你讲理。可你要遇上他们，只能求上帝保佑啦。他们不听人家说第二遍。只要他们一打定主意，这事就再也回不了头。

牧师收起他的步枪，整理好行李，跨上马，一声不吭地走了。豆芽菜和另外两个家伙也跟他去了。他们按着上尉的吩咐，从北边离开营地。

老家伙、印第安人奥塔瓦·琼斯和犹太人韦纳站在一起，望着马丁牧师带着人离开。

"你应该瞅准机会，给那牧师后背来上一枪。"韦纳说，"等咱们看不见他，不出五分钟他就肯定折向南，跑到荷兰佬儿那里报信去了。他就豁出老命来，也要对荷兰佬儿嚷嚷咱们的坏话。"

　　"让他嚷嚷去吧。"老家伙说，"我想让所有的人都知道我下一步的打算。"

　　然而，那天放走马丁牧师终究是铸成大错，几乎使老家伙赔光了棺材本。

4

大屠杀

老家伙计划中的奥萨沃托米之战被迫延后了，他做什么都免不了延后。接下来的几天里，我们只得到处闲逛，从蓄奴分子手里偷些吃的。老家伙干什么都缺钱，都得往后拖。比如，好多张嘴等着他养活，总共十二个，可不少。我有时不禁想，要不是约翰·布朗老头儿老是要养活这么多人的话，本不会惹上这么多麻烦事的。他家里还有十二个孩子，这还不包括他老婆和找上门来的七姑八姨，反正人家就是这么告诉我的。要养活的人可真多。甭管是谁摊上这些事都没好气。韦纳在金尼维克有一家小铺子，在那儿供我们吃喝。可不出两天，他老婆就受够了废奴斗争，把我们扫地出门了。"这事一成，我们自己就成黑奴啦。"她吼道。

在这地界儿晃悠了几天，我心里有数了。从老家伙这边说，堪萨斯州上上下下到处都是新的暴政，国会那边只是最后一根导火线罢了。在她看来，白人定居者时不时就遭人欺负，他们的敌人包括克卡普族游击队、大嗓门石头脑袋游击队，专门在三不管地带打劫的强盗、佩特上尉狙击队等等这类杀人不眨眼的歹徒，还有无可救药的醉鬼和邪教组织，凡是废奴分子，或者只要怀疑人家是废奴分子，全都格杀勿论。说实话，上面这些人里有好多我都挺喜欢，因为我打小在荷兰佬儿酒馆里厮混，没少结交造反分子。对他们来说，老家伙那帮白人只不过是一伙儿虚伪的家伙，一群毒贩子，还没弄明白怎么回事就想趁乱打家劫舍。再说，白人打仗也不仗义，从东部弄了些免费的枪炮物资，却用来对付西部这些可怜的老乡。根本没人问问黑人的想法，还有印第安人，随便他们怎么想都没人搭理，可吵来吵去吵的却都是为了他们。现在想起来，说到底整个儿都是为了土地和金钱，对于这两样东西，那些口水乱喷的家伙真是没个够儿。

我那时候当然没考虑过他们是怎么想的。我一心要回荷兰佬儿的酒馆去。我有一个姨妈和一个叔叔在那儿，我跟他们不怎么亲，可怎么也比空着肚子强啊。在约翰·布朗老头儿手下就是这样，我要是说谎，马上叫我挺尸；我跟他混，肚子饿得咕咕叫。当黑奴的时候都从来没挨过饿。我自由了，却在垃圾桶里找东西吃。再说，当女孩得做好多事。我整天跑腿，给那些抠门的小子送东西、洗衣服，给他们梳头。那帮人连屁股在哪里，脑袋又在哪里都闹不清楚，却喜欢使唤个小女孩给他们做这做那。整天就是那几句话："给我拿水来，洋葱头"，要不就是"拿着这口袋放那边去"，再不就是"把这衬衫在溪水里洗洗，洋葱头"，还有"给我弄点热水，宝贝儿"。自由真是狗屁不值。这帮人里头，只有老家伙不使唤小女孩，而那多半是因为他整天忙着祷告。

我真受够了这些蠢家伙，因此，过了几天他说"咱们明天就动手"的时候，我简直松了一口气。

"在什么地方动手你就不告诉一声？"欧文嘟囔。

"只管把你的片儿刀磨光就成。"

要是对黑人，尽管用这种口气下命令。可他们白人因为闹不清发动的确切地点之类的事情，又要吵嘴。老家伙的军队是刚刚建起来的，我这下可明白了。他们从来没打过仗，一次都没有，连老家伙本人也没打过仗。他们那些惊天动地的勾当，不过是偷鸡摸狗罢了。可现在来真的了，老家伙居然还是不肯告诉他们到哪里去打仗。大伙儿问他，他也不理。我后来跟着他那么多年，才知道他从来不把作战计划跟任何人吐露半个字儿。再说，另一方面看，回头想想，也许他自己都不晓得也未可知，因为他时常在下午时分勒住马，双手拢在耳朵上说："嘘！我正聆听伟大救赎者的训诫呢！他老人家为了我们，把时间都停住了。"之后他便坐在马上长达数分钟之久，闭着眼睛沉思，之后重新上路。

宣布当晚作战的命令后，剩下的时间里，大伙儿便一直在石头上磨刀霍霍，整装待发。我那天则一直在伺机逃走，可弗雷德老是缠着我不放。一会儿叫我烧火，一会儿让我磨刀擦枪，把我支得团团转。他不许我离开半步，连两分钟的自由时间都找不到。这几样活计弗雷德当真是个好老师，可他也真烦人，简直把我当成养女了，看着他的小闺女一下子就学会了骑马，顶着一团团蚊子骑得有模有样，弗雷德喜滋滋地说："快赶上小子啦。"我被那条裙子磨得痒死了，可入夜后，亏了它我才暖暖和和的。我得说句公道话——可不是什么光彩事——幸亏有这条裙子，我才不用上战场。有的人愿意丢脑袋，我可没兴趣。

下午一眨眼就过去了，天渐渐黑下来，老家伙宣布："时候快到了，小子们。"话音未落，那伙人便撇刀扔枪，托词开溜。这个要照料牛马，那个等着收麦子。这个家里躺着生病的孩子，那个得回家拿家伙，诸如此类。就连奥塔瓦·琼斯到了最后关头都打了退堂鼓，说过一阵子来跟我们碰头。

老家伙耸耸肩，让他们自便。"我宁愿要五个不怕死的义士，也不要一帮软蛋，"他不屑一顾地冷笑道，"哼，看看洋葱头。一个小囡女，还是个黑人，自己照料自己，是条汉子。"他骄傲地指着弗雷德和欧文，说："这就叫义士。"

到了晚上，不包括我，一伙儿十二个人只剩下八个，那股斗志勉强还在，而且焕然一新了，因为这件事越来越不像开玩笑，而且大家伙儿的肚子又咕咕叫。老家伙几乎粒米不进，况且他原本就不馋嘴。可其他人饿得前胸贴着后背，我也是一样。动手的时刻一分一秒地迫近，那股饿劲儿好像也越来越厉害了，过了午夜，饥饿让位给恐惧，我倒忘了饿肚子这回事。

黎明早就到了，老家伙召集波特瓦特米步枪队的残余兵力到他身边开始祷告——我得说，平均下来，老家伙每小时祈祷两次，还不算餐前那次和去茅厕的时候，就连蹲到树丛里排泄秽物，他也要嘟囔一两个金句。待大家聚集，老家伙便慷慨激昂地说了起来。我记不得他说了什么——打仗的惨状倒是记忆犹新——我只记得自己光脚站着，而老家伙说了一大串《旧约》《新约》，嚷嚷了一通《约翰书》之类的东西，号召大家用耶稣的精神武装自己。他哇啦哇啦地祈祷，对天慷慨陈词，前前后后足足说了四十五分钟，最后欧文叫了起来："爹！我们得开路啦。还有三个小时天可就亮啦！"

老家伙如梦方醒，祭出护身金句："你成心搅乱我的计划，亲爱的救世主正离我们而去，我们的生命有赖于他的鲜血。"他说，"然而我知道，他老人家理解孩子们躁动的心，理解青春年华和勇猛无畏是密不可分的。动身。"

大家钻进一辆马车，几匹马拴在车后跟着，我也上了车。最初的波特瓦特米步枪队现在还剩下八个人，大家鱼贯而入，我才发现这里头有五个人是老家伙的儿子：欧文和弗雷德不必说，还有萨蒙、贾森、小约翰，外加女婿亨利·汤普森，另外两个是詹姆斯·汤斯利和犹太人西奥·韦纳。

我们很快偏离了贯穿堪萨斯州的主干道——加州小径，在一条废弃的伐木小路上走了一个半小时，之后转入一条小路，尽头是几座房子。一路上大伙儿没半点儿迟疑，我偷听到他们说什么荷兰佬儿住在哪里之类的劳什子，他们猜，老家伙要去找荷兰佬儿寻事，可没人知道荷兰佬儿酒馆在什么地方，那晚一团漆黑，月色不甚明朗，加州小径沿路随时随地地冒出几座新移民的房子，谁也认不得旧路。当然，我闭着眼睛也摸得到荷兰佬儿酒馆，我熟悉那方圆一英里之内的一草一木，可我闹不清自己现在走到哪儿。反正肯定还没到荷兰佬儿的地盘上。不管这是什么地方，我们都已经偏离了加州小径，已经到了蚊子溪的另一头。我相信我们早晚得跑到内布拉斯加去——要是老家伙允许的话——他自己也不知道我们现在的位置。

大伙儿瞎兜瞎转的时候，我一言不发，寻思这到底是什么地方，过了一会儿，我抬头看看上尉，想听听他有什么训导，却发现他已躺在马车里睡着了。我觉得大伙儿压根儿不想叫醒他。老家伙鼻息如雷，任凭其他人带着大家兜了一个小时的圈子。他睡着了，我倒挺开心，我觉得他一睡过去，说不定就把动手的事忘到九霄云外去了。后来我才明白，约翰·布朗老头儿有本事接连几天粒米不进，分秒不睡，然后躺倒睡上个五分钟，醒过来该干什么干什么，光天化日，杀人宰畜生，样样不耽误。

他偏偏及时苏醒过来，起身喊道："停在那边的小屋旁。到地方了。"

他跟我们其他人一样，根本不知道自己身在何处，至于怎么走出这片林子、这片房子，他并不比一只关在茅房里的鸟儿知道得多，可他是头儿，他已经想好自己要干什么了。

他盯着昏暗月色之中的小木屋。那根本不是什么荷兰佬儿酒馆，可是就连欧文和弗雷德里克都没说半句废话，谁也不想跟他闹别扭。说实话，爷儿几个待的那地方叫布朗驿站，老家伙有几个儿子知道他们来错了地方，可谁也不说。他们都不敢跟爹作对。他们中大多数宁愿冒犯上帝也不愿意跟老爹作对，除了欧文，那是儿子们中间最虔诚的一个，也是最有主意的一个。可连欧文也是一脸茫然，这次进退两难的行动，半夜动手全是老爹的主意，不是他的，于是他跟其他人一样追随老爹，时刻准备着。

老家伙倒是很有把握，一副胸有成竹的模样，底气十足。"为了事业，"他小声说，"下马，解开后面那两匹马。"人们照做。

夜色漆黑一片，却颇清爽。老家伙一跃而至马车后部，领着我们躲在一丛灌木后，往木屋里窥探。"绝对出其不意。"他说。

"你肯定知道这里是荷兰佬儿酒馆没错？"欧文问。

老家伙懒得理他。"我都闻到里面那股黑奴味儿了，"他说，"为主复仇，一举拿下。只用片刀，不用枪。"

他转向我："小洋葱头，你是个勇敢的孩子，虽然我知道你愿意为自由浴血奋战，可今天晚上还不到时候呢。待在这儿别动，我们去去就来。"

用不着他多说，我哪儿也不打算去。我站在马车旁，看着他们走远了。

月亮从云彩后探出头，照见他们几个人摸到小木屋旁，散开成一排。到了门口，有几个人不听话，自顾自掏出枪来。

他们快挪到正门时——离我约摸三十米的地方——我扭头就跑。

没出五步，我就一头撞到两条朝我扑来的土狗身上。一条狗把我撞倒；另一条狂吠起来，准备把我大卸八块，猛然间有什么东西落在它脑袋上，土狗应声倒地。前一条随即蹿进了树林。

我抬起头，看见弗雷德站在死狗身边，手里拿着片儿刀，老家伙和剩下那伙人也都站在我身边。老家伙虎着脸，我看到那双灰色的眼珠直往我心里钻，吓得恨不得缩成个豌豆大小。我以为他们要教训我一顿，可他只是转过身去瞪着其他人。"幸亏我们的幸运符小洋葱头帮我们留心后头的看门狗，你们谁也没发觉。我明白了，为自由而战，所向无敌。来吧，小洋葱头，我知道你也想跟我们并肩作战。待在后面，动作要快、要轻。"

真是节外生枝，可我只好乖乖听话。几个人朝木屋窸窸窣窣地凑过去。我跟在后面，与他们拉开一段安全距离。

欧文和弗雷德踏上前门，露出枪口，彬彬有礼地叩门，老家伙站在两人身后。

屋里问："谁呀？"

"我们要找荷兰佬儿酒馆。"约翰·布朗老头儿喊道，"可是我们迷路了。"

门开了，欧文和弗雷德不由分说，飞起一脚把那开门的踢回屋，跟着就闯了进去。剩下的人一拥而入。

我走到一扇窗旁往里看。木屋只有一间房，点着一盏半死不活的蜡烛。给老家伙爷们儿踩在脚底下的不是别人，正是詹姆斯·道尔，也就是那天端着点四五口径柯尔特手枪对着老家伙的那小子，屋里还有道尔的三个儿子，加上他老婆。道尔父子几个给人按着，脸贴着墙壁，老家伙的几个儿子们握着夏普斯步枪和片儿刀抵住他们的脖子。老家伙站在他们身边，两只脚倒换着，脸上一抽一抽的，在口袋里摸索着什么东西。

开始我不知道他要干什么，老家伙还从来没有抓过俘房。他在口袋里掏摸了五分钟，最后抽出一张皱皱巴巴、泛了黄的纸片，尖着嗓子高声念叨："我是北方军队的布朗上尉，我们从东部前来此处，奉为你我抛洒热血的耶稣基督伟大救世主之命，要解救本州被奴役的人民。"言毕，他团起纸片对道尔说："你们哪个是荷兰佬儿亨利？"

道尔的脸白得像一张纸。"他不住这儿。"

"我知道。"老家伙说，他这是睁眼说瞎话。人家明明是方才告诉他的。"你跟他沾亲？"

"这里没人跟他沾亲。"

"你是蓄奴派还是废奴派？"

"我本人没养着黑奴。"

"我没问你那个。你跟荷兰佬儿亨利是一伙儿的？"

"我当时只是路过。"道尔说，"他住在这条路尽头，你不记得啦？"

"我听从全能的主，不可能记得他吩咐我的每一桩任务。"老家伙说，"我无时无刻不追随着主的意志。但是我的确记得你就属于那伙强盗，想置我于死地。"

"可我不是荷兰佬儿。"道尔说，"再往东三公里才是荷兰佬儿的酒馆。"

"那里是异教徒的老窝。"老家伙说。

"可我没向你开枪。"道尔哀求，"我有机会开枪的，可我没有。"

"哦，你要是开了枪倒好些。对了，你跟荷兰佬儿沾亲？"

"绝对没有的事。"

"好吧，我再问你一遍。你到底支持废奴还是蓄奴？"

"你在这儿一个黑奴影子都找不见。"道尔说，"我这儿没有啊。"

"那可不成，这么大个庄子，"布朗老头儿说，"要干的活儿真不少。"

"谁说不是呢，"道尔说，"我这儿的地，我跟我那些小子们根本忙不过来。我本来可以弄儿个黑鬼的。在堪萨斯这里，没个帮手可不成。就昨天……"

他突然停住话头，他知道自己说走嘴了。布朗老头儿脸色一变。他好像突然管不住自己，像个愣头青似的要耍耍威风。他挺了下腰杆，下巴往前一撅。"我前来此处，为了传播救世主的公正，解救他的人民。要向屠杀、绑架黑人为奴的人们施加我主上帝的报复，你就跟那些奴隶主子没两样，借着那万恶的制度四处作恶。所有参与其中的人们，所有被卷入其中的人们，只要在这残忍霸道、浑浑噩噩的制度中有份，无一例外。"

"就是说，你看我不顺眼啦？"道尔说。

"出去。"老家伙说。

道尔白着脸，不住口地哀求。"在荷兰佬儿那儿的时候，我可没想害你呀。"他说，"我就是个想赚点零花钱的庄稼汉来着。"说完他突然一扭头，瞥见那窗户——我的脸正死死贴在上面——外头，穿着裙子、戴着软帽的我正扒着窗根儿往里偷看呢。他吓了一跳。"我是不是在哪儿见过你？"他问道。

"少套近乎。这儿没你说话的份儿。"布朗说，"我问你最后一次：你是废奴州的，还是蓄奴州的？"

"你说什么就是什么。"道尔说。

"快点想想好。"

"枪抵着下巴，我没法儿想呀。"

老家伙踌躇一刻，道尔刚要挣脱，他老婆却突然号叫起来："我告诉你，道尔！你跟那帮天杀的叛军一伙儿，这是罪有应得！"

"嘘！孩她妈！"

为时已晚。泼出去的水，收不回来了。布朗冲儿子们点点头，小伙子们拽过道尔，连同他的两个儿子一起拖出房门。刚欲伸手去拉那最小的儿子，孩子妈却扑向布朗老头儿。

"他才十六岁。"那娘们哀求，"他跟那些共和党人不相干。他还是个孩子呀。"

她赌咒发誓，苦苦哀求，可老家伙听也不听。他鬼迷心窍了，真魂不知道跑哪儿去了。老家伙盯着她身后的什么地方，又好像望着天堂，要不就是别的遥不可及的所在。现在该下手杀人了，老家伙却又一本正经起来。"握住汝等的手，用它劈开刀斧。"他说，"《传道书》第十二章第十七节，差不多就是那儿。"

"他说什么？"女人问。

"我也正想问呢。"

她双膝一软，跪下来又是号哭，又是哀求，又是到处抓挠。这么着一折腾，老家伙总算收了杀心："行了行了。我们留他一条命。可我得在这里留个会开枪的人。要是你们任何人胆敢探头探脑，一律得吃枪子儿。"

他留了个人监视这一家子，剩下的兵分两路，一路拖着道尔进树丛，另一路带着道尔的两个儿子走出几米开外。我跟着弗雷德、欧文和老家伙带着道尔往树丛里钻了几步，停住脚让他靠着一棵大树站定。道尔赤着脚，哆嗦得跟个罗圈腿的鸡崽子似的，嘴里叽里咕噜，又好像个吃奶的娃娃。

老家伙懒得看那副尿样。"现在我最后问你一次。你是蓄奴派还是废奴派？"布朗说。

"说说而已。"道尔答，"我不是故意的。"他一把鼻涕一把泪，哆嗦着求饶。一米外的两个儿子看不见他，可是听到自家老爹号得像一头割了喉咙的牛，便也哭号起来。

老家伙一声不吭，好像中邪了似的。眼里根本看不见道尔这个人。我忍无可忍，便爬出树丛，可还没爬几步，道尔就借着忽明忽暗的月光瞧见了我，突然认出我。"嘿！"他脱口而出，"告诉他们我说的是实话！你认得我是谁！告诉他们！我没亏待过你！"

"闭嘴！"布朗说，"我最后问你一次，你是蓄奴派还是废奴派？"

"别杀我，上尉。"道尔说，"我只是个庄稼汉，靠脱稻谷皮、种棉豆讨生活。"

他还在吹牛呢。"你跟卢·谢弗斯可不是这么说的，还有那两个你在劳伦斯以外什么地方糟蹋的南方女人。"老家伙说。

"那不是我干的，"道尔轻声嘟囔，"只是我认识的人罢了。"

"你不在场？"

"我在场。可可……那是凑巧。不是我干的。"

"那，我求上帝宽恕你。"布朗说。他转身对弗雷德和欧文说："麻利点儿。"

上帝呀，那两个家伙举起大刀，照着那倒霉鬼的脑袋就是一刀，把他砍翻在地。道尔的脑壳插着弗雷德的大刀，兀自垂死挣扎，尖声讨饶，挣命往起爬。欧文又补上几刀，几乎把那脑袋全砍掉了，道尔这才倒地不动，他的尸体侧伏在地上直抽抽，两条腿往左右乱蹬，可是那脑袋都快搬了家，道尔那杀猪似的号叫声还是给不到十米开外的俩儿子听得清清楚楚。老爹的惨死和那凄厉的哭号让两个儿子也着了魔，号得跟两头土狼一般，最后，他们俩自家的脑袋也给大刀戳了几下，双双落入灌木丛，这才住了口。一切都结束了。

大伙儿站在灌木丛里，人人直喘粗气，个个筋疲力尽，足有一分钟，才听得一声惨叫。我的心突地一跳，以为那声音是从死尸腔子里发出来的，定睛一看，是个活人蹿出树林，那是布朗的儿子约翰。他朝木屋外的空地撒腿狂奔，疯子似的叫个不停。

"约翰！"老家伙大吼一声，猛追不舍，其他人纷纷跟在后面。

时机到了。我转身钻进树丛，来到拴着马车和两匹马的地方。其中一匹还是荷兰佬儿的杂色马，现在归老家伙的一个手下骑着。我跃上马背，拨马便朝荷兰佬儿酒馆的方向没命地狂奔。直到冲出灌木丛，我才敢回头查看，后面一个追兵也没有。他们全给我甩在后面，我脱身了。

5

黑鬼鲍勃

我紧紧催着马儿，玩命奔上加利福尼亚小径，可不大一会儿，它就累得迈不开马腿，我只得丢下它，因为天色渐明，我骑着它太显眼。那年月，要是没有通行证，黑人还不能一个人出门。我把它扔在原地，由它自己嘚嘚向前跑，我则迈开双脚，避开大路。离荷兰佬儿酒馆还有一千六百米光景，突然传来一阵辚辚的马车声。我立刻闪身进了树丛。

加州小径有一个大弯，之后地势渐低，延伸至长满树林的开阔地，眼下我就待在这林子里，此时，从那拐弯下沉处来了一辆敞着后车厢的马车，赶车的是个黑鬼。我打算瞅准这个机会，喊他一声。我刚要跳起来，却发现他身后那拐弯处又闪出十六个红衣骑手，排成两列纵队。原来是密苏里人兵团在行军呢。

此时平原上阳光普照。我趴在树丛里，矮身伏在一排荆棘和灌木丛后，等着这伙人走过去。可事与愿违，他们偏偏在离我只有一米的地方停下脚步。

车厢后头坐着个俘虏。一个老头儿，白人，留着大胡子，穿着脏得不成样的白衬衫，还有背带裤。两只手没绑，可双脚却给绑在一根钉在马车地板上的金属弯钩上。那人目光直勾勾的，坐在马车尾部的百叶窗旁，其他人传着喝一瓶烈酒，唯独不给他。

有人骑马来到他们面前，那汉子长着一张呆滞的麻子脸，胡子活像安上去似的。我发现他是头儿。他下了马，站立不稳，醉得晕头转向，突然身子一晃，径直冲我踉跄过来。他往树林里闯了几步，离我伏着的地方还不到六十厘米远。他离我那么近，我简直看得见他的耳朵眼儿，好像黄瓜的断碴儿。可他醉眼迷离，没看见我。他斜靠在我那棵树的另一端，放了点水，然后踉踉跄跄地回到开阔地。他从口袋里掏出一团纸，对那俘虏训话。

"好了，帕迪。"他说，"我们就在这里处决你。"

"凯利，我已经说了，我不是北方佬儿。"那上了年纪的说。

"我们知道。"凯利嘟囔。他对着阳光看了看那张皱巴巴的纸。"我这里有好几份决议，都说废奴分子是些说谎精，是破坏法律的小偷。"他说，"你大声念念。然后把这几份都签上名字。"

帕迪夺过那张纸，凑到眼前看，看罢举得远远的，然后又凑近费力地看。然后他把那纸塞回凯利怀里。"我的眼睛比不上当年了。"他说，"你念念看。"

"你用不着念得那么细，"凯利吼叫起来，"签上名字，咱们就了结了。"

"不弄明白上面写的什么，我绝不会随便签。"帕迪不满地说。

"别找碴儿，你这蠢货。我可是在帮你省事。"

帕迪又将目光落在那张纸上，念了起来。

他念得不紧不慢。五分钟过去了。十分钟。阳光直晒到头顶，男人们喝空了酒，丢开瓶子。又打开一瓶来回传。二十分钟，他还在念个没完。

有几个家伙打起盹来，凯利坐在地上，用枪带乱画一气，醉得像一条鱼。最后他抬头看看帕迪。"你磨蹭什么呢，等着开船？"他恶狠狠地骂道，"签上名字。不过是几份声明罢了。"

"我一下看不完这么多。"帕迪说。

我突然想到，帕迪很可能不识字。但是他假装看得懂。男人们嘴里开始不干不净。足足骂了十分钟。帕迪还在念。有个家伙走到帕迪身边，往他脸上喷烟。另一个过去，冲他耳朵大吼大叫。第三个人上去吆喝一句，在他脸上啐了一口。帕迪终于放下那张纸。

"哈奇，等我灾星过去了，非踹断你的手臂。"帕迪吼道。

"利索点儿！"凯利说。

"你这几个哥们儿在我身边捣乱，我看不进去。现在又得从头看起了。"

他又把纸贴在脸上。人们更按捺不住了。他们吓唬他，说要用沥青在他身上沾满羽毛。又说非得来一场拍卖，让那赶车的黑人把他卖掉。可帕迪还是不紧不慢地念着。头也不肯抬一下。最后凯利站起身来。

"我给你最后一次机会。"他说。看他脸色，不像开玩笑。

"好好。"帕迪说。他将那张纸一把推回凯利怀里。"我看完了。我不签。这不合法。"

"这是一位公正的法官大人签署的命令！"

"就算耶稣基督他老人家亲自签的我也不在乎。要不弄明白上面写的是什么，我绝不签。上面写的我一个字也不明白。"

凯利火了。"我让你凉快凉快，你这满嘴跑火车的屁货废奴分子！给我签了！"

"我跟你赶牛赶了两年，你就这么对我？"

"要不是为了这个，你早见阎王去了。"

"你这满嘴谎话罗圈腿的蟑螂。你就是想吞了我那片地！"

人们一下炸了窝。局面一下子来了个一百八十度大转弯。堪萨斯州这帮掠夺地产的强盗——土地所有权已经是人家的了，可他们还要跑去强占——可不是嘛，他们只比骡马强些，只比做贼的黑鬼强些。

"是真的吗，凯利？"其中一个问道，"你要夺他的地？"

"当然不是！"凯利怒气冲冲地说。

"我们刚来，他就盯上了我那片地。"帕迪说，"所以你才一口咬定我是北方佬儿，你这条吸血虫！

"你这地道的在牲口铺子捡剩饭吃的说谎精！"凯利怒吼。他从帕迪手里夺过那张纸，递给赶车的黑人。

"黑鬼鲍勃，你大声念念。"他说。然后他转身对着帕迪。"不管那黑鬼念的是什么，要是你不同意、不签字，我就要一枪打进你的脖子，要你的命。"

他转向黑人。"快念，黑鬼鲍勃。"

黑鬼鲍勃是个结实的大个子黑人，顶多二十五岁，正高坐在赶车座位上。他哆嗦着接过那张纸，眼睛瞪得比银币还大。那黑鬼吓坏了。"我不认字，头儿。"他结结巴巴地说。

"念就是了。"

"可我不知道写的是啥。"

"快念！"

黑人抖着手，盯着那张纸。最后他心惊胆战地嘟囔了几个字：

"伊尼。米尼。明尼。莫。一二三。"

几个人大笑起来，可凯利和其他几个人正在气头上，愈发不耐烦。

"凯利，咱们把帕迪吊死，接着赶路。"一个说。

"咱们给他涂上沥青，粘上羽毛。"

"你跟他废什么话呀，凯利。走路吧。"

凯利挥手让他们闭嘴，然后鼓起腮帮子，嘴里叽里哇啦不知嘟囔些什么。他根本不知道自己该拉屎还是该戳瞎自己的眼睛。他别的本事没有，光知道喝酒。他说："咱们投票。同意吊死帕迪这同情黑鬼的北方废奴佬儿、这新英格兰移民胆小鬼的代理人的，举手。"

八只手举了起来。

"不赞成的呢？"

也有八只手举起来。

我数了数，一共十六个人。平局。

凯利站在那儿，身子摇晃得厉害，脑子也跟一锅粥似的。他跌跌撞撞地朝正在车夫座上打哆嗦的黑鬼鲍勃走过去。"既然帕迪是个废奴分子，咱们就让黑鬼鲍勃决定。你赞成哪边，黑鬼鲍勃？要不要吊死帕迪？"

马车后头坐着的帕迪突然一蹦多高。"那就吊死我算了！"他吼道，"我宁愿给吊死，也不愿意让黑人投票决定我的命运！"他喊道，接着企图扑出马车，却摔了个狗啃屎，他的两只脚还给拴在地板上呢。

人们又吵吵起来。"你这废奴派的书呆子。"凯利边笑便扶起帕迪，"你早该按我说的，念念那份决议的。"

"我不认字呀！"帕迪说。

凯利僵住了，触电似的缩回手。"什么？你说你认字的！"

"我说谎来着。"

"那大泉的地契呢？你说那是……"

"我不知道那是什么玩意儿。当时是你非签不可！"

"你这蠢货！"

现在轮到凯利成了众人的笑柄！"你当时该说句话，你这蠢货呆瓜！"他吼道，"那地是谁的？"

"我不知道。"帕迪不屑地说，"你听见什么就是什么吧。好了。你给我念念那张纸，我就签字。"他把那纸推给凯利。

凯利又嘟囔了一气，又是咳嗽又是揉鼻子。好像有些心神不宁。"我也没念过多少书。"他嘟囔着，从帕迪手里抢过那张纸，转向他的兵，"谁认得字？"

没人说话。最后，队伍最后头有个人说："你们真是一团糊涂账，我一分钟也看不下去了，凯利。布朗老头儿就在这附近，我得找到他。"

说完，他便打马走了，那帮人都跟着他。凯利也跌跌撞撞地一溜烟跟上去。他拨转马头时，帕迪说："至少把枪还给我呀，你们这群傻蛋。"

"我卖到帕尔米拉了，你这驴脸的废奴佬儿。你居然用那地契骗我，我真该踢碎你的牙。"凯利说毕，跟大部队走掉了。

帕迪和黑鬼鲍勃看着他离开。

直到看不见凯利的人影，黑鬼鲍勃才从赶车座位上下来，走到马车后部，一言不发地解开帕迪脚上的绳子。

"送我回家。"帕迪愤愤地说。他坐在马车后头揉着脚踝，扭过头说。

黑鬼鲍勃跳上赶车座，却没有动。他高坐在车顶上，眺望前方。"我哪儿也不带你去。"

这话可把我吓得不轻。我这辈子还从未听见黑人对白人这么理直气壮地说话。

帕迪眨眨眼，他也吃惊不小。"你说什么？"

"你听得清楚。这马车属于塞特尔先生的，我得给他送家去。"

"可你路过帕尔米拉！我就住在那里。"

"我去哪里也不带着你，帕迪先生。你想去哪里请自便。可这马车是马尔赛·杰克·塞特尔先生的财产。他并没许可我带什么乘客。我听琼斯先生的命令，那是不得已。我用不着听你发号施令。"

"从那座位上下来，到我身边来。"

鲍勃不理他。他坐在赶车人的位置上，看着远处。

帕迪伸手拿枪，枪套却是空的。他爬起来盯着黑鬼鲍勃，似乎打定主意要痛揍他一顿，可那黑人比他壮实得多，他自己心里怕是也清楚得很。他索性跳下马车，噔噔噔顺着大路跑了几步，捡起一块大石头，走回来，砸裂了一只轮子上的木头销子。销子整个掉了下来。轮子可是靠那销子连在一起的。鲍勃屁股也没抬，瞧着他砸，纹丝不动。

帕迪砸完了，把销子扔进灌木丛。"你让我走回家，我也让你走回家，你这黑杂种。"说完，噔噔噔顺着大路走远了。

鲍勃看着他走得看不见人影，然后下来看那轮子。我挨了几分钟，终于从树丛里爬了出来。"要是你送我一程，我就帮你修轮子。"我说。

他吓了一跳，瞪眼瞅着我。"你在这里干什么呢，小丫头？"

他说。

我糊涂了，因为我早就忘了自己已经给人扮成丫头了。我马上动手解那软帽，可绑得太紧。于是我又想脱裙子，可扣子却系在背后。

"老天爷啊，小孩。"鲍勃说，"要我黑鬼鲍勃带你回家，你也用不着这样啊。"

"不是那么回事。"我说，"说真的，要是你好心帮我把这劳什子脱下来……"

"我不管。"他后退一步。

可我好不容易才得到这个机会，绝不会眼睁睁放过它。"等会儿，帮帮我。你要是不介意，解开……"

老天爷啊，他翻身蹦上马车，连滚带爬上了车夫座位，催起马，也不管有没有销子，只顾往前跑。刚走出十米，那后轮就摇晃得厉害——马上就要完全掉下来了——这才不得不停下。他跳下车，从树丛里拖出一根木棒，塞进销子眼儿，叮叮咣咣几下砸得结结实实。我跑了上去。

"我有事，孩子。"他一边砸那轮子一边说，不肯抬头看我一眼。

"我不是丫头。"

"不管你是个什么玩意儿，宝贝儿，在黑鬼鲍勃的面前脱裙子，我看这事不大妥当——黑鬼鲍勃是有老婆的人。"顿了半晌，他回头看了看，又说，"当然，除非你是自愿的。"

"你这话说得真有味。"我说。

"是你有求于我。"

"我想去荷兰佬儿酒馆那个路口。"

"去那儿干啥？"

"那是我家。我是格斯·沙克尔福德的儿子。"

"胡说。老格斯已经死了。他也没有闺女。他有个儿子来着。那孩子比一团屎还不如。"

"你都不认识人家，竟敢说这种话。"

"我也不认识你，孩子。你真是个漂亮妞儿。你多大了？"

"你别管，带我回荷兰佬儿酒馆，他会给你点报酬。"

"除非给我二十块美元，否则我可不愿意上荷兰佬儿那里去。黑人他们见一个宰一个。"

"他不会找你的麻烦。他的对头是约翰·布朗老头儿。"

一提这个名字，鲍勃马上四下瞅瞅，又在小径上照照，生怕有人朝我们过来。小径上空无一人。

"就是那个约翰·布朗？"他小声说，"他当真就在这一带？"

"那还有假。他把我绑架了。他逼着我穿裙子、戴软帽。可我从那蠢货杀人狂手里逃出来了。"

"为什么要逃？"

"你看他给我穿的什么衣裳呀。"

鲍勃仔细看了看我，叹口气，吹了声口哨。"这草原上到处都是杀人不眨眼的。"他慢吞吞地说，"你去问问印第安佬儿。人们为了活命，什么话都说得出口。约翰·布朗要你干什么？难不成他要个丫头帮厨？"

"我要是说谎，叫我立马挺尸！我不是丫头！"我竭力想把那软帽从脑袋后面拔下来。

这句话多少让他动了心。他仔细看了看我，又把脸贴在我的脸上，结果吓了一跳。他的眼睛瞪圆了。"你到底着了什么魔？"他说。

"要不给你看看我的小弟弟？"

"饶了我吧，孩子。我信你。我可不想看你的小弟弟，也不想把脑袋伸到荷兰佬儿的酒馆里。你干吗在这里转悠？约翰·布朗老头儿往北追你？"

"我不知道。他刚在八公里外杀了三个人。我亲眼看见的。"

"白人？"

"看着是白的，闻着是白的，怎么也不可能是黑鸟吧？"

"你当真？"

"詹姆斯·道尔，加上他的两个儿子。"我说，"用刀砍死的。"

他低低吹了声口哨。"老天。"他嘟囔着。

"把我送回荷兰佬儿酒馆吧？"

他好像没听见似的。似乎陷入了沉思。"我听说约翰·布朗就在这一带活动。他可不是一般人。你应该谢谢老天爷，孩子。你见过他？"

"见过他？你说我干吗要穿得跟娘们儿似的。他……"

"妈的！要是能让约翰·布朗老头儿的帮忙送我到自由州去，天啊，穿十年裙子我也愿意。我愿意从里到外装成女人，直到我装不动为止。我愿意一辈子当个娘们儿。任何东西都比锁链强。你最好回到他那里去。"

"他是杀人犯！"

"荷兰佬儿就不是？他现在正追杀布朗呢。拉起整整一支部队四处找他。方圆一百六十公里之内，每一个穿红衬衫的都在找他。你现在可不能回荷兰佬儿酒馆。"

"为什么不能？"

"荷兰佬儿可不是傻瓜。一有机会，他就要把你卖到南边儿去，无论什么样的黑人，只要他尝过自由的滋味，白人都不会留在手里。像你这种黑白混血的小子在新奥尔良一定能卖个高价。"

"荷兰佬儿不会看着我被卖掉。"

"你想赌一把吗？"

我不敢说了。那荷兰佬儿算不上仗义。

"你说我该投奔哪儿？"

"你最好回到布朗老头儿那里。如果他们的事你没撒谎的话。人家都说他们厉害着呢。他有两把七连发手枪，是真的吗？"

"其中有个人，他的确有。"

"哦，嗨，我真动心了。"他说。

"我宁愿叫人家一颗子弹崩了，也不想穿着娘们儿衣服到处跑。我做不到。"

"那你还是省下那颗子弹，回荷兰佬儿那儿去吧。他把你送到新奥尔良，你就没几天活头了。我从来没听说有哪个黑鬼能从那儿逃出来。"

我完全泄了气。我压根儿没想过这种可能性。"我不知道布朗老头儿现在哪里。"我说，"我自己找不到他。我对这一带不熟。"

鲍勃慢吞吞地说："要是我帮你找到他，你说他会不会把我也带到废奴州？我愿意穿娘们儿衣服。"

听上去有点儿不好办哪。可我的确需要有人送我一程。"我说不准他会怎么做，可他们父子手下的确有不少人。他们的武器比你这辈子见过的还多。我听他说得明明白白：'我是彻头彻尾的废奴分子，要解救本州所有的黑人。'不知听他说过多少遍。所以我寻思着他会收留你。"

"我老婆孩子呢?"

"那我就不知道了。"

鲍勃寻思了好大一会儿。

"靠近中溪那里,我有个表兄,他对这里熟得很。"他说,"想必他知道老家伙藏在那里。可如果我们在这儿耗得太久,没准儿又会等来一支军队,没准儿还不像刚才那帮人醉得那么厉害,帮我把那马车轮子安回去。"

我跑去帮忙。我们推着一棵倒下来的树干,塞到马车下面。他把马儿垫高,拖着马车,露出底部,然后在树上拴了一根绳子,再把马儿垫高,这就相当于一个绞盘。我们在下面堆上木板和石头,让它越来越高。我在树丛里把那销子找出来,帮助他把轮子装回去,塞紧。我们大功告成的时候,日头接近正午,我们俩热得汗流浃背,可总算把那马车轮子修整如新,我跳上车,坐在赶车的座旁,一秒也没耽搁,出发了。

6

再成俘虏

还没走出三公里，我们就遇上了各式各样的巡逻队。整个堪萨斯真是草木皆兵。东南西北，上下左右，每条小径上都走动着全副武装的军队，过路的马车前座上个个坐着带枪的车夫。家家户户都把孩子们派出来放哨，爹妈捏着步枪坐在摇椅上。我们迎面遇上好几辆车，拉着惊慌失措的北方佬儿，他们的家当堆得老高，没命地催着骡子往东，跑得越远越好，恨不得一步跨出堪萨斯才放心。老家伙发动的大屠杀把大家都吓坏了。可鲍勃不怕，他有护身法宝，他赶的是东家的马车，手里有文书。

我们顺着加州小径，一路与波特瓦特米小溪平行，目标是帕尔米拉镇。接下去折向梅里德辛河，向北方中溪前进。沿着梅里德辛河走了一小段路程后，鲍勃停下马车，下了坐骑，解开缰绳。"从这里，咱们得步行了。"

我们顺着一条挖得光溜溜的小路来到河北岸一座精致考究的小房子。一个老黑人正在大门口摆弄花草，我们走进去的时候，正往庭院过道上扔废土呢。鲍勃跟他道了一声好，他也跟我们问好。

"下午好，赫伯特兄弟。"鲍勃说。

"最近如何？"

"多亏了上尉。"

一提"上尉"这两个字，赫伯特瞥了我一眼，随即向主子的宅院投去警惕的眼神，接着又趴在地上，往外倒腾那些黑土，眼睛盯着地面。"我可不认识什么上尉，鲍勃。"

"别装蒜了，赫伯特。"

老头儿直勾勾地盯着脏土，又是翻土又是拨弄鲜花，好像挺忙乎，他压着嗓子说："走开。布朗老头儿的名声比泡在大粪里的猪还臭。你跟他搅和在一起干啥？那个罗圈腿的小丫头是谁？她还小着哪，跟你不配。"

"他在哪儿？"

"谁？"

"别跟我扯淡。你知道我说谁。"

赫伯特抬眼斜我们一眼，又盯上那些花儿。"打这儿走，往劳伦斯那边去，一路上全是军队，跟过筛子似的要拿他。他们说他在奥萨沃托米那里，把十个白人灭了火儿。用大刀把人家脑袋给削掉了。哪个黑人敢提一声他的名字，就得给切成片儿用船送出州外。所以说，你赶紧滚蛋。把那闺女送回家，你自己也赶快回家找老婆。"

"她是上尉的人。"

这话可不得了，赫伯特放下手里的活儿，沉思默想了一刻，不过他的眼睛还是盯着脏土，又吭哧吭哧地挖起来。"那关我什么事？"

"她是上尉的人。他要送她离开咱们这个州，让她当自由人。"

老头儿又停下手里的活计，盯着我看了一会儿。"这么说，她能在他的葬礼上随心所欲地吃手指头了。你们两个都滚蛋吧。"

"你这么对你三弟可真够呛。"

"四弟。"

"三弟，赫伯特。"

"怎么成了三弟？"

"打我姨妈斯黛拉，和你叔叔比奥那儿论起，咱们俩有个共同的表姊妹麦里，还记得吗？她是杰米的女儿，是奥德金的二表哥。奥德金先娶了你妈妈的妹妹斯黛拉——去年给卖了的那个——成了奥叔叔的外甥女婿。斯黛拉是我表妹麦里的二表妹。也就是说，麦里是你的三表妹，这下，你叔叔吉姆就得往后排，排到我叔叔福格斯、库克和多丽丝后头，下面还有卢卡斯和科特，科特是你的大表弟。也就是说，比奥叔叔和斯黛拉阿姨是长表兄妹，咱们俩是三表兄弟。你就这么对你的三表弟？"

"我不管你是耶稣基督还是我儿子。"赫伯特没好气地说，"我根本不认识什么上尉。有她在，我更不认识了。"他冲我点点头。

"你跟她有什么过节？她还是个娃娃。"

"就是说嘛。"赫伯特说，"我才不会为了一个陌生人受那份涂沥青、粘羽毛的活罪。我看她长得一点不像布朗老头儿，虽然我也不知道布朗老头儿是圆是扁。"

"我可没说他们是亲戚。"

"不管她是什么东西，她跟你没关系，你可是有老婆的人。"

"看看你自己吧，表哥。"

他转身对着我："你是黑人还是白人，小姐，如果你不介意我问一问的话。"

"那有什么差别？"鲍勃狠狠地说，"我们得找到上尉。这小丫头跟他是一伙的。"

"她到底是不是黑人？"

"她当然是黑人。你难道瞎了眼？"

老家伙停下挖土的活儿，瞧了我一会儿，然后又挖起来，呼哧呼哧地说："我要是没看错，她八成是老格斯·沙克尔福德家里的吧，人都说，四天前，他在荷兰佬儿酒馆里因为跟约翰·布朗说话，给人灭了火儿，愿他在天之灵安息。可格斯家里是个小子，就是亨利那小东西，可把格斯愁坏了。跟白人一个作派，真该好好打一顿屁股。要是让我在荷兰佬儿酒馆外头逮到那小斗鸡，可得给他那小屁股蛋子上结结实实来顿鞭子，非揍得他打起鸣来。我寻思着，就是因为那小子不地道，懒得要死，他老爹才遭了报应。这年头，孩子们都得下地狱，鲍勃，不能不管他们。"

"你完了没有？"鲍勃说。

"什么完了？"

"穷嘚瑟，穷啰唆。"鲍勃狠狠地说，"上尉在哪儿？你到底知不知道？"

"哎呀，鲍勃。这天气来一罐桃子可真不赖。"

"我没带着什么桃子，赫伯特。"

赫伯特直起腰来。"对一个铁公鸡似的弟弟，能动动嘴就不错了。成天赶着你那假模假式的马车，拉着你的主子。我主子跟我一样穷。找个傻子哄去吧。"

他转过身，把更多的脏土倒进花地。

"你要是不说，表哥，"鲍勃说，"我就进去问问你主子。他支持自由州，是吧？"

老家伙看看木屋后头。"我不知道他支持啥。"他干巴巴地说，"他是来到了这个废奴州，可那些造反的家伙动动嘴就让白人改主意。"

"我告诉你，表哥。这丫头是约翰·布朗的人。他在找她呢。要是真给他找着，她再跟他说你跟他作对，他准保一路跑过来把大刀架在你后背上。要是他打定主意要那样做，九头牛也拉不回来。到时候谁给你说情？"

这句话果然有效。老家伙脸上抽搐了一下，斜了一眼身后木屋那边的树林子，随即扭回头来继续挖土。嘴里说话，并不抬头。"绕到木屋后头，直接进树林，过了棉花地的第二棵白桦树。"他说，"你会找到那棵树低处的树杈上塞着一个旧威士忌瓶子。顺着瓶口方向往北走三公里，一定得是瓶口的方向。太阳在你左手边。走到一座旧石头墙，是什么人搭起来然后又不要了的。顺着那道墙就能走到营地。不过进去的时候最好闹出点动静。老家伙布置了哨兵，他们会开枪，然后叫大部队赶紧开溜。"

"你保重吧，表哥。"

"快滚，别害我丢了性命。布朗老头儿可不是吃素的。人家说，他杀了人，还把头骨烤熟。威客逊一家，福特一家，还有道尔一家，加上密苏里那头的几个家伙都是这个下场。吃人眼珠子就跟吃葡萄似的，烤人脑子就跟烤猪肠一样。拿人头皮当灯罩使。他可是个恶魔。我还没见过白人吓成这样过。"他说。

那年月，人家就是这么谈论老家伙的。随便干点儿什么，一顿饭工夫，不出五分钟，就给传得邪乎极了。

赫伯特捂住嘴，舔着嘴唇咯咯笑起来。"我想要我那罐桃子，表弟。别把我给忘了。"

"你会得到你的桃子。"

我们挥手道别，转身朝树林走去。进了林子，鲍勃停下脚步。"小兄弟，"他说，"到了这里，我得跟你拜拜了。我很想去，可我现在有点儿害怕。约翰·布朗老头儿要真是挖人眼珠、敲人脑子，我可不成。我可舍不得我的宝贝脑袋、我的身子呢。再说，我还有老有小，不能撒手不管，除非已经给她们找好后路。祝你好运，你还真需要点运气。老家伙咽气之前，你还是穿娘们儿衣服为好。别为你的老黑鬼鲍勃担心。我随后就去找你。"

嗨，我没法儿跟他担保，说老家伙会不会取他的脑子或者要他的命。我按着赫伯特说的，在高高的松树和荆棘丛里穿行。不大会儿，我就找到一堵石墙——就是他先前绑架我的时候靠着研究地图的那一堵墙——可营地已经踪迹不见。我顺着那墙往前走，终于看见了炊烟。我绕到墙后，走到头，想从老家伙身后过去冲他和他的手下喊一声，让他们认出我来。我饶了一大圈，在树丛和灌木丛里钻来钻去，确定已经离他们很远后，我才站起身来，走到一棵大橡树后，坐下来整整衣服。我不知道该怎么解释，得花些时间来寻思出个借口。可我还没来得及细想，便沉入了梦乡，长途跋涉，又在树林里钻了一天，把我折腾得筋疲力尽。

醒来时，我第一眼看见的是一双旧皮靴，还露着几个脚趾。这几根脚指头我认得，两天前，我还见过弗雷德穿针引线，想把鞋缝起来，那时候我们正围着篝火烤花生呢。我躺在那儿看去，那几根脚趾好像虎着脸。

再一抬头，是一杆七连发步枪的枪膛，弗雷德里克身后站着欧文和老家伙手下其他几个人，脸上都是不怎么高兴的表情。

"我爹的马哪里去了？"弗雷德问。

他们把我带到老家伙那里，好像我从来没离开过似的。老家伙迎接我的架势，也仿佛刚打发我去铺子里跑腿回来。他没提那匹找不见的马，没提我溜号的事，一个字儿也没提。布朗老头儿从不关心他那支军队里的鸡毛蒜皮。我还见过几个家伙当了逃兵，一逃就是一年，也能那么大摇大摆走进营地，坐在篝火旁，就跟早晨刚去打猎回来似的，老家伙也不说什么。他那支由废奴分子组成的波特瓦特米步枪队全是志愿兵，来去自由。实际上，除非动起手来，老家伙从来也不下什么命令。他大多数时候只是说"我要往这里去"，儿子们便说"我也去"，其他人也跟着说"我也去"，大伙儿便一起去了。可要是说到上情下达、点卯报数之类的，废奴军这支队伍的确是想来尽管来。

他穿着衬衫站在篝火旁，我凑上去，看见他在烤猪肉。他瞥了一眼过来，发现了我。

"晚上好啊，小洋葱头。"他说，"你饿了吗？"

我说我是饿了，于是他点点头说："过来，烤肉的时候陪我聊聊天。然后你跟我一道对咱们的救世主祷告祷告，感谢他帮助我们在解救黑人同胞的战争中取得的伟大胜利。"他又说："解救了一半，看你长得这么俊俏，我觉得你应该有一半白人血统什么的。不管是什么血统，这个世道对你特别残酷，亲爱的小洋葱头，因为你得既要跟自己过不去，还得跟旁的人过不去，一半和另一半不一样。别担心。咱们的主也对你的处境担忧，《路加福音》第十二章第十五节说：'尔等手中不可只有母亲的奶，父亲的也要有。'"

我当然不知所云，可我思谋着，总得说说他的马到底跑哪儿去了吧。"上尉，"我说，"我那时着了慌，撒腿就跑，把你的马弄丢了。"

　　"你不是唯一一个开溜的。"他耸耸肩，颇为专业地摆弄那只烤猪，"这里有好几个人，羞于按照上帝的意志付诸行动。"他瞥了一眼周围的几个人，有好几个都愧疚地移开了目光。

　　眼下老家伙的军队已经壮大了不少。至少二十个人围坐成一圈。武器大刀什么的也斜靠在树上。我刚来时看见的那顶临时帐篷也不见了。取而代之的是一顶真正的帐篷，照例也是偷来的，帐篷正面还印着"诺克斯商店，出售渔具、五金、采矿用具"。营地边上有几匹马，我数了数，有十四匹，还有两辆马车、一架加农炮、三个木炉子，大刀足够五十个人用，还有一只箱子，上面写着"顶针"。大伙儿好像都累垮了，只有老家伙本人精力充沛，跟一朵雏菊一样精神。他的下巴上长出了一缕白胡子，差不多垂到胸口。衣服上全是泥，比以前还破旧不堪，靴子外头露着几根脚指头，简直成了拖鞋。然而他却像春天的小溪一般明快。

　　"消灭敌人是神的旨意。"他大声说，并不针对某个人，"如果这里的老百姓念念那本《圣经》，她们就不必在达成神的意志的道路上畏缩不前。《赞美诗》第七十二章第四节说：'他救得出穷人，拯救有需要的孩子，将压迫者化为齑粉。'那个呀，小洋葱头。"他一边把那烤得熟透的乳猪拿下来，一边扫视着那几个目光躲躲闪闪的家伙，严厉地说："告诉你们，你们得知道这个。我祈祷的时候，你们都过来，兄弟们，这样我那勇敢的小洋葱头就能帮我管理好这帮残兵败将。"

　　欧文上前一步。"让我祈祷吧，爹。"他说，人们的眼睛都饿绿了，我看他们根本受不了上尉花一个小时的工夫嘟囔什么全能的主。老家伙很不满，却答应了下来，大家祈祷，然后用餐，他跟其他人围着地图挤挤挨挨地坐着，弗雷德和我在一旁收拾。

弗雷德身材矮小，好像只剩一颗脑袋，他看到我快活得要发疯，却又一脸焦虑。"我们干了一件坏事。"他说。

"我知道。"我说。

"我哥哥约翰，跑了的那个，我们再也没找到他。我哥哥贾森也是。都找不到了。"

"你觉得他们在哪儿？"

"不管在哪儿，"他阴沉着脸说，"我们都把他们弄回来。"

"非得弄回来不可吗？"

他偷偷看了他爹一眼，然后叹了口气，移开目光。"我好想你，小洋葱头。你跑哪里去了？"

我刚要对他讲述一番，只见一匹马风驰电掣般跑入营地。那骑手截住老家伙，跟他说了句什么，过了一会儿，上尉便叫大家听命令，他站在篝火旁正中间，其他人围拢过去。

"好消息，小子们。我的老对头佩特上尉带着人正在桑塔福大路那边打家劫舍呢，他们打算进攻劳伦斯。贾森和约翰都在他们手里。他们好像要把他们俩投入列文沃斯堡的监狱里，咱们追上去。"

"他们有多少人马？"欧文问。

"一百五十人至两百人，人家这么告诉我的。"布朗老头儿说。

我看看周围，包括我在内，一共只有二十五个人。

"咱们的弹药只够打一天的。"欧文说。

"没关系。"

"没弹药了怎么办？张嘴骂人？"

可老家伙已经抓住口袋，准备动身了："小子们，我主吉星高照！想想锡安的军队吧！上马！"

"明天是礼拜天呢，爹。"欧文说。

"那又怎样？"

"咱们不如等到礼拜一，再去追佩特他们。他好像要去劳伦斯。他不会在礼拜天进攻劳伦斯的。"

"实际上，他必定选礼拜天进攻，"老家伙说，"他知道我敬畏上帝，也许会在主日休息。我们取道草原城，在黑杰克阻击他。大伙祈祷吧。"

大势已去。人们聚拢过来，围成一圈。老家伙屈膝下跪，伸出手张，手心向天，俨然摩西老头儿再世，鸟巢似的大胡子向下垂着。他开始祷告。

三十分钟过去了，弗雷德倒在地上，鼾声大作，欧文直愣愣地望着天空，余者皆面有难色，有抽烟的，有在袋子里乱翻的，有人干脆写起了家信，而老家伙还在唠叨个没完，闭着眼睛，向那涂了香膏的上帝祈祷。最后欧文终于发起火来："爹！咱们得走了！贾森和约翰当了俘虏，给押到列文沃斯堡去了，还记得吗？"

魔咒又给打破了。老家伙还跪在地上，心烦意乱地睁开眼睛。"我每次刚找到合适的措辞来感谢我们的主，你们就给我打岔。"他嘟嘟囔囔地站起来，"可是我觉得万王之王的上帝懂得年轻人的耐心，他们不知道用赞美来感谢他对我们如此慷慨的恩赐。"

说完，我们便上马往北，去找佩特上尉和他的军队，就这样，我算是彻底归了队，又开始男扮女装的营生啦。

7

黑杰克

一如既往，老家伙攻打佩特上尉的计划又节外生枝了。比如说，老家伙情报向来极不可靠。我们在十月的一个礼拜六动身。到了十二月还没找到他们的人影儿呢。我们朝着帕尔米拉方向行进，小径上总有个定居者喊："劳伦斯那边的叛军打仗啦。"于是我们赶快去劳伦斯，可却发现两天前仗已打完，叛军早就没影儿了。再过几天，有个妇女站在凉台上喊着："我在列文沃斯堡附近看见佩特上尉啦。"于是老家伙就说："找到他了！小子们动身！"于是我们又斗志昂扬地急行两天，却发现根本没那么回事。我们跑来跑去，最后大家斗志全无。我们就这样瞎蒙乱撞地混到二月，老家伙计划中的战役却一次也没能打响。

一路上，我们又收留了十几个废奴派，在堪萨斯州南部，靠近密苏里州界的地方转来转去，最后队伍壮大至三十人。人人都怕我们，可问题是，波特瓦特米步枪队根本就是一群乌合之众，不过是一伙吃不饱肚子的半大孩子，牛皮哄哄地四处寻些煮燕麦和酸面包，好在二月末的料峭春寒中填饱肚子罢了。那年冬天没完没了，天冷得根本打不起仗来。平原上覆了厚厚一层雪，冰冻了四十六厘米深。水沟里一夜就结了冰。大树上挂满冰凌，碰得叮叮直响，与巨人白骨相仿。尚且还能忍受的家伙都待在营地里，在帐篷的保护下挤挤挨挨地靠在一道。剩下的，包括我、老家伙和老家伙的儿子，只要寻见个暖和地方就马上猫起来。虽说我们是废奴派没错，可在冬天的大草原上跑上几个月，有上顿没下顿的，这就好比用烂锄头除草，还要一根杂毛都不能剩下，足以看出人心。待到冬天结束，老家伙手下已经有好几个人投奔蓄奴派去了。

可说实话，跟老家伙待在一起并不坏。我这懒鬼也竟渐渐习惯了在外奔波，在草原上驰骋、为民除害，从蓄奴分子那儿偷东西，另外，我不用做什么活计，因为老家伙一见人家那样使唤我跑腿，就改了规矩。他宣布："从今往后，自己的事情自己做。自己的衬衫自己洗。自己的衣裳自己补。自己的碟子自己修。"他说得清清楚楚，这里的每个人都是来为解放黑奴而奋斗的，更不能让队伍里唯一的黑人小丫头给你洗衣服。说真的，不用干那些杂活的话，为解放黑奴而战还真挺容易的，你只需要跑来跑去，谈谈这万恶的制度，然后跑到蓄奴分子那里，想偷什么偷什么，然后拔腿就走。用不着每天照例担水、劈木柴、擦靴子，还得支着耳朵听那些陈芝麻烂谷子。为解放黑奴而斗争让你成了英雄，你也自认为是个传奇人物，到底是回到荷兰佬儿酒馆，再给卖到新奥尔良去理发擦鞋，整天穿着装土豆的麻袋，把皮肤磨得生疼呢，还是穿着这件软乎乎、暖烘烘的毛料裙子呢——我现在越来越稀罕它——没过多久，前一个计划就越来越不受我待见了。您别误会，我并不是想变成个丫头。可丫头自有丫头的好处，比如不用扛把式，不用带手枪步枪，要是你跟小伙子一样有劲儿，人家对你还高看一眼，你还没累呢，人家已经叫你去歇着了，大家对待你一般也是客客气气的。当然，那年月黑人丫头干的活还是超过白人丫头，可那是照一般白人的标准。在布朗老头儿的营地里，他身边的每一个人，无论黑白，全都得干活儿，说起来，他把我们支使得团团转，黑奴不黑奴的根本没什么两样，大家一律同样的作息：清晨四点钟，老家伙就叫醒大家，对着《圣经》嘟嘟嚷嚷地祈祷一个小时。接着他叫欧文教我认字。然后又打发弗雷德教我些丛林里的各种知识，然后我又得回到欧文身边，他教我给子弹上膛、开火。"每个灵魂都必须学习守护上帝的意志。"老家伙说，"这样做就是守护。识字，守护，生存。男人、女人、丫头、小子、黑人、白人、印第安人，都得学会这些。"他亲自教我编筐、做凳子。做法很简单：找一棵白橡树劈开，然后折来折去就是了。不出一个月，你要什么筐我都能编出来：装子弹的、装衣服的、装饲料的、装鱼的——我抓的鱼又大又肥，跟你的手掌一样宽。漫长的下午，我们等待着敌军走上小径，弗雷德和我就用甜枫树做糖浆。很简单的，把汁液从树里挤出来，倒在一个平底锅里，放在火上，用一根叉子一层层撇下来，就成了。你的工作主要是把糖浆从上头撇着的一层浮沫分开来。一旦掌握这个技巧，你做的糖浆就是举世无双了。

我越来越喜欢跟老家伙的军队一起过冬，尤其是跟弗雷德。一般人——或者是假丫头——有这样一个朋友足矣。他是个长不大的孩子，我们俩真是情投意合。我们从来不缺玩的。凡是小孩子爱玩的，老家伙的军队从蓄奴分子那里一概偷得着：小提琴、盐罐子、镜子、锡酒杯，还有一匹木头摇马。不能带走的，我们就当靶子把它轰上天。这种生活相当不错，我越来越习惯，渐渐不再寻思逃跑的事了。

春天如常到来，一天早晨，老家伙亲自出营巡视，打听佩特夏普斯步枪队的消息，回来时却赶着一辆大篷车。他轰隆隆地开进来时，我正坐在篝火旁编鱼筐呢。车轮辚辚经过我身边，我一见那破破烂烂的后轮，一见那快磨没了的硬木销子，就说："我认识这辆马车。"话音未落，黑鬼鲍勃和五个黑人就连滚带爬地从后车厢下来了。

　　他一眼就看见了我，其他人东倒西歪地跟老家伙去篝火旁吃东西时，把我拦住。

　　"你原来还在干那勾当。"他说。

　　那年冬天，我学了不少本事。我长了点见识，混了些社会。不再是去年秋天他看见的那只小羊羔了。"我以为你不想参加这支队伍呢。"我说。

　　"我来这里，想跟你一样过自在的生活。"他快活地说。他看看左右无人，遂悄悄说："他们知道你是个……？"他边说边做了个扭来扭去的手势。

　　"他们什么也不知道。"

　　"我不说。"他说。可我不喜欢他揪着我的小辫子。

　　"你想跟我们一道走？"

　　"不是。上尉说他还得办几件事，然后我们就一起奔向自由。"

　　"他要去攻打佩特上尉的夏普斯步枪队。"

　　这话把鲍勃吓傻了。"坏了。什么时候？"

　　"一找到他们就开打。"

　　"别拉上我。佩特的军队里至少有两百人，可能还不止，还有那么多造反分子起劲儿地要加入佩特军，你还以为他是卖卡尔普瑞纳烤饼的呢。他不要他们。我原以为布朗老头儿是要争取自由，往北走。

你去年不就是这么说的吗？"

"我也不知道我说过什么。我不记得了。"

"你就是那么说的。你说他要到自由地去。见鬼。还有什么鬼？他到底什么打算？"

"我不知道。他也不会告诉我。你干吗不自己问他？"

"他喜欢你。应该你问。"

"我才不会问他这种事。"我说。

"你不想去自由地吗？否则你干吗在这里鬼混？"

我也不知道，以前我还有点儿逃回荷兰佬儿酒馆的打算。可打消了这个念头，就混一天算一天了。我一向懒得想以后的事，今天有肉、有饼干进肚就成。而鲍勃是有老有小的人，我觉着他对自由这种事有自己的想法，跟我无关。我越来越离不开老家伙跟他那些儿子了。"我觉着在这里可以学学摆弄刀枪，"我说，"还能念《圣经》。他们成天念那个。"

"我可不是来念什么《圣经》的，也不是来推翻什么蓄奴制的，"鲍勃说，"我只想自己逃走翻身。"他看着我，皱了皱眉头，"我看，你有这套把戏，扮女孩什么的，倒不必担心。"

"是你叫我扮女孩的。"

"我可没叫你让我来送死！"

"你是为了我才来的？"

"我来是因为你说了那个字'自由'。嘻！"他发怒了，"我老婆孩子还是黑奴。要是他在这里要猴玩儿跟密苏里人打来打去，我怎么挣钱回去赎她们出来？"

"你没问问他？"

"没怎么问。"鲍勃说，"我主子正带着我进城。我听见一声响，还没反应过来，他就从树丛里握着一杆步枪，敲在我主子脸上。他说：'我要劫了你的马车，解放你们黑人。'他没问我想不想要自由。我当然跟着来了，不得已嘛。但我还以为他要救我去北方。谁也没说要打仗的事啊。"

就是这么回事了。老家伙对我也是同一套把戏。他觉着每个黑人都想为自己的自由而战。他从来没想到，别人有其他想法。

鲍勃立在那里气得要命。他简直要气炸了。"刚从烤盘上下来，结果进了火堆啦。我可够了。佩特上尉的叛军非把咱们烤熟了不可。"

"也许那位上尉找得到别人来打仗。这一带也不是只有他一个废奴派。"

"只有他值得打一打。赫伯特表兄说有两支美军骑兵队在这里过筛子似的找你们。我说的可是美利坚合众国军队，从东边来的。那可不是什么敌军武装。要是给他们逮住，不管怎么求饶，都得给轰上天。你还别不信。"

"咱们干了什么坏事？"

"咱们在这儿，不是吗？咱们给抓住之后，不管对他怎么着，黑人都是罪加三等。到时候咱们可下油锅啦。你没想过这一点吧？"

"你叫我要跟他跑的时候可没说这一套。"

"你也没问我。"鲍勃说。他站起身来，望望篝火，香气扑鼻。"为自由而战。"他嘬着牙花子说，"嘻！"他扭过头，看见拴在外层工事上那群偷来的马，旁边还站着几个巡逻的。至少有二十匹，还有几辆马车。

他看看他们，然后扭头对着我。"那是谁的马？"

"他这里总有一群偷来的马。"

"我得弄一匹，离开这里。你要愿意也跟我来。"

"去哪儿？"

"越过密苏里边界，然后去艾奥瓦州的塔博尔。他们说那里有一辆'福音火车'，秘密的。能把你带到北方的加拿大。遥远的国家。"

"一匹马可走不了那么远。"

"那就弄两匹马。少一两匹，老家伙不会在意。"

"我不从他这里偷马。"

"他活不了几天了，孩子。他是个疯子。他以为黑人跟白人是平等的。这个地方就是这么干的。他管马车上的黑人都叫'先生''小姐'什么的。"

"那又怎么样？他一向这样。"

"他这么死脑筋，会给人家打死的。他脑子不正常。你看不出来吗？"

他说的有儿分道理，因为老家伙的确不同于常人。比如，他不怎么吃东西，睡觉也大多在马上。他比儿子们更老，皱纹更多，更狡猾，但是差不多跟所有人一样强壮，除了弗雷德。他可以一口气行军四小时，他的鞋上全是洞，老是粗声大气，恶狠狠的。可一到晚上，老家伙似乎就会变得柔和起来。他会走过弗雷德睡觉的地方，俯下身去，以妇人的温柔把那巨大的毯子披紧。上帝造出来那些蠢头蠢脑的生灵——奶牛、公牛、公羊、骡子和绵羊——每一个不给他管束得服服帖帖。万事万物在他嘴里都有个爱称。桌子叫作"钉在地上的"，走路叫作"玩闹"。好是"道地"，我则叫作"洋葱头"。他张口闭口全是《圣经》"尔等""汝等""汝"，全是这些。他比我认识的任何人都喜欢篡改《圣经》，连我爹也比不上他，然而老家伙不是平白无故这么干，他认的字多。只有动怒时，老家伙才会逐字引用《圣经》，这种时候最麻烦，因为总得有人先服软吧。但布朗老头儿不是什么软柿子。

"也许咱们该去提醒他一下。"我说。

"提醒什么？"鲍勃说，"提醒为了黑鬼可能会送命？是他自找的。我才不会为了蓄奴跟造反的打仗呢。不管他们翻来覆去说多少遍，海枯石烂，咱们也还是黑人。这些家伙随时随地都可能变回蓄奴分子。"

"你要是从老家伙那里偷东西，别让我知道。"我说。

"一个字也别提我。"他说，"我也不提你的事。"说完，他便起身去篝火旁吃东西了。

我决定第二天早晨提醒老家伙注意鲍勃，可我还没想好，老家伙就跑到营地正中喊起来："小子们，找到他们了！我们找到佩特了！他就在附近。上马！挺进黑杰克！"

男人们纷纷爬出铺盖卷，抓起武器，滚鞍上马，脚底下锅碗瓢盆、破烂东西什么的给踢得到处乱飞，大家正作出发准备呢，可老家伙止住他们说："等一下，我得祈祷。"

这次他没怎么浪费时间——二十分钟，这在他算很快了，他絮絮叨叨地感谢上帝的美意，感谢他的劝诫、恩典什么的，其他人站在一旁，跳着脚取暖，鲍勃便趁此机会在营地里大肆搜刮，搜刮剩下那点食物渣子。我看见他在营地外围，别人都顾不上理他，因为老家伙的营地里到处都是想要配把枪，或者吃顿饱饭的废奴分子和黑人。上尉也不以为意，因为虽然他从蓄奴分子手里大肆偷盗，什么片儿刀啦、步枪啦、长矛马匹之类，他却不在乎自己人随意拿走他们需要的东西，只要是为了废奴运动就行。可尽管如此，别人都翻找吃的，可鲍勃单把靠在树上的一排枪拿了走，这还是引起了老家伙的注意，他先前以为鲍勃来到我们中间，图的只是个暖被窝儿呢。祈祷完毕，手下人收拾帐篷，把长矛、夏普斯步枪和片儿刀往马车里拾掇，这时上尉迈着大步走到鲍勃身边说："好先生，我看见你好像时刻准备，要为你的自由奋战一番！"

鲍勃一惊。他指着步枪说："长官，我根本不晓得怎么使这些劳什子。"

上尉在鲍勃手里塞了一把剑。"高高扬起这把剑就成了。"他嘟囔着，"来吧。前进。自由！"

他跳进那辆敞开后车厢的马车，欧文赶着车，可怜的鲍勃只好跟上去。他心急火燎地坐在里面，跟只耗子似的一声不吭。过了几分钟，他说："主啊，我觉得自己的软弱。帮助我吧，耶稣。我需要主。我需要耶稣的血！"

老家伙觉着这是人家的好意，便抓住鲍勃的双手，开始用低沉的声音念祈祷文，他说起《创世记》中全能的上帝，然后又行云流水般倾泻了好几段《旧约》，然后是几段《新约》，就这样反过来、调过去地说了好半天。半小时后，鲍勃已酣然入睡，老家伙却还在喋喋不休。"基督的血液将我们连接如兄弟！《圣经》里说：'将尔等之手浸入基督的血液，汝等将亲见！'前进，基督的士兵！光荣的救赎！"

单是大声叫喊着念《圣经》，老家伙已经大为满足了，我们离战场越近，他的斗志愈发高昂，他的语言使我的五脏六腑都为之震颤，他此时的祈祷与当时在奥萨沃托米削掉那几颗人头时别无二致。我可不愿意打什么仗，老家伙军中有些人也抱有同样的想法。我们越来越靠近黑杰克时，他那一度壮大至五十人的队伍又如当时在奥萨沃托米一样，大大缩水了。这个孩子有病，那个得种庄稼。队伍中有几个骑手的马渐渐走得越来越慢，直至遁入队伍末尾，然后猛地一转身，溜之大吉。我们抵达黑杰克时，只剩下二十个人了。就是那二十个人也被老家伙一路上越来越起劲儿的祈祷折磨得疲惫不堪，那种唠叨有种神奇的力量，可以让人站立着入睡。到了黑杰克，唯一醒着并精神抖擞的人，只有老家伙自己。

黑杰克是一座坑坑洼洼的沼泽地，一条深谷横亘其间，两边都是密林。我们抵达目的地，来到村庄外面与小径垂直的一条山谷，这里直抵树林。老家伙叫醒马车里的众人，命令骑手下马。"听我口令，小子们。别出声。"

天光大亮，暑热难耐。正是大清早。没有发生夜袭。我们徒步走了十分钟，来到一片开阔地，他爬上一道山梁，俯瞰下去，在黑杰克的山谷中找寻佩特的夏普斯枪队。老家伙爬回山梁时说："咱们占了有利地形，小子们。看看就知道了。"

我们都爬上山梁，往下看着那镇子。

老天爷啊，峡谷那头——如果真有那条峡谷的话——有差不多三百条人影幢幢晃动。有几十个排成一排的狙击手趴在山梁上，护卫着镇子。山梁下面的沟壑里是一条小溪和一条小河。上面就是那镇子。因为他们在我们脚底下，所以佩特的狙击手还没有发现隐藏在头顶灌木丛中的我们。可他们已经做好了严密的准备，这是无可争辩的事实。

侦察完敌情，我们返回拴马的地方，老家伙的几个儿子开始争辩下一步该怎么做。听上去大家心情都不怎么好。老家伙主张在有大石块和斜坡的掩护下，从一道山梁下去，发动正面进攻。儿子们选择夜里偷袭。

我稍稍走开了些，因为心里紧张。我下了小径，朝着传来马蹄的声音走了几步，发现面前是另一支废奴派步枪队，那一堆人马刚从我身边飞驰而过，冲进我们宿营的空地。那支队伍约有五十人，都穿着齐齐整整的军服，个个雄赳赳气昂昂的。上尉骑着高头大马，身穿一件神气活现的军服，他跳下马走到老家伙身边。

老家伙总是爱窝在树林深处，跟他的马和马车保持着一定距离，为的就是在人家偷袭的时候能突然从树林里出来进行反击。他那把乱蓬蓬的头发胡子，再加上破破烂烂的衣服，跟面前这位从头到脚，每一粒纽扣、每只皮靴都闪着金光的上尉一比，就好像一团破布。那人走到老家伙身边说："我是肖尔上尉。我有五十人。我来指挥。我们可以从谷里直接冲过去。"

老家伙不想听人家的指挥。"那不成。"他说，"那样散得太开。那道深谷绕了他们一圈，咱们想办法从侧面冲过去，切断他们的供应线。"

"我的目的是杀死敌人，不是要饿死他们。"肖尔上尉说，"你愿意从侧面，就从侧面吧，我可耗不起时间。"说完，他便上马，转身对手下说："咱们去收拾收拾他们。"接着带领五十名骑士径直下到山谷中，向敌军发起冲锋。

他们还没走出五步，佩特的夏普斯步枪队上来就是一阵枪林弹雨，给了他们一个下马威。骑兵中有五六人直接给掀下马来，跟骰子似的在地上翻滚，身上开了口子，剩下那些傻乎乎地跟着上尉冲山梁的家伙也都给撂倒了。有几个腿快的赶紧逃回山梁，魔鬼要是给安上一双脚也跑不过他们呢，那当头儿也跟在后面逃回来。肖尔趴在山顶上暂避，可剩下的人爬起来，丢下上尉，径直顺着大路逃命去了。

老家伙烦躁地看着他们说："我早知道。"他叫我和鲍勃看着马，派了几个人到远处山上去瞄准敌军的马匹，又打发几个到远处深谷尽头拦截逃走的敌兵。他对剩下的人说："跟我来。"

鄙人可没有跟上去的份儿。就这么看着马挺好，可佩特上尉有几个人非要瞄准我们的马，于是我和鲍勃可忙活坏了。山梁上陡然响起枪声，打散了老家伙的军队。说实话，有好几颗葡萄似的子弹就擦着我耳边飞过，但好像是从我军——而不是对面——飞过来的，敌我双方没有一个头脑冷静的，谁也不知道自己在干啥，他们只知道忙不迭给子弹上膛，然后开火，就好像有个魔鬼在旁边数着数儿似的。那年月，被友军轰掉脑袋的概率比被一百米开外的敌军干掉大多了。子弹可没长着眼睛，无数颗子弹乒乒乓乓地打在树上，躲都没地方躲。鲍勃躲在马肚子底下，可马经不住枪林弹雨，怕得不住地后退。我看躲在马群里一点儿都不安全，于是便随着老家伙冲到山梁下面去了。还是在老家伙身边最有安全感。

往下冲了一半，我才发觉这可不是犯了失心疯了嘛。于是我赶紧扑倒在地上，躲在一棵大树后面。可没用，子弹噼里啪啦地击中树干，绕着我的脸飞，于是我又打个滚儿，顺山梁滚到山谷里，待在老家伙身边，老家伙正跟十来个人排成一条直线，躲在一根长木头后面呢。

说时迟那时快，老家伙看到我追随他冲了下来，不禁精神大振。他对其他人说："看看！'一名小童领导众人！'洋葱头来啦！大伙儿看看吧。咱们这里还有个丫头呢！感谢上帝激励我们以荣耀之心，给我们带来幸运和祝福。"

人们都斜着眼睛看我，虽然说不清他们是否受到了鼓舞——人人都忙着开枪呢——但是我完全可以这么说：我俯瞰着的那一排家伙们，没有一个是肖尔上尉的人，除了他本人以外。他总还是有点儿胆量回来的。他那干净的军服，闪光的纽扣滚上了泥巴，脸上也是愁云密布。他的锐气给打掉了。他的手下人转身就跑，根本不管他。现在轮到老家伙带着手下尽情表演了。

老家伙瞧这手下那排趴在深谷里射击的小伙子们说："暂停。趴下。"大伙听命。老家伙用侦探望远镜看了看正朝这边射击的密苏里敌军。他命令手下人装子弹，让他们死死地瞄着目标说："没有我的命令，不准开枪。"说完他站起身来，沿着那根木头前前后后地走了一圈，他对正忙着装子弹和开火的手下人说话，告诉大家往哪里瞄准，而此时子弹正嗖嗖地从他的脑袋旁边飞过。他冷静得就像酒杯里的冰块。"沉住气。"他说，"三点对成一线，枪口放低，不要浪费弹药。"

佩特的步枪队纪律涣散，人心浮动。他们漫无目的地把不少弹药打了水漂，几分钟后就哑了炮，开始一群一群地往山梁后头跑。老家伙喊道："密苏里人撤啦。我们上去抓俘虏！"他命令韦纳和另一个叫比昂迪的家伙沿着谷底跑过去包抄，专打他们的马，两人奉命而去。他们的行动引起一阵马嘶和密苏里人方面更加猛烈的炮火，可老家伙的手下人正打得兴起，弹无虚发，大大折损了敌军。佩特军伤亡惨重，有几个人连马也不要，一溜小跑，生怕给生擒活拿了。

一小时后，我们一举全歼了敌人。老家伙的士兵纪律严明，而佩特军却杂乱无章。枪声停止了，佩特上尉只剩下三十人，可双方仍旧在对质。谁也打不着谁。各方都龟缩在山梁后，谁也不傻，不想站起来给人削掉吃饭的家伙，便也没人动弹一下。过了十分钟，老家伙不耐烦了。"我自己往前走二十米。"他缩在沟底，拨动着左轮手枪说，"我挥一挥帽子，你们就跟上来。"

他走出深谷往跑了几步，然而突然传来一阵粗野的嘶吼，使他停顿下来。

弗雷德里克骑着马，一阵旋风似的经过我们身边跑下山谷，从谷底朝密苏里人冲去，挥着剑喊道："胜利！父亲！我们把他们困住啦！跟上来啊，小伙子们！包抄他们！"

他头脑简单，虽然敌人看得模模糊糊，然而人高马大的壮汉弗雷德向他们冲过来并哇哇大叫着要打败他们的样子把敌人彻底吓蒙了，更别说他身上还带着足够武装整个列文沃斯的武器。敌人那边的深谷里树起一面白旗，宣告投降。他们一个个举着双手走了出来。

直到给缴了械，敌人才闹明白自己落在了什么人手里，他们原先还不知道冲他们开枪的正是布朗老头儿。老家伙走上来，嘟嘟囔囔地说："我是奥萨沃托米的约翰·布朗。"把好几个敌人吓得涕泪横流，光是老家伙那副样子就够怕人啦。在冷飕飕的树林里待了几个月之后，他的衣服已经成了破烂布条，里面的皮肤历历在目。他的脚上露着的指头比包住的地方还多。花白的头发和胡子垂到胸前，又长又乱，远看就像一把气势汹汹的伐木锤。可是老家伙并不是他们想象的那种恶魔。他教训了一阵他们的恶行，然后对他们说了几句《圣经》语录，顿时把那帮人累垮了，也不再怕了。有几个人甚至还互相开起了玩笑。

我和鲍勃照顾伤员，老家伙带着儿子们收缴佩特军的武器。好多人躺在地上，痛苦呼号。一个家伙嘴里吃了颗枪子儿，上唇给掀没了，门牙也碎成了渣。还有一个不到十七岁的半大孩子躺在草地上哼哼唧唧。鲍勃看见他身上有一根马鞭。"反正你也不需要了，要不马鞭子给我算了？"鲍勃跟他有商有量的。

那孩子点点头，于是鲍勃蹲下身子解下马刺说："只有一根，另一根呢？"

"呃，要是马左半边儿往前跑，那右半边也能跟着跑。"那孩子说，"一根就够了。"

鲍勃感谢他的好意，拿了一根马刺，那孩子随即咽了气。

山谷上，我军残部集合了一共十七名俘虏。其中也包括佩特上尉本人，还有那位在荷兰佬儿酒馆附近被凯利一伙人念了判决书，又跟鲍勃吵了嘴的帕迪。他在上尉的队伍里一眼看见了鲍勃，顿时大发雷霆。"我当时就该把你的屁股揍掉，你这黑鬼杂种。"他发狠地说。

"嘘！"老家伙说，"我这里不许骂人。"他扭头看着佩特："我儿子约翰和贾森呢？"

"不在我手里。"佩特说，"他们在列文沃斯堡，在联军大牢里呢。"

"那我们就直接去，用你把他们换出来。"

我们带着一干俘虏，驱赶着他们的马匹，再加上佩特军逃兵丢下来的马匹，启程赶往列文沃斯。我们共有约三十匹马，差不多够开一家马场了，加上骡子和我们能拿得动的全部辎重。我给自己弄了两条裤子、一件衬衫、一罐颜料、一副马刺，还有十四根玉米芯做的烟斗，我打算把它们卖掉。老家伙父子一针一线都没有拿，只有弗雷德自己拿了几把柯尔特手枪和一杆春田牌步枪。

离列文沃斯堡垒还有三十二公里，路上，佩特和老家伙轻松地聊着天。"我马上就能把你干掉。"佩特说，"假使当时我知道站在那谷底的是你的话。"

老家伙耸耸肩。"你错过机会了。"他说。

"咱们到不了列文沃斯堡垒。"佩特说，"这小径上到处都是叛军，正在到处找你，准备拿你领赏呢。"

"等他们来了，我保证第一颗子弹奉送给你。"老家伙心平气和地说。

佩特一下子不吭声了。

然而，佩特没有胡说八道，我们顺着大路往前走了十六公里，快到草原城的时候，一个全副武装、身着制服的哨兵便凑了上来。他打马冲到我们面前，叫道："去哪儿的？"

弗雷德走在前头，他叫唤着："去废奴州！"

哨兵拨转马头，顺着小径狂奔下去，带来一位军官，还有好几个美军骑兵，一个个身上挂满了武器。他们都是联邦的人、军队的人，穿着闪闪发亮的鲜艳制服。

军官走到老家伙面前："你是谁？"他问。

"我是奥萨沃托米的约翰·布朗。"

"那么，您被捕了。"

"为什么？"

"因为你触犯了堪萨斯州的法律。"

"我并不遵守本州那形同虚设的法律。"老家伙说。

"哦，那你得遵守这个。"军官说着，抽出左轮手枪指着老家伙，而对方则轻蔑地等着那把枪。

"你以性命相逼，我并不当真。"老家伙镇定自若，"你不过是奉命行事。我懂，这是你的差事。要是你愿意，赶紧把那锤子丢在地上。那样一来，你就成了本州的英雄。假使你弄坏我一顶帽子，你的小命儿就连一个大子儿都卖不上了。到了夜里你就是恶狼的一顿美餐，造物主给我分配了一个差事，早晚有一天，我要居住到他老家伙家的寓所。我跟你无冤无仇，以后也不加害你。我把你交给我的主，那可比你把手里攥着的那东西交上来糟得多，那玩意儿与我们的造物主相比，简直连个指甲盖儿都不如。无论你如何阻止，我都要解放这个州的黑奴。"

"你受了何人指使？"

"受我们造物主的指使，他的大名从今以后，千秋万代，将是千王之王、万主之主。"

我不知道他说的这都是什么玩意儿，可老家伙一说起上帝，只要一提到"我们的造物主"，就会立刻变成一个危险人物。身上好像过了电。语声桀桀，仿佛巨石在土路上强行推进。他的体内好像有什么东西膨胀变大。那衰老疲惫的皮囊剥离下去，取而代之的是死亡风车一般顶天立地的汉子。这场面让人心惊肉跳，那军官也顿觉不安。

"我不是在这里跟你辩论的。"他说，"告诉你手下，放下武器，咱们有话好好说。"

"想都别想。你也管抓俘房、换俘房吗？"老家伙问。

"正是。"

"我这儿有从黑杰克抓来的十七个俘房。我本可以一枪一个，全把他们结果了的，因为他们个个想要我的老命。可我把他们带到列文沃斯堡垒来，听凭你发落。这份人情可不小罢。我要我那几个给关起来的儿子，此外别无所求。如果你拿这些俘虏换了他们，我觉得十分公道，不费一刀一枪，我自己也听凭你发落。可如果你不愿意，你将变成蛆虫的美食，长官。我所侍奉的，是更加伟大的万能的主。我的手下瞄准了你的心脏，而不是别人的。咱们这儿是两个打一个，你毫无生还的希望，因为他们单单瞄准你，一旦扣动扳机，你将忍受死亡的折磨，千年万年，永无止境。你还得给你的造物主说清楚，你那奴役人类的勾当，你的灵魂将陷入死牢，其状可怖，你绝不能想象。独独我被挑选出来，行使我主的意志，我必将完成这一使命。而你呢，你没有被挑中。所以我今天就不跟你去列文沃斯堡垒了，我也不会离开本州，直至我的儿子们脱离牢狱。"

"你儿子是哪个？"

"他们姓布朗。他们跟这附近的任何一次屠杀毫无关联。他们来此定居，可却失去了一切，失去了他们的庄稼，给你面前这几个叛乱分子烧没了。"

军官扭头问佩特："说的可是真话？"

佩特耸耸肩。"我们烧了这些偷黑奴的家伙的庄稼，烧了两次。要是有机会，我还要把他们的家也烧了，这都是不法之徒，小偷！"

军官变了脸，说："这主意听上去糟透了。"

"你是支持蓄奴还是废奴？"佩特问。

"我支持美国。"军官厉声说，"我要在本州维护美国政府颁布的法律，不是密苏里州的，也不是堪萨斯州的。"他将枪口掉转向佩特，对布朗说："如果我把你的俘虏押回列文沃斯堡垒，你能老老实实待在这里吗？"

"只要你用他们把我儿子换回来。"

"这我可不敢打包票。可我会跟我的长官说说。"

"你的长官是谁？"

"杰布·斯图尔特上尉。"

"你告诉斯图尔特上尉，说奥萨沃托米的约翰·布朗老头儿就在草原城等着他儿子呢。三天之内，如果不能用这些人把我儿子们换回来，我会烧了整个州。"

"如果换回来了呢？你就投降？"

老家伙把手背在身后。

"我会投降。"

"我怎么知道你没扯谎？"

老家伙举起右手。"你看清楚，我主在上，我，约翰·布朗，三天内绝不离开这里，等着你把我儿子们带回来。他们一回来，我就向全能的上帝的意志投降。"

那军官挺满意，转身走了。

老家伙当然是在扯谎。他没说要向美国政府投降。任何时候，只要他张口闭口就是上帝的意志，那就说明他不想跟对方合作，或者除非有利可图，否则绝不插手。他根本不想离开堪萨斯州，也不想投降，也不想乖乖顺从任何一个白人士兵。为了自己的事业，偶尔撒个小谎想来也无伤大雅。他与战争中的任何一个人都一样。他相信上帝站在他这边。战争中，人人都坚信上帝站在自己这边。问题是，上帝也不会告诉任何人他老人家究竟站在哪一边。

8

噩兆

老家伙说，他给那个联邦政府官员三天时间把儿子们带回来。但是他没等那么久。就在第二天早晨，一个跟我们关系不错的当地人便骑着马冲到我们营地里来，上气不接下气地告诉他："密苏里人派了一支部队，要去烧了你的庄子呢。"那可是布朗家的大本营，老家伙和儿子们在那儿分赃，在那支起一个家，那儿离奥萨沃托米不远。

老家伙考虑了一会儿。"联邦政府的人带着约翰和贾森回来之前，我走不开。"他说，"我已经答应过人家了，我不能两手空空地回去见他们的老婆。"有几个儿媳妇因为老家伙怂恿丈夫打仗，为了黑奴差不多死在外头而心怀怨恨——事实上，斗争胜利之前，的确有几个儿子惨遭杀害。

老家伙转身对欧文说："带着弗雷德、韦纳、鲍勃、洋葱头还有其他人赶回奥萨沃托米。看看情况，回来报信。但是，把洋葱头留在你嫂子玛莎或者阿黛尔身边，杀人放火的事，她见得有点儿太多了。别惊动大家。"

"是，父亲。"

他又转向我说："洋葱头，很抱歉，我不能让你参战。我知道你是多么想要为了自己的自由战斗，我目睹了你在黑杰克的壮举——"我想了一通，在那深谷里的躲枪子儿的时候，除了趴在地上吓得哇哇叫之外，我可是毫无作为。我看出来，老家伙把那当成了勇敢的表现。老家伙就是这种人。他只看到他想要看到的东西，因为我心里很清楚，自己当时吓破了胆，除非你把叔叔大爷乱喊、缩成一团、嘴里含着脚指头也算作勇气可嘉，否则我在谷里的表现丝毫称不上勇气可嘉。老头儿不管这套，继续说着："虽然你很勇敢，可是我们这里只要男人，连鲍勃这样的也要，所以你最好跟我的朋友阿黛尔一家住在一起，等事情平息下来，然后再准备到北方投奔自由，女孩子家还是在那里比较安全。"

此时此刻，我真他娘的受够了这种枪林弹雨哭爹喊娘的生活，受够了火药味和血腥味。我寻思着，老家伙和手下那伙人完全有可能一辈子过着朝不保夕的生活，那我可完蛋了。但是我竭力不让自己显出乐得要发疯的神情："是，上尉，我尊重您的意愿。"

从草原城到奥萨沃托米骑马得整整一天，欧文决定领着大伙儿走上加州小径的主干道，这可有点儿冒险，因为有可能碰上蓄奴分子的巡逻队，但是欧文急着赶回他爹身边。再说，即将收留我的阿黛尔一家也不在那条小径附近，大体上也在去往奥萨沃托米的方向，使得取道小径的理由更加充分了。起初走得很顺。我们骑马前行，我花了点工夫琢磨，等欧文和老家伙的人马离开之后，该从哪里开溜。我得拿上几件男孩子用的东西留着路上用，还有几件杂物。但是上路去哪里呢？去北方？可北方又是什么呢？那年月，我根本对北方一无所知：是圆是扁，什么路数，有啥规矩，全都不知道。我一边寻思着这些事儿，一边骑马走在弗雷德身边，跟他在一起，我总是更有自信，跟弗雷德聊天，只要半个脑子就够了，他自己也只有半个脑子可用，所以是个很不错的聊天对象，我可以一边想着自己的心事，一边跟他聊别的，不管我说什么，他总是欣然同意。

我们俩在队伍后面闲闲地跟着，韦纳和欧文打头阵，鲍勃居中。弗雷德似乎有些提不起精神来。

"我听欧文说，你现在把字母认全了。"弗雷德说。

"认全了。"我说。我很自豪。

"我寻思着，为什么我脑子里一个字母都待不住。"他闷闷不乐地说，"我刚学会，立马就忘了。所有人都能记得住字母，只有我不行。我连你都不如。"

"光记住字母，也不济事。"我说，"我只念过一本书。就是我从老家伙那里弄来的《圣经》图画书。"

"你能不能给我念念？"

"哎呀，我可愿意了。"我说。

我们停下给马喂水喂料的时候，我掏出书，对弗雷德信口胡诌了几句。我按自己的理解解释那些故事，虽然我认识字母，单词却没几个，所以看不懂的我就天马行空地编造。我给他念了《约翰福音》，约翰告诉别人耶稣即将来临，耶稣是多么伟大啊，约翰连给他提鞋都不配呢。到了我嘴里，这个故事立马变得比大象还臃肿，你可曾听说过，《圣经》里说过一匹叫作克里夫的马穿着拖鞋，拉着马车直接撞到耶路撒冷城里？尽管如此，弗雷德竖着耳朵听我说，却没有抬过一次杠、提过一句异议。他觉得挺不错。"这是我听过的最够味儿的《圣经》故事啦。"他说。

我们上马，顺着与横贯奥萨沃托米的梅里德辛河交叉的小径往前走，队伍离布朗家的营地十分接近，但毕竟还没有到达。而此时空气中突然腾起一股烟雾，冒出几声喊来。

欧文打马上前看个究竟，接着便狂奔回来。"密苏里人跟一小伙儿废奴派印第安人打起来了，看着像是这么回事。也许我们应该赶紧回去把爹接来。"

"不。咱们跟印第安人一起攻打暴乱分子。"韦纳说。

"爹吩咐过。"欧文说。

他们俩争个没完，韦纳说应该跟印第安人一道攻打红衬衫，欧文说得服从老爹的命令，还是到奥萨沃托米去看看，至少也得回去把老家伙接来再说。"不管咱们去哪儿，红衬衫都会抢先烧死印第安人，然后挺进到奥萨沃托米。"韦纳说。

"咱们有命令，得往前走。"欧文说。

韦纳气得要发疯，却不作声了。他是个头脑顽固的大块头，特别喜欢打架，然而你也别小看他。我们靠近了些，看清了废奴派印第安人和密苏里人在一片开阔地上稀稀拉拉的松树林里短兵相接。冲突规模并不大，然而保卫家园的印第安人寡不敌众，韦纳探听了一气，实在忍不住了。他骑马冲了上去，在树林里矮着身子飞奔。其他人紧随其后。

欧文皱着眉头看着。他在马上扭身说："弗雷德，你和洋葱头继续赶往奥萨沃托米，等在营地外面，等我们赶走这帮密苏里人。我很快就回来。"说完，他便走了。

还有鲍勃呢，他坐在马上，望着大伙儿离开。谁也没跟他说过一句话。于是他掉头就跑，嘴里说着："我走了。"结果竟真的走了。

我记得那黑鬼从约翰·布朗老头儿这里总共逃走过七次。离开了老头儿，他从来也没有获得过自由。他会一口气跑到蓄奴分子那里——也就是密苏里州——到那里寻找自由。这一点我马上就会说到。

现在只剩下弗雷德和我坐在偷来的几匹马上。弗雷德脸上也露出盼着打仗的神色，布朗家的人特别喜欢痛痛快快的枪战。可在天父的地盘上，我不情愿开枪，也不想跟密苏里人开打。我受够了。于是我为了让他分心，说："上帝啊，小丫头我饿坏了。"

他猛然将注意力转向我。"哦哦，我给你弄点吃的，小洋葱头。"他说，"谁也别想让我的小洋葱头挨饿，你现在正在长身体呢，你需休息，需要吃喝，这样才能长成个大美妞儿。"他没有恶意，我也不恼。因为我们两个都知道他说的到底是什么意思，虽然这话流露出来的意思可不是恭维。不管怎么说吧，从不久前他发现我的秘密到现在，他还是头一次用"大美妞儿"这个词儿。我暗暗地记下了，很高兴在他把我的秘密说漏了嘴之前，终于能从他身边逃走。

我们顺着小径往北走了约八百米，来到一片密林，在那里转上一条废弃的伐木小路。那里听不见交火声，寂静而平和。我们跨过一条小溪，伐木小路在对岸继续向前延伸，而我们把马儿拴在这里。弗雷德抽出手枪，拿出毯子和打猎用具——珠子、干玉米粒、干红薯，光是把周身上下的枪卸下来就花了几分钟。一切就绪后，他给了我一把松鼠枪，自己也拿起一把："我一般不用这个。"他说，"但是这周围枪声太厉害了，用这个不易被人发现，但是咱们得麻利点儿。"

夜晚快到了，可天还没黑。我们顺着小溪走了八百米，弗雷德给我讲海狸做窝的习性和留下的痕迹，说："我到对岸去，从对面进攻。你从这里过来，它一听到你过来，就会往外钻，然后咱们就在那边小溪拐弯的地方碰头，捉它。"

他偷偷钻到小溪对面，消失在荆棘从中，而我从另一头上来。我往会合点刚走到半路，一回头，却看见一个白人站在五米开外的地方，手里拿着一杆步枪。

"你手里拿着那步枪做什么，小姐？"他问道。

"不干什么，先生。"我说。

"那就把枪放下。"

我乖乖听话，他走到我身边，从地上捡起步枪，手里那支枪还指着我，说："你主子在哪里？"

"哦，他在小溪对岸。"

"你嘴里不会说'主子'这个词儿吗，黑鬼？"

看看，我就是这么缺少调教。我好几个月没跟一般的白人共处过，没被要求叫他们"主子"什么的。老家伙根本就不允许人家这样做。但是我很快就纠正过来了。我说："是，先生。"

"你主子的名字叫什么？"

我想也没想就说："弗雷德。"

"什么？"

"就叫弗雷德。"

"你管你主子弗雷德就叫'弗雷德'，还是'弗雷德主子'，还是'弗雷德长官'？"

这下我可钻到死胡同里了。我本该提荷兰佬儿的，但是荷兰佬儿酒馆仿佛是那么遥远，我一下子蒙了。

"跟我来。"

我们动身钻进树林，离开小溪，我步行跟在他身后。我们还没走出五步，就听见了弗雷德的喊叫声。"你去哪？"

那人停住了脚步，转过身。弗雷德呆呆地站在溪水里，手里的松鼠枪指着那人的脸。人高马大的弗雷德看上去的确吓人，那一脸置人于死地的表情更令人毛骨悚然，况且他离我们还不到十米距离。

"她是你的人？"那人说。

"跟你无关，先生。"

"你是蓄奴派还是废奴派？"

"你再说一个字儿，我就原地结果了你。把她放开，迈开你的两只脚走路。"

嗨，弗雷德本该弄死那人的，可偏偏没有。那人放了我，一溜烟走了，手里还攥着我的松鼠枪。

弗雷德上了岸说："咱们离开这条小溪，去找大部队吧。这里太危险。大伙儿出发的地方对面，还有另一条小溪。"

我们回到拴马的地方，往北骑了约摸半个小时，这次，来到一片开阔地，另一条更宽的溪水处。弗雷德说："咱们可以在这里逮住鸭子、野鸡什么的，说不定还能逮住一只老鹰。天就要黑了，它们最后一次出来觅食。待在这儿别动，洋葱头，别出声。"他下了马离开，手里还拿着松鼠枪。

我待在原地，看着他在树林里钻来钻去。他真是个行家，简直是个草上飞，没发出半点声响。他没走多远，可能还不到三十米，我仍能看见他的身影穿梭在疏影之间，这时他看出一根直冲云霄的白桦树树枝上有情况。他举起步枪，打出一颗子弹，一只大鸟应声落下。

我们跑上前去，弗雷德脸都白了。那是一只又肥又美丽的猎物，黑色羽毛，后背上是红白相间的条纹，长长的嘴巴看上去十分怪异。

真是一只美妙的鸟儿，身上肉很多，大概有半米长，两只翅膀张开简直有一米。这么大的鸟儿，谁见了都流口水。"好大一只鹰。"我说，"咱们离开这儿，万一有人听见枪声。"我动手去拿那猎物。

"别碰！"弗雷德说，他的脸色煞白，"那不是老鹰，那是上帝鸟。上帝！"

他颓然坐在地上，整个散了架。"我没看清楚就打了一枪。你看见了？"他举起松鼠枪，"鬼东西，就一枪。一下就毁了。人还没闹清怎么回事，就犯下罪，罪过连个招呼都不打，就来了，洋葱头。《圣经》说的：'凡有罪的，不得见上帝。他们认不得上帝。'你说耶稣懂不懂我的心？"

我渐渐厌烦了他含含糊糊地唠叨上帝。我饿了。我本来是要逃避打仗的，结果现在结果一样糟。我心烦意乱地说："别发愁了。上帝知道你的心。"

"我得祈祷。"他说，"要是爹，就会这么做。"

那可不成。天差不多全黑了下来，其他人还没赶上来，我害怕枪声招来什么人。然而白人，或者随便什么人，倘若打定了主意要祈祷，你就休想让他打消念头。弗雷德跪在地上，跟他爹一样祈祷，嘴里嘟嘟囔囔地对上帝倾诉，求上帝帮助这帮助那。说到祷告，他比他爹差远了，东一句西一句的，毫无连贯性。老家伙祈祷起来犹如滔滔江水，简直能眼睁睁地看着倾泻下来，连绵不绝，好像在房子里顺着楼梯从一层爬到另一层，而弗雷德的祈祷好像一件精致的起居室里乱扔着的步枪和衣服箱子似的。他东一句西一句，神出鬼没，就这么唠叨了一个小时。咱们说话只用了一分钟，当时可是浪费了宝贵的一个小时。他嘟囔完了之后，轻轻拾起那只鸟儿，交给我说："拿着它，给我爹。他会为它祈祷，求上帝弥补这个错误。"

我抓过那鸟儿，与此同时，我们听见小溪对面传来急促的马蹄声。弗雷德一蹦多高："赶紧躲起来！"

我刚钻进灌木丛——手里还握着那鸟儿——几匹马便冲过小溪，向河岸扑过来，他们冲过灌木丛，来到弗雷德站着的地方。他们朝他扑过去。

无处可逃，我们把马拴在四百米远的地方，而敌人从四面包抄，也就是说，他们无论如何都会发现我们的马。我趁他们冲向河岸、朝弗雷德扑过去的工夫钻进灌木丛深处。弗雷德站在那里，一脸微笑，身上挂着所有的武器，但是他的七连发步枪却没有抽出来。他手里唯一的武器就是那支松鼠枪，而且还没有子弹。

敌人以难以想象的速度冲到河岸上，扑向弗雷德。好像有八个人，个个身穿红衫，一马当先的是马丁牧师，就是弗雷德在老家伙营地里拿枪指着的那一个。

现在弗雷德傻眼了，但他还没傻到家。他知道怎么在树林里逃命，而且他整天在野地里混。可他脑子转得不快，否则早就抽出他的盒子枪了。弗雷德脑子里一次只能想一件事，要不就乱了套。再者说，他也没能一眼认出牧师来。这下他可惨了。

牧师带着两个人左右包抄上去，其他人身上挂满武器，站在他们后面。牧师本人的腰带上挂着两把锃亮的枪，枪托都是珍珠的，很可能是从哪个支持过废奴的死鬼身上夺来的，他身上以前可没有这玩意儿。

他直接冲到弗雷德身边，其他人也一哄而上，截住了弗雷德的退路。

但是弗雷德还是没弄明白怎么回事。他说："早上好啊。"他还笑着呢。他就是这种人。

"早上好。"牧师说。

弗雷德的脑子突然就搭上了扣。他的脑袋向一边歪过去，里面好像在飞速运转着。他用眼睛瞪着牧师。他想弄明白自己认不认识对方。

他说："我认识你……"说时迟那时快，牧师一言不发地跳上马，抽出步枪，一枪撂倒了他。弗雷德的胸口炸裂开来，盖满了铅弹和火药，上帝祝福他，这里就是他的葬身之处。弗雷德扭了几下，咽了气。

"你用枪抵着我，这就是下场，你这苹果脑袋、巴结黑鬼的盗马贼。"牧师说。他下马，解下弗雷德身上的所有武器，转向其他人："我弄死了布朗家的一个儿子，"他自豪地说，"而且是老大。"

然后他瞪着周围的树林，也就是我藏身的地方。我紧贴着旁边，一丝一毫也不敢动。他知道我就在附近。

"还有一个骑马的。"他号叫着，"有两匹马。"

就在那时，另一个家伙开口了，一个坐在牧师身后的骑手。"这回你用不着那么冷血，一枪就打死他。"他说。

马丁牧师转身看着他。那就是不久前在树林里逮住我的家伙。他手里还攥着我的松鼠枪呢，他一脸不高兴的样子。

"不打死他，后患无穷。"牧师说。

"我们本可以拿他换一个咱们的人。"那家伙说。

"你要换俘虏还是要打仗？"牧师说。

"一个小时之前，在小溪那头，他本可以一枪结果了我，可他没那么做。"那人说。

"他是废奴分子！"

"就算他是乔治·华盛顿，又关我个鸟屁事。他没打死你，现在却成了干萝卜。你说过你要找的是偷牛贼和黑鬼小偷。他可不是偷牛贼。他手里的黑鬼我看也不是别人的。咱们在这里打的算什么狗屁仗？"

两人激烈地争执起来，几个人站在那人这方，其他人支持牧师。他们争了好几分钟，最后天全黑了下来。马丁牧师说："布朗一发现自己儿子死了，肯定一分钟都不耽搁。你们想等他来吗？"这话效果实在是好，大家都不作声了，他们知道这件事后果十分严重。几个人一句话也没说，就上了马。

我趁着黄昏走出开阔地，在越来越浓重的夜色中凝视着我的老朋友，良久。他的脸上清清爽爽，还挂着一丝微笑。我说不清楚是不是他所迷信的上帝鸟取走了他的性命，然而我的心情的确是坏到了家，我的手里捧着那只已经僵掉的死鸟，呆立在原地。我寻思着是不是该找个地方，拿一把铁锹，把弗雷德和鸟儿埋在一起，然而我打消了这个念头，决定逃开此地。当时我的脑子里没有什么毕生献身于自由事业啦，为废奴运动奋斗啦，这样的想法。我慌得不知道自己在想什么。我走投无路了。还要不要跑回荷兰佬儿酒馆把事情说清楚？老实说，我的确动了这个念头，而且已经行动了起来，毕竟除了老家伙之外，我也只认识荷兰佬儿。但是说真的，就这么穿着女人衣服，稀里糊涂地跑回去，我思前想后，还是决定不这么干。我当下里想不出办法，而且照例又觉得身心俱疲。于是我坐在弗雷德身边，缩成一团，靠着他睡着了，手里还握着上帝鸟。第二天，老家伙找到我的时候，我们就是这副样子。

9

上帝的启示

加农炮的声音惊醒了我，老家伙正站在我面前。"怎么搞的，小洋葱头？"

我轻轻地将上帝鸟放在弗雷德的胸口上，告诉他这是谁干的好事。老家伙沉着脸听着。在他身后，轰隆隆地响着火枪和机关枪的炮声，子弹穿过树丛，擦着他的脑袋飞过去。我和弗雷德在奥萨沃托米附近闲逛，韦纳他们那场冲突果然蔓延到韦纳预料的地方，现在正炮火连天。人们躬身伏在马上，等着子弹嗖嗖地飞过，然而老家伙站在我身边的时候，无一人下马。我在人群中发现了贾森和约翰，没人告诉我他们是怎么脱的身，而老家伙为什么不待在牢里。大伙儿瞪着弗雷德，人人憋着一口气，尤其是他的兄弟们。弗雷德还戴着那顶小帽，现在上帝鸟卧在他的胸口，那是我放上去的。

"你要去找牧师吗？"我问。

"我们不找他。"老头儿说，"他找到我们头上了。守着弗雷德，等我们回来。"他跨上马背，朝着交火的地方点点头，"出发！"

他们冲着奥萨沃托米冲去。那镇子离我们只有一步之遥，我穿过树丛，走了几步，就来到一座土堆，在那里看得见老家伙带着人上了小径，小径绕了一圈，通向小河和河边的镇子。弗雷德和那鸟儿永远地睡着了，我不想待在他们身边，现在我没法儿跟他聊天了。

从我所在的位置看得见那镇子。梅里德辛河上的桥通向奥萨沃托米，桥上挤满了暴乱分子，他们刚刚将两座大炮拖过了桥。一百米开外，第一座大炮搁在小溪下游一条长满青草的河谷旁，水很浅，从那里完全可以蹚过小溪。有几个废奴派从我们这边向对面开火，想要冲过小溪，然而对岸的暴乱分子挡住了他们，废奴派一靠近，那架大炮便把他们打得人仰马翻。

老家伙带着儿子们从他们中间冲过去，跟野人一样脚不点地，疾驰下山。他们一边开火一边来到对岸，就那么着把对岸的叛军打得抱头鼠窜。

这一仗比黑杰克战役更激烈。镇子里人心惶惶，到处都是四处乱窜的妇女儿童。有几个孤注一掷的庄园主还想浇灭牧师的骑兵放的火，可他们一救火，牧师的人就开枪，于是这些庄园主撒手西去，连这桩事也不用做了。总的来说，镇子里的废奴派非常缺乏组织。密苏里军的第二架大炮正在镇子另一头轰轰作响。镇子的一边有大炮在怒吼，另一边河岸旁也有大炮狂啸，密苏里人眼看就要消灭废奴派了。

老家伙带着人，手里的机关枪突突直响，一口气冲过河，从右边直扑下游那座大炮。因那座炮过不得河去的废奴派一见老家伙的军队来了，立刻士气大振，从他们身边冲过去占领了河岸，然而敌军仍然守着大炮负隅顽抗。老家伙的队伍刀劈枪响，向正在河边轰轰作响的大炮冲去，已经走了一半，河道在大炮所在的地方有个突兀的拱起。

他们逼退敌军，然而更多的敌人骑着马赶来增援，他们下了马编好队伍，将炮口重新对准我们。大炮一响，惊天动地，老家伙的冲锋立刻陷入困境。子弹嗖嗖地打进大树，还撂倒了几个废奴派。老家伙又组织了一次冲锋，可是大炮一响，他们只得撤退，河岸边又倒下了几个人。这回叛军从大炮后面蹦出来，发起了冲锋。

老家伙的人打光了子弹，孩子们退到河谷更远处，小溪边，现在退无可退，只能背水一战了。岸边有一道树丛，老家伙迅速嚷着，让人们排成一排。大家刚一排好，老家伙便再次对河岸发起了冲锋。

我真不知道他们怎么挡得住。老家伙果然顽强。废奴派跟人家人数悬殊，却坚守到第二队叛乱分子从身后的河岸包抄过来。老家伙的队伍中有几个人转身抵挡，而老家伙带着儿子们冲在前面，激励着大伙儿。"守住。稳住。枪口放低。不要浪费弹药。"他在队伍中来回走着，喊着口令，子弹和炮弹车随了树叶和树干，散落在他的脚下。

最后，老头儿身后企图挡住敌军的废奴派撤退了，大伙儿冲过小河，一路冒着枪林弹雨，有几个人在河边咽下最后一口气。敌人实在是太多了。老家伙的退路现在也完全给人家截断了，他腹背受敌，大炮冲他吐出火舌，叛军从一边向他跑过来，而身后则是小溪。他挡不住了。他被打败了，然而他绝不屈服。他带着人顽抗到底。

密苏里军嘴里骂骂咧咧，大叫大嚷，他们停火一分钟，为的是大炮拖得近些，在此期间吃了些老家伙军队里打过来的枪子儿。但是他们在五十米开外的地方又开始新一轮攻击，在那排人墙上撕开了一个口子，把几个人打得扑到水里。老家伙终于支持不住了。他完蛋了。他吼道："后退！过河！"大伙儿总算盼来了这个命令，忙不迭地撒腿就跑，除了老家伙自己。他巍然屹立，他的身躯是那么高大，射击，子弹上膛，直到最后一个手下也钻进了树丛，抵达河岸，涉水过河。欧文是最后一个撤退的，他在河岸边没看到老爹，便折回来吼着："快来！父亲！"

老家伙知道大势已去，却接受不了这个现实。七连发步枪里射出最后一颗子弹，而与此同时，大炮也发出一声吼，炮弹冲破树丛，击中了老家伙。他的后背结结实实挨了一下，便像个布娃娃似的摔了下去，滚下山梁，倒在河岸上。他从山梁上骨碌碌滚到河边，一动不动。他命休矣。

死了。

可他并没有死，只是吓得僵住了，因为那火球还没碰着他的身子便没了力气。火球在他的外套上撕开一个大洞，烧烂了他后背的皮肤，让他流了血，却没要他的命。老家伙的皮比骡子屁股上的皮还厚，那火球让他流了血，却没钻进去，一眨眼的工夫，他蹦起老高，然而他从山梁跌进河边的场景，让河岸高处的密苏里人欢呼起来。他们闻到了血腥的气味，却没在河边找到尸体，于是有几个人跳下山梁，来到河岸寻找，却发现老家伙擎着七连发步枪，枪没有沾水，子弹已经上了膛。他朝头一个过来的敌人脸上扔了一顶帽子，又用枪屁股拍碎了第二个的脑壳——那枪沉得什么似的——又操起那已得心应手的阔剑送第三个家伙上了西天。第四个家伙朝他冲下来，那可怜的浑蛋刚刚越过山梁，看见老家伙居然没有死，便停下脚步，连滚带爬地逃命去也。然而欧文已经蹿回河边支援老爹，一枪出手，便熄了他的火。

敌人近前只有他们父子两人，刚刚过河的废奴派们一见只有他们俩挡着四面八方的敌军，纷纷在对岸叫骂起来，朝着山梁顶上树丛旁剩下的密苏里军队射击。叛军四散奔逃，溃不成军。老头儿和欧文便趁机渡过小溪。

我从未见过老家伙打败仗。泅水过河的他看上去怪模怪样，头戴着阔边草帽，衣衫褴褛，外衣的下摆耷拉在屁股后头，张着两只胳膊浮在水面上，涉水时两只手里各擎着一支左轮手枪。他上了岸，走出了叛军的射程，跨上马，带着残兵败将来到我身边，其他人跟在后面，所有人都集合到土堆上来，跟我到了一处。

从那土堆上，奥萨沃托米可以看得一清二楚，在下午的烈日下发出灼灼光辉，每家每户全都燃着熊熊大火，每个蠢到还在外面晃荡、想要扑灭自家大火的废奴派都被马丁牧师一伙一枪一个，打了个狗啃屎，那帮人喝醉了，嘻嘻哈哈，高声笑骂。他们打退了老家伙，在奥萨沃托米大肆宣扬，有几个人喊着说，老家伙已经上西天啦，还说就是他干的，还叫嚣着已经一把火把老家伙的房子烧成白地，这倒是真的。

多数逃出来的废奴派一过河便赶紧跑到高坡上的树林处。只有老家伙带着儿子们还待在河边，眼睁睁地看着叛乱分子庆功：贾森、约翰、萨蒙，还有两个年龄小些的沃特森和奥利弗，已经加入了我们这边，当然还有欧文，他们全都上了马，恶狠狠地望着镇子，那里，他们的家园也燃起熊熊大火。

然而老家伙却连一眼也没望。他上了土坡，勒住马，慢吞吞地走到弗雷德里克身边才下来，其他人也跟了过来。

弗雷德还在那里，那顶小帽子扣在他的脑袋上，上帝鸟蹲在他的胸前。老头儿站在他身边。

"我本该走出藏身的地方帮他的。"我说，"可我不会开枪。"

"不开枪就对了。"老家伙说，"你是个小丫头，早晚还得变成大姑娘。你是弗雷德的朋友。他很喜欢你。为了这个，我感谢你，小洋葱头。"

但是他还不如对着地上的一道裂缝说着话呢，虽然嘴里说着话，他也是魂不守舍，不知脑子里在想些什么。他跪在弗雷德身边。他盯着他瞧了几分钟，有那么一瞬间，那双衰老的灰色眼珠里射出柔和的目光，看上去好像熬过了一千年的时间似的。他叹了口气，轻轻从弗雷德头上摘下帽子，从上帝鸟身上拔下一根羽毛。他转过身来，阴郁地望着那镇子在黄昏的阳光下燃得正旺。他看得一清二楚，那烟袅袅上升，废奴分子们四散奔逃，叛军朝他们射击，嘴里不住地叫骂。

"上帝在看着。"他说。

贾森走到他身边说："爹，咱们把弗雷德里克埋了，让联军先赢这一场吧。他们很快就会来到这里。我再也不想打仗了。我的兄弟们，还有我，我们受够了。我们已经下了决心了。"

老家伙不吭声。他用手指拂过弗雷德的帽子，眼睛盯着儿子们。

"这就是你想要的吗，欧文？"

欧文还坐在马上，目光扭向别处。

"还有萨蒙，还有约翰呢？"

六个儿子都在：萨蒙、约翰、贾森、欧文，还有年纪较小些的儿子们，沃特森和奥利弗，再加上汤普森两兄弟。大家都低下了脑袋。他们已经筋疲力尽了。谁也没说话。一个字也说不出来。

"小洋葱头跟着你。"他说。他把弗雷德的帽子塞进口袋，准备上马。

"我们为这个事情做的够多了，爹。"贾森说，"跟我们一起重建家园。联军会找到马丁牧师。他们会抓住他，让他坐牢，他们会因为他杀了弗雷德判他的刑。"

老家伙不理他，上了马，目光只盯着面前。他好像失神了。"这是个美丽的国度。"他说，捧出上帝鸟的那跟羽毛，"弗雷德留下的，也是个美丽的东西。这是上帝的启示。"他把羽毛插进那饱经风霜残破不堪的草帽里。羽毛在风中竖立着。老头儿这副样子真是荒唐透顶。

"爹，你没听见我说话吧。"贾森说，"我们受够了！跟我们走吧。帮我们重建家园。"

老家伙的嘴唇咧开了，那样子跟疯子差不多。那不是真正的微笑，而是他竭力装出来的样子。我从不曾见过他笑到那种程度，跟他那张脸不般配。那笑容将它脸上的皱纹拉成了一条直线，别人看了会以为他在装疯卖傻呢。好像花生挤破了壳儿，蹦出来了似的。他浑身上下都湿透了：他的外套、裤子，裤子上总是布满破洞，简直就是一团破布条。他的后背上还有血渍，因为他吃了一颗枪子儿。他根本不在意。"我没几天活头了。"他说，"我要为这事业而死。除非蓄奴制完蛋，否则这片土地别想安生。我要给那些奴隶主子点儿颜色看看。我宁愿打到非洲去。如果你们愿意，尽管待在这里。如果你们幸运，也许能找到值得献身的事业。就连那些叛乱分子都有这样的事业。"

他拨转马头。"我得去祷告，我得去跟我们伟大、公正的天父交谈，我们靠着他的血才得活命。立刻埋葬弗雷德。照顾好小洋葱头。"

说完，他纵马朝东而去了。再见到他，已是两年之后。

第二部

奴隶契约

（密苏里州）

10

真正的歹徒

　　老家伙走后不到两分钟，那兄弟俩就闹了意见。争执之余，两个人还挤出不少时间把弗雷德里克埋在山顶一座土堆上，高高地俯瞰着河对岸的镇子，他们拔了几根上帝鸟的羽毛，分给我们每一个人。接下来，两个人吵吵开了，什么谁说了什么啦，谁朝谁开了一枪后来又出了什么事啦之类的。最后，他们决定分道扬镳，我被分配给欧文，尽管他不怎么喜欢这个办法。"我要去艾奥瓦州，跟一位年轻的女士求婚，要是我带着小洋葱头，可走不快。"

　　"你把她绑来的时候，可没说这些。"贾森说。

　　"带这丫头一起走，是爹的主意！"

　　于是他们又没完没了地吵开了。老家伙一走，群龙无首了。黑鬼鲍勃站在一边。打仗的时候，他躲得老远，连个人影都找不见——那黑鬼当逃兵才叫妙嘞——现在，枪声也停了，他又冒了出来。我寻思着，不管他逃到哪里，都不算太安全。他站在两兄弟后面看他们吵架。他听着他们为了我拌嘴，便生气起来："我骑马带洋葱头去塔博尔。"

我可不想跟鲍勃去任何地方，就是他一直怂恿我，让我在白人跟前男扮女装，结果到了今天这步田地。再说鲍勃也不怎么会开枪，欧文却是神枪手。我在平原上混久了，早明白了当个神枪手是多么要紧。可我什么也没说。

　　"女孩家的事，你懂多少？"欧文说。

　　"我知道得不少，"鲍勃说，"我自己就有好几个闺女，要是你乐意，我可以很轻松地照顾好洋葱头。我无论如何不能回帕尔米拉。"

　　他说得有道理，他算是一件赃物，不管怎么说，也沾上了污点。倘若他说自己曾跟着约翰·布朗——可曾并肩作战先不谈——谁也不会相信。他宁愿被卖到新奥尔良去，根据他的说法，蓄奴分子就是那么干的，白人觉得，黑奴们只要尝过自由的滋味，就连一个大子儿都卖不上了。

　　欧文埋怨了一会儿，可最后还是说："好吧。我带上你们俩。可我得先过河，去把我家剩下的东西抢回来。你们在这儿等着。等我回来咱们就出发。"于是他走了，打马径直冲进灌木丛。

　　当然，兄弟们一个个都回过神来，觉得应该把自己那份儿财产也抢回来，于是纷纷跟了上去。小约翰是老家伙的长子，但是欧文更像老家伙几分，其余的人也都唯他马首是瞻。于是，贾森、约翰、沃特森、奥利弗和萨蒙——同是反对蓄奴制，可人人都有自己的小算盘——跟上欧文出发了。他们告诉我和鲍勃等在这里，从河对岸看着，见到叛乱分子就报个信儿，说完，几个人绝尘而去。

　　我可不想报信，可当下也并无多少危险。再加上挨着弗雷德的长眠之地也让我多了几分安心。于是我说我会嚷着报信。

那时正是下午，从我们屁股底下的土堆上，鲍勃和我可以清清楚楚地看见梅里德辛河溜进奥萨沃托米城。叛乱分子大多撤走了，最后几个强盗嘴里一边叫骂，一边急急撤出城去，几个开始向河对岸撤退的零星叛党发出的几颗子弹还在嗖嗖作响。双方全都无心作战了。

几兄弟顺着伐木小道左拐右绕，一时间离开了我们的视线，他们朝着小河的浅滩走去要涉水而过。从我所在的位置，看得见河岸，然而我靠在土堆上，眼睁睁地盯着那小河，过了漫长的几分钟仍然没有看见他们抵达对岸。

"他们朝哪边去了？"我问道，一回头，鲍勃已踪迹全无。老家伙总会在周围拴上一套偷来的马车，每一场交火之后，差不多都有各种各样的财物散落在地上，而那些乡民们则抱头鼠窜。我们总是那么走运，有一头肥壮的老骡子、一架草原上的马车正巧放在我们所在的开阔地。鲍勃跑回那里，手忙脚乱地从马车后头转出几条缰绳拴在马车上，他爬到赶车人的位置坐下，一拎缰绳，马儿昂起头来。

"咱们溜。"他说。

"什么？"

"咱们跑。"

"那欧文怎么办？他叫咱们等来着。"

"别管他了。这是白人的事。"

"可弗雷德里克怎么办呢？"

"什么怎么办？"

"马丁牧师把他打死了。现在尸首都凉了。咱们得把这事摆平了再说。"

"要是你愿意，尽管那么办，但是你可就脱不了身啦。我走了。"

话音未落，便从几兄弟几小时前离开的方向传来一阵叫骂声和枪声，两个骑着马的叛军穿着红衬衫冲出灌木丛，来到开阔地，绕过那一长排树丛，朝我们径直走来。

鲍勃从赶车人的位置上跳下来，开始拽骡子。"把那小软帽紧紧扣在你的小脑袋上。"他说。我刚照做了，那两个红衬衫骑手便穿过了开阔地，看见了灌木丛里的我们两个，便发动了攻击。

两个都是二十来岁的小伙子，柯尔特手枪都招呼出来，一个家伙马后拉着一匹骡子，驮着满满的黄麻袋。另一个家伙好像是头儿，他又矮又瘦，一张瘦长脸，衬衫口袋里塞了几根烟。拉着骡子的那位年纪大些，络腮脸，一副苦相。两人的马都驮着货物，走起路来牛哄哄的，包袱鼓得没法儿再鼓，装满了城里抢来的好东西。

鲍勃哆嗦着，用帽子尖儿指着那头儿说："早安，长官。"

"你们去哪儿？"头儿问道。

"哎哟，我正领着这位小姐去劳伦斯旅店。"鲍勃说。

"你们有过路条吗？"

"这个嘛，这位小姐有。"鲍勃说着，看看我。

我什么也说不出来，也根本拿不出什么过路条。这下我只好往后缩。这天杀的蠢货把我晾在那儿了。哦，我结结巴巴，像个垂死的牛犊似的吭哧着。我尽量假装，却怎么都装不像。"这个嘛，他要带我去劳伦斯，所以不需要过路条。"我结巴着说。

"是这个黑鬼带你去吗？"头儿说，"还是你带这个黑鬼去？"

"哎哟，是我带着他去。"我说，"我们打帕尔米拉来，是过路的。枪子儿飞得可厉害啦，所以我就拽着他跑到这儿来了。"

那头儿骑着马凑近了些，瞪眼看着。他人高马大，却是个中看不中用、光会敲梆子不会奏乐的废柴鼓手，眼珠漆黑，凶巴巴的。他往嘴里塞了一根香烟。他跨着马在我身边一圈圈转悠着，咚咚的马蹄声好像一支军乐队。那杂色马身上驮着这么多破烂，真可惜。马儿仿佛好像要闭上眼睛等死似的。那畜牲身上背的东西差不多能堆满一座房子了：锅碗瓢盆、哨子、水罐、一架袖珍钢琴、削苹果刀、水桶、干货罐头，还有几面锡鼓。后头那个年纪大点儿的家伙手里牵着的骡子驮的东西更多。那家伙一副枪手惯有的心神不宁、不管不顾的劲头，一言不发。

"你是个什么东西？"头儿问道。"你是一半黑鬼，还是个脸洗不干净的白人妞儿？"

我头上顶着软帽，身上围着裙子，听了这话如同五雷轰顶一般。可我扮女孩已经好几个月，已经颇游刃有余。再说，此情此景，我的命都要保不住了，任谁给扔在那个危急关头，肚里的主意都转得飞快。他给我丢过一块骨头，我便顺势接住。我鼓起勇气，尽量装出一副自豪的模样："我是亨丽埃塔·沙克尔福德，你们不该像对黑鬼那样对我说话，我只有一半黑鬼的血统，我在这个世界上孤苦伶仃。我身上的另一半血统跟你一样好，长官。我只是不知道我的归属，我只是个可怜的混血儿，仅此而已。"说完，我迸出了泪花。

这番哭诉把他感动坏了。他一下就动了真情！简直让他天旋地转，连连后退！他的脸色柔和，把柯尔特枪放回去睡大觉，冲另一个家伙点点头，让他也学自己的样子。

"又多了一个理由，得把这些废奴分子赶出这个国家。"他说，"我叫蔡斯。"他指了指同伴说，"他是兰迪。"

我冲他打了个招呼。

"你妈妈在哪儿？"

"死了。"

"你爹呢？"

"死了。死了，死了，死了。全都死了。"我又号啕大哭起来。

他站在那里瞧着我。这第二张牌效果更好。"看在上帝份上，别哭了，我给你点薄荷糖。"他说。

我哭哭啼啼，还是站在那儿，他把手伸进马背上的一只包裹，然后丢给我一块糖。我想也没想，就把糖吞进喉咙里。那还是我这辈子第一回尝这玩意儿，上帝啊，我嘴里差不多爆炸了，那滋味别提多美了。那年月，糖可是稀罕物。

他看出这块糖的效果，说："我有好多糖，小妞儿。你去劳伦斯干什么？"

他把我问住了。我在劳伦斯没啥正经事要干，也不知道劳伦斯是什么劳什子。于是我又抽泣起来，吞咽那块糖，磨蹭时间，这工夫蔡斯下了马，拍拍我的后背——可那也无济于事，因为他用力过猛，糖块迸出我的喉咙，落在地上的土里，这给了我一个借口大表遗憾，这可不是装的，于是我干脆放声大哭，可这一次，他无动于衷，因为我们两个人都盯着地上那块糖。我觉得我们俩都寻思着怎么把它弄起来，干干净净的，再给它吞下去。过了一小会儿，我还是没想出什么高招儿。

"怎么办？"他说。

我盯着灌木丛，巴望着欧文能够回来。我从来没这么盼着他的到来。然而，我听到他和兄弟们分手的地方传来枪声，所以我估计他们可能自身难保了。现在我谁也指望不上了。

我说："我爹把我扔给这倒霉的鲍勃了，我叫他带我去劳伦斯。可他给我找了多少麻烦哪……"

老天爷，我干吗要说这些？蔡斯又抽出他的手枪，抵住鲍勃的脸。"要是他找你的麻烦，我就把这黑鬼揍得找不到北。"

鲍勃的两只眼睛瞪得比银币还大。

"别别，老爷，别那样。"我急急地说，"这黑鬼给我帮了不少忙。要是你伤害了他，可就把我害苦了。他是我世上最后一个可以依靠的人了。"

"那好吧。"蔡斯又把枪塞回皮套，"但是让我问问你，宝贝儿，你这半吊子黑鬼怎么能使唤纯种黑鬼呢？"

"人家开的价钱公道呗。"我说，"伊利诺伊州全是这规矩。"

"我记得你说你们打帕尔米拉来。"蔡斯说。

"路过伊利诺伊州。"

"那不是废奴州吗？"蔡斯说。

"对于我们造反派来说，算不上。"我说。

"伊利诺伊州的哪个镇子？"

我傻眼了。我掐着半拉眼角儿也没打量过什么伊利诺伊州。我连一个救命的镇名都想不起来，于是我想起老家伙常念叨的一个词儿："炼狱。"我说。

"炼狱呀。"蔡斯笑了。他转向兰迪说："扬基佬儿的镇子就该叫这个名儿，是不是，兰迪？"

兰迪瞪眼看着他，没有随口说一个字。那个人可不好惹。

蔡斯向四周瞧瞧，看见弗雷德里克的坟头，我们就是在那里烧掉了他的尸体。

"那是什么人的坟头？"

"不知道。废奴派在这附近转悠的时候，我们一直躲在树丛里。我听他们说，这是他们的人。"

蔡斯若有所思地望着那坟头。"这是一座新坟。我们得仔细瞧瞧，谁在这里上了西天。"

我气坏了，我绝不想让他们掘出弗雷德里克的身体，在他周围挖来挖去，连动一动这个念头也不行，于是我说："我听他们说他的脸给人家打烂了，血肉模糊哪。"

"耶稣啊。"蔡斯嘟囔了一句。他后退了一步，"可恶的扬基佬儿。不过你可不能怕他们，小天使。蔡斯·阿姆斯特朗要把他们都赶走！想跟我们搭伴吗？"

"我们要去劳伦斯旅店找个活干，鲍勃给我打下手。你们几位拿鞭子抽那些该死的废奴佬儿时，我们正遭抢呢。多亏了你，现在危险过去了。我看我们还是赶紧走吧。"

我示意鲍勃套骡子，可蔡斯说："等等。我们要去密苏里州派克斯维尔镇，跟你们方向大致差不多，干吗不跟我们走？"

"我们自己能行。"

"这些小路危险着呢。"

"没那么糟。"

"要我说，你们单枪匹马的，还是够糟。"他说。那副样子根本不像邀请我们一路走。

"鲍勃生病了。"我说，"他害了疟疾。会传染的。"

"那就更得跟我们一起走了。我在派克斯维尔认识几个黑鬼商人。那种大个子黑鬼能卖个大价钱，得没得病没关系。也许值几千美元呢。手里有钱就好办了。"

鲍勃瞅着我，眼神跟疯了似的。

"不行啊。"我说，"我答应过我爹不卖他。"

我再次示意鲍勃套骡子，可蔡斯抓住缰绳不放。"你们赶着去劳伦斯干什么？除了废奴分子之外，那儿什么都没有。"

"那儿还有废奴分子？"

"当然有。"

"那我们就去邻镇。"

蔡斯咯咯笑了起来。"跟我们一条路。"

"我可不走那条路。再说，约翰·布朗老头儿正在那些林子里转悠呢。他们还是很危险的。"

我又一次示意鲍勃套骡子，可蔡斯又抓紧了缰绳，用眼角盯着我。他要来真的了。

"布朗已经完蛋。红衬衫们正在那边树林里扫荡那几个没死的儿子，他也死了，我亲眼看见的。"

"不可能！"

"没错儿。跟昨天的啤酒似的，不冒泡了。"

五雷轰顶。"运气糟透了，烂透了，坏透了！"我说。

"这话什么意思？"

"我是说，运气坏透了……我没亲眼见到他咽气，那可是个出名的恶棍。你亲眼所见？"

"眼下他在地狱里发臭呢，这个专偷黑鬼的老贼。我看见他在河岸挨了一枪，落到梅里德辛河去了。我原先想跑过去亲手把他脑袋削下来，可……"他清了清嗓子，"我和兰迪还得跑过去保护侧翼部队。再说，镇子另一头还有一座武器仓库等着我们搜刮呢，你明白我的意思吗，他们废奴派现在用不着这东西了……"

现在我知道，他把老家伙的下落弄错了，不禁松了口气。可我自顾不暇，于是说："他完蛋了我真高兴，现在这里安安宁宁，白人总算没有后顾之忧了。"

"你又不是白人。"

"我是半个白人。再说，我们得照顾好这儿的黑鬼们，他们需要我们。对不对，鲍勃？"

鲍勃把脑袋扭到一边去。我知道他的脑子已经炸开锅了。

我估摸着蔡斯觉得我跟他差不多是一样的白人，因为鲍勃那副态度激怒了他。"你这一脸死相的黑杂种，"他嘟囔着，"我得好好揍你一顿，治治你的晦气。"他扭头看着我，"你带着这死黑杂种，在劳伦斯找什么活干？"

"我是剃头的。"我自豪地说，毕竟我有手艺。

他抬起头。"剃头？"

我打小儿在荷兰佬儿酒馆跟妓女和老娘们儿混，本该知道"剃头"这个词是什么意思。可问题是，我还真不知道。

"我手里有最好的剃头家伙。一个小时能撂倒两三条汉子。"

"那么多？"

"当然。"

"你这丁点大的小人儿，就卖起剃头家伙来了？"

"什么嘛，我都十二岁了，跟别人的剃头家伙一样好。"我说。

他的脸色立刻全变了。他拿出彬彬有礼的态度，用脖子上的手帕擦干净脸，掸掸衣服，抻抻身上皱皱巴巴的汗衫。"你干吗不干点洗洗涮涮什么的？"

"一个小时放倒十个汉子，干吗要刷盘子？"

蔡斯的脸猛然变成深红色。他把手探入口袋，抽出一个威士忌酒瓶子。他啜了一口，递给兰迪。"这一定是个纪录吧。"他用眼角觑着我，"你可愿意给我来一个？"

"就在这儿？在小路上？最好找个热热乎乎的酒馆，火炉上热的有酒有菜，你就能美美地受用啦。再说，我还能给你修修脚指甲，给你润润鬓角。我最喜欢修脚了。"

"哦哦，我的心都痒痒了。"他说，"听着，我知道个地方，最适合你。我认识一位太太，可以收留你做工。不过是在派克斯维尔镇，不是劳伦斯。"

"那跟我们不是一个方向。"

兰迪头一次打开了话匣子。"当然是一个方向。"他说，"除非你要我们。你刚才说不定全是唬人的。你还没给我们看过路条——你们俩的过路条都没有。"

他的脸上疙里疙瘩，都快可以擦火柴了。他非给我叫板，我别无选择，只得说："你可不是个正经人，长官，污蔑一位小姐说谎。但是，这条小径对于我这样的姑娘来说，是有点儿危险，我估摸着派克斯维尔镇也许是个好去处。如果我到了那儿，果然能卖出几个剃头家伙，又何乐而不为呢？"

他们叫鲍勃来帮忙卸下马和骡子，然后在老家伙的儿子扔下的赃物里拣了几样细软。他们跳下马来收拾东西。

他们听不见我们说话的时候，鲍勃从赶车的座位上探过身子，悄声说:"你这谎扯得有毛病。"

"怎么啦?"

"'剃头'就是'老二',亨利。是那事儿。"

两人回来时,我看到他们眼睛里那股邪火,心里愁得要命。假使能看见欧文那张死人脸冲过来,我什么都愿意,可他愣是连个影子也没。他们把自己的牲口跟我们的拴在一起,把行李往马车上一丢,我们便开路了。

11

甜心

我们顺着小径，向东北方向走了半日，深入密苏里州蓄奴分子的地盘。我坐在马车上，鲍勃坐在我前面，蔡斯和兰迪骑马殿后。凡事都是蔡斯出面交涉。他说起他老娘，说起他老爹，说起他的儿女。他老婆是他爹的半个堂妹，蔡斯抓住这个话题说了不少。他倒没怎么想起谈他自己，这倒又给我上了一课，教我该怎么做女孩。在女人面前，男人倾诉的全是马儿啦，新靴子啦，雄心壮志啦什么的。可要是把他们拢到一间屋子里，这帮人聊的全是动刀动枪、吐痰抽烟之类的话题。还有，千万别让他们说起老娘，蔡斯一提起她，还有她那些惊人的壮举，简直连停下来歇歇舌头的机会都没有。

我任凭他喋喋不休，只为剃头的事发愁，到时候我该怎么办呀。过了一会儿，他们两个登上背部车厢，打开一罐麦芽酒，我一看，正好亮亮我的嗓子，好让他们两个忘了这件事。叛乱分子最钟爱的莫过于动听的古调，在荷兰佬儿酒馆里混日子的时候，我刚巧学过几首。果然，他俩快快活活地回到了马背上，小口咂巴着杯中物，而我则唱着"马里兰，我的马里兰""求你了妈妈，我不回家"，还有"爷

123

爷，你的马儿进了我的谷仓"。一时间也安抚住了，可天就要黑了。谢天谢地，就在漆黑的夜色即将吞噬草原的广阔天空时，广袤的平原和大团的蚊子渐渐退去，取而代之的是一座座木屋和潜居者的住宅，我们这是到了派克斯维尔镇了。

那年月，派克斯维尔镇还没什么像样的商业，只有几座摇摇欲坠的小破房，草棚子和鸡舍。街上只有泥巴铺成的土路，布满了石块和木桩，主道上还有一条条水沟。小巷子里，猪儿窜来窜去。公牛、骡子和马要死不活地拉着装满破烂的车。货物东一堆西一片地扔在那里无人看管。大多数木屋都没盖完，有几座连屋顶也没有。剩下来的仿佛时刻准备倒下来，到处晒着蛇皮、水牛皮和动物皮。镇子里有几座酒馆，说是一座撂在另一座上头也不算夸张，酒馆门口的凉台上，厚厚的烟草渣子铺了一层。那镇子真是乱七八糟。可当时，它是我这辈子见过的最壮观的市镇。

我们的到来引起了好大动静，人们听到奥萨沃托米大枪战事件的传言。我们的马车刚刚停下，人们就围拢过来。一个老头儿问蔡斯："是真的吗？约翰·布朗老头儿死了？"

"没错，先生。"蔡斯哑着嗓子说。

"你杀的？"

"哎哟，我把兜里的每一颗子弹都朝他招呼过去啦，跟你站在这儿一样真切——"

"太好啦！"大家嚷嚷起来。他拴好马车，拍了拍马背。兰迪沉下脸，一句话也不说。我寻思着，他是不是遭通缉了，什么地方说不定有人出赏钱拿他呢。大伙儿把蔡斯欢呼着拉下马车时，兰迪则偷偷上了马背，扯起骡子溜走了。打那儿之后我就再也没有见过他。蔡斯可是美上天了。人们连拉带扯地把他推到最近的小酒馆，把他按在座位上，给他灌威士忌，醉鬼、打手、赌棍、扒手全围在他身边喊着："你怎么办到的？"

"全给我们讲讲！"

"哪个先开的枪？"

蔡斯清清喉咙。"我说过，开了好多枪——"

"那是当然！他可是个杀人不眨眼的蠢货！"

"一匹豺狼！"

"还是盗马贼！黄皮的扬基佬儿！"

人们又哄笑起来。蔡斯的谎话都是话赶话说出来的。他本不想扯谎来着。可是一见他还没醉倒，人们就不停地给他灌烈酒。蔡斯的赃物卖得一件不剩，人醉得不成样，不大一会儿就忍不住把牛皮吹上了天。他的英雄事迹从一个醉鬼嘴里传到另一个耳朵里，传的人越多，说得越邪乎。起初，他说是他先开的枪。接着就成了赤手空拳干掉老家伙。过了一会儿，他又说自己开了两枪。过后又成了他用刀子捅死老家伙，把他大卸八块。他把尸体抛入河中，成了鳄鱼的美味午餐。他就这么胡天海地，满嘴跑火车，撒下弥天大谎。你也许以为，那群看客里总会有人辨得出这是一派谎言。然而人们都跟他一样酩酊大醉，人们要是有心相信，真相就无处立锥。当时我突然发觉，人们害怕老家伙怕得要死，人们怕他的思想，跟害怕他本人一样，所以听说他的死才乐成这样。即便仅仅五分钟之后，真相浮出水面，葬送了那谎言也没两样。

我和鲍勃坐在一旁不吭声，没人注意我们两个，可我一往门口溜，人们便发出嘘声和口哨声，让我不得不退回到椅子上。草原上绝少见到女人，至于姑娘，不管是什么样的都是稀罕物。虽然我穿得破衣烂衫——我的裙子已经磨烂，软帽也破了，草帽下面的头发乱得像一团羊毛——男人们仍然对我热情有加。他们七嘴八舌，在他们的脑海中给我安上一根阴道。他们的污言秽语真让我有些吃不消，因为老家伙的队伍里不准说荤话，也不让喝酒，对女人向来彬彬有礼。夜深了，针对我的口哨声和嘘声越来越下流，这下子蔡斯来了劲儿，这家伙干脆把脑袋抵在吧台上，他酩酊大醉，脑子一热，失去了理智。

他从吧台站起身来说："失陪了，各位绅士。今天，我亲手宰了百年来最大的恶人，可真是累坏了。我要把这小姑娘带到街对面的派克斯维尔旅店去，阿碧姑娘听说我跟那大恶人一场鏖战，听说我揍得他咽了气，听说我以密苏里自由之州的名义让他喂了恶狼，肯定在销魂阁给我留着房间呢！上帝保佑美国！"他把我和鲍勃推到门口，跌跌撞撞地过了街，来到派克斯维尔旅店。

派克斯维尔镇比起我之前提过的那两间粪坑样的酒店来说，简直称得上豪华时尚。可我得说，现在回头想想，其实也没多大差别。等我见识过东部人住的房子之后，才发觉派克斯维尔的旅店比起波士顿最低等的客栈也只能算是个猪窝。派克斯维尔旅店的底层是烛光昏暗的酒吧，里面有桌子和一个吧台。后面是一件小隔间，里面放着长餐桌。屋子边上有一扇门，外面是一个小厅，再外面是后巷，房间尽头是通向二楼的楼梯。

蔡斯走进来的时候，早就得到消息的人们又是一阵骚动。他们拍着他的后背，往他手里塞酒。蔡斯跟大家豪迈地打着招呼，走到里头的房间，餐桌旁的几个人跟他打招呼，给他让座位，还要再请他喝酒。蔡斯挥挥手谢绝了。"现在不行，哥们儿，"他说，"我得去销魂阁。"

在房间尽头的楼梯上,有几个女人坐在底下台阶上,正是常混迹在荷兰佬儿酒馆的那种女人。有几个抽着烟斗,皱巴巴的手指头把黑乎乎的烟草扔进烟袋,再把烟嘴捅进口里,用牙齿叼住。那牙齿黄得就像一块块奶油似的。蔡斯踉跄着走过她们身边,站在楼梯底下,抬头喊着:"甜心!小甜心!下来,看看是谁回来了?"

楼梯盯上一阵骚乱,黑暗中,一个女人冲下楼梯,走了一半便停在房间蜡烛的光辉中。

有一回,我曾在康瑟尔布拉夫斯救过一个叛乱分子,他跟人打了起来,挨了几下黑枪,身上流着血,动不了了。那人很感激我救他一命,就驾车带我进了城,还给了我一杯冰激凌。我以前可从来没吃过那玩意儿。这辈子我没尝过更美味的佳肴。

但是那冰激凌滑过喉咙的感觉,没法儿跟头一次看到那美人儿走下楼梯的感觉相提并论。她的美貌能把你的帽子惊得掉下来。

那是个黑白混血种女人。皮肤跟鹿皮一样呈棕色,高高的颧骨,棕色的大眼睛跟银币似的。她比我高一头,但是看起来可不止。她穿着一件妓女们最爱穿的那种蓝色花布裙,那玩意儿紧紧地裹在身上,她一动,几朵雏菊就跟杜鹃花扭成了一团。她走起路来,好像一个暖烘烘的房间灌满了烟。我当时搞不好已经十二岁了,对大自然的鬼斧神工自然不陌生,在荷兰佬儿的酒馆也偶然扒着门缝往里瞧过两三眼,可知道这类事跟干这类事还是不一样。再说荷兰佬儿酒馆里那些婊子们都太丑了,火车都吓得走不上轨道了。而这女人身上那股劲儿,简直让你听见火车从密苏里州刚劲有力地疾驰上千公里。就算有饼干吃,我也舍不得离开她的热被窝儿。她真是个尤物。

本来，她在房间里大模大样地觑着，跟个女祭司似的，一见蔡斯，表情完全变了。她三步并作两步奔下楼梯，照着蔡斯就是一脚。蔡斯跟个破布娃娃似的跌倒在楼梯底下，男人们哈哈大笑起来。那女人走下楼梯，居高临下地瞧着，两只手放在屁股上："我的钱呢？"

蔡斯跟个小绵羊似的爬起身来，掸掸身上的土。"这么着对待赤手空拳干掉约翰·布朗老头儿的英雄，未免太过分了吧。"

"没错。去年我都没买上黄金债券。我才不管你干掉了谁。你欠我九美元。"

"那么多？"他问。

"钱在哪儿？"

"甜心，我有比九美元好得多的东西，瞧瞧。"他指了指我和鲍勃。

小甜心看也不看鲍勃，目光直接落到我身上。

草原上的白人——即便是白女人——对傻乎乎的黑丫头也根本懒得瞧上一眼。可自打穿上这身行头以来，甜心是我这两年来见过的第一个非白种女人，她一眼就觉出事情不对头。

她哼了一声。"狗屎，不管这丑八怪是什么东西，肯定得整治整治。"她转向蔡斯，"我的钱带来了吗？"

"那小妞怎么样？"蔡斯说，"阿碧姑娘用得着她。这一来咱们不就扯平了吗？"

"跟阿碧姑娘说去。"

"可我把她大老远从堪萨斯城带来了呀。"

"肯定有鬼，你这猪头。堪萨斯到这儿不过一天半的路。你到底有没有拿钱来？"

蔡斯站起身，掸掸土。"当然带了。"他嘟囔着说，"可是阿碧要是发现你这把这小紧坯子放到街对面给别家抢走了，她可是饶不了你。"

甜心皱皱眉头。他给她出了个难题。

"我要特殊服务。"他开始提条件，"因为我宰了约翰·布朗，还救了咱们全州人，只为了赢得你的心。咱们上楼去吧？"

甜心傻笑了一下。"我给你五分钟时间。"她说。

"我需要十分钟才能出水。"他抗议道。

"出水另算。"她说，"来吧，把她也带上来。"她上了楼，然后停住脚步，瞪着鲍勃，鲍勃也跟在我身后往楼上走。她转向蔡斯。

"不准把那黑鬼也带上来。让他到后面黑鬼宿舍里去，大家把黑鬼都放在那儿。"她指着餐厅旁边的小门说，"阿碧小姐明天会给他派活干。"

鲍勃又使出发狂似的眼神看着我。

"打扰你们一句，这个人是我的。"

这是我第一次对她开口说话，她用那双美丽的棕色眼睛瞧着我的时候，我宁愿化成一块冰，在阳光下烟消云散。甜心真是个美人儿。

"那你可以跟他一起睡在那儿，你这黄焦焦跟玉米棒子似的丑八怪。"

"等一下，"蔡斯说，"我路上给她吃了药。"

"为什么？"

"给男人用。"

"她长得太丑，公牛都不要她。我说，你到底想不想跟我来那事？"

"不能把她扔到黑人宿舍。"蔡斯说，"她说她不是黑人。"

甜心笑起来。"跟黑人差得不多。"

"阿碧小姐不会满意的。要是她出了什么事怎么办？让她也上来，把那黑鬼打发到黑人宿舍。我在这儿也当得了家。"他说。

甜心想了想。她看看鲍勃说："你去后门。他们会在院子里给你那些吃的。你，"她指了指我，"你过来。"

我无计可施了。天这么晚，我又累成这样。我转向一脸落寞的鲍勃。"睡在这儿总比睡在草原上强些儿，鲍勃。"我说，"回头我去接你。"

我可不是吹牛。后来我真的去接他，可他再也不肯原谅我那天把他赶出门外。不管我俩之间有什么交情，都完了。世道人心莫过于此。

我们跟着甜心上了楼。甜心在一个房间门口停下脚步，搡开门，把蔡斯推到屋里。接着，她回过头来，指着隔了两个房间的房门对我说："进去。告诉阿碧小姐是我打发你过去的，就说你是来干活的。她会让你先洗个热水澡，你身上有股牛粪味儿。"

"我用不着洗什么热水澡！"

她一把拖过我的手，把我推搡到走道劲头，在一扇门上敲了敲，轰开房门，把我扔进一个房间，然后在我身后把门关死。

我猛然发觉自己正盯着一面白花花的肥壮女人后背，她面前是一架梳妆台。那婆子从梳妆台前转过身，起身对着我。她的脖子上披着一条好看的白色长围巾。脖子上架着一张脸，脸上搽的白粉简直能擦亮加农炮的枪管。两片涂得鲜红的厚嘴唇之间叼着一支雪茄。她的额头很高，脸上红艳艳的，正因为发怒皱成一团过期奶酪。真是个丑娘们儿，瞧她一眼，还不如死了痛快。她身后的房间里烛光昏暗，散发出毫无疑问来自地狱的气息。说来也是，我从未进入过堪萨斯城的任何旅馆房间，但是那股气味不比整个新英格兰地区任何一个最下等的酒馆差。那味道跟熟透了的浆果差不多，足够把全波士顿最恶心的客厅墙上的壁纸熏得掉下来。唯一一扇窗户也多年没舍得沾过水，到处沾着一坨一坨的死苍蝇，聚成黑块。房间尽头的墙壁燃着两根蜡烛，靠墙并排放着两张床。两张床之间是一个锡制澡盆，现在想起来，借着昏暗的烛光，好像能看出里面盛满水，还有一个赤身裸体的女人。

就在那时候，我突然有些恍惚，我的眼睛捕捉到两个人影，那是一对年轻人并排坐在床上，一个为另一个梳着头，年纪较大的那个坐在浴缸里抽着烟斗，一对奶子垂在水面以下，一看这个，我脑袋里的血液一下子流光了，双膝软了下去。我摔在地板上，昏死过去。

过了一分钟后，胸口上有一只手将我拍醒。阿碧小姐正站在我身边。

"你这里简直跟煎锅一样平。"她干巴巴地说着，把我翻过去，肚子贴着地板，用一双冰钩似的手揉着我的屁股蛋子，"这里也太小了。"她一边揉着我的屁股，一边嘟嘟囔囔，"你才一丁点儿大，脸蛋儿也没什么好看的。甜心从哪里弄到你的？"

我一分钟也没浪费。我跳了起来，她那漂亮的白围巾缠住我的胳膊，发出清晰的撕裂声。我把那薄纸一般的玩意儿弄烂了，于是我夺门而出，逃命去了。我拿出吃奶的力气冲到过道里，再朝楼梯奔去，可那两个牛仔跑上了楼，我只得冲进最近的一扇门里，那正好是甜心的房间——刚好赶上蔡斯脱了裤子，而甜心的裙子褪到腰间，正坐在床上。

这一对巧克力色的小情人儿站在那里，活像刚出烤箱的饼干，那情形使我立即放慢了脚步。我记得，我呆呆站立了好久，紧跟在我身后的阿碧小姐一把扯过我的软帽，撕成了两半，我趁机钻到甜心的床底下去了。

"给我出来！"她大发雷霆。床底下挤得难受——弹簧垫子给压得很低——但是如果我觉着挤，那阿碧小姐就更挤了，她连弯腰够着我都费劲。羽毛床垫散发出陈腐的气味，简直称得上恶臭扑鼻，然而那毕竟是上千个春梦成真的地方，那床垫子的使命毕竟就是给人发泄动物本能的，如果我用不着担心自己给压成两半，还真不情愿从里头钻出来呢。

阿碧小姐企图把床推到一边好把我露出来，但是我死死抓住弹簧，床挪动了位置，我也跟着一起动。

甜心来到那床的另一头，手脚着地，脑袋也贴在地板上。挤是真挤，但我还是看得见她那张脸。"你最好给我出来。"她说。

"不出来。"

我听见柯尔特手枪的枪栓"当啷"一响。"我把她弄出来。"蔡斯说。

甜心站起身，我听到"啪"的一声，然后是蔡斯的一声惨叫："啊！"

"把那射豆子的家伙收起来，否则就把你揍出屎来，再让牛踩上几脚。"

阿碧小姐冷言冷语地说起我撕坏了她的围巾啦，搅黄了她的生意之类的。她还对甜心的老娘出言不逊。老爹也不放过。她尽情宣泄了一通，把甜心的七姑八姨一股脑儿骂个片甲不留。

"我来补救。"甜心争辩道,"我赔围巾。"

"最好那样。把那小娘们儿弄出来,要不然我就叫刀哥上来。"

气氛猛然冷了下来。我藏在床底下,都能觉察出房间里仿佛被抽空了空气似的。甜心细声软语地说——我听得出声音中的恐惧——"你用不着这样,阿碧小姐。我来摆平,我保证,我赔你围巾。"

"那赶紧把钱给我数出来。"

阿碧小姐跺着脚走到门口离开了。

蔡斯就站在那里。从我躲着的地方看得见他的光脚和靴子。突然见,甜心的手捏起他的靴子,我估摸着是把靴子递了过去,我听见她说:"滚。"

"我得把事办完,甜心。"

"穷死鬼!蠢货。谁叫你把那个长龅牙的鬼东西领到我这来的?滚出去!"

他穿上靴子,嘴里嘟嘟囔囔地走了出去。甜心在他身后重重甩上门。我盯着她的一双脚。那双脚慢慢地靠近床边。她柔声说:"没事了,亲爱的。我不会伤害你的。"

"你确定?"我说。

"当然了,宝贝儿。你是个小家伙,你什么也不懂。小宝贝儿,无依无靠的,过来。上帝怜悯你。真是难堪,阿碧小姐为那条愚蠢的旧围巾大嚷大叫。密苏里州啊!主啊,这地方的魔鬼也太猖狂了!别怕,亲爱的。你在那儿还不得憋死了。出来吧宝贝儿。"

那女人的柔声细语令我大为感动,我便从里面爬了出来。我从另一侧钻出来,提防着她口是心非,可她没说假话。我起身后隔着床,一瞧她的脸色就知道了,那张笑盈盈的脸上洋溢着热诚。她挥起胳膊对我做了个手势。"过来，宝贝儿。到床这边来。"

我的疑虑立马烟消云散了。打瞧见她第一眼的时候，我就坠入了爱河。她仿佛是我那从未谋面的亲娘、从未有过的姐妹，我把满腔的爱首次奉献给了她。甜心身上有十足的女人味儿，百分之百不掺假，从头到脚，由内而外，头等的女人。我爱死她了。

我说："哦，妈妈。"然后便跑到床那头去，我想一头钻进那双硕大的棕色乳房之间，在那儿休息，痛哭一场，挥洒我的悲伤，我只是个找不到家的寂寞小孩。我真是这么想的。我打算倾诉我的遭遇，祈求她为我排忧解难。我的身体，连同我的心全都扑上去了。我跑过去，把脑袋埋进她的胸口，恰在此时，却觉着自己被拎了起来，如同一包羽毛似的，然后给一把摔到房间另一头。

"见鬼，你这乡巴佬儿，蠢货！"

不等我爬起来，她便又扑上来，揪着我的衣领，把我再次抛了出去，接着把我摔在地板上，肚子着地，一条膝盖压在后背上。"我要揍得你一路哭爹喊娘，你这一脸蠢相的贱货！你这说谎精。"她又在我脑袋上结结实实地敲了两下。"别动。"她说。

我待在原地，她则站起身，一溜烟似的把床推向一边，然后在地板底下挖了挖，掀起地板，摸索出了什么东西。她把手探进去，拽出一只旧水罐。她打开水罐，看了看里面的东西，好像挺满意，然后把罐子丢回去，然后把整条木板放回原处。她把那床推回原位说："滚蛋，你这母牛脸的贱人。你在城里的时候，要是我少了一个子儿，我就把你的喉咙破开，让你脖子上长出两张嘴来。"

"我没做什么呀。"

"滚。"

"可我没地方可去。"

"跟我有什么关系？滚。"

这下我可伤心了，说："我哪儿也不去。"

她大步走到我身边，把我拎起来。她挺壮实，我拼死挣扎，却远远不是对手。她把我提起来，我的两只脚比她的膝盖还高。"听着，你这黄乎乎的小母牛。你以为自己是什么高价货吗？害我赔那该死的围巾，那玩意儿我自己都没过！我得好好烤烤你那两个小辫子。想必你亲娘也这么干过。"她说。

"等等！"我叫起来，然而为时已晚。她已经撩开了我的裙子，也瞧见我那命根子在她的两只膝盖之间晃来晃去，胀得老大，刚才那通扭打拉扯对于一个未经人事的十二岁少年来说，无异于情趣盎然的撩拨。我实在是情难自禁呀。

甜心叫起来，把我丢在地上，两只手捂住脸，瞪着眼睛。"你耍得我够了！你这遭雷劈的、满嘴大粪、浑身长瘤的臭小子。你这野人！刚才那房间里都是女人……她们做着生意吗？主啊，肯定是的！"甜心气得发疯，"我要吊死你！"

她朝我扑过来，把我压在两只膝盖下面，又使劲儿用膝盖撞我。

"我是给人绑来的！"我呼天抢地。

"你这说谎精！"她揍得更凶。

"我不是。我是给约翰·布朗老头儿本人绑了来的！"

这话一出口，那番拳打脚踢暂时停了几秒钟。"约翰·布朗老头儿已经死了。蔡斯杀死的。"她说。

"没死。"我喊着说。

"我管他死不死！"她把我从膝盖下面推开，自己坐在床上。虽然还是怒火冲天，但总算冷静了些。主啊，盛怒之下的她反而更漂亮了，那双棕色的眼睛直接钻进我心里，让我觉得自己连一粒灰尘都不如，我可真是实打实地恋爱了。甜心一定是给我施了魔法。

她坐在那儿想了好久。"我就知道蔡斯扯了谎，"她说，"否则他一定会提着约翰·布朗老头儿的脑袋去拿赏钱。你也爱撒谎。说不定你跟蔡斯是一伙儿的。"

"我不是。"

"你怎么跟他搞到一块儿去的？"

我把老家伙的儿子们进城收拾家当时，弗雷德里克怎么死的，蔡斯和兰迪又是如何突然拦住我和鲍勃的过程讲了一遍。

"兰迪还在那儿？"

"我不知道。"

"我希望他不在。你们要是跟他玩花招儿，准得给烧死在谁家院子里，然后装进骨灰盒。他觉得那么干可荣耀了。"

"可老家伙的确还活着呀。"我骄傲地说，"我眼看着他过河去了。"

"我管他活不活呢。反正他很快就得死。"

"怎么搞的，除了白人，我遇见的每一个人都这么说。"

"你还是关心关心自己这身皮囊吧，你这小赔钱货。我有预感，"她说，"天杀的蔡斯！可恶的牛屎！"

她又骂了他几句，然后坐在那儿寻思了一会儿。"要是那群造反的发现你在鸳鸯楼，偷看那帮白人婊子，他们就会把你大腿根底下那两颗小葡萄割下来，塞进你的喉管。说不定还要连累我。我可不愿意跟你躺着蹚浑水。再说，你见过我藏钱的地方了。"

"我对你的钱没兴趣。"

"真感人，可这平原上没一句实话，孩子。不管什么，都跟表面不一样。瞧瞧你吧，你就是一个谎言，你得离开。在这里，你没法子装成姑娘混下去。我知道一个给富国银行赶马车的家伙。他也是个姑娘，跟条汉子一样。可是只要打扮起来，甭管扮男扮女，可都是个白花花的美人儿。她就扮成赶车的东跑西颠。他才不会待在一个地方卖那玩意呢。你也应该这样做，孩子。阿碧小姐在这儿有生意。她用不着你这样的。除非你能干活……男孩子的买卖你能做？有兴趣吗？"

"我会干的买卖只有刷盘子、剪头发这类的。拿手着呢。我和鲍勃也都能伺候吃饭。"

"别管他了。他会给卖掉的。"她说。

要提醒她自己也是黑人，好像不大妥当，毕竟她长得像一朵鲜花似的。于是我说："他是我的朋友。"

"他跟你一样，是个逃犯。他会给卖掉的。你也是，除非你让阿碧小姐给你安排个活儿。她也许会把你往死里使唤，然后再卖掉你。"

"她可不能那么干！"

她笑了。"狗屎。她想怎么就怎么。"

"我还能干别的。"我央告道，"我会干酒馆的活计。我会收拾屋子，打扫痰盂，我会烤饼干，什么都行，一直干到上尉来的时候。"

"什么上尉？"

"约翰·布朗老头儿。我们管他叫上尉。我是他手下的。他一打听到我在这儿，就会骑着马赶来。"

这句是假话，因为我不知道老头儿现在是死是活，也不知道他打算怎么干，可至少能杀杀她的锐气。

"你敢肯定他还活着？"

"绝对肯定，就像我现在站在你的面前一样真。要是他来了，发现鲍勃给人卖掉了——鲍勃也是他的人——那可完了。咱们都知道，鲍勃说不定正在楼底下跟那帮黑人传闲话，说他是约翰·布朗的手下。你知道那帮黑人，一听这话准得闹起来，嚷嚷着约翰·布朗什么的。"

她那张漂亮的脸蛋儿立刻害怕得皱了起来。一提布朗老头儿的大名，这片草原上的每一个活物吓得要死要活。"我想知道的就这么多。"她说，"约翰·布朗老头儿赶来大闹一场，把那窝棚里的黑鬼鼓动得疯疯癫癫。那样一来，白人可要疯了。到时候他们见到任何一个黑鬼都会鬼哭狼号。要我说呀，黑鬼窝棚里的每一个黑人都应该给卖到下游去。"

她叹了口气，坐在床上，拉了拉头发，把裙子围着那一对可爱的小肉球紧了紧。主啊，她可真漂亮。"我不想跟约翰·布朗老头儿的买卖扯上关系。"她说，"让他来吧。我自有主意。但是我跟你有什么关系？"

"如果你把我送到荷兰佬儿酒馆里去，也许能帮到我。"

"在哪里？"

"顺着桑塔费大街下去，靠近密苏里州边界。在西边。约摸五十六公里。荷兰老头儿也许会把我接回去。"

"五十六公里？没有介绍信，我可走不出五十六公里。"

"我能搞到介绍信。我可以给你写一封。我认得几个字。"

她的眼睛睁圆了，脸上的煞气消失了。有一会儿她看上去就好像春天清晨中的孩童一般清纯，脸上又出现了那种娇滴滴的表情。可一眨眼工夫，那神色便滴溜溜跑到大马路上去了，她的脸又板了起来。

　　"我哪儿也去不了，孩子。就算有通行证，这里认识我的人太多了。还有，要消磨时间，像其他姑娘一样读读两角钱一本的小说也不错。我看算了。"她说。

　　她冲我冷笑一声。"你当真识字？你心里明白，这种谎话你是说得出来的。"

　　"我没撒谎。"

　　"那就让我瞧瞧。告诉你。你教我认字，我就为你动动嘴，我跟阿碧姑娘说，让你收拾床铺、倒尿盆什么的，赔她的围巾，抵销你的食宿。给你争取点时间。可是离姑娘们远点。如果这帮造反的发现你大腿根里那小肉球，他们就会把柏油灌到你的喉管里。在阿碧小姐觉得你大到可以做皮肉生意之前，我估摸这法子够撑一阵子的。接下去你就只能靠自己啦。教我认字需要多长时间？"

　　"不需要太长时间。"

　　"好吧，需要多少时间，你就能争取到多少时间。之后，我就跟你一刀两断。等着，我再给你拿一顶软帽，盖住你这一脑袋黑鬼毛，再给你拿些干净衣裳。"

　　她立起身来，消失在门后，又关上房门，然而纵使这短短几秒，我已经开始想念她了。

12

西博妮娅

我没费什么力气就适应了派克斯维尔镇的生活。甜心给我安排得十分妥帖。她待我就像对待一个真正的女孩：给我洗澡，给我梳头，给我做裙子，教我招待客人，还告诫我别抽雪茄烟，让我模仿着来阿碧小姐这儿消磨整个晚上的客人们的样子。为了让阿碧小姐留下我，她得与之周旋，因为那老太婆开始并不情愿。她不愿意多一张嘴吃饭。然而我多多少少会一点酒馆里的活计，她见我倒痰盂、擦桌子、抹地板、刷夜壶，整夜给姑娘们送水喝，还能给她酒馆里的赌徒和蛮汉剃头，老太婆的气儿渐渐顺了。"小心点男人，"她说，"让他们一直有酒喝。楼上的姑娘们会替你打发他们。"

我心里明白，这里其实就是个妓院，然而也不坏。事实上，我自始至终还从没见过哪个黑人不是一边数落白人的不是，一边自欺欺人对自家的罪过视而不见，我自己也不例外。阿碧小姐是个蓄奴分子没错，但她是个好主子。她跟荷兰佬儿是一路人。她的业务多的是，可也就是说这些买卖占去她的大部分时间，皮肉生意只是她的一项副业。她还有一座磨坊、一圈猪、一圈黑奴、一家赌场、一台制锡机，同时还得跟街对面那家酒馆竞争，不过那里可没有甜心这样的女黑奴，她可是个吸金的法宝。在那里，我就跟回家一样自在，我周围充斥着赌徒和小偷，他们喝着劣质烧酒，为纸牌游戏大打出手。没错，我的确又戴上了枷锁，然而，假使你融入这种生活，习惯成了自然，也并不十分令人苦恼。碗里的饭不要钱。头上的屋顶不要钱。自然有人为你的生计操心。这样的生活好过在小径上疲于奔命，跟其他五个人抢吃烤松鼠，为了烤东西吃这点事，老家伙还得花上一个小时冲我主上帝吼叫一小时，然后才能吃得上，即便如此，桌上的肉还不够塞牙缝的。如今我吃喝不愁，便把鲍勃抛到九霄云外，忘了个一干二净。

话说回来，从甜心的窗户可以看见奴隶窝棚。有几座围着栅栏的小房子，一块帆布遮住了部分房顶，我忙着东跑西颠时，也抽空儿停下脚步在玻璃上抹出一块干净的区域，朝外窥视。要不下雨的话，看得见黑人们凑在一起，在院子里东一群西一伙，旁边是他们自己开辟的小菜园子。赶上下雨或者大冷天，他们就待在帆布屋顶底下。我时常向窗外望去，看是否能找到鲍勃老头儿。可我总也看不到他，过了几个礼拜，我开始猜测他的下落。一天下午，甜心坐在床上梳头的时候，我对她谈起了这件事。

"哦，他就在这里，"她说，"阿碧小姐没有卖掉他。随他去吧，亲爱的。"

"我觉得可以给他送些吃的。"

"让他们待在自己的黑奴窝棚里吧。"她说，"他们会惹祸的。"

我觉得很纳闷儿，他们哪儿惹着她了，他们无论做什么，都碍不着甜心的事儿。甜心真是个人见人爱的主儿。阿碧小姐简直拿她当了主子，多少让她自己挑选顾客，生活上也随心所欲。甜心有时候干脆关门谢客。那些黑鬼碍不着她的事儿。我缄口不言，可是有天晚上我实在忍不住了。我偷偷到奴隶窝棚去寻找鲍勃。

奴隶窝棚在旅馆后头的小巷子里，紧挨着餐厅后门。前脚开门，后脚就踏进了小巷，再走两步，就进了奴隶窝棚。那地方周围都圈了起来，旁边是一小块空地，黑鬼们常坐在那里的木板箱上打纸牌，还有一小块菜地。院子后面是一只猪圈，栅栏门直接通向黑鬼的窝棚，方便他们照料阿碧小姐养的猪。

这两圈窝棚——养猪的窝棚，加上黑奴们生活、种菜的窝棚——里面，我记得大概住着二十个男女老幼，我一看就明白了甜心为什么避之不及，我自己也不愿意往那儿凑。不进去还不知道，跟大白天高高在上瞧见的完全不是一回事儿。这会儿是傍晚，大部分黑奴白天都要出去干活儿，现在天正渐渐黑下来，一群群拥出来的黑奴——大部分都是黑皮肤的纯种黑奴，跟鲍勃差不多——的确令人不快。这里臭气熏天。大部分人衣衫褴褛，有些连鞋也没穿。他们在窝棚旁游荡，有些无所事事地坐着，其他人在菜园里东摸西瞧，这些人仿佛簇拥着什么人，那是一个半疯的野女人，像只小鸡似的嘴里不停地叽叽咕咕。听上去，她的脑子好像有些不正常，她不停地叨咕着，我却一个字也听不明白。

我走到栅栏边上。几个男女正靠着栅栏边上干活，有的喂猪，有的照顾菜园子，一看见我，便斜眼盯着我瞧，却没停下手里的活计。已是黄昏了，天马上要黑下来。我把脸藏在栅栏后头说："有谁见过鲍勃吗？"

挤在猪圈后头，拿着铁锹和耙子干活的黑鬼们自顾自干活，一个字也不说。可那愚蠢的老傻瓜正坐在院子正中间的木箱上，那黑女人膀大腰圆，老态龙钟，嘴里不住地念叨着什么，要是她声音再大一点就好了。那张脸盘儿又大又圆。你离她越近，越看得出来她真是老得不成样子啦，凑近一看，她屁股底下那只箱子已经深深地陷进泥地，快要没顶了，那箱子陷得那么深，她坐在上面吭吭哧哧叽叽咕咕的，却不知道说些什么。她看见我便扯起喉咙叫道："美人儿，美人儿，会叫唤，会叫唤。"

我不理她，对着大家说话。"有人见过一个叫鲍勃的家伙吗？"我问道。

没人说话，那痴呆老婆子咯咯笑了起来，像只鸟儿似的转动着脑袋，像只火鸡似的咕咕唧唧叫着："美人儿，美人儿，会叫唤，会叫唤。"

"他是个黑人，大概这么高。"我对其他人说。

但那疯老婆子还是不肯闭嘴。"跑起来，转圈，转圈。"她哑着嗓子说。

她真是个白痴。我看着猪圈里的其他黑鬼。"有人见过鲍勃吗？"我说，声音很大，好让大家全都听到，根本没有一个活人愿意看我第二眼。他们都忙着照料自己的猪，或者小菜园子，好像我不存在似的。

我蹬在栅栏的第一根木条上，把脸露出来，大声说："有人看见鲍……"我还没说完，脸就给一块泥巴打中了。我朝木箱上坐着的疯老婆子望过去，结果她又撮了一手泥巴，朝我打过来，正打在我脸上。

"嘿！"

"转圈。转圈。"她号叫着。她从木箱上站起身来，来到篱笆边上我站的地方，又捡起一个泥球扔过来，击中了我的下巴。"跑起来！"她号叫着。

我暴跳如雷。"该死的傻子！"我说，"滚开！从我身边滚开！"我本该爬进去，把她的脑袋塞进泥地里，可是另一个黑女人从猪圈另一头干活的人群中走出来——一个又高又苗条的美人儿——从泥巴里挖出疯老婆子的木箱，又朝我走了过来。"别理她。她是个傻子。"她说。

"这我也知道。"

她把疯老婆子的木箱靠在篱笆旁，服侍她坐下说："坐在我身边，西博妮娅。"那老疯子便安静下来，乖乖照做。女人转向我说："你要干什么？"

"得好好抽她一顿。"我说，"我觉得，如果我说出去，阿碧小姐会把她抽得服服帖帖。我在里头干活儿，你知道。"在里头干活高人一等呢，说明跟白人关系更近乎。

几个用耙子和铁锹推着猪粪的黑男人斜眼瞧我，可那跟我说话的女人瞅了他们一眼，他们便都转开了目光。我真是个蠢货，居然看不出来我蹚的这趟浑水多危险。

"我叫莉比，"她说，"这是我姐姐，西博妮娅。你这么丁点儿大，就会说什么用鞭子抽。你要干什么？"

"我找鲍勃。"

"不认识什么鲍勃。"莉比说。

她身后的西博妮娅号开了："没有鲍勃。没有鲍勃。"又攥了一个泥球扔向我，我躲开了。

"他肯定在这儿。"

"这儿没有什么鲍勃。"莉比说，"我们有个德克，有个兰，有个邦邦，有个布罗德纳克斯，有个皮特，有个卢舍思，就是没有鲍勃。你找他干什么？"

"他是我的朋友。"

她盯着我的裙子看了足有一分钟。甜心的针线活儿做得真不错。我穿得又暖和又干净，头戴软帽，身穿暖和的裙子和袜子，一副丰衣足食的样子。我看上去像个黑白混血姑娘，穿的衣服跟该死的白人一模一样，而那莉比却破衣烂衫。"你这样的白人走狗干吗要这院子里的人做朋友？"她问道。她身后握着铁锹干活儿的几个黑鬼斜过身子，咯咯笑了起来。

"我不是来这里让你笑话我的。"我说。

"你自己笑话自己来着。"她温柔地说，"看看你穿的这样子。你是鲍勃的主子？"

"我又没用你的钱使唤他。我欠他的。"

"哦，那你用不着费心还了，高兴了吧。他不在这儿。"

"那就奇怪了，阿碧小姐说没卖掉他。"

"你难道头回听白人撒谎？"

"你这一张巧嘴，在外头干活可惜了。"

"你这张巧嘴，安在一颗呆傻粗舌的驴脑壳上，也是可惜了。看你穿着裙子到处现眼。"

这话可把我说愣了。她知道我是个男孩。可我是在里头干活的黑奴呀。我可是高人一等。阿碧小姐的客人们都喜欢我。甜心待我跟亲闺女一样。她可是说一不二。我用不着跟什么阴阳怪气、穷酸下贱、一文不名、食不果腹、无人问津的黑奴过不去。除了甜心和白人，其他人这样奚落我，我可受不了。那黑女人眼都不眨就把我挖苦了一顿。我真受不了啦。

"我怎么盖着身子是我自己的事。"

"是你自己的身子。没长在别人身上。这儿没人说三道四。可是要躲开那些白男人的坏心眼，光靠一顶软帽和好看的内衣是不够的，孩子。走着瞧吧。"

我假装没听见。"要是你告诉我鲍勃在哪里，我给你二十五美分。"

"那可真不少。"莉比说，"可我现在用不着钱。"

"我认识字，可以教你几个。"

"等你扔了肚子里的谎话再来找我吧。"她说。她捡起西博妮娅的箱子，说，"过来，姐姐。"

西博妮娅站在那儿，手里握着一把还往下滴着水的稀泥，做了一个怪动作。她瞧了瞧旅馆的房门，看还关着，便用正常的声音对莉比说："那孩子要倒霉了。"

"让魔鬼对付他吧。"莉比说。

西博妮娅柔声对她说："到其他人那儿去，妹妹。"

她说话的样子把我吓了一跳。她和莉比对视良久。好像有某种信号在她们两人之间暗暗传递。莉比向西博妮娅递过木头箱子，一言不发地走开了。莉比径直走到栅栏另一头，跟其他弯着腰照料菜园和喂猪的黑奴们站在一起。在她短暂的余生之中，她再也没跟我说过一个字。

西博妮娅又坐回箱子上，把脑袋伸到栅栏里，凑近了看着我。那张从栅栏格里瞧着我的脸，脸蛋儿和眼睫毛上都沾着泥巴，然而却无一丝一毫的蠢相。她的态度简直是一百八十度大转弯。她把泥巴从脸上拂去，仿佛赶走一只苍蝇。她的脸色十分郑重，简直可以说肃穆。那盯视着我的目光如此强烈、安详，好像一杆双筒猎枪抵住了我的脸。那张脸充满力量。

她把手指头在地上画来画去，挖起一些泥巴，捏成球形，又摆在地面上。接着又做了一个，用袖子擦擦脸，眼睛还盯着地面，然后把新的泥巴球摆在第一个旁边。从远处看，她像个傻子似的，坐在木箱子上摆泥巴球。她用那双猎枪似的眼睛盯着地面，说话声深沉有力。

"你自找麻烦。"她说，"拿大伙儿当傻子耍。"

我以为她说的是我的衣服，于是答道："我必须这么做，穿着这种衣服。"

"我说的不是这件事，我说的是另一件事。更危险的事。"

"你是说，念书？"

"我是说撒谎。有些人爬到树上去撒谎，最后还是回到地面上，说实话。在这个地界儿，你这么干是要倒霉的。"

我有点儿震惊，她的脑子居然如此缜密，倘若说我男扮女装尚且成功，那么她装傻的功夫则更加高明。谁的骗术都比不上她，这一点我可是看得清清楚楚，于是我说："我没说谎。我去拿张纸证明给你看。"

"别拿纸来。"她马上说，"你说的太多了。要是刀哥发现你在这儿，他就要你好看。"

"刀哥是谁？"

"很快你就会知道了。你能写单词吗？"

"我还能画画。"

"我可不研究什么画。我要的是单词。如果我告诉你关于那个鲍勃的事情，你可以给我写点东西吗？比如通行证之类的？契约呢？"

"我会写。"

她把脑袋贴在地上，两只手忙活着往泥巴底下插。那双手迟疑了一下，她对地面说。"也许你最好先琢磨琢磨。别傻乎乎的。别说大话。别在这儿。别跟我们。要是你答应了我什么，你就得做到。"

"我说了我会做到。"

她抬起眼睛，轻声说："你的鲍勃给撵走了。"

"撵走了？"

"抵押出去了。阿碧小姐把他抵押到村子那一头的磨坊去了。当然，得了些钱。他过来的当天就给弄到那儿去啦。他很快就会回来。他怎么从来没提起过你？"

"我不知道，但是我担心阿碧小姐打算把他卖掉。"

"那又怎么样？她早晚要把我们全卖掉。你也一样。"

"什么时候？"

"等她全准备好了的时候。"

"甜心从来没说过这件事。"

"甜心哪。"她说。她阴沉地笑了笑，再没说话。但是我不怎么喜欢她说这句话的那副样子。我的心仿佛给人扯了一把。她在泥巴里的手动了动，又搓出一个泥巴球。

"你能弄到鲍勃的消息吗？"

"也许吧，如果你说到做到。"

"我说了我会做到。"

"要是你听到消息，说这个院子的黑人要聚在一起讲《圣经》，你就过来。我让你见你的鲍勃。你要付出的代价是那些单词。"

"那好吧。"

"别跟任何人嚼这件事的舌头根子，尤其是对甜心。否则我会知道，到时候你一早起来就会发现你那漂亮的小脖子上插满了刀。我的事先了结，谈崩了咱们俩全得躺进冰凉的棺材里。"

　　说完这话，她转过身去，拿起她的木箱，一路叽叽咕咕地穿过庭院，走到正中间，把那箱子深深地坐进泥地里。她坐上去，黑鬼们又把她围在中间，手里拿着铁锹和锄头，在她身边挖着地。他们等着我，围着她在泥巴里锄啊锄啊，而她端坐在木箱上，像一只母鸡似的发出咕咕的声音。

13

死而复生

过了一个礼拜，院子里一个叫诺斯的黑姑娘溜进沙龙，她拿着一卷火媒子，放在火炉旁，经过我身边时轻声说："今晚，黑奴窝棚里有《圣经》讨论会。"当晚，我留出后门找到了鲍勃。他就站在庭院的大门口旁，一个人靠着栅栏站着。他看上去给折磨惨了，衣服简直成了破布条，但那的确是他，还活着。

"你到哪里去了？"我问。

"在磨坊。他们简直要把我弄死了。"他瞥了我一眼，"我瞧着你过得不赖。"

"你干吗用那种眼神看我？这地方我说了又不算。"

他紧张地撇了整个窝棚一眼。"我倒希望他们给我关在磨坊里。这些黑鬼简直让我活不成了。"

"别说疯话。"我说。

"没人跟我聊天。他们根本不跟我说话。一个字也不说。"他冲后面角落里的西博妮娅点点头，西博妮娅正坐在她的木头箱子上唧唧咕咕。黑人们围着她，用耙子、铁锹在地上刨挖，在她身边竖起了一

150

堵无声的墙壁，他们推出脏土，石块和野草打着旋儿飞出来。鲍勃对西博妮娅点点头。"那边那个，她是个巫婆。她中魔咒，疯了。"

"她没疯。我能见到你，全是欠她人情。"

"你欠的是魔鬼的人情。"

"我这么做可都是为了你，兄弟。"

"别管我叫兄弟。你为我做的那点还不如狗屎值钱。看看我拜你所赐得了什么下场。我简直没法儿看你。看看你吧。"他不屑地哼了一声，"穿绸裹缎，装模作样，有吃有喝的住在里头。我在这儿凄风苦雨的。你还在要显摆你那条花花绿绿的新裙子。"

"往这边来是个好主意，这是你说的！"我讽刺道。

"我没说要让人杀了我！"

从鲍勃身后的院子另一头，突然传来"嘘！"的一声。耙子和镐头动得更快了，一个个人头贴在地面上，好像在卖力干活似的。有人略带惊慌地轻声呼喊："刀哥！"鲍勃忙不迭跑到院子另一头去了。他在西博妮娅身边，跟其他人一道假装忙着干活，拔菜园子里的野草。

黑奴窝棚另一头的小棚子后门开了，出来一位膀大腰圆的黑汉子。他比弗雷德里克略矮，然而一样膀阔腰圆。厚实的胸膛，宽阔的肩膀，两条粗壮、结实的手臂。他的嘴唇跟麻绳的颜色一样，一双极小的眼睛紧紧地挤在一起，要我说，干脆用铲子拨到一个眼窝里算了。那傻汉子模样真是奇丑无比，好像上帝把他拼成人形的时候闭着眼胡乱捏了几下就完工了。可这也正是他的可怕之处，他的力是蛮力，他的个头好像能拔起一座房子。他动作敏捷，一眨眼的工夫就溜到窝棚边上，立即站定，往里窥视一番，巨大的鼻孔喷出一股气息，然后便沿着窝棚蹿到我站的地方。

他过来时我向后退了一步，可当他走进时，脱下了帽子。

"晚上好啊，俊俏的小狗，"他说，"你来我这窝棚做什么？"

"甜心打发我来的。"我撒谎道。我寻思着抬出阿碧小姐的名头未必有用，万一他对她说起来可如何是好。虽然我从没见过他走进沙龙，可他毕竟管这院子，也就是说，他跟她说得上话。我不应该跑到那儿去，我觉得他也知道这一点。

他舔舔嘴唇。"别跟我提那婊子，咱们高攀不起。你来干什么？"

"我和我这位朋友，"我指指鲍勃，"说两句话。"

"你对鲍勃有意思，小妞儿？"

"我对他一点意思都没有，从里到外都没意思。我来就是看看他。"

他冷冷一笑。"这是我的院子，"他说，"我管着这里。但是如果小姐这么说，没问题，没问题。如果她没说过这话，你就得走路了。你去瞧瞧她，然后再回来。除非——"他笑了，露出一排大白牙，"除非你跟刀哥做朋友。给刀哥帮个甜蜜的小忙，给他舔个棒棒糖。你也到年龄了。"

要我碰那庞然巨物一般的黑鬼，我宁可躲进地狱。我忙不迭向后缩去。"没什么大不了的。"我说完便跑开了。躲进房子之前，我最后看了一眼鲍勃。他一转过身去，用最快的速度拔着院子的野草。那怪物正在给他们点名。我背叛了他，这就是他的感受。他再也不想跟我有任何瓜葛。我也帮不上他的忙。他现在只能靠自己了。

这件事让我惶恐不安，忍不住对甜心说了实话。她一听我去了院子便大发雷霆。"谁让你跟他们外边那帮黑鬼混在一起了？"

"我去找鲍勃了。"

"让鲍勃见鬼去吧。你会给我们大家找麻烦的！刀哥说我什么了吗？"

"他一个字也没提起你。"

"你这坏透了的撒谎精！"她厉声说。她骂了刀哥几分钟，还捎带上我。"躲开那些下贱的赔钱黑鬼，要不就从我身边滚开。"

这么说很管用。我爱甜心。她是我从未谋面的亲娘。是我热爱的姐姐。当然我心里也打着别的算盘，她到底是我的什么人呢，那些念头让我的心酥酥痒痒的，都是些见不得人的想法，也不见得一点好处都没有，毕竟把鲍勃、西博妮娅，还有窝棚里那些事暂时一股脑儿抛到一边去了。一下子就丢下，不再想起。爱情遮住了我的眼。而且我还有好些事要操心呢。甜心是销魂阁最忙的婊子。她有长长一队客人等着接：蓄奴分子、废奴者、农民、赌徒、小偷、传道士，连墨西哥人和印第安人都在她的沙龙之外排起长队。我是她的小丫头，责任大着呢，我得让他们排好队，这很重要。慢慢地我也认识了几个有头有脸的人物，包括一名叫作福格特的法官，他的故事我一会儿就要说到。

我的生活日复一日，日日相同。甜心下午起床，我给她端来咖啡和饼干，我们坐着聊聊前一天晚上发生的事情，甜心对在销魂阁出丑的几个家伙取笑一番。因为我在整个酒馆跑上跑下，而她整晚都不得闲，还颇怀念沙龙里那一套把戏，于是我受宠若惊，赶紧给她讲点飞短流长，什么谁又做了什么啦，谁给了约翰一枪啦之类的闲话。我再没跟她提起过黑奴窝棚，但这件事一直萦绕在我的脑海里，因为我还欠西博妮娅一个人情，而西博妮娅没把我归入可以不还人情的那类人。每过一段时间，西博妮娅就会找个黑人给我传话，叫我去见她，去履行我的诺言，教她识字。问题是，到下面去可是难上加难。旅店里每一扇窗户都能看得见那座窝棚，黑奴问题又似乎把派克斯维尔推到了风口浪尖。那年月，在西部的草原上，无风尚且有三尺浪。堪萨斯和密苏里吸引了各路冒险家——爱尔兰人、德国人、俄国人、土地投机商、掘金者。成天痛饮威士忌，争夺土地的归属权，从印第安土著手里抢地盘儿，要不就是下等女人鬼混。这些西部定居者中的生力军随时可以跟人大打出手。可这些全都不如黑奴问题火药味儿重，而那个时期的派克斯维尔镇，黑奴问题又随时可能被挑起。拳打脚踢、尖刀伤人、偷鸡摸狗、大喊大叫这种事太多了，阿碧小姐常常自言自语地说，也许自己还是全身而退算了。

她常坐在起居室里边抽雪茄边跟男人们打扑克，一天晚上，她跟几个城里来的有钱人打牌时，突然生气地说："有了那帮废奴分子，还得操心别让黑奴都跑光，黑奴这件事儿真是越来越叫人头疼。这个地方到处都有枪，这是最危险的。要是黑鬼手里有了武器会怎么样？"

坐在桌旁呷着威士忌，手里握着纸牌的一个男人一哂。"你身边的几个黑鬼都挺可信的。"一个人说。

"就是啊，我会给黑奴们武器。"另一个说。

"我愿意以生命相托。"另一个说。然而没过多久，这家伙的一个黑奴往他身上扔刀子，结果他把身边所有的黑奴都卖掉了。

我当然是拼命地在脑子里寻思这些话，因为我已经觉察出大事不好。城外肯定是发生什么事了，可消息却少之又少。生活中大部分事儿都是这样，要是你不想知道，你就肯定不知道，要是不想看见你就肯定看不见，但是关于蓄奴制的谈话都有点儿山雨欲来风满楼的意思，果然，没过多久我就找到了答案。

我到厨房去打水，却听见沙龙那边传来一声惨叫。我往里面偷看，发现里头挤满了穿红衬衫的，有三个人站在吧台里头，浑身披挂着武器。透过前窗，看得见大道上全是骑着高头大马的武装军人。通向黑奴巷子的后门死死地关着。门口站着的几个红衬衫也都带着武器。旅馆酒吧里雾气蒸腾，挤满了身上挂满武器的叛乱分子，阿碧小姐和福格特法官——就是甜心的忠实顾客——两个人正大打出手。

不是用拳头，而是真正的肉搏。我干活的时候脚底下不能停，否则就会有人拦住我，说我闲逛，然而眼前的情形实在太惊险，根本没人注意我。阿碧小姐气极了。我相信，如果那房间里没有带着枪的男人围着福格特法官，她完全可能把塞在腰里的手枪冲他招呼过去，可阿碧小姐没这么做。据我分析，这两个人肯定是为了钱，为了很多钱。阿碧小姐正气急败坏地喊着："我说清楚，我决不答应。"她说，"对我来说，要损失好几千块美元！"

"把我逼急了，我就把你抓起来，"福格特法官说，"总得抓点什么人。"有几个男人点头赞同。阿碧小姐往后退了一步。她怒气冲冲地后退，那法官则占据了房间的中心位置，跟其他人讲着事情的经过。我把脸躲在一根柱子后头，听见他是这么说的：有人正在策划起义。波及窝棚里的黑鬼们，至少卷进去十来个。他们计划杀掉个几百个白人，其中也包括热爱黑鬼、常常慷慨陈词反对蓄奴制的那位主教。窝棚里有几个黑鬼是阿碧小姐的和其他人的家奴——奴隶主子进城办事，常把黑奴寄存在院子里——他们全给抓起来了。抓到了九个人。法官打算第二天一早就审判这九个人。其中四个人是阿碧小姐的家奴。

我转身跑回楼上甜心的房间，破门而入。"出大事了。"我大呼小叫地告诉她刚刚偷听到的消息。

我这辈子都记得她的反应。我告诉她的时候，她正坐在床上，我说完了之后，她一言不发。床上起身，走到窗前盯着楼下已经空空如也的黑奴窝棚。接着她背对着我说："总共只有九个？"

"九个就不少了。"

"应该把他们全都吊死。那些下贱的、一文不值的家伙。"

我觉得她看出我的神情不对。她说："别激动。这件事跟你我没关系。会过去的。但是我现在不能给人看见跟你说话。咱们两人不能待在一起。出去到处打听打听消息。事情平息了之后过来告诉我你听到了什么。"

"我什么也不做。"我说，因为我还顾及着自己的小命。

"你不会出事的。咱们俩的事我已经跟阿碧小姐摆平了。别出声，听他们说些什么。然后给我报个信儿。现在出去。别给人看见跟黑鬼嘀嘀咕咕。一个也不行。蔫着点儿，耳朵竖起来，弄明白那九个人是谁，风头一过就悄悄回来告诉我。"

她把我推出门外。我攥着胆子朝沙龙走去，溜进厨房，听法官告诉阿碧小姐和其他人下一步怎么做。听到的一切都让我心惊胆战。

法官说他带着手下审问了院子里所有的黑奴。黑鬼们全都不承认要造反，但是有一个黑鬼经不住人家哄骗，招了，要不就是不知怎么自己说漏了嘴。反正他们从什么人那儿知道了这九个黑鬼的事，从院子里揪出这九个人，关进牢房里了。法官又说，他要和他的手下已经弄清楚谁是领头儿的，但是那个领头儿的却不说话。他们准备快刀斩乱麻，就是因为这个原因，这些当兵的才会跟镇里的几个家伙坐在沙龙里，上下里外都挂上枪，对着阿碧小姐大喊大叫。因为带头造反的正是阿碧小姐的人，法官说这家伙极端危险。所以，二十分钟后他们把踝骨和脚上戴着锁链的西博妮娅带出来的时候，我一点儿也不感到惊讶。

西博妮娅看上去筋疲力尽，形如枯槁。头发成了一团乱麻，脸上鼓鼓囊囊的，好像肿了，皮肤有点儿发亮。但是那双眼睛依然平静。这正是我在窝棚里见过的那张脸，平静得如同跟个鸡蛋似的。那伙人把她推搡到福格特法官面前的一把椅子里，人们又围上了她。有几个人叫骂着站在她面前，法官拉了把椅子到她跟前。有人丢了一张桌子过来，又为法官摆上一杯水，还递过一根雪茄。法官稳稳地坐在桌子后面，点燃，喷云吐雾，慢吞吞地啜着他的酒。他不着急，西博妮娅也是一样。西博妮娅一言不发地坐着，沉静得像一轮月亮，任凭周围的男人把她骂得狗血喷头。

最后，福格特法官开腔，让大家闭嘴。他转向西博妮娅说："西博，我们要弄清楚这次的暗杀事件。我们知道你就是带头的。好几个人这样说来着。你就别否认了。"

西博妮娅镇定得如同一丛青草。她直勾勾地盯着法官，不偏不倚，不上不下。"就是我，"她说，"我不因此羞耻，也不因此惧怕，也不怯于承认。"

房间里挤满了醉醺醺的造反分子，她居然用那种针锋相对、平起平坐的语气跟法官说话，我简直惊呆了。

福格特法官问她："这件事还有谁参与了？"

"我和我妹妹莉比，其他人我不会说的。"

"我们有办法让你说，如果你想让我们那么做的话。"

"那么你们请便吧，法官。"

这下法官可气疯了啦。什么下三烂的招数都拿出来啦，他气成那个样子，可真是丢人。他叫嚣着说要揍她，要抽她，要用柏油给她身上粘羽毛，然而她却说："悉听尊便。你要是愿意，叫刀哥过来也行。但是你抽我，你哄我，我也决不上你的当。我就是那个领头的。是我干的。如果有机会，我还会再来一次。"

这下子，法官和他周围那帮人跺着脚，嚷嚷了几句狠话；他们叫嚣要把她的手脚都砍掉，还要割掉她的生殖器，要是她仍不供出其他人的名字，就拿她喂猪。福格特法官说他们要在镇广场中心点上一堆篝火，把她丢进去，可西博妮娅却说："尽管来吧。你们是抓住了我，可别想从我这里弄到别人的名字。"

我寻思，他们之所以没有把她当场绑起来，唯一的原因在于他们也拿不准还有哪些人造了反，万一还有好几十个怎么办。于是几个人没了主意，又狐假虎威地嚷嚷了几句要当场绞死她、要把她的牙齿拔光之类的话，然而最后仍然一无所获，只得重新将她投入监牢。接下去的几个小时，他们试着理出个来龙去脉。他们知道西博妮娅的妹妹和另外七个人涉案。可是黑奴窝棚里前前后后住过好几拨人，每次都有二三十个，更别提每天还都有几个来来去去的，奴隶主子进城办事时会把黑奴寄存在窝棚里。这就是说，这方圆一百六十公里的好几十个黑奴可能都跟这件案子有关联。

就这么着，他们一直吵吵到深夜。也不光是为了有罪没罪。这几个黑奴值不少钱呢。那年月，可以把黑奴租借出去，也可以作抵押借钱，还可以为了这个那个事情承担连带责任。有的黑奴给人抓走了，当主子的便奋而反抗，说他们的黑奴是清白的，他们要求带走西博妮娅，要把她的手指甲一个一个拔出来，直到她供出哪些人跟她是共谋。其中一个人质问法官说："起初你是怎么知道密谋的事的？"

"是个黑人给我告密来着。"法官说。

"哪个黑人？"

"我可不能说。"法官说，"但是是个黑人——一个可靠的黑人，你们很多人都认识。"

这让我不寒而栗，镇里只有一个黑人是他们全都认识的。可是我立即便抛弃了这个想法，因为那法官随即又说，他们发现造反的事情已经有三天之久，他们最好能想办法让西博妮娅供出更多的人，他害怕这场叛乱的范围超过派克斯维尔镇。大家纷纷附和。

这就是西博妮娅玩弄他们的拿手好戏，他们根本招架不住。他们非要攻破她这道防线，绞尽了脑汁。当天夜里，大家散去，第二天又聚在一起讨论了一通，最后，在第二天夜里，法官亲自提出了一个计划。

他找来主教。这家伙每个礼拜天晚上在院子里给黑人训话。既然这个阴谋的初衷是要刺杀他们夫妇，法官便决定请主教亲自去监狱跟西博妮娅谈上一谈，黑人们都觉得他是个正人君子，西博妮娅据说也是很尊敬他的。

这点子绝了，大伙儿都说好。

法官把主教叫到沙龙里。那是一个体格结实的大胡子男人，老是板着脸，外套扣子一直排到下摆，里面还穿着一件马甲。照草原上的标准看来，他收拾得挺利索。大家把他请到福格特法官面前，法官给他讲了事情的经过，主教颔首同意。"西博妮娅不会在我面前说谎。"他说，随即便迈步走出沙龙，径直朝监牢走去。

四个小时之后，他跟跟跄跄，精疲力竭地跌回沙龙，得靠人搀扶才坐进一把椅子。他叫人给他端酒来。于是人家给他倒上一杯酒。他一口吞下去，又要一杯。又是一饮而尽。他又叫人家倒一杯，拿来之后，他才给福格特法官众人讲述了方才的事。

"我按计划进了那牢房，"他说，"我跟看牢房的打了招呼，他便把我领进西博妮娅的号子。她被关在最后一间，最靠里。我进了号子坐下来。她亲亲热热跟我打了招呼。

"我说，'西博妮娅，关于这次该死的造反行动，凡你知道的都告诉我。'话还没说完，她就截住我的话头。

"她说，'牧师，你根本不是来问这个的。也许你是给人哄骗，或者给人逼着来的。可是，正是你教导我耶稣的言语，正是你教导我耶稣因追求真理受苦受难、牺牲生命，难道这样的你要让我泄密，让我背叛人家的信任？教导我说耶稣的牺牲独独为了我一个人，而你现在要我去戕害那曾援救我的人？牧师，你是了解我的！'"

老主教垂下头。我多希望一字不差地复述出那老人所讲的故事，即便是再次述说，我也无法与他讲述得一样。他的精神已经千疮百孔。他的内心有些东西已经崩塌。他伏在桌子上，头埋在双手中，又要了一杯酒。人家给他奉上拿酒。他灌下去，才拾起话头。

"我当主教这么多年，头一次觉得自己罪孽深重，"他说，"当时我什么也说不出来。我接受她的责难。许久，我方才从震惊中猛醒过来，说：'可是，西博妮娅，你的计划是一桩丑恶的阴谋。假使你成功，街上便血流成河。你怎能杀害这许多无辜的人、杀害我，还有我妻子？我们夫妇如何得罪你了？'

"这时，她严厉地望着我说：'神父，正是你们夫妇告诉我，说上帝是不偏待人的；你们夫妇教导我说，在他老人家眼中，我们都是平等的。我是黑奴。我丈夫活着时也是黑奴。我的孩子们都是黑奴，但是他们给卖掉了。一个也没有留下。当最后一个孩子给卖掉的时候，我说：为了自由，我不惜拼上这条命。我想出一个计划，牧师。然而我失败了。我给人出卖了。我告诉你，假使我成功了，我会首先宰了你和你老婆，以告诉我的跟随者，我可以牺牲我敬爱的人，而我只是要他们牺牲掉自己所仇恨的，为他们争取正义。我的余生也许将生不如死。我杀害别人，自己的痛苦却不曾稍减。可是在我心里，上帝告诉我，我所行的是正义。'"

牧师颓然倒在椅子中。"我垮了。"他说，"我说不出话。她是掏了心窝子啦，我同情她，头脑中一片空白。我不知道我在做什么。我蒙了。我抓住她的手说：'西博妮娅，咱们祷告吧。'我们诚心诚意祈祷了很久。我对上帝，对我们共同的天父祷告。我说他会行使正义。那被我们视为最下贱的，在天父眼中也许是最上等的。我祈祷上帝原谅西博妮娅，如果我们所行不义，也求他宽恕白人。祈祷结束时，我握着西比¹的手，她也回应我以温暖的一握。这是我从未感受过的快乐，最后我听到她热诚、庄严的声音说道：'阿门。'"

他站起身来。"我再也不为这万恶的制度做任何事了。"他说，"如果你们乐意，就吊死她。但是你们得另请高明来主持本镇教堂，我从此与你们再无瓜葛。"

说完他便起身走出了房间。

---

1 西博妮娅的昵称。

14

可怕的发现

　　对于绞死西博妮娅手下的黑人，他们可是一点儿不磨蹭。次日，他们便搭起绞刑架。那年月，绞刑可是大阵仗，要奏起进行曲，出动军队，发表演说，连同其他一大套仪式。阿碧小姐有四名黑奴得上绞刑架，这笔巨额损失让她着实烦恼了一阵，干活儿的也顺便磨了磨洋工。然而这结局已经是无可改变了。大笔钱已经进了城。接下来的两天，生意兴隆得要命。我忙着给远道而来的看客们端茶送饭，忙得不亦乐乎。到处是蠢蠢欲动的气氛。同时，那些还占着黑奴的主子们全都偷偷带着人溜出了城，他们跟黑奴们一起跑得没影儿了，躲得远远的。这帮人可不想白白把钱打了水漂。

　　要行绞刑的消息一传开，也带来了别的麻烦，因为废奴分子们早就闻风而动，蜂拥南下。据说已经发生了几起抢劫事件。巡逻队也出动了。每个定居者都随身带着步枪。城里围得跟铁桶似的，除非你跟镇民说得上话，否则进出道路一律不准任何人通过。生意热火朝天，谣言此起彼伏，到处蠢蠢欲动，可过了差不多整整一个礼拜，好戏才真正开演。

然而那结局毕竟在一个阳光夺目的午后来临了，还没等人们聚集到广场上，还没等最后一个敌军就位，他们便拖着西博妮娅和其余几个人走了出来。他们走出监狱，排成一行，总共九个人，一边儿给一个，给造反分子和敌军拽着胳膊。前来目睹这一盛况的人群的可不是什么平头百姓，要是那帮黑人还妄想着废奴分子能在最后关头给他们搭救出去，他们只需要四下里瞧上一眼，就彻底死了心。绞刑架旁站了一圈武装到牙齿的造反分子，足有三百人，其中有一百名是身着制服的敌军，佩带着闪闪发亮的刺刀，套着红衬衫和神气活现的军裤，甚至还有一个正经八百的小鼓手。这一带的黑人全给带了来——男女老幼，一个不少。人家让他们在绞刑架正前方排成一队，好亲眼看着上刑。给他们瞧瞧企图造反是个什么下场。

　　从监牢出发，西博妮娅她们没走多远就到了绞刑架，然而我寻思着，对于其中有几个人来说，这段路不啻数公里之遥。要绞死给黑人看的，正是站在队伍末尾的西博妮娅。队伍一步步走到通向绞刑台的阶梯，人家引他们走上绞刑台时，排在西博妮娅前面的一个小伙子吓破了胆，倒在绞刑架台的阶梯底下。他脸着地摔下去，抽泣个不停。西博妮娅揪住他的衣领，推着他站起身来。"像个男子汉大丈夫。"她说。于是他振作起来，登上台阶。

　　所有人都走上去集合后，行刑人问他们谁先来。西博妮娅转向妹妹莉比说："来吧，妹妹。"她又转向其他人说："我们给你们做个示范，然后你们照我们的样子。"她走到绳套前，让人家把绳子套在脖颈上，莉比也依她的样子做了。

　　我多希望能给你们形容一下当时的气氛有多紧张。那绳子仿佛自动打了个结，套住晴空中射出的日光，好牢牢定住一枝一叶，谁的灵魂也别想逃脱，哪怕是一丝风也别想吹得动。人群中鸦雀无声。行刑人不慌不忙，彬彬有礼。他又跟西博妮娅姐妹说了几句话，问她们是否准备就绪。两人点点头。行刑人转身去拿头罩，好盖住两人的脑袋。他先动手套好西博妮娅的脑袋，随即她突然给高高吊起，然后从那绞刑台的眼子里重重跌落。

然而她却没掉到底。那结好的绳子长度不对，不够她完全摔下去，结果把她绊倒了。突然间，她那已经从眼子里掉下一半的身体抽搐起来。她的身子不住地扭动，双脚乱踢，本能地要往回够着刚才所站的绞刑台。妹妹莉比的脸本来面对着一众黑人，现在转向西博妮娅那边。她斜靠过去，抓住西博妮娅那扭动不停的身体，不让它碰到绞刑台，接着她转向其他人说："咱们跟她一样死法。"随即，在战栗地抽动了几下之后，一切便都完结了。

上帝见证，我本来差点儿昏死过去，可事情的发展来了个一百八十度大转弯，简直错得离了谱，甚至一下就演成了一场闹剧。人群中有几个造反分子开始嘟嘟囔囔地说他们看不惯这么办事儿的，其他人则说，一上来就绞死这九个人真是可耻，要知道黑人出卖别人简直跟你穿裤子一样容易，根本弄不清谁干了什么坏事，还不如干脆把黑人全都吊死算了。还有人说，黑鬼们其实什么都没做，这件事完全是一个弥天大谎，其实是那法官想要夺走阿碧小姐的买卖，其他人又说，整个蓄奴制已经闹了这么多乱子出来，早该好好清理清理了。更糟的是，旁观了整个事态发展的黑人眼睁睁看着西博妮娅的英勇表现之后纷纷义愤填膺，敌军们不得不冲上去让他们冷静下来，场面一下乱了套。这局面可没一个人想得到。

法官望着整件事情闹得愈发不可收拾，便绞死了其余几个被定了罪的黑鬼，过了几分钟，莉比和其他人就一道长眠在地下了。

事后，我偷偷溜开，想找人安慰安慰我。甜心没有目睹这一切，我估摸着她一定想知道详情。她已经在自己房间里躲了好几天了，皮肉生意嘛，白天晚上都有，而事实上出事这段时间还增加了不少。现在事情已经结束，我总算有幸回到她的怀抱里，因为她一向爱听各种小道消息，眼下这消息可真够劲爆。

但是她的态度却挺奇怪。我来到门口，敲敲门。她开了门，骂了我几句，让我到一边凉快凉快，然后当着我的面重重地甩上门。

开始我没多想，但是现在我得说，虽然我并不支持绞刑，我也不完全反对。事实上，绞刑不绞刑的我实在不怎么关心。我趁机搜刮了不少吃的，大大捞了一笔小费，因为这可是件大事。真不赖，然而结果毕竟是阿碧小姐损失惨重。即便是在暴动前，她就已经明里暗里说过，我可以用身子，而不是用两条腿赚钱。当然她现在忙着绞刑这件事，可现在风头过去，我也该寻思寻思她下一步要在我身上打什么主意了。说到底，我也犯不着为这些事儿烦心。什么绞刑，什么西博妮娅，什么妓院和躲过绞架的鲍勃，我全都无所谓。我的心只为甜心作痛。她根本不想跟我有任何瓜葛，她不理我了。

开始我没觉得什么，那段时间杂七杂八的事情全都混在了一起，毕竟是个多事之秋，不管是对黑人还是白人。他们一下子绞死了九个黑人，真不少了——即便是黑人也是不少人了。蓄奴那阵子，黑人等于一条贱狗，只不过是条值钱的贱狗。有几个奴隶主子的人给绞死了，就闹个不休，毕竟谁干了什么，谁策划了什么，西博妮娅到底打的什么主意，谁告发了谁——全都成了谜。只有一片空虚的恐慌和迷惘。那些给绞死的黑鬼中有几个本来招了，死到临头却又翻了供，可他们的说辞互相对不上，于是谁也闹不清该信谁的话，反正罪魁已永无对证了。西博妮娅和妹妹莉比并未说出真相，真相比她们活着的时候还要扑朔迷离，我估摸着，这也许正是她们的用意所在。后果是，来了好几个黑奴贩子，行刑后又做成了几笔交易，但是也没做多少，毕竟人们纷纷唾弃这种人，就连蓄奴派都不给他们好脸色，黑奴贩子用别人的血肉赚钱，根本不能算靠双手劳动吃饭的，毋宁说他们是贼，是人贩子，最早那批迷信的拓荒者们根本瞧不上他们。再说，真正干着大买卖的黑奴贩子忙着哪，根本不愿意大老远跑到密苏里州地界来，就为了买一个惹是生非的黑奴，然后再大老远运到南方腹地卖掉。黑奴那么爱惹事，既然可以在这里造反，也就有可能在深入南方腹地的新奥尔良造反，这坏消息一传回来，黑奴贩子的名声可怎么得了。派克斯维尔镇的黑人们身上已经给打上了"次等货"的标签。他们的身价直线下降，没有人知道他们当中哪一个造过反、哪一个没参与。我估摸着那正是西博妮娅送给他们的礼物。若非如此，他们个个都得给卖到南方去。而现在呢，他们不用挪地方，谁也不想要他们，于是黑奴贩子也就走了。

　　可是这件事情的恶果可谓阴魂不散。尤其是对于甜心来说。她一直想看绞刑来着，可是事到临头却好像给吓坏了。她使了什么坏我心知肚明，或者说，我怀疑是她向法官告发了造反的事，可说实话，我却不怪她。那年月，黑人们总是互相告发，跟白人一个德性。有什么区别呢？都是背叛，说不上哪个罪过更大些。黑鬼用嘴巴作恶。可那也毕竟同样是罪恶。肯定是窝棚里的某个人对甜心说，西博妮娅正在谋划着逃走，甜心便做个顺水人情什么的，告诉了法官，可等一桌子菜做熟了，端出来一看，妈呀，这可不是造反，这是出了人命了。这可成了两码事了。要我看哪，甜心是捅破了粪篓子，自己还不明白已经来不及补救了。我寻思着，想当初福格特法官有私心。他自己没有黑奴，可是倒想要几个。阿碧小姐一破产，他还不是要什么有什么嘛，我后来曾听他说，他自己也想开一家沙龙，像城里所有的男人一样，他对阿碧小姐是又妒又恨。损失的几个黑奴，她得花上好久才能弥补损失。

我并不觉得甜心想到了那么多。她想远走高飞。我寻思着法官可能跟她做过某种承诺，说可以帮她逃出去，我是这么想的，可从没说出口。她也从来没说过，可如果你身上戴着锁链，寻思着往外跑也会这么干。你会跟人家做交易，有什么招儿就使什么招儿，该背叛谁就背叛谁。要是到了手的大肥鱼蹦出来砸在你身上，又蹦回了湖里，那可糟糕了。甜心床底下藏着一罐子钱，还跟我学认字，西博妮娅那伙儿人本来就嫉妒她，因为她没那么黑，还长得俏，于是她就出卖了她们。我不怪罪她。我自己不也扮成娘们儿满世界现眼嘛。黑人为了活命，什么招儿都得用，但是蓄奴制这一张大网真是铺天盖地啊。这一天折腾完了之后，谁也别想逃脱干系。这张大网在我可怜的甜心身上甩了不少脏东西。

她吓傻了。她叫我进去洗洗涮涮、端水倒便盆什么的。可我一干完，她就把我撵出来了。一句话也不跟我多说。她好像丢了魂儿，又仿佛一杯水给倒在了地上。她的窗户俯瞰着黑奴窝棚的院子——只看得见院子边上，院子里渐渐又挤满黑奴——不止一个午后，我走到她身边，发现她正瞪着下面，嘴里骂骂咧咧。"他们全搞砸了。"她说，"这些该死的黑鬼。"她说全怪绞刑，把她的生意弄没了，可她门口仍然排着好长一队客人。她站在窗前,骂着这该死的行当,然后不是把我撵走,就是让我睡在过道里。她的大门老是关得死死的。我要进去教她认字,她也没多大兴趣。她闭门不出,咬牙苦熬着,让小伙子们出了火气了事,有几个人甚至抱怨起来,说她干着干着那活儿居然睡着了,这可不像话。

我糊涂了。而且——我必须澄清——我苦苦地恋上了她,甚至想过不要再扮成姑娘了。我再也不想这么下去。西博妮娅那一幕使我有所改变。我回想着她在绞刑架前扶起那小伙子,说:"男子汉大丈夫。"哎呀,这句话真是如鲠在喉。她死了我倒并不惋惜。她原本就要逃离那种生活,只是选择了自己的方式。然而我想到,西博妮娅一介女流,却如男子汉一般顶天立地,义无反顾,天哪,上帝见证。虽然我看着不像,可明明也能顶天立地做个男子汉大丈夫,对我心爱的女人示爱。这该死的倒霉事在我脑子里面转来转去,可除此之外,也带来了实实在在的困难。阿碧小姐损失了四个黑奴——莉比、西博妮娅、两名男黑奴内特和杰斐逊。虽然她一直暗示我该躺下干活儿了,可是我却觉得她还能打发另外一两个人去顶替给绞死的那些。我觉得我挺合格。十二岁的我还不算是个男人,而且我的身材也算不上高大,可我毕竟是个男人,眼下她既然损失了一大笔钱,阿碧小姐也许能考虑考虑我,把我当个男人用,不管怎么说,我干活总是很卖力的。我觉着自己可以下决心,不再装扮成姑娘了。

从男孩长成男人,大概就是这么一回事。脑袋变傻了。我简直是跟自己过不去。我冒着被卖到南方的危险,冒着一无所有的危险,因为一心想当个顶天立地的男子汉大丈夫。不是为了我自己,而是为了甜心。我爱她。我希望她明白我的心。我希望她接受我。接受我抛弃

168

伪装、面对自己的勇气。我想让她知道，自己再也不想男扮女装，为此，我巴望着她也能爱上我。即便她在我看来并非完美无缺，但她也不会把我出卖了。她从未说过："别回来。"她总是让我进去洗洗涮涮什么的，我认为不拒绝我就等同于鼓励我。

一天下午，我的脑袋里装满了这种念头，决心跟这种装模作样的生活一刀两断。我上楼来到她的房间，说出了酝酿已久的一番话。我打开门，然后紧紧地关上，因为我知道她的椅子就放在更衣间的屏风后面，旁边就是窗户，她向外张望，坐在那儿就能看见黑奴窝棚，还有比巷子更远的地方，她特别喜欢坐在那张椅子上眺望着巷子。

我走进房间的时候，在门口没看见她，却知道她就在里面。我没有十足的勇气面对她，然而我决心已定，便对屏风倾诉衷肠。"甜心。"我说，"不管怎么说，我都得面对。我是男子汉大丈夫！我要告诉阿碧小姐、告诉酒馆里的每一个人我是男子汉大丈夫。我要对大家坦白一切。"

屋里静悄悄的，我往屏风后看了看。没人。这可有点儿反常。甜心可是足不出户，尤其是她的床底下还藏着钱呢。

我又看了看壁橱、后楼梯、床底下。她不在。

我扭头跑回厨房，可她也不在那里。我又去沙龙、外头的棚子。都没有。我跑回黑奴窝棚，也找不到她。到处都空空如也，因为关在那里的少数几个黑奴大多数时候都租借给别人，或者到别处干活去了。我又打量了黑奴窝棚一圈，连个鬼影也无。我正要转身回到旅馆，却听到刀哥的棚子里传来什么声音，那是在巷子另一头，正对着黑奴窝棚。那声音似乎是什么人在扭打争斗，于是我以为自己听到的是甜心在痛苦地呻吟。我扭头一阵风似的跑过去。

我正加紧脚步跑着，听到刀哥的叫骂声和皮肤相撞的声音，接下来是一声短促的尖叫。我冲到门口。

门从里面插上了，然而还是能推开一条缝，往里面看。我窥视着里面的情景，终身难以忘记。

借着破破烂烂的百叶窗透出的银色光辉，我看见甜心躺在地板上的一张稻草床上，身上给剥得精光，她手脚着地趴在地上，身后的刀哥手里拿着一根约摸十五厘米长的树棍，正在对她做些下流的勾当，一边对她为所欲为，一边用那木棍抽打她。她的头向后仰着，刀哥骑在她身上，管她叫"半黑不黄的婊子"，还说她是"出卖了所有黑人、泄露了计划的叛徒"，而甜心则不住地号叫。他用那树棍抽打她，嘴里叫遍了所有能想到的称呼。她则哀号着，说抱歉，说她没法儿不说给什么人听。

我在裙子里藏了一把两连发的"胡椒盒子"左轮手枪，子弹也上了膛。我本该拔出枪来，把两颗子弹全灌进他的脑袋，然而她似乎十分陶醉，乐此不疲。

15

身陷险境

　　我从未对人说过我所窥见的事情。我一如往常在派克斯维尔旅馆干杂活。过了几天，甜心找到我说："亲爱的，我对你太不好了。回到我房间来给我帮忙吧，我想接着学识字了。"

　　说实话，我没心情，可还是试了试。甜心见我对她不冷不热，便大发脾气，又把我轰走了，于是这件事便了结了。我等于是给人扫地出门，我变了个人，有生以来第一次对世界产生了自己的看法。你拿他当孩子，他便只是个孩子。就算你把他打扮成个姑娘，他的心底还是个男孩子。我就是个男孩，虽然穿得不像，可我的心也会像男人一样破碎。因此，我第一次将目光投向自由世界。使我向往自由的并不是蓄奴制，是我的心。

　　那一阵子，我没少往嗓子眼儿里灌酒。这倒没费什么劲儿。我原本就是泡在酒罐子里长大的，亲眼见着我爹喝得东倒西歪，于是我就有样学样了。容易得很，酒馆里的男人们都喜欢我，因为我伶俐。他们的酒壶酒杯里剩下的底儿随便我喝，后来他们发现我有一副好嗓子，便丢给我一两大杯麦芽酒，叫我唱歌儿给他们听。我唱了《马里兰，我的马里兰》《造反分子真不赖》《玛丽丽啊，我就要回乡》，还有我听我爹和约翰·布朗老头儿曾经唱过的宗教歌曲。这些死硬派造反分子虔诚得不得了，我每次唱起这些曲儿，他们都哭得稀里哗啦的，这对我十分有利，因为他们会扔过来更多的忘忧水，我则来者不拒，把自己灌醉。

没过多久，我发现自己夜夜玩乐、天天大醉，在沙龙里东倒西歪，不是唱小曲儿就是开玩笑，跟我爹过去的营生一模一样。我大受欢迎。可是在那年月，只要是个姑娘，不管白人黑人，就算你只是个小不点儿，只要你喝酒，只要你陪男人狂欢痛饮、装傻赔笑，就等于是签了一张卖身契，早晚得兑成现金，他们在我屁股上乱掐，还有些老色鬼打烊时追着我到处乱跑，这些人是越来越难甩掉了。幸运的是，总有蔡斯在。他的手劲儿可是在内布拉斯加当偷牛贼的时候磨炼出来的，赔光了裤子之后，又回到老情人甜心这里来，这倒是跟我差不多。我们在阿碧小姐的屋顶上一坐就是好几个小时，喝着忘忧水，直愣愣地瞪着大草原，寻思着甜心的心思，她现在连正眼都不瞅我们俩一下。她那间位于"销魂阁"的闺房现在只有拿出真金白银才能进去，朋友就免谈了，而我们穷哥俩真是一文不名啊。现在蔡斯时常觉得孤独、不得志，甚至对我刮目相看了。"洋葱头，我拿你当妹子看呢。"有一天晚上，他这么说来着，"比妹子还要亲。"说完便跟酒馆里那些老色鬼一样在我身上一通乱摸，可我不费吹灰之力就闪了开去，让他摔个狗啃屎。我当然不怪他，从那以后，我们便以兄妹相称，我和绑架我的人在觥筹交错之中消磨了多少夜晚，对着月亮发了多少感叹，我倒是挺喜欢这样，毕竟我的境遇一落千丈，没有什么比交个知心朋友更宽慰的事儿了。

我本该就此一混到底，彻底沦为一个小流氓，然而西博妮娅的死还引起了更大的麻烦。比如说，有几个给绞死的黑鬼的主人不服福格特法官的判决，为此酒馆里已动过好几回拳头了。阿碧小姐也反对绞刑，因此给人叫作废奴分子，因为她自己痛痛快快骂过几次大街，并因此引发了更多的斗殴事件。福格特法官离开了镇子，跟一个叫"媚眼儿"的姑娘私奔了，还有消息说，废奴分子正在阿特金森频繁制造事端，这下可麻烦了，阿特金森是造反分子的大本营，这就是说废奴分子们正冲着红衬衫们扑过来，大家全都慌了神。旅馆的生意一落千丈，镇里别的生意也纷纷淡了。不管是谁，要找个活干比登天还难。蔡斯说："这里没人要债了。"说完边离开镇子到西边讨生活，扔下我一个，又成了孤家寡人。

我打过逃跑的主意，但是我在温室里过得太舒服。要我自己在大草原上讨生活，对付寒冷、蚊虫和嗷嗷叫的狼，还是算了吧。于是有一天夜里，我跑到厨房里掮起几块饼干，端了一罐子柠檬汁，留到黑奴窝棚找鲍勃，我现在只剩他一个朋友了。

他正独自坐在窝棚边上的一只木箱上，一见我便起身要走。"滚一边儿去。"他说，"就是因为你，我这辈子还值不上一个铜板。"

"这是给你的。"我说。我把包在手绢里的饼干塞进黑奴窝棚，向他递过去，鲍勃瞟了一眼其他人，碰都没碰。

"滚一边去。你还敢来这儿，胆子可不小。"

"我怎么对不起你了？"

"他们说是你出卖了西博妮娅。"他说。

"什么？"

我还没来得及抬腿，窝棚另一头远远地望着风的几个黑鬼兄弟凑了上来。他们一共有五个人，一个年轻、看起来十分强壮的家伙率先朝我所在的栅栏奔了过来。这位瞧着十分粗壮英俊、有着巧克力色皮肤的黑鬼名叫布罗德耐克斯，是在外头给阿碧小姐跑腿儿的。他的肩膀宽宽的、体格健壮，常常显出一副随和的模样，然而现在他可一点儿都不随和。我背靠着栅栏一溜烟儿往旅馆跑，可他比我快，正好在栅栏角截住了我，一只粗壮的胳膊穿过栅栏，拽住了我的胳膊。

"别着急走。"他说。

"你找我干什么？"

"说句话。"

"我得干活。"

"这世上每个黑鬼都得干活儿，"布罗德耐克斯说，"你干的是什么活儿？"

"你这话什么意思？"

他紧紧地拽着我的胳膊，使的劲儿那么大，我的胳膊差不多要断成两截了。他靠在栅栏上，不紧不慢地说着："关于西博妮娅那件事，你知道什么，不知道什么，你可以扯个谎。你跟人家说了什么，没说什么，也可以扯谎。你可以对你这位朋友说说，也可以对我说说。可是，你不说点什么，谁知道你是干什么活儿的？黑鬼干的活儿都一样。"

"什么一样的活儿？"

"白人爱听什么，他们就说什么。你有什么要说的？"

"我根本听不懂你说的什么。"

布罗德耐克斯把我的胳膊抓得更紧了。他抓得那么紧，我觉得自己的胳膊可能已经折成了两半。他拽着我的胳膊四下里瞧着。从我们俩站的地方，看得见旅店、巷子，看得见窝棚后面刀哥的小屋。周围没人。要是平常，白天巷子过道里会有三四个闲人。可自从西博妮娅死后，派克斯维尔镇的人气就没那么旺了。那女人真是个巫婆。

"我说的是识字。"他说，"你的活儿是回来给西博妮娅画上几个字母，写几封通行证，然后闭紧嘴巴。你当时答应得好好的。我就在一旁。可你没做到。"

到那时候，我早已将自己答应西博妮娅要做的事忘得死死的了。现在布罗德耐克斯的朋友们都溜到布罗德耐克斯身后的栅栏边，他们手里握着铁锹，假装在运输脏土，可耳朵却竖得高高的。

"没时间到这儿来。白人把我看得死死的。"

"你跟甜心亲近得很嘛。"

"我根本不知道甜心打的什么主意。"我说。

"也许是她说出去的。"

"说出什么？"

"说出西博妮娅的事。"

"我不知道她干了什么。她什么也没对我说。"

"她干吗要说，你穿着这张皮在这儿闲晃。"

"你可别怪我胆子小，"我说，"我跟你一样，只是在想办法把生活过下去罢了。但是我从来没有背叛西博妮娅。她要往火坑里跳，我可不拦着。"

"你扯得这个谎话，不比一堆臭土值钱。"

布罗德耐克斯身后的家伙们聚拢到栅栏角落里，凑到了我身边。其中几个干脆停下了手中的活儿，连装都懒得装了。我裙子底下还藏着那支两连发的胡椒盒子手枪，一只手还空着，可是我没法儿对付他们这么多人。一共五个，个个凶神恶煞似的。

"上帝在上。"我说，"我根本不知道她打的什么鬼主意。"

布罗德耐克斯直勾勾地看着我，一眨都不眨。我的话没打动他。

"阿碧小姐要卖掉这院子里所有的人。"布罗德耐克斯说，"你知道吗，她不动声色地干这件事，怕人们注意她？但是就连我这样愚蠢的黑鬼都算计得出来。这院子里还剩下十个人。两个礼拜之前还有十七个。上礼拜卖掉了是那个。那边的卢舍思，"——说到这儿，他指着站在身后的一个人说——"两个孩子全给卖掉了。那些孩子们还从来没进过阿碧小姐的旅店，所以不可能是他们说出去的。鼻子，就是通知你参加《圣经》学习会的姑娘，她是两天前被卖掉的，也不是鼻子说出去的。肯定是在场的这十个人。咱们都有可能随时给卖掉，因为阿碧小姐觉得我们都是麻烦。可是在我走之前，一定要找出那个出卖了西博妮娅的家伙。到时候，有他们的罪受。要不就是他们的家人。要不，"——他斜睨着鲍勃说，"要不就是他们的朋友。"

鲍勃站在那儿直打战。他不吭声。

"自从阿碧小姐给他撵到这儿来之后，他可从来没进过阿碧小姐的旅店。"我说。

"说不定他是在磨坊那里说出去的，他每天都去那儿干活。在那儿告诉了某个白人。那种话传得可快了。"

"鲍勃不可能知道——因为连我也不知情。再说，他也不是跟白人胡说八道的人。他怕西博妮娅怕得厉害。"

"那就对了。她信不过鲍勃。"

"他可什么坏事都没干过。我也没干过。"

"你只想保住自己身上那张皮。"

"我干吗不那么想？我的身体可全靠着这张皮盖着呢。"

"我凭什么相信一个娘们儿似的小子，穿着连衣裙戴着个软帽到处闲逛？"

"我告诉你，我可什么都没说过。鲍勃也没说过。"

"证明给我看！"

"鲍勃跟约翰·布朗老头儿是一伙儿的。我也是。你干吗不告诉他们，鲍勃？"

鲍勃不出声，最后憋不住发起火来。"没人相信我说的话。"

布罗德耐克斯哑口无言，他斜眼瞧瞧其他人。他们现在全都围过来，也顾不上旅馆里有没有人盯着他们了。我当然希望有什么人能从旅馆后门冲出来，可是一个鬼影子都没有。我斜眼瞧瞧旅馆后门，发现黑鬼们还在那儿安排了一个放哨的。一个黑人正站在那儿，用后背抵着门，正在扫地上的脏土呢。如果有人冲出来，他至少能堵住门一分钟，让这些家伙趁机跑回自己的位置。这十个黑鬼真是训练有素。

可现在他们的注意力都在我身上，因为布罗德耐克斯看上去挺有兴趣。"约翰·布朗老头儿？"他说。

"没错儿。"

"约翰·布朗老头儿已经死了。"布罗德耐克斯慢吞吞地说，"他在奥萨沃托米给人弄死了，死在你的朋友手里。就是天天跟你喝酒那个家伙，光这一条就该剥你的皮。"

"蔡斯？"要不是我胆子太小，真要大笑起来了，"蔡斯没杀过人。他那种酒鬼，两百个也杀不了老上尉。哎呀，在黑杰克，有个造反的要跟他拼命，可他们也动不了老家伙一根毫毛。别捏我那么紧，我给你们说说。"

他怎么也不肯松手，可示意其他人往后退，大家听命照做。于是就在那儿，在栅栏边上，他的手死死箍着我的胳膊，我说出了事情的全部真相。一口气和盘托出：老家伙怎么从荷兰佬儿酒馆把我掳走。我逃出来后怎么在荷兰佬儿岔路口遇到的鲍勃。叛军走后鲍勃怎么不肯带帕迪回家。鲍勃怎么帮我回到老家伙那里，然后又连同他主子的马车一道给老家伙本人盗回营地。布朗老头儿在奥萨沃托米那件事之后怎么逃走，然后蔡斯和兰迪怎么把我们带了去，弗雷德里克又是怎么在奥萨沃托米给人杀害了。至于我确知老家伙还活着，我却没说。

至少把他感动得没当场要我的小命，可也还没到松手的地步。他考虑了一下我说的话，慢吞吞地说："你在这旅店里也混了好几个月了。你怎么从来不逃走？"

我可不能把甜心的事告诉他。我还爱着她呢。只要他串起来想一想，就该怀疑我知道多少内情了。这伙人会立马把她置于死地，尽管我疑心他们反正也打算这么做来着，可我也不愿意看到这个结果。我恨她也切肤，爱她也入骨。四面八方的压力逼得我透不过气来。

"我得等鲍勃。"我说，"他跟我吵起来了。他不愿意逃走，现在陷阱收紧了。他们把大伙儿都看得死死的。谁也别想出去了。"

布罗德耐克斯仔细考虑了一会儿，态度软了些，放开了我的胳膊。"你就偷着乐吧，这帮家伙巴不得用刀划过你那张漂亮的小脸蛋儿，想也不用想就把你丢进猪圈。我给你一个赎罪的机会，因为我们还有更大的计划。像你这样的两面三刀的家伙，跟我们干活能拿到好处。"

他背靠着栅栏，让我自己走出去。我没有转身逃走。没有用。我得听他说完。

"我想让你这么干。"他说，"我们听到风声，说废奴分子朝着这边来了。下次你听说他们走到什么地方，就过来传个话。这样咱们就两不相欠了。"

"我怎么办得到？我不是说来就能来。夫人把我看得挺紧，再说还有刀哥。"

"你不用操心老刀。"布罗德耐克斯，"他的事交给我们。你就负责把废奴分子的消息传过来。这样我们就放过你的鲍勃。可如果你捣乱，或者我们从别的什么地方听到废奴分子的消息，那样你可不值钱了。你再也别想到这儿来给鲍勃送柠檬和饼干了，我们得给他脑袋上狠狠来一下子，到时候他非得疼得死过去不可。就是说，他现在还剩一口气，全仗着我一句话。"

说完，他掂起我给鲍勃预备的那包饼干和柠檬汁，把饼干全倒进自己的嘴巴，喝光了柠檬汁，把罐子递给我。随后，他转身走回窝棚另一头，其他人尾随其后。

这下我可没辙了。爱情排山倒海一般从四面八方涌过来，让我动弹不得。那天，我寻思来寻思去，想着布罗德耐克斯把鲍勃揍得死去活来，然后跟在我屁股后面走进旅店，那可不得了。那黑鬼是个九头牛都拉不回来的主儿。你得用烙铁顶着，才能拦住他。他已经打定了主意，就跟个绳套儿似的把我的脖子勒得死死的。我整整发了一夜加上一个上午的愁，决定先逃出城外，可随即改了主意，接着又花了一下午时间想了一遍，而第二天我的脑子里又原封不动地把前一天的想法转了一圈。第三天，我再也琢磨这件事，再也懒得冥思苦想。于是，我又回到那条痛失美人芳心后的那条老路上去——让自己醉得更深。

布罗德耐克斯对我发出威胁后的第四天，我跟一个红衬衫一起痛饮了一顿，那家伙风尘仆仆地撞进了沙龙，我们俩痛痛快快地享受了一番——说实话，我比他更乐。这人宽宽的胸膛，年纪很轻，似乎更想喝水，而不是饮酒。脑袋上的大帽子垂下来遮着半个脸，胡子老长，一只胳膊还吊着绷带。他一言不发地盯着我看，我则跟他又笑又闹，把他的酒灌下我自己的嗓子眼儿，一边跟他扯些没用的闲话，一边偷偷调换着酒杯，好给他的杯子里添上更多的水，而不是威士忌。我自个儿喝得毫不客气，可他却好像一点儿都不在乎。实际上，他倒似乎乐于看着我现出原形，平原上的规矩就是这样，讨好男人，一招儿不灵就换第二招儿，总有一招儿奏效。我亲眼见过甜心这么干过无数次。我觉得面前这位大个子也属于这种男人，酒过三巡，推杯换盏，他只是盯着酒杯不说话我，我便直截了当地问他，可否把他买下的整瓶威士忌喝个精光，反正那瓶酒摆在桌上，他却摆出一副假正经的嘴脸，碰都不碰，白白浪费这么一瓶好东西，就等于浪费了一天三顿饭，外加你老娘把你养大的奶水。

他回应道："你一个姑娘家可真能灌酒。你在这儿干多久了？"

"哦，反正很久了，"我说，"要是你让我把桌上整瓶神仙水儿都喝了，先生，我呀，我这个孤苦伶仃的黑姑娘就为你的耳朵唱上一曲打鱼小调。"

"你只要告诉我你的家乡在哪儿，我就让你喝，亲爱的姑娘。"他说。

"我的家乡可多了去了。"我说，对于自己的身世我早已惯于撒谎。再说，"亲爱的姑娘"这个叫法说明他有可能喝完第一瓶之后，再给我买上一瓶金凤花威士忌。说实话，现在回头想想，他好像根本滴酒未沾，光是看着我大口小口地喝光他的威士忌，他似乎就觉得挺满足，我那时候真是得意极了，我已经喝得醺醺然，只想一醉方休。我说："要是你再给我买一瓶这种劝人行善的好物件，我就把我的悲惨经历全讲给你听，再奉送理发一次，我的陌生人。我还要给你唱《德克西是我的家乡》，管保情真意切，让你立刻入梦乡。"

"一言为定。"那人说，"可你得先帮我个忙。旅馆外头靠小巷那边拴着我的马，马上有一只褡包。那褡包得洗洗。因为我的胳膊不方便，"说到这儿，他指指自己的吊着绷带的胳膊，"我自己拿不起来。因此，如果我信得过你，让你出去把那褡包拿进来，用肥皂好好搓洗搓洗，我呀，我就给你两三块美金，让你给自己买点威士忌。我骑的是棕色和白色相间的杂色马。"

"很乐意为您效劳，朋友。"我说。

我出去，不大工夫就从他的杂色马上解下褡包，沉甸甸的。加上当时我有点儿恍惚。我一个没抓住，让它从马上掉了下去，摔在地上，皮质的褡包顶崩开了。我弯下腰去想给它扣好，却借着月光发现那褡包盖子上粘着一个奇怪的东西。

那是一块皮子。长条形，黑白相间的皮子，上面还有一抹红色。虽然晕乎乎的，可我也知道那是什么东西。我有两年没见过那样的东西了。我在弗雷德里克·布朗入土时的胸口上见过一撮完全一样的东西。那是一只上帝鸟。

我忙把它塞回褡包，转身进屋，一头撞上那打发我出去的家伙身上。"洋葱头？"他说。

我醉得厉害，看人都是重影儿的，他那高大的身躯站在黑黢黢的巷子里，我根本认不出那张脸，而且好像他们有三个人。接着他一把拽下帽子，把头发往后一撩，俯下身来，凑近了看着我，我透过拉拉碴碴的胡子看清了他的脸，猛然发现，那是欧文·布朗。

"我找你找了两年了。"他说，"你在这里干什么，跟个酒鬼似的喝得醉醺醺？"

我惊得差不多衬裙都要掉了，这可绝不是夸张，一时间竟编不出谎话来应付，撒谎需要脑筋，而我的脑筋——拜那神仙水所赐——早已飞到九霄云外去了，那神仙水让我张口结舌，一开口便说了实话："我恋爱了，对方却根本看不上我。"我说。

没想到，欧文说："我理解。我也爱上了一个看不上我的人。我去艾奥瓦州接一位年轻的小姐，而她却嫌我脾气臭。她想要金银财宝，想要一个农场主，而不是没钱的废奴分子。可我却没跟你似的成了酒鬼。话说回来，你说我是不是真的脾气臭？"

说实话，堪萨斯地界都别想找出比欧文·布朗脾气更臭的人啦，遇上随便什么不称心的事，他便骂骂咧咧，连耶稣本人都不放过。可轮不到我说那样的话。我没接话茬儿，而是说："你待在奥萨沃托米的什么地方？我们等你来呢。"

"我们遇上造反的了。"

"你们怎么不回来接我和鲍勃？"

"我这不是来了吗？"

他皱了皱眉头，在小巷子里上下打量一番，然后拎起褡包，一只手扔到马背上，用牙齿咬着带子将它系牢。"老实点儿。"他说，"咱们的人很快就来了。还有，戒了那酒。"

他骑上马背。"老家伙在什么地方？"我小声问，"他死了？"

然而他已经拨转马头，顺着小巷子消失不见了。

16

出逃

　　直到第二天，我才有机会溜到窝棚外面。有人已经传出话来，说废奴分子要来了，一听这消息，白人可忙坏了，把黑鬼盯得也更紧了，镇子里再次人满为患。说真的，他们也未必真的被西博妮娅的绞刑吓怕了，现在，废奴分子当真要来，风声又紧了。沙龙的酒吧间里挤着里中外三层武装着的造反分子和敌军。他们谋划好了，要封锁进城的街道。这回，他们在道路两旁都布置了加农炮，炮口朝外。他们还在道路首尾两端和山顶上都安置了哨兵。他们知道，这次不是闹着玩儿的。

　　第二天吃过午饭，我给打发出去提水，于是我走出去，来到院子那边。我发现鲍勃正跟往常一样独个儿在窝棚边上傻坐着。他弓着背，腰压得低得不能再低，好像等着被处决似的。我寻思着，他也该给人处决了。我溜到门口，布罗德耐克斯他们看见我，便离开自己的位置，他们原本正在喂猪什么的，现在跑到我这边来了。布罗德耐克斯把脑袋挤在栅栏格里。

　　"我有消息。"我说。

还没等我说出这句话，巷子另一头一座小房子的后门便开了，刀哥溜了出来。那大个子黑鬼跑得飞快。一见刀哥，黑奴们都散了开去，只有布罗德耐克斯除外，他一个人站在门口。

刀哥跺着脚走到大门，朝窝棚里闪眼看着。"滚到栅栏后头去，布罗德耐克斯，我好点名。"

布罗德耐克斯的脸离开栅栏格，站直了身体，他的脸对着刀哥。

"滚过去。"刀哥说。

"你脸上那烂洞一打开，我就得跟个小鸡崽子似的蹦起来吗？"布罗德耐克斯说。

"你说什么？"

"你明明听见了。"

刀哥一言不发，解下头巾，抽出鞭子，走过去打开大门，除去栅栏上的锁头，走了进去。

我简直看不下去了。就在一步之遥的沙龙里挤满了造反分子。他们俩要是打起来，阿碧小姐和二十五个荷枪实弹的红衬衫就会从后门冲出来，把外头这些黑人全撂倒，也包括他们俩。我可不能眼睁睁地看着，毕竟自由只有一步之遥。欧文说他就要来了，他一向说话算话。

我走到刀哥面前说："哎哟，刀哥，您来了我真高兴。我出来看看我的鲍勃，上帝呀，这些黑鬼真是臭嘴。您这么善心，这么勇敢，管着这帮子黑鬼，我都不知道怎么感谢您好了。我真不知道怎么感激您。"

这话搔到痒处了。他咯咯一笑说："哦，我倒是想得出不少办法让你答谢我，黄黑种，我马上就来。"他"啪"的一声关上门。

他一关门，我立马倒在地上。我直接晕倒在泥地里，学着以前见过的白种女人的样子。

他妈的，还真管用。他立刻朝我冲过来，俯下身子，一只手揪着我的领子把我提得离了地。他的脸紧紧地贴着我的。我可不喜欢这样，于是从昏迷中醒过来说："老天爷呀，别那样。甜心可能从窗户里瞧着呢。"

一听这话，他立刻把我像个烫手的山芋似的摔在地上，我在泥地里弹了几下，又挺起尸来。他摇晃了我几下子，可我这次没能醒过来。我竭尽全力跟一只负鼠似的又假死了几秒钟。最后我醒过来说："哦，老天呀，我可不是病了嘛。您这位侠义的绅士能给我取杯水来吗？您这么好心、无微不至地保护着我，我可感激不尽啦。"

这话有用，简直把他迷晕了。"在这儿等着，小可爱。"他粗声粗气地说，"刀哥好好照顾你。"

他立刻起身朝旅馆巷子走去，在巷子边上有一只厨房的大水桶。他刚一蹿开，我就立即把脑袋从泥地里拔出来，好对布罗德耐克斯训话，而他站在那儿听得清清楚楚。

"做好准备。"我说。

我只有说这几个字的工夫，刀哥拿着一只瓢急急奔了过来。他拉起我的脑袋，把一勺脏兮兮的臭水灌倒我的肚子里，而我假装病得厉害。那水真恶心，我简直以为他给我下了毒。突然间，我听到"砰"的一声，水瓢撞在了栅栏柱子上，就在我的脑袋边上。那玩意儿撞得太厉害，我以为那黑鬼发现了我的伎俩，把它甩过来，只是没打中。接着我又听到"砰"的一声，那栅栏柱几乎被撞翻了，我于是明白了，撞上木栅栏的可不是什么水瓢，而是钢铁。我听到更多的啪啪声。那可是子弹。旅馆后门突然给撞开了，里面有人朝外面大吼：

"刀哥，快来！"

前边有噼里啪啦的声音响得紧。

他丢下我，冲进旅馆。我从泥地上爬起来跟了上去。

里面已经乱成一锅粥。我刚到厨房门口，就有两个印第安人厨子从后门冲出来把我撞倒在地。我爬起来，朝餐厅奔去，跑到沙龙时正赶上前窗户从里面哗啦一声给冲得粉碎，玻璃碴儿瀑布似的淋在几个造反分子身上。几个废奴分子追着玻璃碴儿呼啦啦蹿进屋内。在他们身后的破窗子上，还至少看得见一打骑着马的，一边顺着大街疾驰，一边扫射。正门口也有差不多同样数目的人破门而入。

他们急急闯入，说干就干，他们踹翻了桌子，哪个造反的笨蛋敢上来夺他的枪，他就往对方身上扫射，就连那自动缴了械的，也给打得咽了气，简直是枪林弹雨。有几个造反分子离餐厅后头比较近，还想翻起一只餐桌挡一挡，好借此回击敌人，他们朝我藏身的门口撤了回来。扯到我身边时，我一动不动，我想酝酿更多的勇气，朝餐厅的楼梯口冲过去，好看看甜心的情况，我听得见销魂阁里传来姑娘们的尖叫声，透过窗子也看得见几个造反分子站在马背上，从外面爬上了二楼的屋顶。我想从楼梯上去，可却提不起勇气。战斗太激烈了。我们寡不敌众。

我蜷缩在原地，足够清清楚楚地看见沙龙里的造反分子稍稍组织了一次反击，刀哥在别处分不开身，跟条野狗似的蹿回沙龙。他把一只啤酒瓶子在一个废奴分子脸上砸得粉碎，又把另一个掷出窗外，他冒着枪林弹雨却毫发未伤。他手脚麻利地从后楼梯来到销魂阁。对了，这是我最后一次看见他。那倒没什么关系，他的背影消失在楼梯上没多久，从前门又冲进一股废奴分子，壮大了正在收拾沙龙里残余敌人的力量，而你们这位忠实的叙述者还躲在餐厅旁边的角落里，两个房间的情况都看得清清楚楚。

　　餐厅里的造反分子奋起反抗，可在沙龙里的兵力却跟敌人力量悬殊，差不多已经沦陷了。沙龙里的造反分子非死即伤。说实在的，有几个废奴分子已经放弃了餐厅的战斗，跑到酒吧间里抢东西，他们一把夺过酒瓶子，大口猛灌。正喝着，一个头戴宽边帽的手长脚长的高个子一脚踏进沙龙的破门，宣布："我是废奴军的詹姆斯·雷恩上尉，你们现在都是我的俘虏了！"

　　他说这话时，沙龙里其实根本没几个人算得上俘虏，蓄奴派差不多全都撤走了，要不就是正忙着撤走，只有两三个家伙还在地板上蠕动，最后蹬几下腿儿。可是撤进餐厅的造反分子经过喘息，现在又打了起来。那房间的大小对他们挺有利，餐厅里太狭窄，扬基军发挥不了人海战术，他们想射击残余的蓄奴分子，却一败涂地。大伙显然全都乱了阵脚，有几个相距还不到三米的家伙居然没有打中对方。尽管如此，好多废奴分子在一通狂欢式的乱射中还是吃了枪子儿，同伙们一见，纷纷显出怯色，他们进攻的速度放缓了下来。突袭已经结束，现在只是打个热闹罢了。人们开始谩骂，甚至调笑，有个蓄奴分子喊道："操他妈的有人射中了我的靴子。"人们便哄笑起来。然而造反分子们已经成功地将扬基佬儿赶出了餐厅，我一见可以安全跑到后门，去后巷的黑奴窝棚，便撒丫子跑了起来。我没有冲上楼梯去解救甜心。至于她的新情人儿刀哥有没有在那儿英雄救美我就不得而知了。她现在还是好自为之吧。这两个人，我这辈子都再没见过。

　　我冲出后门，没命地跑。我匆匆来到黑奴窝棚，那帮黑鬼们正一通忙乱，要弄开从外面上紧的锁头。我迅速打开锁，开了门。布罗德耐克斯和其他人好像脚底下着了火似的冲了出来，甚至懒得再看我一眼。说时迟那时快，一眨眼的工夫他们就跑得无影无踪，屁滚尿流地顺着后巷子逃命去也。

可鲍勃还站在他往常待的角落里，一动不动，跟个白痴似的张着大嘴，拼命喘气。

"鲍勃，咱们跑路。"

"我再也不想跟你一路了。"他说，"你走你的阳关道，我走我的独木桥。这又是你的鬼主意。"

"不是鬼主意。快走！"

我身后的巷子尽头，远远地跑过来一队造反的镇民，都骑着高头大马，朝角落围拢过来，冲向巷子，嘴里不住地叫骂。他们的子弹从我们的头顶呼呼飞过，朝着往巷子另一头奔去逃命的黑人扫射过去。那巷子是个丁字形的死胡同。你得往左右两边跑才能抵达大路。黑鬼们拼了命地往那路口钻。

我可没时间磨蹭，我向他们身后追去。我记得鲍勃望着我的身后，叛军的子弹呼呼地飞过他的头顶，鲍勃一激灵，跟只兔子似的一蹦，随即也跟了上来。

从庭院逃跑的黑鬼们领先我仅二十五米。他们跑到巷子尽头，一见是死路一条就往左右分开，有些奔了左边，有些奔了右边，眨眼便踪迹不见。我和鲍勃也朝着那个方向，可还没跑到一半，一个骑着马的叛军便在大街尽头的角落里闪出身影，有几个黑鬼方才就是跑到那里没了踪影的。那人顺着巷子朝我们两人狂奔过来。他手里握着一只康纳猎枪，见我和鲍勃朝他的方向跑过去，就冲我们狂奔过来，举枪射击。

我俩只得停下脚步，蔫巴巴的，这下给人家抓住啦。红衬衫拉住马，小步跑到我们身边，他拉住缰绳说："别动。"说这话的时候——他离我们还不到一米五——有个家伙从巷子里的某个门洞冲出来，用一把大片儿刀把那造反分子一刀砍翻在马下，砍得干脆利索。那叛军扑通一声，倒地身亡。

　　我和鲍勃忙不迭从那人身边绕过去。可那刚打倒红衬衫的家伙等我靠近，一抬脚便干脆利索地给我绊了个狗吃屎。

　　我一个翻身想站起来，却发觉眼前是一柄七连发手枪的枪管子，看着挺眼熟，枪那头是老家伙，看上去脸色颇不善哪。

　　"洋葱头。"他说，"欧文说你是个酒鬼，抽上烟了，还满嘴脏话。有这么回事儿没有？"

　　从老家伙身后的巷子里，他的儿子们不紧不慢地踱了出来：欧文、沃特森、萨蒙、奥利弗、新来的凯基，还有几个我不认识的家伙。他们迈出那门洞的脚步并不匆忙，却也无半点踌躇，老家伙的军队一如既往，训练得沉着冷静，又狠又稳。他们用眼角的余光扫了一眼巷子另一头朝我们开火的造反分子，队形立刻变换为便于射击的人墙，预备，开火。

　　几个叛军应声倒下。其余的察觉这支训练有素的队伍朝他们开枪，便纷纷下马，躲在黑奴窝棚后头，伺机还击。

　　巷子里子弹来来回回穿梭，老家伙却站在我身边俯瞰着我，如入无人之境。他瞪着眼睛，一脸烦躁，看我怎么回答。既然他等着我说，我就没法儿说谎。

　　"上尉，"我说，"有这么回事儿。我恋爱了，被人家伤了心。"

"你可是未婚与人有身体交媾？"

"没有，老爷。我还是干净身子，那方面清白得跟娘胎里下来时一样。"

他没好气地点点头，扫了一眼巷子里朝他嗖嗖飞来，却啪啪击中身旁房瓦的子弹，木头渣子纷纷落在巷子里。就这么站着挨打，跟个傻子一样。他身后的人们都矮下身子，苦着脸躲避叛军的火力，可老家伙却好像站在教堂里排练圣歌。他跟往常一样站着不说话，显然在苦苦思索。他的脸从来没年轻过，现在看起来可更老了。一脸结结实实的皱纹。蓬乱的白胡子疯长着，垂到了胸口上，简直可以给老鹰絮窝了。他不知从哪儿搞到一套新衣服，却还不如原来那一身呢：黑色裤子，黑色马甲，斗篷外套，硬衣领，皱巴巴、乱糟糟，边上全都开了线。没见过比他脚上更破的靴子，跟一团破纸似的圈在他的脚指头上。换个说法吧，他比以前好不了多少，那身衣服好像上辈子是渴死鬼，他本人也随时准备因为丑陋而羞愧至死。

"那是好事，洋葱头，"他说，"《圣经》里，《以西结书》第十六章第八节里说：'我经过你身边，我从你旁边经过看见你，看哪，正是你渴慕爱情的时候，我就用我衣服的边搭在你身上，遮盖你的赤体。'你可曾遮盖你的赤体？"

"尽量盖上了，上尉。"

"《圣经》可一直在读？"

"没怎么读，上尉。可我的思想遵循着《圣经》哪。"

"这个嘛，这是最起码的。"他说，"如果你循着上帝的意愿，他便伴你左右。我可给你讲过所罗门王的故事，还有二母一子的故事？我得给你说说那故事，你应该知道。"

我多盼着他赶紧挪到一边去，眼下枪声可是更密集了。子弹从头顶上吱吱地飞过，落在他的靴子、我的脸蛋儿旁边，可他又足足站了五分钟，大谈特谈他对所罗门王的看法，还责备我不读《圣经》。同时，就在他身后巷子尽头他看不见的地方，布罗德耐克斯那伙人从黑奴窝棚杀回来了。他们不知怎么的夺过了放在镇子边上的叛军大炮，把那东西一股脑儿推回到巷子尽头，将通红的炮口对准了造反分子。那乌黑的炮管正架在老家伙的肩膀上。当然，老家伙是不知道啦，他正说得起劲儿呢。他接着叨咕书上的金句，叨咕着所罗门王，那二母一子显然让他放心不下。他滔滔不绝地说个不停，而布罗德耐克斯手下的一个黑鬼点起火，燃着了大炮的引信。

老家伙丝毫没察觉。他还在咆哮，还在说着所罗门王和那两个当妈的，这时欧文突然吼道："爹！咱们得走啦！雷思的骑兵出城，要跟咱们分开了。"

老家伙朝巷尾望望，子弹仍旧嗖嗖地从他脑袋旁边飞过，点燃的大炮还架在他的肩膀上，然后他又看了看巷尾那些一边开枪一边开骂的叛军，现在他们又挤在窝棚后头，酝酿着下一轮攻击的勇气。老家伙身后，布罗德耐克斯的大炮引信已经点燃，正冒出浓烟，迅速钻进炮膛。黑鬼们惊慌失措地往后退去，瞧着那燃烧的引信。老家伙看着他们，怒发冲冠，却是为了人家不肯跟他正面交锋，他要的是光荣之战。

他走到外头空地上，站在巷子正中间朝着正从黑奴窝棚朝他射击的叛军喊话："我是约翰·布朗上尉！我现在以伟大的救赎者之名，以万王之王之名，以三位一体的神之名，命令你们滚开。以我主上帝的神圣之名滚开！滚开！我主上帝总是站在正义的一方！"

到底是老家伙肩膀上冒着浓烟的大炮呢，还是叛军看见老家伙本人有血有肉地站在空地上，任凭子弹嗖嗖飞过却刀枪不入，都给吓破了胆呢，这我可不知道了，反正他们一转身，远走高飞了，活生生给吓跑了。那大炮的引信还着着，正哧哧地往炮膛里钻，而老家伙就站在大炮跟前，眼睁睁看着那引信烧没了、烧断了，没有触发那机关，大炮哑了。

现在回头想想，我的脑子里还会浮现出炮引子烧没了的情景。可那大炮没炸，这下子老家伙更死心塌地地相信头上三尺有神明了，他这一辈子都没怀疑过这一点。他看着那哧哧地烧没了的引信说："上帝。我主恩赐，永恒不灭，神启再次出现。神的意志出现在我身边，毫厘不爽，我主上帝亲自与我交谈。"

他转身对欧文说："我再也不想跟着吉姆·雷恩了。我大老远跑到这里来，就是为了寻找小洋葱头，她是我的幸运符，是咱们这支队伍的幸运符，也让咱们别忘记了亲爱的弗雷德里克，他永远地长眠在这个地方。既然我已经达到了目的，我们的救赎者再刮了一阵狂风暴雨，训导我为他的芸芸众生子民寻找自由，就如同咱们的小洋葱头一样。我这段时间寻思了好几个各种各样的计划，有了上帝的扶持，咱们先尽情享受上帝赐予的礼物，比如这些异教徒黑奴贩子开的武器铺子和干活铺子什么的，然后咱们振奋精神，向着更高的目标出发。堪萨斯州再也不需要我了，我们有伟大的事业，向东去！出发！"

说完，老家伙便扶我上马，我们顺着巷子疾驰下去，经过那大炮，走出派克斯维尔镇，去成就一场传奇史诗！

第三部

史诗

（弗吉尼亚州）

17

汇入历史大潮

我们动身离开派克斯维尔镇，三人骑马，其他人坐车，有暴风雨自头顶袭来。大雪整整下了一天，覆在小径上。目力所及之处，积雪足有三十厘米深。次日晴暖，雪有点儿化了，紧接着是结结实实的霜冻天气。树上挂了五厘米长的冰。到了早晨，壶里的水全冻上了。我们躺在帆布帐篷里，身上裹着厚厚的毯子，雪片吹打在我们脸上，不远处传来狼嚎。老家伙的这支队伍是新兵，规模不小，男人们轮流照看着篝火，却帮不上什么忙。不过老家伙当然从不关心外面的世界。他如同老农一般敏感地察觉到天气的变化，他走在死寂的黑夜里，穿过幽暗的树林而无须点燃火把，穿过暴风骤雨，如入无人之境。我却不然，在踏上小径之前，我刚刚度过两年舒适、干燥的生活，整日只知往下灌酒。第二天我便发起可怕的疟疾。不幸之中的万幸是，老家伙也得上了疟疾，因此第三天中午再次降下暴雪时，他宣布："伙计们，上天给我消息，密苏里这地界儿附近有一两个黑奴需要咱们解救。咱们去弗农县。"

这么糟的天气，谁也不跟他争辩。自打两年前我认识他开始，老家伙变化挺大。他现在看起来怪怕人的。现在他的脸跟个核桃似的布满了皱纹。那双疙里疙瘩的大手跟熊爪没有两样。那张脸板得跟一块大石头差不多，一双眼睛好似灰色的花岗岩。他说话的方式也有了不少改变。据他自己说，他独自一人走进树林，去研读一个名叫克伦威尔的人的著作，我寻思着这些书对他的影响应该是挺大的，他现在满嘴都是"汝等""尔等"，还有"彼处"这类词儿。他端坐在马上，雪片纷纷落在他那污渍斑斑的外套上，粘在他的大胡子上，这时的老家伙酷似年迈的摩西。"我应该当个将军。"一天早晨我们在弗农镇冰冷的树林间艰难地穿行时，老家伙说，"然而我们的三圣救赎者，风霜雪雨的大管家，世间万物的主宰者，却要我侍奉在他的脚边。洋葱头啊，我在野外闯荡已近一年，肚子生活在树林中，推演作战计划，与我们伟大的万王之王心灵沟通，我渐渐明白，我既要追随主的意愿，就是要当一名上尉，那便是他老人家指派给我的头衔。没有什么比这个更神圣的了。"

"上帝的上尉干吗不带我们去个暖和点儿的地方呢？"欧文没好气儿地说。

老家伙不屑地哼了一声："上帝会在冬天保护我们，欧文。这个国家里一个蓄奴分子也看不见，除非到青草再次泛绿之时。这样咱们就有时间干活儿了。"

他说得对，没有哪个脑筋正常的活物会冒险闯进那冰天雪地之中。我们在密苏里州西南部地区艰难行进，一口气走了四天四夜，浑身都冻僵了也没找到半个需要解救的奴隶，最后，老家伙说："弗农县已经消灭了蓄奴制度。我们现在往东走，通过陆路去艾奥瓦州。"

"干吗不坐船？"欧文问道，"往东走陆路是最远的一条路。"

196

上尉冷笑一声："船都是蓄奴的家伙们管着，小子。他们可不让扬基佬儿坐。"

欧文挥了挥手里的长剑和手枪，冲着我们身后的那三个骑马的和其余坐车的武装部队点点头："他们会让我们坐船的。"

老家伙冷笑一声："耶稣顺杰里科大道，走下海拔两千四百三十八米的高度，可有乘坐马车吗？摩西绕着群山，手里拿着写满十诫的经卷时，可曾骑马吗？还是他老人家用自己的双脚爬上那高坡？我们要像骑兵那样行进到艾奥瓦，如同古时的大卫王。"然而，老家伙不愿乘船的真正原因是他正给人通缉着呢。我流落在派克斯维尔镇这两年，悬赏老家伙人头的奖金大大提高了。欧文告诉我，密苏里州和堪萨斯州给老家伙的脑袋标价还不一样，东边那些家伙现在听说老家伙的所作所为之后，一个个蠢蠢欲动，老家伙已经让道尔之流脑袋搬了家，更不用说所到之处，黑奴们纷纷重获自由。每个礼拜，老家伙都会派一个手下人到附近的卡迪维尔镇取回东部那边的报纸，上面全都是各种各样这对奴隶起义的辩论，当然也有形形色色的猜测，说密苏里州、堪萨斯州、华盛顿特区这些地方的纠察队给老家伙的脑袋开出了什么价格。更糟的是，一支联邦政府的军队在内布拉斯加城外追上了我们，追着我们一路北上，使我们坐不上船。他们冒着大暴雪对我们紧追不舍，想甩开他们吧，可他们却总在我们身后几公里处看不见的地方紧紧咬住。每次我们以为已经甩掉了他们，老家伙都会停下脚步，用望远镜向来路眺望，发现他们就在几公里处，冒着大雪拼命追赶我们。这种情况已经持续了数天之久。

"他们干吗不干脆上来，痛痛快快打上一仗？"欧文嘟囔。

"他们才不会这么干。"上尉说，"基甸告诫人民：'我不统治你们，我的儿子也不统治你们。主会统治你们。'我们的救世主不会让他们上来进攻我们的。"

又是三天大雪弥漫，天寒地冻，联邦军队终于失去了追逐的耐心。他们派了一个骑兵进了我们的营地，手里拿着一杆白旗，说要见老家伙。那是个又高又瘦的家伙，军裤整齐利索地塞进长靴，一张脸冻得通红。"我是比尔斯中尉。"他朗声说，"我给我们司令海伍德上尉传话。他说如果你们安安静静的，如果你们不作无谓挣扎，我们就带你们去劳伦斯接受正义的审判，就不来进攻你们。"

老家伙嗤之以鼻。"叫你们海伍德上尉来抓我好了。"

"他将不得不把你绳之以法。"

"凭什么？"

"我不很清楚具体罪行，上尉。"中尉说，"但是堪萨斯州州长悬赏三千美元要抓你。布坎南总统在此之上又加了两千五百美元。与其脑袋上顶着这么多悬赏金在这种地方乱走，还不如投奔我们更安全。"

老家伙端坐马上，迎着纷纷扬扬落下的雪片大笑起来。他的笑声是我所见过最奇异的。他的笑没有声音，却使他的脸皱成一团，憋在他的一口气里。他的双肩耸起，向内吸气，绷着脸，额头上的皱纹塌在眼眶旁边，越变越细，最后脸上最显眼的就是那一口大黄牙，好像脸上的五窍——眼睛、耳朵、嘴——都马上要喷出气来。要是你头一回见到，那张脸的整体效果还是相当恐怖的。中尉一看之下，顿时毛骨悚然。巧的是正在那时，老家伙突然打了个喷嚏，他的身体在马鞍子上栽了栽，那破大氅的后摆翻了起来，露出左右两边别在腰里的七连发大手枪的枪把子来。

"太侮辱人了。"老家伙打完喷嚏最后嗤之以鼻地说，"我以我们的神圣救赎者的名义而战斗，他老人家只要轻轻咳嗽一声，就能让任何国家的语言灰飞烟灭。我不在他的统治之下。《申命记》三十二节和三十五节里说：'时候一到，他们自然会滑倒。'"

他转身对手下人说："我特此向我军中任何士兵为布坎南总统的脑袋悬赏两美元五十美分。他操纵着一个野蛮的制度，不配坐在这极神圣的战士的王座之上。"

那士兵转过身去，急匆匆打马回到自己的军中。一天后，联邦军队跑了，在狂风暴雪的肆虐中艰难地离开了。"够聪明。"老家伙在望远镜里注视着他们的背影，喃喃地说，"他们知道我在天界有朋友。"

"在哪儿有朋友？"欧文嗤之以鼻。

"我们至高无上的神，小子，你得特别注意留神他的召唤。"

欧文耸了耸肩，不理他。欧文兄弟们习惯了老头儿的高谈阔论。大部分孩子连老家伙一半虔诚都赶不上。说实在的，只要老家伙听不见，儿子们就大谈特谈，说他们不想再参加什么为黑奴而战的游戏，还说要回到家乡去。有几个儿子，比如贾森和约翰，已经说到做到了：在我离开两年之后，他们就过够了草原上的生活，当了逃兵，回家了。他们返回了北方的纽约州，从堪萨斯一道参军的老朋友们不是当了逃兵就是送了命。然而老家伙还有四个儿子在身边，沃特森、奥利弗、萨蒙和欧文。再说，他一路上也收编了不少新兵，这些家伙跟他最初那帮堪萨斯农民、自耕农和印第安人战友大不相同。这些新兵都是血气方刚的枪手、野性十足的冒险家，还有教书匠、学者，都是干大事的，个个都是神枪手。其中最厉害的是凯基，那是个脸上连胡

199

子都没一根的神枪手，从内布拉斯加城跟着欧文来到派克斯维尔镇。凯基跟着老家伙参加过黑杰克战役，可我当时没看见他，都怪我那时光顾着把脑袋钻到地底下了。他的老本行是在学校里当教书匠，口袋里总是揣着卷了边儿的演讲稿和书本，动不动就引经据典一番。别看他一副好脾气的样子，可实际上特库姆塞正通缉他呢，他曾拔出柯尔特枪朝一个蓄奴派法官狂射枪子儿，把他的脸打个满脸花，送他上了西天。那法官咽气之前还给凯基的心口来了一枪。凯基说那法官的枪子儿刺穿他的心脏之前，给他藏在胸前口袋里的一本小册子挡了一下。打那儿以后，他一辈子都揣着那本小破书，可惜他也没挨过多久。站在他身边的是约翰·库克、理查德·辛顿、理查德·里尔夫，还有一个叫作理查德·理查森的黑人，还有亚伦·史蒂文斯。这史蒂文斯是个膀阔腰圆的痞子，脾气坏得要命，身高足有六掌，做的是刀头舔血的勾当，时刻准备跟谁拼命。这家伙对天父最大不敬。这些亡命徒跟老家伙最初那帮为保卫自己土地揭竿而起的农夫们不是一路人。他们不抽烟、不饮酒，也不嚼烟叶子。他们差不多个个爱读书，喜欢为了政治啦，信仰啦之类的话题争论不休。老家伙用"某某先生"称呼他们，还想把他们都感化得信《圣经》。只要逮到机会，老家伙就拖他们下水，喋喋不休地说着"什么什么先生，你行魔鬼的道，却照亮了上帝的救赎之路"，可人家却越来越不把这类事儿当真。他们关心的是黑奴问题。他们满脑子装的都是这些，而且不只是说说而已。

他们如同羊羔般追随着老家伙。纵使他们个个心灵手巧，却无一敢于挑战老家伙的命令，甚至也无人了解自己终日奔波，究竟是要去向何方。老家伙的嘴闭得像铁门闩，不肯透露自己的计划，而这些人也甘愿听命。老家伙只肯说一句："小子们，咱们往东去。我们要到东边去，为反抗蓄奴制战斗。"

东边？东边可大了去了。黑奴问题也大了去了。抗击蓄奴制度，到东边去战斗，一路打到非洲什么的这种话，说起来倒是容易。可冒着冰天雪地一天一天地骑着马赶路，就另当别论了。

我们朝艾奥瓦州塔布尔镇方向磨磨蹭蹭，拖拖拉拉地行了二百四十公里——花去两个月时间——一路走，一路解放黑人。那时候塔布尔镇已经废了奴了，可时值冬天，我们冒着严寒，举步维艰地行进在盖着十五厘米厚的冰盖的小径上，不管大家烤松鼠还是烤玉米饼的时候，老家伙都争分夺秒地抓紧时间祈祷。我们挺走运，从派克斯维尔镇和几个奴隶主子手里盗走了一大批行李辎重：我们有枪支弹药、煎锅、两辆宽轮大篷车、四匹马、两匹骡子、一头公牛、铺盖卷儿、罐子、几条裤子、几顶帽子、外套，甚至还有一台缝纫机和一只装苹果的大桶。尽管如此，草原上的冬天还是物资奇缺，我们的食物很快就见了底儿，于是一行人不管沿途碰到什么人，都跟人家交换东西，就这样一路撑到了最后。在那种情形下，我还是设法给自己偷偷藏下一条裤子、一顶帽子，还有内衣什么的，谁也没发现我的小动作，不过那是因为天气冷的谁也顾不上注意别人身上穿的什么行头。我们终于抵达艾奥瓦州的塔布尔镇时，已经是饥寒交迫——上尉不在此列，每天早晨他都欢实得跟小鸟儿似的，跃跃欲试。看上去他根本用不着睡觉，吃的也完全吸引不了他，尤其是里面放了黄油的东西，一点儿都不行。假使我们在猎物里放上黄油，他就一口都不吃。生活中的任何一点儿精致之处也会让他大发雷霆。可要是乌龟汤啦，或者烤熊肉什么的，天啦，老家伙也顾不上严寒，只穿着一条裤衩子，从他的猪窝蹿出来，就为了吃上一口那种肉。他就是这么一个怪人。一只彻头彻尾的野生动物。

我们抵达镇子的时候，老家伙简直兴奋透顶，我们艰难地走到镇广场的时候，那地方静得出奇。他四下里张望了一番，深深吸了一口气。"谢天谢地，咱们到了废奴派的地盘上了，"他端坐在马背上大呼小叫，瞪大了眼睛四处瞧着，"就连空气也比别处清新！自由在这里生根发芽了，伙计们。咱们到家了。咱们就在这儿过冬。"

我们在那儿站了一个小时，那镇子始终安静得像个老鼠洞。每扇门都关得死死的。百叶窗全都纹丝不动。镇民们全都跟惊弓之鸟差不多。他们丝毫不想跟我们扯上任何关系。过了一阵子，我们冻得受不了，便敲门求人家收留，然而没有一户人家愿意，就连酒馆都不让我们进门。"杀人犯！"一个妇人尖声说着，重重地关上了门。"疯老头！"另一个女人说："滚远点儿。"一个男人告诉他："我反对蓄奴制，上尉，可我也反对杀人。你们这些人别待在这儿。"全镇都是这种态度。那年月的塔布尔镇已经脱离了蓄奴制，老家伙在密苏里州以东的每一个废奴分子心目中都是鼎鼎大名，可他们就是被这事儿吓得胆战心惊。当然老家伙也是个炙手可热的人物，他脑袋还值得上一笔赏金呢。这地界儿的每一家报纸都津津乐道于老家伙在堪萨斯州地界儿削了多少人的脑袋下来，我猜，他们那么抹不开面儿，跟这也有关系。

我们挨家挨户地上门，整队人马几乎冻僵了，人是破衣烂衫，骡子东倒西歪，马儿饥肠辘辘，等到最后一扇门也重重地摔在老家伙的面前时，他虽然心烦意乱，却也不至于沮丧透顶。"说教，说教，说教，"他说，"基督徒就只会说教。伙计们，"他站在一片肃杀的镇子中央，一边从大氅上往下抖落着雪片子一边说，"那是我们真正能有所作为的天地。你们的黑奴兄弟需要的是自由，不是说教。两百年来，黑人们听够了道貌岸然的劝导。咱们可不能再坐视不理。当年，杜桑·卢维杜尔[1]可在海地坐等法国人吗？斯巴达克斯可曾坐等罗马政府吗？加里波第可曾坐等日内瓦人吗？"

欧文说："我敢肯定，你说的这几位都是好人，老爹。可咱们这儿实在是太冷了。"

"咱们得拿出古时候大卫王的精神来。"老家伙不满意地说，"咱们得从万王之王的光辉中寻求力量，他老人家给予我们所需要和想要的一切。我本人感觉不到寒冷。可为了你们的缘故，我在这个世界上还倒是真有几位朋友。"他命令大伙儿纵马前行，来到皮迪河附近的几户农家，他们终于同意收留我们了——前提是老家伙卖给他们几匹马和几辆马车，还得同意帮着剥玉米粒，在冬天剩下的几个月里帮着照料庄子。大伙儿有所抱怨，但总算有吃有住，已经是万幸了。

一切刚刚料理妥当，老家伙便宣布："我之所以卖掉马车和行李，其中一个原因是我得买张火车票回到东边去。我就把你们留在这儿，伙计们，这里相对还算暖和，还算安全，我这就单枪匹马去波士顿，以我们伟大的救赎者的名义筹措些钱。咱们吃喝战斗都需要钱，东边有的是钱，我去找几个支持者，拉些钱来。"大伙儿纷纷同意，毕竟金窝银窝比不上睡觉的暖被窝儿，我们一点儿劲头都没了，老家伙却精神抖擞，跟得州的大骡子差不多。

老家伙打点行装准备东进，手下人让他随身带上几样东西：家信、礼品还有御寒的毯子。他把东西收拾好，随后说："凯基，你是

---

1 杜桑·卢维杜尔（1743—1803），海地革命领导人。

我的副官，你负责给大伙儿练练兵什么的，到时候废奴战争一打起来，咱们可需要这个。"

凯基点头同意。接着上尉便将目光投向了看官们忠实的叙述者。"小洋葱头，你跟我一起走。"

欧文一脸惊愕。"干吗带着她？"他问道。

"洋葱头是我的幸运符。她让我想起你那长眠于此地的弗雷德里克哥哥，此外，她还有一副能感化野兽和人类的好心肠。为了我们的事业，现在得动用一切力量，因此，现在时机已到，应该让黑人加入到解放自己的事业中来。我需要她帮助我解放黑奴。不光是黑奴，还有支持咱们的白人，一看见她那张纯真的小脸蛋儿，就会说：'哎呀，孩子，你这天父的宠儿呀，我们要接管这国度了。他老人家为我们留下了这些，我们也要齐心协力为子孙后代的事业而战斗！'这么一来，就会有成千上万的人加入我们！"他乐得拍手点头。一说到自由解放这个话题，他那股兴奋劲儿九头牛都拉不回来。

打心眼儿里说，我并不反对。我恨不得一步就跨出这平原。只要他看不见我，我就想脚底抹油。可还有鲍勃呢，自从在派克斯维尔镇给欧文掳去，被人家一路拖着东进，他还得继续跟着这架冷冰冰的马车跨过平原，日日夜夜，永永远远。跟过去的无数个日夜一样，鲍勃一直夹着尾巴，等待着逃跑的时机，这当口，他一见老家伙要往东去到那解放了黑奴的地方，便站出来开腔了。

"我能帮你找到些黑人士兵。"他说，"黑人更愿意听黑男人的话，而不是听个黑妞说的话。"

我还没来得及争辩，老家伙便嗤之以鼻了。"上帝并不将男女区别看待，好心的鲍勃。倘若一个男人满足不了自己的女人和孩子，那样的话，他就只能算是半个男人。你就跟其他人待在这里，因为几千个黑人将要涌入我们的家园，他们需要你来安抚，需要你阻止他们打草惊蛇，直到战争爆发，他们肯定迫不及待要投入其中。我和洋葱头去打基础，然后，先生你，将作为使节欢迎他们成为我们队伍中的一员。"

鲍勃的脸色阴沉了下来，他缩回身子，又不吭声了，后来的事态发展证明，他保持低调的时间并不太长，我们回到东部去自后仅仅过了两个礼拜，便收到一封信，说鲍勃当了逃兵。

我们登上火车，从芝加哥来到了波士顿，老家伙所说的"计划"就是这次行动。火车头轰隆隆冒着蒸汽，我们在后头咣当咣当、乒乒乒乒地一路颠簸，可这里毕竟暖和，比草原上强得多。老家伙出门在外，一会儿叫"尼尔森·霍金斯"，一会儿叫"舒贝尔·摩根"，一会儿叫"史密斯先生"，到底叫什么名字，要看老家伙能记得多少，他老是忘记自己的假名字，总是要我提醒他现在用的是哪一个。好几次，他叫我给他梳理梳理胡子，可没有一次能梳理得好，但是有我这个默默无闻的黑人在一旁扮作随从，他可是谁都骗不了。过了好几个礼拜的草原生活，我已是衣不蔽体，比一根烂绳子强不了多少，而上尉的臭名比馊了的威士忌酒传得更远。车厢里的废奴分子一见他便撤了出去，在火车上，只要他索要吃喝，扬基佬儿们便随时倾囊奉上。而老家伙眼都不眨，悉数笑纳。"这些东西不是给咱们自己的，洋葱头，而是以伟大的造物主之名义，为了使咱们受奴役的兄弟姐妹重获自由的事业。"他只填饱肚子，一口也不肯多。老家伙身上最具讽刺意味的就是这一点了。他比我认识的任何人偷的东西都多，马车、马匹、骡子、铁锹、刀子、枪支，还有爬犁，可除了自己所用之物以外却不取一物。不管他偷了什么，都是为了抗击蓄奴制度。要是偷来的东西没用上，哎呀，老家伙就跑回到失窃的那倒霉蛋家里，给人家还回去，碰上个难说话的，老家伙只好把人家弄死，或者将他绑在柱子上，口口声声对人家声讨万恶的蓄奴制。上尉最爱对着拿获的蓄奴分子声讨万恶的蓄奴制，有几个家伙实在受不了，说："上尉啊，你还不如立马给我一拳头，我的耳朵一秒钟也不能忍受你的说教啦，你的唾沫星子都快淹死我了。简直要我的命啦。"有几个俘虏不约而同地拒绝配合，老家伙刚一开口，他们立即呼呼大睡起来，因为其中很多人早已酩酊大醉，好不容易清醒一点，却发现老家伙对着他们没完没了地讲道理，这简直比酷刑还难受，因为只要老家伙觉得有一个人听他说，就会无休无止地继续说下去。

上了火车，我才闹明白约翰·布朗其实是个穷鬼。即便以草原上的标准看来，那嗷嗷待哺的也是一个庞大的家族，他跟两位妻子总共生养了二十二个孩子。第一个老婆死得早，第二个老婆现在还跟十二个没被疾病折磨死的孩子一道住在纽约州的艾尔巴，守在家里的孩子们要么是还没三块豆腐高的小不点儿，再不就是小姑娘，在开往波士顿的火车上，他不停地掏出各种各样的小玩意儿和纪念品，预备送给孩子们，有五颜六色的纸片儿，还有车厢里人家扔在地上的线团儿，嘴里说着"这个给艾比""我的小艾伦一定会喜欢这个"。我终于明白了两年前把我掳走时老家伙为啥对我爹那么愧疚。他在铺子里给自己的亲闺女买了一件裙子，却送给了我。老家伙可从来不会到铺子里掏钱买东西。那件买来的裙子那时候早就给穿烂了。老家伙在派克斯维尔镇找到我的时候，我便拿出了从甜心身上学到的出色的缝补技

206

巧。可到了平原上，我的缝纫技术就没了用武之地，我穿上了裤子、衬裙、衬衫和帽子，当然这些东西都是偷来的，遇上大冷天儿，人家就让我穿上这些。老家伙见我喜欢那裙子大喜过望，他以前还以为我是个假小子呢，这下他乐不可支了。他那么个糙汉子，甭管遇到的什么孩子都是满怀柔情。我不止一次看见他整夜陪着肚子痛的黑孩子，那往往是他沿路解放黑奴的时候从某一群饥寒交迫的逃亡黑奴里找到的。那孩子疲惫不堪的父母睡着的时候，他便去给他找吃的，给他倒上些热牛奶，或者灌下热汤，唱着歌儿哄他睡觉。他思念自己的妻儿，然而他也认为与蓄奴制作斗争更加重要。

他把途中的大部分时间都用来研读《圣经》、研究地图或者写信。你肯定没见过比约翰·布朗还爱写信的人。写信的对象有报纸、政治家、敌人、妻子、孩子们、他的老爹、他的兄弟，还有几位堂表亲。寄给他的信大部分来自妻子和几位资助人——绝大多数来自资助人，那年月，他是三天两头跑到银行借钱，可不管做什么生意，全都亏得底朝天，欠上一屁股债，接二连三，无一例外。有些信件来自逃亡的黑奴，甚至有向他求助的印第安人，因为老家伙也同情红种人。他的朋友遍布的镇子大部分都有火车停靠，还有愿意给他写信的镇民，十次里倒有八九次，火车一停站，一上来新旅客，就会有个孩子蹦上车，或者从窗户里递过来一卷来信。偶尔几封信里还夹着一点钱，那是东部的支持者寄来的。这也是老家伙如此重视这些信件的原因之一。不写信的时候，老家伙就在地图上涂涂抹抹，地图有几张小的，大的也有一幅。老家伙总是把它卷成一个纸筒带在身上，没事就展开来，用铅笔在上面勾画，标记数字或者画上几条道道，嘴里念叨着兵力啦，排兵布阵啦什么的。有时候他把地图放到一边，自己在车厢里踱着步子，心里默默盘算。别的乘客大多是衣冠楚楚的密苏里商人，全是蓄奴派，在这些人眼中，老家伙顺着过道来回踱步，破大衣里半掩着两管七连发手枪，强袋子里露出半截片儿刀，旁边还跟着一个身穿农家裤、头戴农家帽的黑孩子，这情形颇耐人寻味。除了几个扬基佬儿拿出一点吃的请老家伙和他的"小跟班"享用之外，其他人都躲得远远的。

去波士顿的路要走四天，可到了第三天，大家正摇摇晃晃地穿过宾夕法尼亚州匹兹堡地界儿，火车突然停下来装水，这时老家伙宣布："咱们在这儿下车，洋葱头。"

"咱们不是要去波士顿吗，上尉？"

"不直接去。"他说，"我怀疑艾奥瓦州咱们的人里有奸细。我可不想让联邦军队那帮人堵住我。"我们在匹兹堡跳上另一辆开往费城的列车，在费城待了一天等着下一班开往波士顿的列车，可那车得凌晨才发出，于是老家伙又决定徒步进城，他习惯了风里来雨里去，实在不耐烦坐在车站温暖的火炉旁，闲着两只脚。城里的乐子真不少。到处热热闹闹、花红柳绿，在我眼前跟孔雀开屏似的，令我眼花缭乱。与费城最不起眼儿的街道相比，堪萨斯地界儿数一数二的大街就像挤满了老马和鸡鸭的破烂小巷子。穿着华丽的人们趾高气扬；住宅都是红砖砌成的，装饰着漂漂亮亮、板板正正的烟囱。每条街道上都有电话线、木地板和室内厕所。铺子里琳琅满目地陈列着新鲜禽肉、咸鱼、铜蜡烛、长柄、摇篮、长把儿的暖床器、热水袋、便桶、铜家伙，甚至还有喇叭。我简直看花了眼，觉得老家伙真是个大傻瓜，放着东边的花花世界不享受，非要跑到草原上去为黑人打抱不平。在费城，就连黑鬼们似乎都懒得关心那些当牛做马的同胞们。我见过几个人懒洋洋地闲逛着，跟白人一样兜售着怀表、拐杖、胸针、指环什么的，看上去神气活现。实际上他们比老家伙穿得好多了。

第二天，在火车站，老家伙跟票贩子打了一架，因为他的口袋里几乎没什么钱，又变卦不直接去波士顿了。现在他想先在纽约州的罗彻斯特停一停。这下子钱袋子见了底，老家伙为了换票，把最后一个子儿都翻了出来。"你可能会问，怎么还没到波士顿就花光了最后一分钱。"他说，"别发愁，洋葱头。五湖四海咱们都能弄到钱。这值得上十张去波士顿的车票，因为我们就要见到黑人同胞的领头人了。他是个伟大的人物，一位可亲的朋友。你可别不信，洋葱头，过几年在这个国家里会有好几代人膜拜他的丰功伟绩，你也能告诉你的子子孙孙，当年如何得见此人。他已经答应要与我们并肩战斗到底，这可不是小事，得让他拉一把才能完成咱们的事业，才能让黑蜂都归巢。咱们需要几千个黑人，有了他就不愁了。所以得对他好点儿，客气点儿。他已经答应跟咱们并肩战斗，直到最后。咱们一定得说服他，让他说到做到，帮咱们让黑蜂归巢。"

一大早，我们便抵达罗彻斯特火车站，列车进站时，月台上站着个黑人，跟我这辈子见过的任何黑人都不一样。他是个身体结实、面貌英俊的黑白混血种，一头黑发从中间分开。他的衬衫上了浆，干干净净，外套整齐挺拔，脚上的靴子一尘不染，脸刮得光溜溜。他纹丝不动地站着，雕像一般傲然矗立着，如同一位国王。

老家伙下了列车，两人握手，随后热烈拥抱。"洋葱头，"他说，"来见见弗雷德里克·道格拉斯先生，咱们事业上的大贵人。弗雷德里克，这位是亨丽埃塔·沙克尔福德，我的小跟班，人家都称她洋葱头。"

"早卜好啊，弗雷德。"我说。

道格拉斯先生漠然地望了望我。他低头瞅了我一眼，鼻子底下开了一道五厘米的口子。

"你多大了？"

"十二岁。"

"既然如此，你的教养哪儿去了，年轻的女士？一位年轻女士，叫个洋葱头像什么话？还有，你干吗要穿成这样？还有，你干吗叫我弗雷德？难道你不知道，你面前站着的不是杀猪的，而是一位举足轻重、至死不渝的美国黑人逃亡者？"

"长官？"

"我是道格拉斯先生。"

"哎哟，好家伙，长官哪。我跑这儿来要帮着黑蜂归巢呢。"

"让她爱怎么帮就怎么帮。"老家伙快活地说。我还没见过他对别人这么巴结呢。

道格拉斯先生凑近我，仔细瞧瞧。"这身破烂衣服下面是不是藏着一块肥滋滋的小肉呀，布朗先生。"他说，"咱们得先教她点儿规矩，才配得上这小脸蛋儿。欢迎来到罗彻斯特，年轻的女士。"

"谢谢你，弗雷德先生。"我说。

"道格拉斯先生。"

"道格拉斯先生。"

"她可是个小开心果，道格拉斯。"老家伙得意地说，"这么多仗打下来，看得出她是个有胆子的，不是个孬种。我寻思着，她这辈子最激动人心的时刻就是前来拜见您——这位即将拯救同胞脱离枷锁、脱离水深火热的大人物。洋葱头。"他拍着道格拉斯先生的后背说，"这辈子让我后悔让我失望的事可不止一件两件了。可是这位先生，老上尉总能指望得上。"

道格拉斯先生微微一笑。那口好牙真是无可挑剔。这两个人神采奕奕、得意洋洋地站在月台上，一黑一白。那情景真美好啊，要是我有一台那时候刚刚问世的照相用的家伙，一定得把整个过程保存下来。可事实上，跟老家伙一贯的遭遇一样，这个计划也是事与愿违。这一回，他可是把道格拉斯先生大大地看走了眼。要是我能未卜先知，肯定会掏出裤兜里那把从派克斯维尔镇弄到的大口径手枪，朝着道格拉斯先生的脚丫子轰过去，至少也得用枪托收拾他一顿，在这个最需要别人帮助的节骨眼儿上，他可把老家伙坑苦了。老家伙需要付出的代价，可远远不止一张去往罗彻斯特的火车票。

18

遇见贵人

老家伙在弗雷德里克·道格拉斯先生家里耽搁了三个礼拜。他把大部分时间消磨在房间里，写写画画，冥思苦想。在老家伙身上，舞文弄墨的事儿可真稀罕，他的口袋里鼓鼓囊囊地揣着指南针、速记簿还有地图册什么的。倒不是一无所得，可我在别人家里一蹲就是三个礼拜，真是度日如年，而且我估计对于老家伙来说，日子就更难熬了。上尉这种人，喜欢风里来雨里去。他在热炕头儿坐不住，在安乐窝里睡不实，连一顿正儿八经的饭菜也吃不香。他喜欢野地里的东西：浣熊啦，老鼠啦，松鼠啦，野鸡啦，还有海狸什么的。从像模像样的厨房里端出来的好饭菜——饼干、馅儿饼、果酱黄油之类的——他简直连闻都闻不得。可是这次，他自个儿在卧室里一窝，除了上茅房之外一概闭门不出。道格拉斯先生时不时进去瞧瞧，我偷听到两个人好像为了什么事吵起来了。有一回，我听见道格拉斯先生说："至死不渝！"可我没听出个所以然来。

三个礼拜的时间足够我把道格拉斯家熟悉个遍，这个家主要由道格拉斯先生的两位太太——一黑一白——操持着。这是我头一回见识这类事，二女共侍一夫，一黑一白。这两个女人根本不说话。破天荒说一句的时候，房间里简直听得见冰块落地的声音，奥蒂莉小姐是德裔白人，安娜则是南方黑人。两个人彼此还算客气，可我却暗地里寻思，真要动起手来可是一场恶战哪。实际情况是两人互相恨之入骨，却拿我撒气，在她们眼中，我是个野孩子，得剃个头，还得学些规矩，站得有站相，点头作揖什么的也得有个模样。我给她们添了不少乱，在草原上那会儿，甜心教给我的几样为数不多的礼节到了这里简直比牛屎还不如，两位夫人不去屋外的茅房，没嚼过烟叶子，没说过土话。道格拉斯先生把我介绍给她们之后，便又回去涂涂写写了——他跟老家伙一样喜欢涂涂写写，只不过各自待在不同的房间里——之后两位夫人便让我在门厅里，站在她们的面前，上下打量着我。"把那破裤子脱了。"安娜小姐怒喝一声，"把那靴子扔掉。"奥蒂莉也扔了句话过来。我倒是愿意从命，可我要找个没人的地方。两位夫人争执起来，我倒趁机溜到一边偷偷换衣服。可这下子安娜小姐给气得发疯，两天之后，她便报复地把我拖到她的厨房里给我洗了个澡。我夺路而逃，跑去找那死活要亲自给我洗澡的白人老婆奥蒂莉，于是这两个人各不相让，打成一团。我就这样来了个金蝉脱壳，让她们自己打个你死我活去吧。

　　要是我多待上几天，两个娘们儿非得把对方撕碎了不可。所幸她们顾不上在我身上浪费时间，在这个家里，任何人的一举一动，清扫、做饭、掸土、干活、写字、倒碱水、缝补内衣这些零碎活儿都是围着道格拉斯先生团团转，道格拉斯穿着肥腿背带裤跟个皇帝似的在屋里转来转去，温习演讲稿，走道里都快装不下他的一头黑发了，洪亮的嗓音几乎掀翻了房盖儿。我曾在田纳西州的塔斯基吉欣赏过军乐队演奏的雄壮有力的进行曲，两百名雄壮的鼓手又是敲鼓又是吹喇叭，热闹非凡。然而跟道格拉斯慷慨激昂地为自家黑人同胞请命的演说比起来，简直如同儿戏。

两位夫人明争暗斗，都想控制这位丈夫，可他却一视同仁地把她们看作畜生，要不就是炸弹。进餐的时候，他便把两个人一道叫进装饰着桃心木大书桌的办公室。这家伙一顿饭吞进的食物，比我在堪萨斯地界见过的三十个定居者三个礼拜吃得还多：牛排、土豆、甘蓝、山药、红薯、黄瓜、鸡肉、兔肉、野鸡、鹿肉、蛋糕、甜饼、米饭、各色奶酪，还有宣腾腾的面包；就着牛奶、凝乳、桃子汁、羊奶、樱桃汁、橘子汁、葡萄汁。也没忘了痛饮琼浆美酒，那房子里随手便可以找到好几种：啤酒、麦酒、葡萄酒、起泡酒，甚至还有从西部各处弄来的瓶装泉水。有这个家伙在，厨房里就跟被打劫了似的。

在那个家里扮女孩，一个礼拜我就筋疲力尽了，在西部小径上，小妞儿可以随便吐痰、嚼烟叶子、大吼大叫、嘟嘟囔囔、放响屁，还不如一直从地上叼面包渣的鸟儿更招人注意。实际上，蓄奴派的老乡们觉得这样才像个姑娘家，因为平原上的汉子们要是能找到个跟汉子一样打牌，还能趁他喝醉一口气干掉一瓶威士忌的姑娘，那是何等幸运的事情啊。可在罗彻斯特，上帝作证，你稍微动手指头，就会惹毛个什么人，嫌你的作派不淑女，就连黑女人也不例外——黑女人尤其如此，因为那些半黑不黄的黑鬼全都是扭扭捏捏、哼哼唧唧的。"你东跑西颠地干什么去？"有一回我在街上正走着，一个黑女人斥责我说。"别把你那绒线衣揪成一团！"另一个吼着说。"你的假发呢，小孩？"第三个又说。

我实在受不了，便跑回家。突如其来的斥责、没完没了的点头哈腰让我喘不过气。我口干舌燥，得酣畅淋漓地喝上一大口威士忌才能清醒过来。在阿碧小姐的酒馆里喝惯了劣质酒，一遇到麻烦事儿我的嗓子眼儿就想尝尝酒的滋味，我才刚刚离开冰天雪地的小径，过上吃穿不愁的生活，紧接着，这种忙忙活活、踏踏实实的日子让我肚子里酒虫子犯起馋来。那时候我还动过离开老家伙的念头，干脆来个不辞而别，到罗彻斯特某个酒馆里打份工，可这里的酒馆跟堪萨斯地界儿的怎么比得了呢。这地方那个还不如说是图书馆，或者冥想室，里面全是身穿长排扣外套的老不死，围成一圈，啜饮雪莉酒，满脑子想着本来就没几个的可怜黑鬼过得怎么样，再不就是写醉醺醺的爱尔兰人在这里学认字。妇女儿童不得入内，大多数都是如此。我也想找点别的活儿干，因为每过一段时间，就有个戴软帽的白女人在便道上凑近我说："亲爱的，有兴趣给我洗洗衣服吗，我给你三个便士？"那时候我已经十二岁了，说不定快要到十三岁或者十四岁了，确切的年龄我自己也弄不清楚。不管多少岁，反正我对干活唯恐避之不及，绝不肯屈尊洗什么平角裤衩。我自己的衣服都弄不干净呢。她们成天这么待我，我可是越来越不耐烦了，恨不得某天什么地方露出点破绽，让这些女人发现我的真面目，好让我掏出藏在身上的那把枪。因为我越来越觉着，跟着上尉往西这一路探险下来，不管我是不是娘们，我已经多少算是个行伍之人了，我觉着自己比那些住惯了城里的东部人强得多，他们吃吐司非得配果酱，冬天吃不到蓝莓就哭天抹泪、怨天尤人。

可是没有解闷儿的酒真是折磨人，一天下午，我实在忍不住了。我决定尝尝道格拉斯先生存在厨房餐具柜里的什锦果酱解解馋。那些果酱瓶子堆积如山。于是我溜进去揣上一瓶，可还没来得及过把瘾，就听见有人进来的声音。我立刻把瓶子放回去，这时奥蒂莉——就是那位白人老婆——拧着眉头进来了。我以为她要把我搂得满地找牙，可她却说："道格拉斯先生在书房要见你。"

我赶到那儿，看见他正坐在宽大的写字台前。他个头小，跟书桌台面差不多高。这么一副小身板儿上却顶着个大脑袋，狮鬃似的头发好像直接插在书桌上似的。

他见我来，挥手示意我关上房门。"既然你是上尉手下的人，我就得跟你谈谈，"他说，"得让你知道你为之抗争的黑鬼们过的水深火热的生活是什么样。"

这个嘛，我倒是知道怎么个水深火热法儿，毕竟我自己就是个黑鬼。再说，我也听过他在家里絮叨过，而且说真的，谁爱抗争什么，我全不感兴趣。可我不想惹这位大爷不高兴，便说："那么，多谢了，长官。"

"最重要的一件事儿，亲爱的，"他边说边挺直身子，"是你得先坐下。"

我照做，坐在正对书桌的椅子上。

"眼下，"他挺直身子说，"什么颜色的黑人都有。漆黑的；纯黑的；比较黑的；最黑的；比黑夜还黑的；黑得要命的；黑得跟焦油似的。还有白种人。肤色浅的；比较浅的；最浅的；浅得透明的；白得跟阳光似的；勉强算白的。拿我来说吧，我属于棕色这一拨儿的。而你呢，差不多算是白的，长得也俊，这下可为难了，是不是？"

我倒是没想过这些，可既然他什么都知道，我还是拿出那句屡试不爽的回答吧。"是的，长官。"我说。

"我自己是个黑白混血种。"他非常得意地说。

"您说得是。"

"因为长得俊俏，所以咱们黑白混血种遭遇也不一样，身份也不一样，跟那些附庸的族类有所不同。"

"长官？"

"咱们黑白混血种跟大部分黑人不一样。"

"是吗？"

"当然不同，孩子。"

"如果你这么说，那么我也有同感，道格拉斯先生。"

"肯定不同，绝对不同，就是不同。"他说。

我琢磨着这句话是个笑话，因为他望着我咯咯地笑了起来："好玩吗？"

"好玩，长官。"

"高兴点，小亨丽埃塔。你老家是哪儿的，亲爱的？"

"哎哟，堪萨斯的。道格拉斯先生。"

"不用叫我道格拉斯先生。"他说，从书桌后头绕过来凑近我坐的地方，"朋友们都管我叫弗雷德。"管他这么厉害的大人物叫"弗雷德"，似乎不那么对劲儿，我这辈子只认识一个弗雷德，比木头疙瘩还笨，而且早就一命呜呼了。再说了，之前在火车站那会儿，道格拉斯先生非得命令我管他叫道格拉斯先生，比野猪还要顽固。可我不想惹这位大爷不高兴，就说："是，长官。"

"不是长官，是弗雷德。"

"是，长官，弗雷德。"

"哦，过来，高兴点儿。坐到这儿来。过来。坐到我这儿来。"他说。他凑到一张小沙发上，我还从没见过这么奇形怪状的狗屁玩意儿呢。沙发的两侧完全不对称。我怀疑那木匠一定是喝高了。他就站在沙发前面。"这叫情人座。"他说着，用两只手示意让我过去。他那姿势好像很着急，很不耐烦，一副习惯了对人颐指气使的样子，这也难怪，他是这么一个大人物嘛。"我给你深入讲讲咱们的同胞有多么水深火热，你愿意坐在这儿听吗？"

"这个嘛，长官，我琢磨着水够深火够热的了，可你说得更明白。"

"这话什么意思？"

"这个，呃，有您这样的人领路，哎哟，我们可不会走错道了。"

听到这话，领袖笑了起来。"你真是个乡下姑娘。"他呵呵笑着说，"我就爱乡下娘。脑子好使。我自己就是乡下来的。"他把我推倒在情人座上，自己坐在另一头，"这情人座是巴黎送来的。"他说。

"巴黎是你朋友吗？"

"巴黎是光的城市。"他说，一只胳膊偷偷攀上我的肩膀，"你一定得感受一下洒在塞纳河上的阳光。"

"洒在河上的阳光？哦，我见过好多次考瓦河上的阳光呢。在堪萨斯州，每天都有的。不过有时候也会天天下雨，就是那样的。"

"我亲爱的。"他说，"你是黑暗中的流浪儿。"

"哦？"

"一棵即将挂满果子的树。"

"哦？"

"等着人家来采摘。"说到这里，他拽了拽我的软帽，我飞快地把帽子一把戴好。

"告诉我，你在哪儿出生的？生日是哪天？"

"我也不知道到底是哪天。不过我估摸着我有十二三岁了。"

"那就是了！"他一下子蹦起来，"黑人根本不知道自己生在哪儿，也不认得自己的亲娘，也不认得亲爹，也不知道叫个什么名字。没有土地，居无定所。在猎奴者眼中，他不知是非，如同草芥。他不过是他乡的异客！就算有了自由身，却依然为奴！他得付人家租金，只配给人家起哄！就算他有房产也一样。黑人永远为他人作嫁衣裳！"

"做衣裳？就是衣服裤子那种？"

"不是的，孩子。是交租金。"

"你这房子就是租的？"

"不是，亲爱的。我买下了。但我不是这个意思。看见这个没有？"他死死抓着我的肩膀，"这只是血肉之躯。在奴隶主子的贪欲之下，你只能任由他们为所欲为，他们是邪恶魔鬼的懦弱的朋友。你们黑妞儿不知自由为何物。你没有尊严。孩子们被卖到遥远的地方。丈夫只会种地。而那邪恶的奴隶主子却在对她为所欲为。"

"是吗？"

"当然是。看见这个吗？"他捏捏我脖子后面，再用胖乎乎的手指抚弄着，"这柔软的脖颈，这高挺的鼻子——这些都是主子的。他们觉得这都是他们的财产。他们掠夺了并非属于他们的东西。他们并不拿你当作哈洛特·沙克尔福德。"

"亨丽埃塔。"

"管他的。他们并不拿你当亨丽埃塔。他们只觉得你是一项财产。他们并不了解是你具有人性的灵魂。他们并不关心你那无声搏动着的、热烈向往着自由的心灵；你那贪婪的本性，渴求着广阔的空间，而他们只顾自己快活。在他们眼中，你无非是个黑奴，你只是偷来的财产，活该受压榨，活该被利用、被蹂躏、被占有。"

被利用、被蹂躏、被占有这些话把我弄得心烦意乱，尤其是，他自己恰恰正在这么做，在我屁股上又揉又捏，说到"占有"时，他的手直接朝着我的命根子伸了过去，一看他那双喷着欲火的眼睛，我一蹦老高。

"我琢磨着，你这一大篇话让我觉得口渴了。"我说，"你的壁橱里有没有什么好酒？让我的嗓子眼儿松快松快，让我好好品味一下你刚才说的，我们同胞最深重的苦难。"

"上帝见证，原谅我的粗鲁无礼！我正好有那东西！"他说，"我怎么就没想到呢。"他一个箭步冲到酒柜跟前，抓出一只细长的酒瓶子和两只酒杯，给我倒了一大杯，自己倒了一小杯。这家伙有所不知，我已然神不知鬼不觉吞下了一大口那种辣椒酱似的玩意儿；他同样不知道，在西部混的那几年，我跟蓄奴分子们没少痛饮琼浆美酒，那些家伙随随便便就能举起一桶威士忌一饮而尽，喝个醉眼迷离，现在的我，酒量不比大老爷们儿差多少。那帮把食物藏在瓶瓶罐罐塞进橱柜、用热炉子做饭的扬基小白脸们呀，就连拓荒乡民中常逛教堂的七姑八婆都能随便把他们喝倒。他们能把他当场喝到桌子底下去。

他把满杯威士忌推到我面前，自己举起那只小酒杯。

"来吧。你这乡下姑娘长了见识，我国最伟大的演说家已经让她明白了同胞的苦难，咱们为这个干一杯。"他说，"悠着点儿，这酒劲头很大。"说着，他把酒杯凑到他那张巧嘴前一饮而尽。

一杯威士忌下肚，效果十足。他好像通了电似的坐起身来。酒力发作了。他摇头晃脑，话开始多了。一头鬈毛倒竖过来。眼睛似乎也瞪圆了。好像一眨眼工夫，他就醉眼迷离了。"哇。真是好酒，有劲儿，痛快！"

"哎呀，你说得对。"我说。我把自己的酒也干了，空杯放在桌子上。他瞪着那空酒杯。"厉害，"他含混地说，"你要干活儿了，你这小娼妓。"他又斟酒，这一次，两只酒杯都满上了。

"我说，为那些无缘听你演说的南方同胞的苦难，喝上一杯怎么样？"我说，我得做出一副给灌醉了的样子，而他的威士忌实在不够劲儿。他又倒了一杯，我又干了。

"听着，听着。"他一边陪我喝一边说，两杯下肚，双眼变得蒙蒙眬眬的。

我的酒杯空了，可我越来越喜欢这酒的滋味。"再为那受人奴役、那因为听不到你的声音而受苦受难的可怜虫们喝一杯怎么样？"我说。他又倒了一杯，我再干。

这下他可没想到，我脸不红心不跳，二话不说就灌下那杯中珍品。这喝酒的本事是在堪萨斯州和密苏里州的草原上学来的，红衫党、蓄奴派、废奴分子全都是我的老师，在那帮人里，就算是女人，灌下个一两加仑都不在话下，而且只要还有人给斟满，她们还能来者不拒。连个丫头都比他能喝，他的自信心不免有些动摇。他可受不了这个。

"没问题。"他说。他又斟满两只酒杯。"继续说，我的旷野孤魂，说这世上到处都有人需要听我演讲！"眼下他有些迷糊，满肚子的华丽词藻跟屋顶上的雨点似的噼里啪啦冒出来，粗野的本性渐渐现了原形。"好好喝一场，乐一乐，耍一耍！"他嚷嚷起来，又往嗓子眼儿里灌下一杯让人哭笑不得、又稀又薄的淡威士忌。我也照做。

我们就这么喝了又喝。一瓶接着一瓶。喝得越昏天黑地，他就越想不起先前的邪门歪道，反而发挥起自己的拿手好戏来了——夸夸其谈。一开始话题是黑人水深火热的生活。那玩意儿已经给他讲得烂了大街。说完这个话题，又说起鸡鸭鱼，说起白人、红种人、婆婆妈妈、叔伯兄弟、出了五服的堂表兄弟、他的表兄克莱曼，说起蜜蜂和苍蝇，待他说起蚂蚁、蝴蝶和蛐蛐之类时，已经醉得是七荤八素，手脚不稳，眼冒金星。而我仅仅有些微醺而已，这稀薄如茶的威士忌连猫尿都不如，可要是大口喝，渐渐也就顺了口，比小口喝来得美味。到第三瓶见底的时候，他已经是人事不知，张着嘴继续喋喋不休，大谈特谈什么鸟儿、蜜蜂之类，也许这正是他想要的结果，因为我的眼皮都没觉得发沉时，他就跟我较上了劲，要把我喝倒。他毕竟是那么了不起的一位领袖人物，哪能随便失态，然而他越是喝，心思就越是不在我身上。他越是醉眼迷离，越是跟个大嚼猪肘子的黑鬼老乡没两样。"有原来有一头骡子，"他大着嗓门说，"力气小得连顶帽子都拽不动。可我就是爱那该死的骡子。它可真是头好骡子！它死的时候，我把它推到小溪里去了。我本该埋了它，可是太沉。那胖家伙有一千磅哪。上帝见证，那骡子还会单腿跑、双腿跑……"我真有点儿喜欢他了，倒不是出于男女那种爱，我只是知道他其实是个好人，只是脑子太乱，百无一用了。但是过了一会儿，我觉得自己脱离了危险，这家伙已经软成一摊，人事不省，醉得无药可救，伤不了我一根毫毛了。我站起身。"我得走了。"我说。

那会儿，他正坐在地板上，裤子背带耷拉着，缠在酒瓶子上。"你可别一下娶两个女人。"他费了很大劲才说出这句话，"不管黑的白的，你的名声一下子就臭了。"

我朝门口走去，他朝我扑过来，却摔了个狗啃屎。

他抬头看着我，虚弱地微笑一下，我打开门，他说："这里很热，打开窗户。"说完那颗超大号儿的黑脑袋便耷拉下来，鬃毛似的一头乱发全扑在脸上。我蹑手蹑脚地走开去，而他则鼻息如雷，睡得不省人事了。

19

熊的气味

我并没把他朋友占我便宜的事告诉老家伙。我真不愿意让他失望，这件事又实在不堪。再说了，一旦老家伙对人有了偏见，九头牛都拉不回来。要是老家伙喜欢上了谁，那不管他是野蛮人，还是愣头儿青，还是个男扮女装的少年，一概没关系。只要他们反对蓄奴制，什么都好说。

他离开道格拉斯先生的家时嗓门儿还是那么大，心情愉快，也就是说，他没把脸皱成个老倭瓜，嘴巴也没绷得跟紧身裤似的。这副模样可不多见。"道格拉斯先生给我保证了一件大事，洋葱头。"他说，"真是好消息。"我们俩坐上一列开往芝加哥的列车，简直没道理，因为波士顿可是另一个方向，但我不想找他碴儿。我们俩安顿好座位，他便大着嗓门，好让旁边人都听见："我们要在芝加哥换马车去堪萨斯州。"

火车咣啷咣啷跑了差不多一天，我沉沉睡去。几个小时后，老家伙把我摇醒。"拿着咱们的包，洋葱头。"他低声说，"咱们跳车。"

"为什么跳车，上尉？"

"没时间解释。"

我向外瞥了一眼，天快亮了。车厢里的其他乘客睡得七死八活的。我们挪到车厢边上磨蹭了一阵子，最后火车停下来加水时，我俩跳下车。我们在铁轨边上的荆棘丛里躲了好大一会儿，等着火车头喷出蒸汽，车轮又滚动起来，老家伙的手一直放在七连发步枪上。火车终于远去，他的手才离开家伙。

"联邦政府的密探正找咱们俩的消息呢。"他说，"我想让他们以为咱们往西去了。"

我看着火车徐徐开走。长长的铁轨径直通向山顶，火车喘着粗气往上爬，老家伙起身掸去尘土，盯视良久。

"咱们这是在哪儿啊？"

"宾夕法尼亚。那是阿利根尼山。"他指着蜿蜒的群山，火车也沿着笔直的铁轨一圈圈盘向山顶。"这就是我童年的故乡。"

老家伙提起自己的少年时代，这是唯一的一次。他望着那火车，直到它在山间成了一个小黑点。火车消失后，他向左右环顾良久，表情迷茫。

"一个将军在这儿是绝对活不下去的。但是现在我却知道了，为什么我主上帝安排我看看故乡。看到这些山吗？"他指着四周。

我一瞧，这儿除了山也没别的呀，于是说："山怎么了，上尉？"

他指着四周宽宽的山路和崎岖的悬崖。"在这山口可以藏好多年。周围猎物多得不得了。有的是木头，可以盖房子。别看只有几个兵，只要好生躲起来，一千个当兵的也别想搜得出。上帝他老人家动动手指头，就给穷人安排好这些山口，洋葱头。我可不是第一个找到的。斯巴达克斯、杜桑·卢维杜尔、加里波第他们全都知道这里。这里帮了他们的大忙。他们藏了好几千士兵。这些小小的山口能保护几百个黑人兄弟抵抗几千人马。壕沟工事，看见了吗？"

我没看见。我心里烦着呢，这荒郊野外的，天儿还这么冷，过会儿天一黑可就更冷了。我对他说的一点儿不感冒。不过他既然没问我的意见，我也就老老实实地说："我不怎么明白这些事儿，上尉，我自己压根儿没来过山里头呀。"

上尉瞧着我。老家伙一向没有个笑模样，不过那双灰色的眼睛闪过一瞬柔情。"你很快就能到山里去了。"

原来这里离匹兹堡没多远。我们顺着山路往最近的城市走了一天，等到一列开往波士顿的火车。在车上，老家伙宣布了他的计划。"我得靠演说筹些钱来。没什么大不了的。只是装装样子。等凑够了钱，咱们就带着鼓鼓囊囊的钱袋子回到西边去，咱们揭竿而起，跟万恶的蓄奴制决一死战。别跟任何人说咱们的计划。"

"是，上尉。"

"我可能得让你给几个捐助者讲讲你当黑奴的时候给人欺压、忍饥挨饿的事儿。吃不饱饭啦，给抽鞭子啦什么的，就这类事。你就给他们讲讲。"

我不想告诉他，我当黑奴时从没挨过饿，也没给人家用鞭子抽过。事实上，只有成为自由人，跟着他之后，我才尝到饿肚子的滋味，从垃圾桶里找吃的，睡觉也冻得哆哆嗦嗦的。可这么说不大合适，于是我点点头。

"还有，我发表演说的时候，"他说，"你得盯着屋里后头有没有联邦特工。这很重要。他们现在盯得很紧。"

"他们长什么样？"

"这个嘛。我琢磨着，油头粉面，穿金戴银呗。你一看就知道。别担心。我全给安排好了。不光你一个人在盯着。我们有的是人。"

真给他说着了，有两个家伙在波士顿火车站恭候着我们呢，这可是我这辈子见过穿得最神气、最像阔佬儿家伙了。他们毕恭毕敬，跟伺候国王似的，净给我们吃些山珍海味，还把老家伙拽到几个教堂，让他发表演讲。起初，老家伙还装出不情愿的样子，可他们坚持说，全都安排妥当了——于是老家伙只得跟着过去，还得做出万万没想到的样子。到了教堂，面对着成群结伙而来的白人老乡，老家伙的演讲沉闷乏味，其实老乡们只想听他在西部打仗的传奇经历。我从来没喜欢过演讲之类的玩意儿，不过既然有酒，还能筹到钱，又何乐而不为呢。可我不得不说，虽然老家伙在草原上名声不大好，回到东部他简直成了明星。老乡们对叛军的故事怎么也听不够，听了他的话，你会觉得凡是蓄奴分子，不管是荷兰佬儿、阿碧小姐、蔡斯还是另外那些混混痞子、牛皮大王和小偷——十有八九身上一分钱都没有，十之七八对黑人跟对自己人一样歹毒——根本就是一帮骗子、异教徒，成天喝得酩酊大醉，上街不是捅死这个就是杀死那个；而废奴派呢，却成天坐在教堂里练习唱诗，到了礼拜三晚上就扎纸娃娃。到了老家伙嘴里，不出三分钟，那帮不食人间烟火的白人老乡们便破口大骂，诅咒那帮该死的叛军和蓄奴制。说老实话，老家伙的口才其实不怎么样，可一旦鼓足了劲儿，一旦说起那位"将钱财归还给我们的亲爱的造物主"，就一发不可收，滔滔不绝起来，就这么着，来到下一座教堂的时候，他只要说："我是来自堪萨斯的约翰·布朗，咱是来反对蓄奴制的。"人们便鼓噪起来。他们出钱悬赏叛军头子的脑袋，扬言要痛骂，要踩扁，要生吞活剥，要就地取他们的狗命。老家伙演说的时候，还有几位妇女哭得涕泗滂沱。说实在的，看着好几百号白人为了我们黑人哭哭啼啼的，这情形让我觉得挺可悲。毕竟那里多半连一个黑人也没有，偶尔有一两个也是缩头缩脑，跟只耗子似的连大气都不敢出。在我看来，黑鬼在那种地方过一辈子跟在西部没什么两样。这简直就是一场没完没了的私刑。谁都想就着这个话题为黑人出一口恶气，除了黑人自己。

就算老家伙是在躲避联邦特工，那他的方式也太奇特了。从波士顿到康涅狄格州、纽约城、波基普西市和费城，我们一场接一场地作秀。全都是一个套路。老家伙说："我是来自堪萨斯的约翰·布朗，我要反抗蓄奴制。"接着便是听众排山倒海一般的狂呼。我在礼堂里拿着帽子传来传去，就这么着筹了不少钱。有时候筹来的钱有二十五美元之多，其他时候不足一提。可是老家伙对这些追随者们说得明白，他打算回到西部去抗击蓄奴制，无牵无挂，用他自己的方式。有些人问他想怎么做，到底如何对蓄奴制抗击到底，他跟谁联手，诸如此类的问题。不管走到哪个城镇，这个问题都会被问个十次、二十次。"你打算如何跟蓄奴派抗争，布朗上尉？你打算如何进行战争？"老家伙拿不出一个直截了当的回答，扯起别的话头。我知道他才不会告诉他们呢。对自己人，甚至对自己的儿子，老家伙都是三缄其口。既然对身边的人都不肯吐露实情，又怎么会对那些丢下仨瓜俩枣的陌生人们说实话呢。说到底，老家伙不肯对任何人说出自己的打算，对自己人也不说。"这些杀人放火、掘地三尺的家伙们就知道说空话，洋葱头，"他喃喃地说，"空话，空话，全是空话。黑人听这些空话已经听了两百年了。"

　　要是一直过着这样的日子，再听上两百年的空话我也愿意，毕竟多数时间我对我的生活还是很满意的。睡着羽绒床垫儿，乘白人专用车厢到处旅行。扬基佬儿们对我也都不错。他们根本就没注意到那软帽套裙底下是个男儿身，好比满屋子的钞票底下藏着点儿灰，根本入不了他们的眼。在他们看来，我不过就是个普普通通的黑人罢了。"你在哪儿找到她的？"老家伙常被人家这样问。他耸耸肩，说："在我以上帝之名从枷锁中解救出来的众生之中，她只是平凡的一个。"女人们听了便在我身上多少有些狂热地摩挲一通。她们先是一番大惊小怪的嗟叹，然后送给我裙子啦，蛋糕啦，软帽啦，香粉啦，耳坠子啦，绒线球啦，羽毛啦，薄沙啦之类的玩意儿。我可不傻，我明白在白人身边得闭紧嘴巴，反正也没话好说。扬基佬儿们最受不了的就是脑瓜好使的黑鬼啦，我琢磨着他们以为这世界上唯一一个这样的人就是道格拉斯先生。于是我装傻，装可怜，连哄带骗地弄到了一整套男孩子穿的裤子、衬衫、外套和鞋子，外加二十五美分，那是一个哭哭啼啼的康涅狄格州妇女施舍给我的，我告诉她，我要去解救与人为奴的哥哥，鬼才知道我哪儿有什么哥哥。我把这些行头全藏在麻袋里，本人自有用处，我还随时找机会要跑路呢，得时刻做好准备。一直以来，我都有个心思，老家伙总有一天会被什么人取了性命去，他可是个不知死活的傻瓜。他会说："我按着上帝的旨意过活，洋葱头。与这万恶的制度斗争，我随时预备着死去。"他愿意死就死吧，我可不想陪葬。为了独自闯天下的那一天，我可得随时做好准备。

　　就这么着，我们走走停停，耗了好几个礼拜，渐渐开了春，老家伙也开始天天盼着能回到大草原。连轴转似的在一座座礼堂之间奔波、演说令使他疲惫不堪。"我想回到西部，闻一闻那春天的空气，与万恶的蓄奴制作斗争，洋葱头。"他说，"但是我们还没做好筹集军队的准备。还有一件特殊的事情，我必须在这里料理妥当。"于是，老家伙没有按计划回到费城，而是决定再次前往波士顿，之后再无牵无挂地回到西部。

到了那儿，人家给他安排了一座巨大的礼堂。自然有人鞍前马后，为他操办。礼堂外头站着一大群盛装的听众在候场，这就意味着可以筹到一大笔钱。然而演说并未如期开始。我和老家伙站在讲坛那架巨大的管风琴后，等着观众们走进来，这时老家伙问站在一旁的跑腿："为什么要拖延？"

那人战战兢兢的。好像给吓得不轻。"堪萨斯州有联邦特工到这儿来，要抓你。"他说。

"什么时候？"

"谁也不知道什么时候、在哪儿抓，可是有人今天早晨在火车站看见他了。你要不要取消今天的活动？"

哈哈，老家伙早就等着这一天呢。他一下子来了劲头儿。他巴不得好好打上一架。他摸了摸七连发手枪。"他最好别在这儿露面。"他说。左右的人露出赞同的神色，纷纷保证，说要是那特工敢冒个头，可了不得，他肯定给人一把按住，锁起来。话是这么说，我可不敢相信这些扬基佬儿。他们虽然不像野人似的西部扬基佬儿那样蛮干——那帮人要是打起架来，用一只脚就能把你踹晕，给你揍得七荤八素，手段一点儿不逊于那帮蓄奴分子。眼前这帮扬基佬儿可是文明人。

"他们谁也别想逮捕。"老家伙说，"开门。"

人们跑过去照做，人群鱼贯而入。可上尉在抬脚走向讲坛开讲前，却把我拉到一旁，警告说："站在最远处的那堵墙旁边，盯着这房间。"他说，"眼睛睁大点儿，看着联邦特工。"

　　"联邦特工长什么样儿？"

　　"用鼻子都能闻出来。联邦政府的人跟狗熊一个味儿，因为他们用狗熊油抹在头发上，而且从来不出门。他们不伐木头，也不拉骡子，看着溜光水滑、面黄肌瘦的。"

　　我瞅瞅礼堂，符合这种描述的至少有五百人，还不包括妇女。老家伙和手下人这一路弄死过一两头狗熊，可我只记得吃肉，只记得用熊皮暖和身子，压根儿想不起狗熊是个什么味儿。可我还是说："我找到他们之后怎么办？"

　　"别说话，也别打断我演说。摇一摇软帽上的上帝鸟羽毛就行。"瞧瞧，那成了我们的暗号了。那根他给我的上帝鸟羽毛，被我送给了弗雷德里克，弗雷德里克死后，又回到了我手里。我把那东西压在软帽的帽檐底下。

　　我答应一定照做，老家伙便走上讲坛，我则混进大厅。

　　走上讲坛的时候，他的兜儿里还揣着七连发手枪和片儿刀，脸上一副随时随地魔挡杀魔的表情。老家伙情绪酝酿得差不多快要发狠的时候恰恰不会激动。然而，他神情淡然，一脸庄重，那平时比大草原还要缺乏起伏的声音却顿时变得高亢而紧张，抑扬顿挫、嘶哑刺耳，如同他心爱的宾州群山一般。他先来了这么一句："我听说，联邦密探正尾随我而来。要是他在场的话，请他出来。我要用铁拳当场会他一会。"

　　仁慈的上帝呀，要是你听见别针落地的声音，就让我不得好死。老天爷，他这么一说，可把那些扬基佬儿当时吓傻了。他一说完，人群一片死寂，他可把他们吓得不轻。这下子他们知道老家伙是个什么人了。过了一会儿，这帮人的勇气也鼓起来了，怒火也鼓起来了，人群中嘘声四起。他们气得跟魔鬼似的，大喊大叫，好像只要有人敢斜眼瞧上老家伙一眼，就要饿狼一般扑上去。我可松了口气，可仍不敢大意，毕竟这些人都是胆小鬼，光会说大话，而老家伙一边滔滔不绝地怒斥着什么人，不费吹灰之力就神不知鬼不觉地让听众着了道儿。可在那礼堂里没法儿动手杀人，毕竟有那么多人在场，我稍稍放下心来。

老家伙发出"嘘"声，向大家保证联邦密探说什么也不敢露面，于是房间里安静下来。接着，他便照常开始演说，一如既往地抨击蓄奴分子，大骂他们滥杀无辜，当然，他绝口不提自己杀人的事。

他那套说辞我已经翻来覆去听了好多遍，简直烂熟于心，我觉得无聊，不知不觉睡着了。临到结束时，我醒过来，目光顺着墙壁逡巡了几圈，好确认一切安全，可却偏偏叫我看见了一个形迹可疑的家伙。

他混在反对蓄奴分子的喧闹人堆里，靠着后墙壁站着。他没跟着起哄，没咬牙切齿、摩拳擦掌，也没摇头晃脑，也没有跟周围的人一道咋咋呼呼地跳着脚咒骂。他压根儿没中老家伙的邪。他跟一块石头似的傻站着，面无表情，只用眼盯着。那人浑身上下收拾得利利索索，个子不高，敦敦实实，因为从来不出门所以脸色煞白，头戴圆礼帽，身穿白衬衫，脖子上系着领结，一字胡。老家伙的演说中场休息时，人群蠕动起来，屋子里越来越热了，此时那人摘下帽子，露出一头油光光的狮子鬃。他往后撸了撸一缕头发，扣回帽子，我突然灵机一动，想起了什么。总算被我逮到一个油头粉面的家伙了，我得过去，至少闻闻他身上有没有狗熊味。

此时老家伙的演说正如火如荼，临近尾声时，他一向开足火力，慷慨激昂。他明白，此时放手一搏，之后他便要西行了。他先是照例大讲特讲了一番凶神恶煞的奴隶主子和不争气的黑奴。人们特别爱听这一段，妇女们流下眼泪，人们怒发冲冠，摩拳擦掌——表演得不错——可我心下已有提防，紧盯着那密探。

我可不想冒险。我从软帽底下摸出羽毛，朝讲台摆了摆，可老家伙谈兴正浓，正说到好处。演讲已近尾声，老家伙正刹不住车地念着祷文，临到结尾他一向如此，既然是祈祷，他的眼睛自然是闭着的。

我曾说过老家伙的祷文是多么冗长。能一连说上两个小时，引用起《圣经》来如同行云流水一般，跟你我背字母表差不多。所以各位可以尽情想象，几百个人坐在他面前，听着他如泣如诉，这咱们的万王之王，他老人家创造了橡胶，创造了大树、蜂蜜、果酱、饼干，还有所有的好东西。他能够这么一连说上几个小时，说真的，就为这个我们还少筹了不少钱呢，因为有时候那帮扬基佬儿给他的絮叨弄得不胜其烦，懒得听他歌颂造物主，没等募款的篮子递到跟前就走了。这时候，老家伙已经学乖了，这段感慨一带而过——只用一个半小时——讲台上的老家伙正闭着眼，声如洪钟地向我们的造物主倾诉，求他扶助，让他尽自己的神圣义务，解救一众黑奴，将其护送至大天使路西法的荣耀之中——可他好不容易才把这长话短说。

我估摸着，这个密探以前也来过，因为他也知道老家伙要收尾了。他瞧着老家伙闭上眼睛，谈起《圣经》，便迅速离开后墙根，在过道里站着的人群中挤来挤去，往前面走。我使劲儿朝老家伙摇着羽毛，可他双目紧闭，正热情洋溢地赞颂上帝。我没办法，只得跟在那密探身后。

我离开后墙根，尽量跟上他的脚步，在人群里往前挤。那家伙比我离讲台近，他的动作很利索。

　　老家伙肯定是觉出不对劲儿了，他一边念叨着什么不朽的灵魂啦，受苦受难的人们啦，眼睛却突然睁开来，冷不丁来了一句"阿门"。人们纷纷起身往礼堂前头拥来，排着队要跟凑到他们心中的英雄身边，要握握他的手，让他签个名，并给他放上几美元什么的。

　　那个密探也给人潮推操得放慢了脚步。可他仍然在我前头，而且我无非是个黑人妞儿，被急着跟老家伙握手的人群挤得东倒西歪。那帮人简直要把老家伙埋起来，而我早给人推到一边去了。我又挥了挥上帝鸟的羽毛，却淹没在周围高大的成年人之中。我瞥见前头有个小姑娘推开老家伙面前的人群，举着一张纸要他签名。老家伙俯下身子正要签名，那密探冲破人群，挤到礼堂前部，眼看就要来到老家伙面前。我蹿到板凳上，跨过几排座位，朝前面扑过去。

　　那密探抬手就能够着上尉时，我离他尚有三米的距离，老家伙正背对着密探，俯下身子给那小姑娘签名。我大吼一声："上尉！狗熊味儿！"

　　人群怔了一怔，上尉一定是听见了我的吼声，他猛地扬起脑袋，那张布满坚毅的老脸瞬间略过警惕的神色。说时迟那时快，他倏地起身猛然向后一扭，双手按在七连发步枪上，那突然苏醒的枪声发出巨大的轰鸣，把我震得一侧歪。老家伙给那密探来了个突然袭击。那家伙一定是吓呆了，他还没来得及伸出手，也没顾上掏家伙。他命休矣。

　　"啊哈！"老家伙说。

　　让我没想到的是，老家伙没碰那七连发步枪，紧绷绷的脸也舒展开来。他伸出手。"我看这下你拿到我的签名了。"

敦敦实实、打着领结的胡子密探收住脚步，低下戴圆礼帽的脑袋鞠了一躬。"说得是。"他说。英国口音。"休·福布斯为您效劳，将军。久仰解放黑奴事业的伟大战士之名，今日得见，三生有幸。可有幸握您的手？"

　　两人握手。我琢磨，这也许就是上尉一直等着的"特殊的事情"，为了这件事，他在东部盘桓了这么久，待完成后才能会回西部去。

　　"我研究过您伟大的作战手册，福布斯先生。"老家伙说，"我斗胆说一句，出色极了。"

　　福布斯再次鞠躬。"您谬赞了，亲爱的先生，但我不得不承认，在伟大的加里波第将军亲自领导的军团里，在欧洲战场上，我的军旅生涯的确战无不胜。"

　　"的确如此，绝非过奖。"老家伙说，"我有个计划，得借助您的军事经验和专长。"他朝聚在四周的乡民看了看，接着转向我，"咱们到后头去吧，我的跟班负责收集今晚的善款。我有些事得跟您商量，事关机密。"

　　说完，两人便走到礼堂后面的房间里，而我则负责收取募款。两人的谈话内容我不得而知，可他们谈了足足三个小时之久，两人再度现身时，礼堂已经空无一人。

　　四下里一片寂静，街道上也十分安全。我把当晚的募捐所得一百五十八美元递给老家伙，这是我们的最高纪录。老家伙拿出另一沓钞票，数了数，把总共六百美元放进一只棕色的袋子，三个月来，在东海岸各处巡回演出筹集的每一份军费都悉数在此，老家伙把袋子递给福布斯先生。

　　福布斯先生接过袋子，塞进上衣口袋。"能在伟人的军团中效劳，实为幸事。将军可以与杜桑·卢维杜尔、苏格拉底和希波克拉底齐名。"

"我是一名上尉，在和平王子军中效劳。"布朗老头儿说。

"啊，对我来说，您的确是将军。长官，我就这么称呼您，因为我不在无名小卒手下效劳。"

说完，他转过身，顺着小巷踏着军人的大步离开，皮鞋发出吧嗒吧嗒的响声，正气凛然，一身傲骨。

老家伙望着他一路走开，直到消失在巷子尽头。"我找他找了两年了。"他说，"咱们在这儿耗了这么长时间，就是为了他，洋葱头。我主上帝总算把他带到我的面前了。他将在艾奥瓦州与我们会和，为我们训练军队。他是从欧洲来的。"

"是吗？"

"没错。一位加里波第将军亲自调教出来的专家。我们有一位真正的教官了，洋葱头。现在，我终于做好了打仗的准备。"

福布斯走到巷子尽头时，转向老家伙，碰碰帽檐，鞠了一躬，便消失在夜色之中。

自此，老家伙再也没见过这家伙。

20

捅了马蜂窝

我们在宾夕法尼亚州离费城不远的切斯特镇找了个破旅店窝了两个礼拜，老家伙写信，研究地图，等着那前往艾奥瓦州的教官福布斯先生给他送信儿。凯基先生写信来，说他并没到艾奥瓦州，老家伙就知道事情出毛病了。他非但没着急上火，相反却看成一件好事。"咱们遭坏人暗算了，洋葱头。魔鬼一分钟也没闲着，但是我们的主琢磨着，咱们可能不需要训练就能去打仗。咱们按着他的教诲，站在正义的一方，这就够了。还有，"他说，"我马上要实行一个更伟大的计划。时机已到，要擒蜂王了。咱们去加拿大。"

"为什么呀，上尉？"

"黑人打仗靠的是白人吗，洋葱头？不是。靠的是黑人自己。咱们要请出真正的斗士，去对抗地狱的魔鬼。那是黑人同胞自己的领袖人物。开路！"

我倒是不反对。我和老家伙扮作主人和随从，所以小旅店的老板娘让我跟女仆睡在一块儿，那是一个老鼠乱窜的破房间，常令我回想起堪萨斯。我简直乐不思蜀，那帮扬基佬儿觉得我这小黑奴可怜，动不动就给我塞上点儿布丁、熏火鸡、鹿肉、鸽子肉、羊肉、熏鱼和南瓜面包。酒馆的老板娘不属于这种人。她对于废奴派一丁点儿同情心都没有，大概是因为她自己也是个黑奴吧。她给我们准备的伙食是酸饼干和肉冻，她和老家伙两个人都觉得挺好，老家伙根本不吃任何熟制的食物，而我现在的口味则不能低于南瓜面包、新鲜黑莓、火鸡鹿肉、鸽子肉、羊肉、熏鱼、南瓜面包、火腿——里面还有货真价实的德国火腿——跟我在波士顿的时候一样，只要我放话说自己是个可怜的小黑奴，就什么都吃得到。我真想去看看外面的世界。再说，加拿大是个自由国度。我可以待在那儿，趁着上尉还没丢掉老命之前跟他一刀两断，我就是这么盘算的。

我们乘火车来到底特律，与老家伙的队伍会师——其规模已从原来的九人大军扩充到现在的十二人。其中还包括老家伙的四个亲生儿子：首先当然是欧文，还有萨尔曼，再加两个小的，即沃特森和奥利弗。贾森和约翰已经退伍。亚伦·史蒂文斯还在，这扬基佬儿跟以前一样爱发牢骚、成天惹是生非。凯基按照老家伙的吩咐管着这支队伍，除此之外，新来了几个莽小伙：查尔斯·蒂德，这个毛毛躁躁的小子原来在联邦军队服役。约翰·库克也还在队伍里，如今屁股两边已经挂上了两把六连发步枪，还有老家伙的女婿，加上汤普森家的小子，还有科波克兄弟——最后这两位是贵格派教徒。队伍的主力就是这些人。大部分人整天不说话，阴着脸，涂涂写写——除了那位能把死人说活的库克。别看他们成天闷着头读书看报，可这些浑身书生气的家伙操起前膛枪也能不由分说给你轰个满脸花。这些家伙可惹不起，个个憋足了劲，只等着大闹一场。要跟这些人作对你可倒了大霉，只要是认准的事儿，他们不管好坏都是一条道跑到黑，凡是胆敢挡路的，定让你追悔莫及。

我们乘马车去安大略省查塔姆镇，我陪老家伙坐在马车前头，其余人跟着。一路上老家伙心情挺愉快，说此番要赴个特殊的约会。

"这可是开天辟地头一回。"他说，"来自全美国的黑人同胞要举行集会，加拿大也决心与我们并肩作战，抗击蓄奴制。战争随时打响，洋葱头。咱们的队伍将要充实壮大。我们马上要革命！马上革命！箭在弦上，万事俱备！"

只欠东风了。查塔姆只聚集了四十五个人，还有三分之一原本就是老家伙的手下，要不就是沿途收留的白人。当时正是寒冷多雪的一月，或许是天气原因，或是为了什么别的原因，自由黑人都猫在家里，撇下这次集会，真是惨到家了。集会地点是某个泥瓦匠的旧宅，只撑了一天，没少发表演讲，没少表决心，没少嚷嚷这样那样的口号，也没吃上一口饭；有几个家伙念了老家伙起草的宣言，人们没完没了地嚷嚷着争论究竟是谁给了约翰那一枪；黑人如何蓬勃兴旺，好彻底摆脱白人。我上上下下瞧了半晌，也没瞧出哪里会有什么起色。就连老家伙的亲密战友道格拉斯先生也没来，为了这个，老家伙的兴致低落了不少。

"弗雷德里克什么也安排不清楚，"他随口说，"就是因为事先没安排好，导致他错过了美国历史上最伟大的时刻之一，他一定会后悔的。这儿有伟大的演说家，也有伟大的头脑。就咱们说话这工夫儿，洋葱头，国家的历史正在被改写。"

那是自然了，老家伙是主要发言人，起草宪法的是他，制定细则是他，再说一字一句都是老家伙亲自推敲出来的，他便越发觉得自己责任重大了。这件事全是他一个人亲自主持。说到自吹自擂，全美国也没有人比得上约翰·布朗。自然地，他让黑人同胞着实风光了一把，他们先是痛痛快快地发泄了一通，大骂白人、痛斥蓄奴制——那一天我听到的叫嚷比接下来三十年的总和还要多——然后便轮到老家伙上场了。那一天的活动已近尾声，该发言的发过言，该签的文件签过字，山盟海誓也说尽了，现在终于轮到老家伙发言，轮到他拿出自己起草的文件，口沫横飞地秀出反蓄奴斗士的身段了。我自然是又累又饿，照例，跟着老家伙转连口饭都吃不上，可他毕竟是主角，所以当老家伙边踢里踏拉地走到屋子前方，边手里哗啦啦翻着文件时，众人都眼巴巴地瞧着他，屋子里静得出奇，盼望已久的时刻终于来到了。

为了亮个相，老家伙特意扎上个蝴蝶领结，还在破外套上钉了三只簇新的纽扣，虽说这仨扣子颜色各异，可在他来说，这身打扮已经算相当隆重了。老家伙立在旧讲坛前清了清嗓子，宣布："黑人兄弟的胜利指日可待！"说完他便下了台。底下的听众里满打满算也没几个算得上真正的黑人兄弟。这些黑家伙个个有头有脸。他们绑着领结，戴着圆礼帽。牙齿齐刷刷的一个都没掉。头发也溜光水滑。这些人都是当教书匠、牧师和医生的；胡子刮得干干净净，个个识文断字，上帝见证，老家伙把这些神气活现、趾高气扬、没人敢惹的黑人老爷们哄得团团转，为的是让他们跑前跑后为自己效劳。眼下，那间旧旅馆的房顶儿都快给吵翻了。那帮黑人给老家伙哄得像绵羊似的咩咩直叫。他一说要毁掉白人老爷的黑奴窝棚，底下便吼起来："没错！"他一煽动造白人老爷的反，底下便喝道："全力支持！"老家伙一不做，二不休，干脆提出抄家伙说干就干，人们便齐声叫喊："发动吧！"然而，老家伙演讲结束，拿起文件要求人们自愿过来在他的反蓄奴战争宣言上签字，地下却没有一个人乐意站出来，连举手的也没一个。房间里安静得像棉花垛似的。

最后，屋子后面有个人站了起来。

"我们都支持你跟蓄奴制干一仗，"他说，"可我们想知道你具体打算怎么干。"

"我现在不能说，"老家伙含混地说，"说不准有没有探子。但是我可以告诉你，这场战争可不能光靠喊喊口号。"

"这话是什么意思？"

"我要用鲜血净化美利坚的罪恶。我马上就要动手。黑人同胞是我的后盾。"

这话把我吓得透心凉，当下就认定只有到了加拿大才能保命。我早藏好衬衫、长裤、鞋子什么的，从扬基佬儿手里要钱的时候我还想法子截下了几个。我琢磨着，这一屋子身份贵重的黑鬼之中，总归有一两个善心人帮我东山再起，也许还能给我找个藏身之处，再给点儿吃的，好让我攒足力气，穿上属于我自己的裤衩子。

一个留着长鬓角、穿罩衫的瘦子从前排座位站了起来。"我说，我听着这法子倒是不赖，"那人说，"我入伙。"这家伙名叫O.P.安德森。到哪儿去找这么有胆量的人哪。可没过多一会儿，我就明白了这位安德森先生葫芦里卖的什么药。

接下来，老家伙环视房间，问道："还有没有？"

谁也不动弹。

最后，又站出来一个家伙。"如果你稍微透个口风，说说你的作战计划，上尉，我也加入。要是不知道有什么风险，我可不能签字。"

"我没想让你们跟匹马似的围着我转，你们到底想不想把同胞们救出来？"

"那还用说嘛，那都是咱自己人。"

"这么说可不对。那都是上帝的人。"

他们没完没了地争论起来，你说东，我说西，有人支持老家伙，其他人唱反调。最后，最先挑事儿那人说："我可不是胆小鬼，上尉。我本人从蓄奴州逃了出来，骑马、步行走了五千公里才来到这个地方。但我爱惜我这条小命儿。假使要我为了反对蓄奴搭上它，我得好好听听这都是怎么一档子事儿。"

又有几个人附和，说只要老家伙说说他的计划——从哪儿开始打，什么时候开始打，怎么个打法——他们就跟着干。可老家伙就是不松口。人们越逼越紧。

"你怎么当起缩头乌龟来了？"有人问道。

"到底说不说？"又有人问。

"这次是秘密会议，上尉！谁也不会泄露一个字！"

"我们又不认识你！"有人嚷嚷起来，"你是谁？我们干吗要信任你？你是白人，干砸了也没搭进去什么东西，我们可是连老本都押上了！"

这话无异于一声炸雷，老家伙绷直身体，勃然大怒，他的声音发尖，双目发直，眼神冷酷——一遇到这种情况他总是这种反应。"我这辈子从来言出必行，"他说，"我是黑人同胞的好兄弟，我按着上帝的意思行事。我说了要打仗，说了要消灭蓄奴，就不用多说了！这场战争从这里打响，却不会在这里终结。无论你们要不要跟着干，这场战争都得打下去。你们跟我一样，早晚得面对咱们的造物主。因此只有一条路：见到他老人家的那一天该怎么跟他说，全由你们自己决定。我只有一个要求，"说到这里，他环视整个房间，"无论你们跟不跟我干，你们今天在这里听到的，务必保密。"

他四下里看看。谁也不说话。他点点头。"既然没人愿意过来签这个文件，这件事就到此为止。那么，作为本组织的主席，作为本法起草者，我宣布结束本届……"

"等等，上尉。"房间后面传来一个声音。

大家回头一看，原来是个妇女。除了你们忠实的讲述者之外，她是会场里唯一的妇女，而女人是不算数的。那是个矮矮瘦瘦的女人，包着头巾，一身女仆的素衣，围着围裙，脚上套着男士皮靴。要不是胳膊上搭着一条破旧的花披肩，就是标准的黑奴打扮了。那女人相当沉静，看得出不是个多话的人，可那双黑眼睛却闪着灼人的光芒。她一阵风似的走到房间前部，众人往左右闪开，搬起凳子给她让路。那女人不是个好说话的，虽然不言不语，却带着一股子狠劲儿。我打定主意，离她远点儿。当时的我男扮女装已经很像那么回事了。可黑女人一提鼻子就准知道我是什么货色，我琢磨着，看着像她那么精明强干的女人既不容易受骗上当，也不轻易糊弄别人。她把双手叠在胸口，一溜烟来到房间前部，面对着在场的男人们。要是各位正好从那旧屋子窗口经过，往里一瞥，准会以为那是一个洗洗涮涮的女工正在给满屋子教授畅谈自己为啥还没打扫茅厕之类的话题，底下坐着的男人们个个西装革履——而她却一副下人打扮。

"我叫哈莉特·塔布曼，"她说，"我认识这个人。"她冲上尉点点头，"约翰·布朗对我这个平凡的女人无需任何解释。要是他说他有个好主意，那准是个好主意。肯定比在场任何人的主意都高明。他为我们黑人受了多少罪，他全都挺过来了。他自己的老婆孩子还在家里饿肚子呢。他已经为这项事业搭上了一个儿子，你们有多少人又献出过自己的儿子呢？他没要你们养活他的孩子们吧？他没要你们给他出力吧？他要求的，只是你们要帮助自己，要你们解放自己。"

鸦雀无声。她环视四周。

"你们就跟一群母鸡似的，叽叽咕咕乱叫，"她说，"你们暖暖和和、舒舒服服地坐在这儿，操心你们自己那身臭皮囊，而此时此刻，别人家的孩子正哭喊着要妈妈呢。人家当爹的，忍受着夫妻分离的苦，当妈的见不着孩子。在座的也有人在这蓄奴制度里娶妻生子。你们正赶上着大变革的节骨眼儿，却不敢走过这个坎儿？我应该给你们换换脑子。底下有没有男人？拿出点男子汉的气魄来！"

听她那么一说，我心口一热，因为我自己也巴不得赶紧当上男子汉呢，可说实话，我又害怕，因为我不想死，我不想挨饿。我喜欢别人照顾我。我喜欢给扬基佬儿和造反分子们宠着，每天除了往肚子里塞饼干啥也不干，我喜欢给老家伙领着到处跑，让他对我嘘寒问暖。之前照顾我的是甜心和阿碧小姐。塔布曼太太坚毅地站在那里说出那些话，让我回想起西博妮娅上绞刑架前，指着福格特法官的鼻子说的一番话："我是女人，我不因此羞耻，也不因此惧怕，也不怯于承认。"为了自由，竟然上绞架！真是冒傻气！要是能鼓动别人，干吗搭上自家性命？眼前的一切都让我觉着害臊，比塔布曼太太拿鞭子抽我还厉害，可我还没醒过神儿，就听见屋子里一声凄厉的惨叫，那人肯定是给吓坏了，直着脖子喊出来的，"我要追随上尉到天涯海角！我要加入！"

过了好一会儿，我才意识到，那粗野的叫喊声正是我自己发出来的，我差点儿惊得尿了裤子。

"赞美上帝！"塔布曼太太说，"领导众人向前的，却恰恰是个孩子！赞美耶稣！"

这句话让大家炸开了锅，一眨眼工夫，房间里的人全站了起来，你推我搡，拼命往前头挤——头上还戴着圆礼帽——抢着签字。牧师、医生、铁匠、理发师、教书匠。都是些从来没摸过枪没拿过剑的家伙。他们把自己的名字往纸上一签，就大功告成了。

之后，房间一下子空了，等上尉回过神儿，发觉自己正跟塔布曼站在空荡荡的房间里，我则忙着收拾残局，我得扫地，上尉以个人名义借到这间礼堂，所以必须原封不动地归还。他向她表示感谢，塔布曼站着没动，只是挥挥手。"我希望你真的已经想了个计划，如果你没想出来，咱们就白受罪了。"

"我正着手想呢，我有上帝的帮助。"老家伙说。

"那可不够。上帝给你的是种子。可浇水侍候这些事儿都得靠你自己。你就是那农夫，上尉。你自己知道。"

"当然知道。"老家伙咕哝了一句。

"可不许出岔子，"塔布曼太太说，"记住，你的黑兄弟们宁可当帮凶也不愿意跟蓄奴制作对。你得下死命令。简单明了，一听就懂。几点几分，不能含糊。要是事情有变，还得预备好后路。计划一旦定好，可容不得变来变去。你就得一条道跑到黑了。要是你变来变去，你的人就会失去信心，不跟你干了。你可得拿我的话当回事儿。"

"是，将军。"老家伙对任何人——别管白人黑人——服软，这可是头一次，也是唯一的一次，何况他还称呼人家"将军"。

"还有我给你那张地图，标着从穿过弗吉尼亚州和马里兰州的几条路线，你必须死死地记住，然后给它销毁。一定得这么做。"

"没问题，将军。"

"那好。愿上帝保佑你。一切妥当之后，给我报个信儿，我会尽可能给你派人过去。我自己也会去。"她交给老家伙自己在加拿大栖身的小客栈地址，准备动身离开。

"记住，你必须按部就班，一板一眼。上尉，不要纠结于私情。打仗会死人。上帝也不需要你的祈祷。他要的是行动。行动的时间得定得妥妥当当，一天都不能差。在哪儿动手，怎么动手，谁也用不着说，但是时间一定得准，因为大伙儿都是大老远赶来的。我的人也是大老远过来的。我自己也是大老远过来。"

"我会安排清楚的，将军。"他说，"我会把时间定得死死的。"

"很好。"她说，"愿上帝保佑你，为你所做和将做的事情守护你。"

她一甩披肩，准备动身离开。这时，她瞥见我正扫着地，往门口一点点挪过去，我躲在一把大扫帚后头，因为那妇人知道我是个什么货色。她对我示意，"过来，孩子，"她说。

"我正忙着呢，夫人。"我哑着嗓子说。

"过来。"

我朝她挪过去，假装还在扫地。

她盯着我穿着那件蠢头蠢脑的套裙扫地，看了好一会儿。我一个字儿也没说，闷着头不停地扫地。

最后她抬起一只纤细的脚踩住我的扫帚，我只好抬起头。那双眼睛一眨不眨地盯着我看。那目光可不善哪，跟两只铁拳差不多，胀鼓鼓、紧绷绷，像个漩涡。那女人的脸上随时会刮起飓风。望着她，就好像望着一阵飓风。

"你能站出来说句话，是个好样的。"她说，"你能让有些人像个男子汉似的站出来。但是你心里也得实实在在受到触动才行。"她的声音温柔起来，"在这个世界上，你把自己的身体弄成什么样都行。这不关我事。蓄奴制已经让很多人变得莫名其妙了，把他们弄得奇形怪状。我见过可不止一次两次。太阳底下无新事，只要还有人做黑奴，他们就逃不了人前一套人后一套的命运。"

她转过头去，瞧这窗外。正在下雪。此时此刻的她看上去十分落寞。"我曾有过丈夫，"她说，"可他没胆子。他想要个老婆，不想要个战士。他自己变得跟女人差不多。他没胆子。受不了了。不敢跟个男人一样站出来。可不管怎么说，我还是带着他变成了自由人。"

"我听见了，夫人。"

"我们都终有一死。"她说，"可是，能带着本来面目死去总归更好些。无论你以什么面目去见上帝，他总会收留你。但是清清白白，总归更容易些。那样一来，你就永远是自由的。从头到脚，都是自由的。"

说完，她转身顺着房间另一边得朝门口走去，老家伙正在那儿忙着拾掇文件、地图，还有那把七连发步枪，他看出塔布曼要走了，于是丢下纸片，抢上前去为她开门。她在打开的门口站了一分钟，望着漫天的大雪，上下打量这空荡荡、雪茫茫的道路。她仔细查看着那条大街，瞧了半晌，我寻思着，她也许是想看看有没有黑奴贩子吧。那女人总是保持着警惕。望着大街的时候，她开口对他说话。

"记住，上尉，不管你有什么计划，务必定死时间。别变来变去。时间一变，就得有人丧命。时间是唯一不能动摇的。"

"你说得对，将军。"

她匆匆告别，然后顺着大道离开，她脚踩长靴，肩上围着花斗篷，雪片纷纷扬扬，在她周围落下，我和老家伙注视着她的身影。

突然，她转过身，好像忘了什么东西似的，朝着我们所在的台阶走过来，把肩上那件破烂的花斗篷拿给我。"拿好了，"她说，"也许有用。"说完，她又转向老家伙，"记住，上尉。一定要守时。别改变时间。"

"你说得对，将军。"

然而他还是改变了行动时间，而且搞砸了。而且，就为了这个原因，这个他唯一的指靠，这位美国历史上最伟大的奴隶解放者，这位可遇不可求的、最出色的战士，这位比任何人都懂得如何逃脱白人魔爪的人，再也没有出现在我们眼前。老家伙最后一次见她，就是在加拿大查塔姆镇大街上，瞧的是她离去的后脑勺。而那时候，看见她终于离开，我并无多少伤感。

21

行动计划

　　等老家伙回到艾奥瓦州，情绪已十分高涨，真是不幸。他离开美国，带着十二个人来到加拿大，盘算着也许沿途能扩充到几百人的规模。结果回到美国的时候身边跟着十三个人，多出来的那个是当场加入队伍的O.P.安德森，照例还有几个白人流浪汉在队伍里混了几天，发现解放黑奴等于让人家用斧子把脑袋劈开或者被人大卸八块什么的，就没了影子。我们在加拿大碰见的黑人最终也还是纷纷回到各自的美国老家，倒是答应随叫随到来着。看起来，老家伙倒不在乎他们能不能遵守诺言，因为他一回到艾奥瓦州，那股兴奋劲儿就别提了。他可算有了靠山，那就是塔布曼太太。

　　他高兴得几乎失去理智了，成天美滋滋的。想以十三人的兵力宣战，敌人又是个组织，而是不是单枪匹马的什么人，这个主意其实不怎么样。当时我突然想到，老家伙说不定会逃跑，我也应该一回家就开溜，就别等着他犯傻到难以自拔的程度了，因为老家伙当时已经不怎么正常。可那工夫，我忙着把煮鸡蛋啦，烤秋葵啦，煮鹌鹑啦，往肚子里塞，根本舍不得动脑子细想任何事儿。再者说，老家伙是我这辈子见过的最走运的人，他准是好人缘的家伙。他在帐篷里一蹲就是好几个小时，做祷告，看地图，看指南针，记下一串串数字。老家伙写字的样子酷似精神病患者，可现在他比以前写的字多三倍，结果兄弟们到了塔布尔镇，头几个礼拜光忙乎给他收发信件都忙不过来。他派人到皮迪河、斯普林代尔和约翰斯顿城，从安全屋、酒馆、朋友们家里等地方收信，然后往波士顿、费城、纽约这些地方寄信。光是读这些来信就得花上好几个小时，而与此同时，兄弟们用木剑和手枪练兵。夹着钞票的信件都是东部老家的废奴运动支持者们寄来的。老家伙在新英格兰有个六人死党，给他寄来大笔大笔的现金。甚至他的朋友道格拉斯先生也时常寄来一两个先令什么的。可是，不管怎么说，大部分信件的作者都算不上他的忠实拥护者，信里夹着的也不是一卷卷钞票，而是一串串问题。东部老家的白人兄弟们是在要求——而不是祈求——老家伙讲讲他到底打算怎么做。

"瞧瞧这个，洋葱头，"他粗声大气地喊着，手里举着一封信，"他们就知道问问题。除了空谈，还是空谈。都是些嘴把式。这种制度作恶多端，别人拆了他们的房舍，可他们却袖手旁观。倒说我是疯子！他们干吗不干脆寄些钱来？要打仗，他们只能信任我，可干吗问东问西，让我动不了手呢？根本用不着问'怎么干'，洋葱头。你必须'动手干'，就跟克伦威尔一样。到处都是密探。我要是把这些顶级机密告诉他们，那才是大傻瓜呢！"他想破了脑袋也想不通。有几个支持者公然说，如果不告诉他们具体的计划，他们一个子儿也不出，这可把老家伙气得够呛。

具有讽刺意义的是，我觉着他会说出来的。他其实很想说。问题是，我觉着老家伙自己也不清楚自己到底有什么具体计划。

他知道自己想干什么。可说到具体细节——我知道好多人在研究这些东西，一会儿冒出这个想法，一会儿又冒出那个点子——约翰·布朗老头儿并不具体知道到底该拿蓄奴问题怎么办。他只知道自己不能怎么做。他不想就这样悄无声息地消沉下去。他不想跟蓄奴分子坐下来开会，喋喋不休、讨价还价，喝着潘趣酒和柠檬汁，玩什么咬苹果的肉麻游戏。他要的是大干一场。可干怎么样的一场，他还在等着上帝给他训导呢，我反正是这么觉得，而我主上帝根本没有说，至少我们在塔布尔镇的头一年没说。于是我们租了一间客房，开始坐等，弟兄们用木剑练兵，争论灵性问题，给老家伙收信，拌嘴吵架，等着老家伙晴天一声吼，喊出个所以然来。我染上了疟疾，整整一个月爬不起来，结果我刚痊愈没多久，老家伙也病倒了。这场病伤了他的元气，他起不了床，整整一个礼拜都没动弹一下，然后是两个礼拜、一个月，三个月、四个月相继过去了。我时不时觉得他就要永远地离开我们了。老家伙躺在那儿，嘴里念叨着什么："拿破仑利用过伊比利亚的山脉！我都还没用上呢！"要不就是，"约瑟夫斯，有本事你把我抓走！"话音未落便再度昏迷。有时候他坐起身，发着高烧，瞪着天花板大吼大叫："弗雷德里克。查尔斯！阿梅莉亚。把那鸟儿抓来！"说完便昏死过去，跟真死了似的。两个儿子贾森和小约翰早已宣布退出解放黑奴战争，并且当真一走了之了，可老家伙却仍然高喊着他们的名字："约翰！过来跟贾森一起！"而这两个人其实都在千里之外。又有几个弟兄离开了我们，他们答应回来，却无影无踪。然而总有其他人顶替他们的位置。军队的主力——凯基、史蒂文斯、库克、辛顿、O.P.安德森——还留在队伍里，用木剑练兵。"我们答应过，要跟老家伙战斗到最后一口气，"凯基说，"就算是他的最后一口气也行。"

我在那件客栈里住了四个月,耳朵里灌满了老家伙的奇思妙想,因为他当时发着高烧,肚子里的话一股脑儿倒出来了。我这才知道,他简直是一事无成。干过好几样营生,全失败了:养牛、制革、地产投机,全赔个精光。从过去的合作伙伴那里寄来还不清的账单,还有打不完的官司,走到哪儿都甩不脱。老家伙直到死都在给他的一大群债主们写信,时不时地给人家奉上一两块美元。他跟两任妻子——第一任是比他短命的戴安西,第二任是比他长命的玛丽——生了二十二个孩子。其中三个还很小的时候就在俄亥俄州的里奇菲尔德接连死去,那时候老家伙在当地做制革生意;其中一个孩子阿梅莉亚在一次事故中给烫死了。丧子不可能不痛,可弗雷德里克的死——老家伙总说那是被谋杀—— 一直是他心里最大的伤痛。

顺便交代一下,我们抓住了杀死弗雷德里克的凶手马丁牧师。六个月之前的一个秋日,在堪萨斯州的奥萨沃托米,一场肆虐整个西部地区的感冒把那家伙弄得卧床不起。我们到他家的时候,他正躲在吊床里呼呼大睡。正是马丁牧师本人,这下好办了。

老家伙胯下一匹偷来的马,盯着马丁牧师看了很久。

欧文和凯基左右赶上来。

"就是牧师。"欧文说。

"就是他。"老家伙说。

凯基不动声色:"咱们过去跟他谈谈。"

老家伙从山梁上俯瞰良久。然后,他摇了摇头。"不行,上校。咱们往前走。还有一场硬仗要打。我可不想过去复仇。'复仇这件事',我主曾经说过,'就交给我'。我为了反抗这万恶的制度而奔

252

走。"说完，他跨上马，掉转马头，我们继续前进。

　　老家伙的高烧持续到了五月然后是六月。这期间我一直照料着他。我给他端来汤，却发现他已经睡着，醒来的时候常是大汗淋漓。有时候他又恢复了神志，便又苦读起兵书来，或者在地图、草图上指指戳戳，用铅笔圈出各个城镇和山脉的位置。每到这时候，他似乎马上就要康复了，可突然间却又病得死去活来。如果老家伙觉得舒服点，就能醒过来祈祷，那副模样凶神恶煞的，跟恶鬼差不多，一做起祷告来就是两三个小时甚至四五个小时，之后便再次酣然入梦。再发起烧来，就又跟我们的造物主说开胡话了。那时候，他跟我主上帝真是形影不离，时而千方百计与之辩论，时而促膝谈心，时而相谈甚欢，好像身边真的站着个活生生的人似的。有时候，老家伙突然丢出玉米饼或者麦片之类的，好像他跟身边的造物主是小两口儿闹别扭，在厨房里扔东西撒气似的。"你以为我是什么？"他会说，"我是摇钱树吗？是印钞机吗？你这样要求本身就不公平！"要不他就是突然间坐起来哇哇大叫："弗雷德里克！继续前进！孩子，你得继续前进！"说完一头倒下睡死过去，几个小时后才醒来，根本不记得自己做过什么。他的脑子只能说时而明白时而糊涂，东边一榔头、西边一棒槌，乱成了一锅粥，到了六月，老家伙开始嚷嚷着要散伙。与此同时，他不许除了我之外的任何人走进房间照料他，给他喂吃的，在身边侍候。到了最后，我一走出小茅屋，他的手下就会聚拢过来说：
"他还活着吗，洋葱头？"
　　"是的，还活着呢，睡着了。"
　　"他不会死吧？"

"不会死。他做祷告、念书，还能稍微吃点儿东西。"

"他做好计划了吗？"

"一个字都没说。"

人们就那么等待着他，不去打扰，跟着凯基叮叮咣咣地舞刀弄棒，阅读福布斯上校撰写的战争手册——老家伙从那个骗子手里弄到的只有这个玩意——倒也忙得不可开交。大家跟一只名叫露露的流浪猫玩儿到了一起，还帮着附近农民做些摘玉米之类的零活儿。大家就这么慢慢混熟了，凯基渐渐树立了威信，当上了领头的。因为长天大日地闲着的工夫里，大家下棋、用木剑练兵时，免不了有些争执斗嘴之类的，要不就是在灵性问题上意见不一，毕竟有些人什么宗教也不信。凯基这家伙爱动脑筋，坚定沉着，能把大家团结在一处。他能把那些念叨着要散伙、回东部当教书先生或者找份零工的人们劝回来，还能让其余的人更死心塌地。他从来不对人家口出不逊，即使对史蒂文斯也是一样，那个小痞子可不好惹，人家斜眼瞅他一眼，就能惹来一顿暴打。凯基也镇得住他。六月底的一天晚上，我端着一碗鳖汤走进上尉的小茅屋，这玩意儿总能让老家伙有些起色，老家伙已经在床上坐起来，看上去精神焕发。膝盖上放着他最爱不释手的巨型地图，还有一捆来信。灰色的眼睛炯炯有神。长胡子垂到衬衫上，自打染上疟疾那天，他就懒得去刮它了。他看上去气色不坏，声音也洪亮、高亢，底气十足，好像正在指挥千军万马似的。"我跟上帝谈过了，他老人家训导过我了，洋葱头，"他说，"集合。我要跟大伙儿说说我的计划。"

我把大家叫到一起，人们聚集在他的房间外头。不大一会儿，他走了出来，把门上的帆布帘子往后一推，带着一贯的严肃表情走到大伙儿面前。老家伙没穿外套，还是那么高大，没撑手杖，也没靠着门框。他就是要他们知道自己不再病快快的，不再弱不禁风了。天快黑了，人们面前燃起篝火，草原上到处尘土飞扬，卷着树叶子和风滚草。小茅屋前头那道长长的山梁上传来此起彼伏的狼嗥声。老家伙枯树枝子一样的干手里握着一卷纸，他打开地图，还有一个指南针。

"我已经跟上帝沟通过，"他说，"我已经有了一套作战计划，跟大伙儿说说。我知道你们都想听。但是首先，我想先感谢我们伟大的救赎者，他曾在高高在上的神圣十字架上洒下热血。"

他将双手叠在胸前，喋喋不休地做了长达十五分钟的祷告。他手下几个不信教的家伙等得不耐烦，就向后转，溜达到一边去了。凯基来到旁边一棵树，坐在下面，手里摆弄着一把小刀。史蒂文斯转身骂骂咧咧地走开了。一个叫作里尔夫的家伙掏出纸笔，涂涂抹抹地写诗。其余的人，不管是基督徒还是异教徒，耐心地静候上尉对着上帝声色俱厉地控诉，大风扑在他的脸上，随着他的祈祷发出高低呜咽的声音，他左一遍右一遍，祈求上帝给他训导、给他启发，他谈起书写《柯林斯书》时的圣徒保罗，说他不够良善，解不开耶稣的鞋带子，当老家伙总算发出了掷地有声的"阿门！"时，那些跑开去读信、逗马的家伙一见他总算说完了，赶紧各就各位。

"这个嘛，"他说，"我方才讲过，我已与伟大的救赎者，那位慷慨洒下热血的天父谈过了。我们从头到尾，巨细靡遗地讨论过整个计划。他与我心灵相通，如同棉铃虫钻在它的茧子里似的。我聆听过他的思想，听过之后，我必须承认，在我们救赎者伟大的思想大厦面前，我充其量只能算蜷缩在窗角里的一颗小花生。然而，几年来，与他老人家一道制订计划，询问了几次如何对付仍然存留在这片土地上的、万恶的蓄奴制度之后，我已经十分肯定，他老人家选中了我，要假我之手来实施其意志。当然，我早已知晓这一点，正如克伦威尔和先知以斯拉老人一样，他们也是一样，作为上帝实施其意志的工具，特别是以斯拉先知，他祷告，他备受折磨，与我的经历别无二致，当以斯拉和他的人民陷入困境之时，我主上帝一分钟也没耽搁就不动声色地安排他们脱离险境，不受伤害。因此，不要恐惧，弟兄们！上帝绝不辜负人类！《圣经》里说得清清楚楚，《耶利米书》说得好：'因为复仇的日子已经来到，将会有……'"

"爹！"欧文截住话头，"别说了！"

"哼，"老家伙嗤之以鼻，"耶稣经过无止境的漫长等待，前来解放你们走出人类疾苦的魔咒，而今他近在眼前，对你们简直是对牛弹琴。但是——"说到这里他清了清嗓子，"我仔细想过，我来告诉你们需要知道的事情。我们要去给以色列找点麻烦。我们要推翻磨坊。他们定不会小看我们的力量和行动。"

说完，他转身掀开茅屋的门帘，推门走了进去。凯基拦住了他。

"等等！"凯基说，"我们大老远跑到这个地方来，给人家干杂活，又拿着木剑操练了这么长时间。我们难道不是男子汉吗？当然，洋葱头除外。再说，就算是她，也都跟我们一样，是自觉自愿来的。我们有权知道更多，而不是你刚才那样随随便便一说，上尉，否则我们就要出走，这场战争我们自己打。"

"没有我的计划，你们成功不了的。"老家伙咕哝着说。

"也许吧，"凯基说，"可这件事当然有危险。如果要我为了任何计划搭上我的生命，我可得知道这到底是怎么一回事。"

"你们很快就会知道了。"

"不如现在就说。要不然我就宣布自己的计划。我已经有个计划了。我觉得大家都想听听。"

这下可把老家伙气坏了。他最受不了这个，他决不让别人拿主意，受不了别人的主意比自己的高明。大家的眼睛眨都不眨一下，生怕错过了什么。老家伙板起脸，突然吼道："好吧。我们两天后出发。"

"去哪儿？"欧文问。

上尉丢下一直举在手里的门帘子，那帘子像个巨人似的在茅屋门口晃了晃，好像一条晾在外头的脏床单。老家伙两只手揣在口袋里，瞪眼看着帘子，他的下巴往外努着，失望沮丧到了极点。他竟被人用这种口气质问，真是忍无可忍，老家伙天不怕地不怕，向来不跟任何人服软。可他现在竟无计可施。

"我们要直奔这万恶制度的心窝子，"他说，"我们去攻打政府。"

几个家伙嘻嘻傻笑起来，而凯基和欧文却没有笑。他们比别人更了解老家伙，知道他不是开玩笑。我的心脏突地一跳，可凯基却平静地说："你是说，去华盛顿？我们没法儿打华盛顿，上尉。靠十三个人加上洋葱头，没法儿打。"

老家伙嗤之以鼻。"我又不用你的骡子耕田，上校。华盛顿才是人们谈论的对象。这可是战争。战争是真刀真枪，不是吃喝享受。打仗就要深入敌人的心脏。你得直捣对方的给养，就像当年杜桑·卢维杜尔在塔西提附近诸岛攻打法军一样。你得用掎角切断对方的粮草供应线，就像当年切尔克斯的将军谢里姆抗击俄国人一样！你得打他的大后方，就像当年欧洲的汉尼拔对付罗马人一样！你得缴了他的械，就像斯巴达人一样！你得端了他的老窝，给他来个迎头痛击！你得瓦解他的力量，让他粉身碎骨！"

"你说的这都是什么呀！"欧文说。

"我们去弗吉尼亚。"

"什么？"

"哈珀斯费里在弗吉尼亚。那里有一座联邦军队的弹药库，也造枪。那儿有数以万计的来复枪、毛瑟枪。我们就从那里突破，有了那些武器我们就可以把黑奴们武装起来，就可以让黑人解放他们自己。"

多年以后，我爱上了一位牧师的妻子，那女人到处跟人睡觉，为那位担任神职的丈夫打点关系，我还因此参加了一个五旬节教会的唱诗班。我给她当了几个礼拜的跟班，直到一天早晨，那位牧师作了一通慷慨陈词的布道，他说真相是如何能为你带来自由，这时候一个家伙从人群里站出来，突然说："牧师！我心里装着耶稣哪！我现在要忏悔！这里有三个男人都上过你老婆啦！"

哎呀呀，那可怜虫此言一出，全场静默，可仍然比不上老家伙丢下一颗炸弹之后，这些乡巴佬儿们那种死一般的安静。

有句话得交代清楚，那个时候我倒不害怕。事实上，我还觉得很舒服，因为有生以来第一次，我知道这世界上不止我一个人知道，老家伙这次没占到上风。

最后，约翰·库克终于说得出话来了。库克是个碎嘴的家伙，老家伙好几次说过他是个危险分子，因为库克是个大嘴巴。可纵然他那么爱说闲话，库克也还得假装咳嗽两声，哼哧几下，清清嗓子，才能找到说话的调儿。

"上尉，弗吉尼亚的哈珀斯费里，离这儿还有一千公里呢。还有，在华盛顿特区外八十公里的地方就开始有重兵把守了。数以千计的美国政府军队就驻扎在那里。四周都是马里兰州和弗吉尼亚州的敌军。我猜，那里也许有一万荷枪实弹的士兵等着对付咱们呢。不超过五分钟，咱们就得给人家灭个干净。"

"我主上帝会保护我们。"

"他老人家能有什么办法，能把人家的来复枪给堵死？"欧文问。

老家伙望着欧文摇摇头。"孩子，你并没有按我教你的样子，将上帝安放在你的心底，我很伤心。可是，你也知道，我允许你有自己的信仰——也正是因为这个，过了这么多年，你还是这么死脑筋。《圣经》里说，不肯追随救赎者所想的，便不会知道在我主上帝身边是多么安全。可我追随他的所想，我了解他老人家做事的方式。三十年过去了，我们一起经历了这一切，我主上帝和我本人。在我所说的这个地方，我对每一片土地都了如指掌。蓝山斜插过弗吉尼亚和马里兰，一直纵深进入宾夕法尼亚，抵达亚拉巴马。找遍这个世界，都没有什么人比我更了解这些山脉。还是孩子的时候，我就走过这条路。年轻时，我又为欧柏林学院调查过它们。早在那时我便在思考蓄奴问题。我甚至远赴欧洲大陆旅行，在考察欧洲的绵羊养殖场之后，我自己办起了制革厂。可是我真正的目的是要考察这些泥土构造的天然堡垒。它们是由那座伟大大陆上反抗统治者的黑奴们建筑起来的。"

"说得真好，上尉。"凯基说，"我毫不怀疑你说的话和你的研究。可我们的目的是要帮助黑奴偷跑出来，要搞些破坏，好让我们国家看到这个万恶制度是多么愚蠢。"

"沧海一粟，上校。我们再也不去帮黑奴逃跑了。我们要把他们集合起来战斗。"

"如果攻打联邦政府，为什么不去打堪萨斯州的罗勒密堡？"凯基说，"我们就能控制整个堪萨斯州的战局。咱们在那儿有朋友。"

老家伙抬起手。"我们出现在这里的草原上，无异于恶魔，上校。这就意味着我们要把敌人彻底翻车。战斗不应该发生在西部地区。堪萨斯州是这头野兽的尾巴。如果你要杀死一头雄狮，割掉它的尾巴又有什么用处呢？弗吉尼亚是蓄奴州的头子。我们端掉整个蜂巢，就得直接对抗蜂王。"

说到这里，大家已经喘匀了气，开始热烈地讨论起来。人们提出各种疑问。兄弟们一个接一个嚷嚷起来，提出反对意见。就连凯基这个一贯冷静的家伙，这个老家伙手下最稳重的弟兄也不同意。"根本不可能。"他说。

"凯基上校，你让我失望。"老家伙说，"我已经非常细致地思考过整个计划。我研究过西班牙作为罗马帝国一地时，西班牙军事领袖反抗成功的经验。区区一万人，分割成小股部队，却各自为战，同时行动，顶住了罗马帝国军团持续数年的全面打击。我研究过切尔克斯的将军谢里姆成功抗击俄国人的经验。我反复阅读杜桑·卢维杜尔18世纪90年代在塔希提群岛上的战争。你们以为我就没有考虑过这方方面面吗？地形！弟兄们，地形！地形就是堡垒！在山里，一小股军队，一小股训练有素的士兵，利用拖延战术、伏击战术、撤退战术、奇袭战术就可以牵制住一支军队长达数年之久。他们可以牵制住数千人的军队。以前有人这么干过，还不止一次。"

这话可没有镇住弟兄们。刚才那些沸沸扬扬的议论越来越犀利，人们嗓门渐渐大了，差不多变成了叫喊。无论老家伙说什么，人们都听不进去。有几个人说要一走了之，还有一个叫理查森的——刚加入队伍几个礼拜的黑人——这家伙动不动就大吼大叫地说着他等不及要去反抗蓄奴制度啦，却突然想起来自己在附近一个农场还有工作，几头奶牛等着他去挤奶。他跳上一匹马，骑着那畜牲飞奔起来，一眨眼工夫就不见了。

老家伙望着他的背影。

"谁想走都可以学他的样儿。"他说。

没人逃跑，可是人们还是不服不忿地嚷了足足三个小时。老家伙一一听着，站在茅屋的门口，两只手插在兜里，那条脏兮兮的门帘子在他背后随着微风敲在门框上啪啪作响，为老家伙驱散大家的恐惧的话语添上了某种特殊的节奏。这番话已在他脑海里盘旋多年了，他说，不管什么样的担忧，他都有所准备。

"那可是弹药库。有士兵看着门呢！"

"晚上只有两个把门的。"

"我们怎么能偷偷运出十万条枪？用货车吗？我们需要十辆货车！"

"我们用不着全偷出来。五千支足矣。"

"我们怎么脱身？"

"我们不用脱身。咱们就藏到附近的山区。黑奴们一旦知道我们在什么地方，就会赶过来跟我们会合。他们会和我们并肩作战。"

"我们不认得路！那边有河流吗？道路呢？小路呢？"

"我了解地形，"老家伙说，"我已经给你们画出来了。进来瞧瞧。"

人们不大情愿地跟着他挤进小茅屋，老家伙在桌子上展开一面巨大的帆布，从我遇见他的第一天起，他就将这东西藏在外套里，在上面涂涂画画，现在都已经卷了边。地图上标记着哈珀斯费里的地方画着几十条线，这就是种植园旁边的弹药库，还有大路、小道、山路，甚至连附近种植园里的黑奴数量都标记得一清二楚。老家伙可没闲着，人们连连赞赏。

他在地图上方举着蜡烛，让人们看得清楚些，大家看了一会儿地图后，老家伙指了指图，开口说起来。

"这里，"他用铅笔指点着说，"这里是费里。左右两侧一边只有一个值夜班的。出其不意就能轻易把他们拿下。一旦拿下他们两个，我们就割断这里的电报线，接着，拿下这里的哨所就容易了。咱们守着铁路线和兵工厂，一直把武器上了车。就是这么容易。一切都可以在午夜完成，三个小时就可以干完逃走。我们把武器集中起来，然后偷偷溜到这条线代表的山脉。"他指了指地图，"中间的地区这些山脉穿过马里兰州和弗吉尼亚州，纵深进入田纳西州和亚拉巴马州。这些山口非常狭窄，连大炮都运不进去。大股部队也过不去。"

老家伙放下蜡烛。

"这些地方我已经调查过好几次了。了如指掌。我已经研究了很多年，你们很多人还没出娘胎的时候就开始了。我们一旦在这些山口扎下根，就能轻易抵抗敌军的任何一次围剿。大批黑奴从这儿进入我们的基地，然后我们在山上设立哨卡，从两侧夹击平原上的种植园。"

"他们干吗要跟我们一起干？"凯基问。

老家伙难以置信地望着他，好像他刚刚拔掉了自己的牙齿似的。

"原因跟这个小女孩一样！"他指了指我，"她冒着生命危险成为我们的一员，在平原上生活，跟男子汉一样英勇战斗。你难道看不出来吗，上校？要是一个小女孩都能办到，男子汉大丈夫当然也能办到。他们会加入进来，因为我们给他们的，他们的主子给不了：我们给他们自由。他们渴望一个为之血战到底的机会。他们宁可一死也要自由。他们要让妻子自由，要让孩子们自由。一个人的勇气会带动另一个人。咱们先武装五千人，然后向南部纵深，等更多的黑人兄弟加入进来，就用一路上被我们击溃的蓄奴分子的财物和武器武装他们。我们越往南走，种植园主们越无力抵抗，黑奴们纷纷逃走。他们将失去一切。他们怕黑奴加入北方大军怕得睡不着觉。他们将会永远放弃这万恶的制度。"

老家伙放下铅笔。

"说到底，"他说，"计划就是这样。"

不得不说，一个半疯的人，居然如此振振有词，使人们脸上的疑云渐渐消退，一见这情景我又吓得胆战了，因为我知道老家伙的蓝图永远没法儿按计划实现，可无论如何，老家伙是志在必得。

凯基揉了揉下巴。"漏洞百出。"

"这个制度一开始有漏洞，上校。蓄奴制自相矛盾、野蛮残忍，在上帝前无可辩护……"

"收起你那套说教吧，爹，"欧文大声说，"我们又不是靠骂人来造反。"欧文十分紧张，这可真让人不安，因为欧文一向冷静，他爹无论提出什么蠢办法他都毫无怨言。

"你是说，我们应该等着用说教的方式来终结蓄奴制度吗，我的儿？"

"我觉得应该避免自己成为某个人家后院里埋着的骨灰。"

茅屋里唇枪舌剑，老家伙抓起一根圆木放在即将熄灭的篝火上。

他望着篝火，开了口。"在场的各位，你们都没有退路了，"他说，"每个人，包括洋葱头在内，"他指了指我说，"一个单纯的黑人小姑娘。你们应该看得出什么是勇气，你们还是男子汉呢。但是如果在场的各位觉得这个计划行不通，大可以离开。谁要是这样做了，我也毫无怨言，凯基上校说得对。我提出的计划的确危险。一旦奇袭成功，敌人将疯狂反扑。这一点毫无疑问。"

他向四周看看。人们一声不吭。于是老家伙放低声音，用安抚的声音继续说："别担心。我已经想得很周全了。我们得事先让周围的这些奋起抵抗的黑人兄弟都知道全盘计划，这样他们就会蜂拥而来。一旦那样，我们就能以更大的兵力投入夺取弹药库的战斗。几分钟之内我们就能拿下它，再坚守一段时间把武器搬上车，偷偷溜进山里，等敌军听说这件事的时候，咱们早就远走高飞了。我已经得到可靠消息，这附近的几个县和种植园都会有大批黑奴蜂拥而至。"

"从谁那儿得到的可靠消息？"

"反正就是可靠消息。"他说，"费里有一千二百名黑人。要是算上华盛顿特区、巴尔的摩和弗吉尼亚的话，整个费里周围方圆八十公里还住着三万黑人。他们一听说我们的计划就会涌过来，要求我们发给武器。黑人是主力军。他们做好了一切准备，只等着一个机会。我们只需要为他们发动一场战争。"

"黑人都不是训练有素的士兵，"欧文说，"他们不会使用武器。"

"为自己的自由战斗是不需要训练的，孩子。我已为最大的不测做好了准备。我已订购了两千只长矛和木剑，不论男女，都能随时抄起来抵抗敌人。这些东西都藏在各地的仓库和安全屋里，我们沿途可以取出来。剩下的一部分我们也会让人送到马里兰州。这就是我让约翰和贾森离开军队的原因。他们回家之前，要为我们准备这些武器。"

"你说得像吃燕麦一样简单。"库克说，"可我不敢说我赞成你的计划。"

"假若上帝愿意让你退出，而其他人奋勇前进，创造历史，我也并不反对。"

库克吼起来："我可没说我要退出。"

"我要求你退出，库克先生。我为你所做的一切提供充分的报酬，而且丝毫不怨恨你。然而假若你留下，我竭尽全力保卫你的生命，如同保卫我自己的生命一样。而且对你们在场的每一个人，我都将如此。"

这番话使得人们多少平静了些，他总算还是过去的那个约翰·布朗老头儿，仍然有一定的威慑力。老家伙一个接一个平息了他们的疑虑。他已经全盘考虑好了。他一口咬定费里的防守不那么严密。那里不是堡垒，只是一家军工厂。只要放倒两个守夜的就能进去。要是计划失败了，那地方正好位于波多马河和谢南多厄河的交汇处。而这两条河流都是迅速撤离的绝佳地点。这里离镇子还有很远，又是在山里，乡民还不到两千五白人——而且都是做工的，而非军人。我们割断电报线，没有了电报，咱们攻进去的消息就别想外传。穿过此处的两条铁路线上，在我们发动攻击期间恰好有一班火车。我们截住火车，把它扣住，一旦中了什么埋伏，也可以用它撤离。黑人兄弟会给我们帮忙的。他们有不少人呢。关于黑人的数量，老家伙有成箱成箱的官方资料。城里有黑人。种植园附近也有黑人。他们已经听到风声了。几千人将涌入我们的基地。只要三个小时，事情就办妥了。只要二十四小时，我们就能安全地躲进山里。一进一出。易如反掌。

只要老家伙愿意，他完全可以摇身一变，成为最顶级的推销员，经过他的一番极力劝说，你会以为哈珀斯费里军械库只是一群臭虫，只要抬起他脚上那双没了指头的大破靴子，一捻就碎；整个计划听上去只是举手之劳，跟摘个苹果似的。可事实上呢，这个计划胆大包天、蠢得吓人，对于老家伙手下那些满脑子干一番大事业的血气方刚的小伙们来说，他们等的就是这样的冒险。老家伙越说，他们越是蠢蠢欲动。他彻底灭了他们的风头，最后老家伙打了个哈欠说："我要睡一会儿。我们两天后出发。如果到时候你们还在，咱们就一起前进。要不然我也理解。"

少数几个人，包括凯基在内，似乎动心了。剩下的几个相反。凯基嘟嘟囔囔地说："我们琢磨琢磨，上尉。"

老家伙看着他们，这些小伙子围拢在老家伙身边，坐在篝火旁，这些高大威武、聪明伶俐的小子们站在他的身边，热切地瞧着他，好像他是先知摩西，老家伙的胡子垂在胸前，灰眼睛坚定而沉着。"现在去睡一觉。如果明天早晨一醒来又生了怀疑，就带着我的祝福，退出吧。对于那些离开的人，我只要求你们管好自己的嘴。忘记你们在这儿听到的一切。忘掉我们。记住，要是你们非得乱说话，我们可不会放过你。"

他瞧瞧四周的人们。篝火本来快要燃尽，现在又烧旺了，老家伙那张脸硬得跟花岗岩一样，两只拳头从口袋里抽出来，瘦弱憔悴的身体上盖着肮脏的煤灰，脚上的靴子没了脚指头，却站得笔直。"我还有好多事情得考虑，我们明天宣布作战计划。晚安吧。"他说。

人们溜达到一边去了。我望着他们一个个离开，走得看不见了，最后只剩下一个人站在那里。最后一个离开的是O.P.安德森——队伍里只有他不是白人。安德森是个弱不禁风的小个子，一个思想敏锐的印刷工人，体格不如老家伙队伍里的其他人那样健壮。上尉手下多数是肌肉发达的蛮汉，要不就是类似史蒂文斯这样骂骂咧咧的西部汉子，他们左右各操一条六连发步枪，谁敢靠近就跟人家拼命。安德森跟史蒂文斯和其他人完全不同。他只是个好心肠的黑汉子罢了。他根本算不得真正的战士或士兵，可他并没离开，从他的一脸愁容可以看出，他被什么特别荒唐的事儿给惊着了。

等他终于走出茅屋，慢慢放下那扇帆布帘子，溜达到一棵树旁坐下来的时候，我磨蹭过去坐在他身边。从我们两个的位置上，可以从那扇窗子窥见茅屋里面。我们看见老家伙站在桌旁，仍旧埋头在成堆的文件和地图中，他的动作很慢，一边将它们折好，一边在几处地方做了标记。

"你觉得怎么样，安德森先生？"我问。我希望安德森的想法跟我一样，我希望他也觉得老家伙发了疯，这样我们俩就可以一起，马上开溜。

"我不太明白。"他干巴巴地说。

"明白什么？"

"明白我干吗要来这儿，"他嘟囔道，仿佛在自言自语。

"就是说，你要离开这儿？"我问。我心里充满希望。

安德森坐在树根上，抬起头，盯着老家伙，看他在茅屋里忙着一边自言自语，一边翻弄着地图。

"干吗要离开？"他说，"我跟他一样，都发了疯。"

22

间谍

　　像老家伙干的大多数事情一样，计划一天，实际上却拖了一个礼拜。计划是两天，却能拖上两个礼拜。计划是两个礼拜的事情，就会拖到四个礼拜，或者干脆一两个月也完不成。这次果然也不例外。老家伙本打算六月离开艾奥瓦州，可一直到了九月中旬也没做好准备跟大家告别。到那时候我可早就离开了。老家伙派遣我直接参加战斗。

　　我并不想打仗，可总算比被迫穿上裙子或者留在草原上来得舒服些。老家伙决定派个人，也就是库克先生，直接前去哈珀斯费里刺探军情，并在黑人中间散布消息。七月里的一天，他对凯基上校宣布这个决定，那时候我正在茅屋里伺候他们两个人吃早饭。

　　凯基对这个主意却不感冒。"库克是个话匣子。"他说，"他像只公鸡似的。再说，他还离不开女人。他会给他那一帮子女友写信，说自己马上就得去执行秘密任务，再也见不着她们了。他会当着一大堆人的面儿擦枪，说他在堪萨斯州一口气宰了五条人命。塔布尔镇有女人跟他纠缠不清，以为他要死在这次秘密行动上了。他会把我们的计划嚷嚷得让整个弗吉尼亚州都知道。"

老家伙想了想。"他的确挺烦人，嘴巴也大。"他说，"但是他也能说会道，潜入敌人中间，日常工作也能做。不管他说咱们什么，都不会影响上帝给咱们安排好的计划，因为没有人会相信像他那样的吹牛大王。我会要求他，要求他的眼睛嘴巴，只能为我们的计划服务，不许派别的用场。要不这么着，他可是成事不足败事有余，咱们还得去稍微抢点武器和钱，他当不了兵。我们得把大伙儿的长处都利用起来。库克最大的武器就是他的那张嘴。"

"要是你想集合黑人，干吗不派个黑人跟他去弗吉尼亚？"凯基说。

"我想过叫安德森先生去，"老家伙说，"但是他对整个计划都战战兢兢的，可能坚持不下来。他也许会临阵脱逃。"

"我不是说他。我说的是洋葱头。"凯基说，"她可以扮作库克的随身黑奴。这样，她可以盯着点儿库克，还能帮着发动黑人。她是个大孩子了，这事儿可以交给她。"

他们俩商议的时候，我就站在旁边，而且我说不上反对这个主意。我巴不得在老家伙丢了老命之前赶紧离开西部。艾奥瓦州这鬼地方环境太恶劣，美国骑兵又死死地跟在我们后面。我们已经被迫在皮迪河和塔布尔镇之间辗转好几次，好躲过他们的追捕，一想到得坐着马车在草原上没完没了地流浪，一想到每十分钟就得停下来让老家伙做祷告，一想到前后联邦骑兵队的追赶，后面蓄奴分子也不依不饶，我可怎么也提不起劲头了。再说句实话吧，我开始喜欢上尉了。我已经离不开他了。要是他给人弄死，或者给人灭了，最好别在我眼皮子底下发生，这样我过上一阵子才会知道他的死讯。我知道他疯疯癫癫的，要是他想要反抗蓄奴制度，我举双手赞成。但是我自己一点儿边都不想沾。跟着库克去东部的弗吉尼亚州可以让我离自由的费城更近些，从他眼皮子底下溜走要容易些，因为库克从来不会让他那张大嘴巴闲下来，也不会对别人的事儿爱理不理的。于是我大着胆子，对老家伙和凯基先生说，让我跟着凯基先生是个绝妙的主意，等待跟大部队会合期间，我会竭尽全力发动我的黑人同胞。

　　老家伙仔细打量着我。上尉的特点就是，他永远不会直接给你下命令，当然，如果是枪林弹雨之中就另当别论了。平常他大多数时候只是说："我要这么着跟蓄奴制斗争。"于是人们便说："哎呀，那我们也这样吧。"大伙儿就一道行动起来。他就是这么个人。后来报纸上说年轻的战士们唯他马首是瞻，那全是胡扯。那些骂骂咧咧的家伙可不是随便什么人都支得动的，因为虽然他们都是些粗人，却特别热衷于干大事，谁能带他们往前冲他们就特别服谁。值两百美元的骡子也没法儿把他们从老家伙身边拽走。他们之所以跟着老家伙，那是因为他们个个想往前冲，老家伙又从来不约束他们。在宗教问题上，老家伙对自己苛刻得不得了，可如果你也信教，却跟他信法不同，他呀，就会稍微说你两句，然后任由你去好了。只要你不说脏话，不喝酒、不嚼烟叶子，只要你也反蓄奴，他就是你的坚强后盾。队伍里有些人，在我看来属于彻头彻尾的地痞流氓。史蒂文斯自然是火暴性子，也是我这辈子见过的最难相处的家伙，成天叨咕着灵魂之类的话题，跟凯基他们争论宗教。白人查尔斯·蒂德和黑人丹杰菲尔德——这两个都是后来入伙的——绝对是危险分子，我可看不出他们两个身上有半点虔诚的影子。就连欧文，按照他老爹的标准看来，也不完全敬畏上帝。但是只要你反对蓄奴，你就爱干吗就干吗。虽然老家伙自己也是一副臭脾气，却总是拿人家当好人，结果次次吃亏上当。现在回头想想，派库克去当间谍真是个馊主意，可让我充当友好使节去发动黑人，让黑蜂归巢，就更蠢了，我们俩一心想当秀才，谁也不想操心别的任何事情。天底下没有比我们两个更糟的人选了。

老家伙欣然同意。

"妙极了，凯基上校。"他说，"我的洋葱头绝对可靠。要是库克说漏了嘴，我们也能得个信儿。"

说完，老家伙出门从一个蓄奴派那儿偷了一辆像模像样的马车，让人从后院收拾好铁锹、锄头和挖用的家伙装在马车上，还扔进去几个木箱子，上面写着"采矿用具"。

"小心这几只箱子。"我们一边装车，老家伙一边对库克说，朝着标有"采矿用具"的木箱努努嘴。"到了小路上别走得太急。路太颠，等你见到神圣守护者的时候，也许都给炸成碎片了。还有，管好你的嘴。谁要是不能保守秘密，谁要是非把秘密告诉别人，那他就是个大傻瓜。"他对我说，"洋葱头，我会想念你的，因为你是那么忠诚，咱们的上帝鸟也在你的身边。但是你还是别参加我们的东进行军了，敌人就在附近，前面是一场硬仗，还得去找给养，抢些财物。毫无疑问，你会成为库克先生的得力助手，有你在身边，他可有了左膀右臂。"说完，我和库克就上了那辆大马车，出发前往弗吉尼亚了，我离自由又进了一步。

哈珀斯费里是个挺神气的小镇，人见人爱。坐落在两条河交汇处。波多马河沿着马里兰州那边流过来。谢南多厄河沿着弗吉尼亚一侧。两河就在城外头撞头，镇子旁有个山头，相当于瞭望所，站在那儿可以俯瞰两河七扭八歪地对撞在一起。河水相撞后向后撤退。这正是约翰·布朗老头儿相中的绝佳地点，因为他跟这两条河一样颠三倒四的不靠谱。镇子两侧是美丽的阿巴拉契亚山脉。山脉边缘建有两条铁路线，一条沿着波多马河，直通华盛顿和巴尔的摩，另一条在谢南多厄河一侧，直奔弗吉尼亚西部。

我和库克没用多久就来到这里，我们坐着马车，大晴天好走路，轻轻松松就抵达了目的地。库克真是个话匣子。虽说这小痞子两面三刀，长得倒怪俊俏的，一双蓝眼睛，漂亮的金色卷发顺着脸颊披散下来。他把头发拢在脸颊旁边，跟个娘们一样，跟谁都能搭上茬儿，就跟把糖浆泼在饼干上一般自然。怪不得老家伙要派他去，这家伙有种魔力，不费吹灰之力就能从人家嘴里套出话来，当然，他最喜欢谈论的话题还是离不开他本人。我们俩挺合得来。

我们一到费里就马上去镇旁，给老家伙的队伍找一座房子，老家伙安排要运来的所有的武器之类都要送到那个地方。老家伙交代得清清楚楚："别张扬，悄悄租个房子。"

可库克就是没法儿不张扬。他找遍全镇，打听不出消息就直接来到镇里最大的酒馆，自称是个财大气粗的矿主，我是他的黑奴，现在他要给挖矿工人租个房子，工人马上就到。"钱不是问题。"他说，老家伙给他带了满满一口袋钞票。他还没离开那地方，他的大名就在酒馆里无人不晓了。可还真有一个蓄奴分子凑过来，跟库克说他知道附近有个地方可能要出租。"是老肯尼迪家的农场，"他说，"离费里有点儿远，可也许正好符合你的要求，那地方够大。"于是我们俩骑着马到了那个地方，库克考察了一番。

那地方离费里果然很远，足有十公里，价格也不便宜——月租金三十五美元——库克可以肯定老家伙一定会嘟嘟囔囔。农场主已经去世，那寡妇也不在乎价格。楼下有两个房间，楼上一个小房间、一个地下室，外面还有一座小棚子可以用来存放武器，路对面是一间旧谷仓。谷仓离开大道约三百米，这一点倒是正好，可离左右邻居却太近。要是老家伙在场，肯定不会同意，因为任何人从邻居家往外看都能一点不漏地看个够。老家伙说得很清楚，他需要一座四边不靠的房子，旁边不能有别的房屋，因为好多人都要在那里藏身，不停地进进出出运送武器，集结人马。可库克刚骑着马到那地方，就跟路那头正在晾衣服的一个白人胖娘们儿勾搭上了，他一见她，立刻使出浑身解数。"就是这个地方。"他说完便把钱付给那寡妇，跟她说，他的老板艾萨克·史密斯先生过几个礼拜就来，于是我们就住了进去。

我们花了好几天工夫才安顿好，然后库克说，"我要进城去四处刺探一番，打听打听军械库和兵工厂是个什么样儿。你去鼓动黑人。"

"黑人在哪儿？"我问。

"只要是有黑人的地方，都得去。"说完他便走了。

接下来的三天，我都没见到他。我先是傻坐了两天，抠着屁股眼儿，琢磨着我自己该怎么溜之大吉，可这地方我谁也不认识，也不知道四处走动是否安全。迈开脚步之前，我总得知道这地方到底是个什么底细吧，现在我一无所知，只得傻坐着。到了第三天，库克突然嘻嘻哈哈地闯进门来，跟他一起的还有我们那天看见正在洗衣服的金发胖妞儿，两个人亲亲热热，欲火中烧。他瞧见我坐在厨房里，便说："不是叫你去鼓动黑人吗？"

这话就是在那女伴眼皮底下说的，我们的计划一下就走漏了风声。我不知道该怎么说，于是脱口而出："我不知道黑人在哪儿啊。"

他扭头看着女伴。"玛丽，这是我的黑奴。"哎哟，他居然这么耍我，可把我气坏了。先是走了风，又彻底交代了秘密，他坏了我们的大事。"我的黑人小兄弟要找几个同胞聚聚。黑人都在哪儿呢？"

"哎哟，到处都是啊，我的小蜜桃儿。"她说。

"住在个什么地方儿？"

"那还用说，"她发出一阵傻笑，"他们到处都是，这儿也是，那儿也是。"

"看吧，我告诉过你，我们执行的是秘密任务，我的宝贝儿。非常重要的人物。这件事儿你可谁都不能说，我告诉过你。"

"我知道啦。"她又是一通傻笑。

"所以我们得知道洋葱头到底上哪儿去找黑人兄弟。"

那娘们想了想。"这个嘛，镇子里老是有几个半黄不黑的自由黑人到处转悠。可他们还不如花生豆儿值钱哪。还有路易斯·华盛顿上校的种植园。他可是乔治·华盛顿的亲侄子。还有阿尔斯泰德和伯恩斯兄弟呢。"

库克看看我。"听见没有？你还愣着干什么？"

这话刺痛了我。装什么蒜。但是我还是打开大门。我决定先去种植园碰碰运气，因为我觉得找个满嘴脏话、盛气凌人的黑人给上尉也没什么用。我那时还不知道，这种人跟任何黑人一样可靠，都是打架的好手。可我这辈子只信任两个黑人——除了我那已经过世的爹爹——鲍勃和甜心，可这两人都是短命鬼。我从库克的女伴那里打听到华盛顿种植园的地址，先去了那个地方，因为那边在马里兰一侧的波多马河附近，离我们住的地方不算太远。

那房子建在山脉缓坡上一条宽阔的马路边。房子隐藏在一座年久失修的宽阔大铁门后，在一条曲折漫长的车道尽头。就在大门外站着一位瘦高的黑人女仆，正在那儿照料菜园，清理枯枝败叶。我凑了过去。

"早上好啊。"我说。

她停下手里的锄头，盯着我看了好一会儿。最后她突然说："早上好。"

我突然发觉，她看出我是个男孩子了。有些黑娘们儿就是能一眼识穿我的小把戏。可那年月蓄奴制盛行。你要是个黑奴的话，说话的时候就不能随心所欲了。你根本注意不到旁边那个家伙穿的是什么衣服，你光顾着猜他脚上的鞋是多少码的了——如果他的确穿了鞋的话。因为你们两个现在是绑在一条绳子上的蚂蚱。除非那家伙扔给你一条绳子拽你上岸，否则他也不会善待你。我琢磨着，就是因为这个，我很少遇到哪个黑娘们儿对我刨根问底的。她们自己的麻烦多着呢。反正我当时也没别的办法。我有任务在身。在我弄清楚这个地方哪儿是哪儿之前，我不能跑到别处去。我是在替老家伙当探子呢，我也是在给我自己当探子。

"我不知道自己这是在什么地方。"我说。

"你在哪儿，就是哪儿呗。"她说。

"我来打听一下这儿的地形。"

"你面前不就是嘛。"她说。

这么着可问不出来，于是我说："你认不认识什么人想学识字的？"

她的脸上掠过一丝惊慌。她回头看看那座大宅子，并没停下手里的锄头。

"干吗要学那个？黑鬼念书又没有用。"

"有些人觉得有用。"我说。

"这我就不知道了。"她说，锄头还是没有停。

"这个嘛，小姐，我是来找活儿干的。"

"学识字？那可不是找活儿。那是找麻烦。"

"我认得字。我想教别人认字。能挣钱。"

她再也懒得开金口了。她提起锄头，给我亮出了后脑勺。她就这么直接走开了。

我可没在那儿傻等。我明白这是怎么回事儿。我立即跳进树丛窝了起来，万一她回去跟监工告密怎么办，要是跟她的主子告密，岂不是更坏了事。我等了几分钟，刚要闪身出来，突然从房子后面转出一辆由四匹高头大马拉着的马车，朝着大门飞奔而来。它越跑越近了。马车上高高坐着一位黑人，穿着华丽的外套，戴着高帽，套着白手套。马车冲出大门，就在门外我藏身的地方，那黑人一个急刹车，勒住了马。

他跳下车来，查看树丛。他一下就找准了我的位置。我知道他看不见我，那树丛的枝繁叶茂的，我的身子压得又很低。"有人吗？"他问。

"没有人，只有鸡。"我说。

"出来，"他厉声说，"我从窗户里就看见你了。"

我照做了。这家伙宽肩膀、厚身板，凑近了看，加上燕尾服和赶车人的装束，这家伙比远看还要更气派些。他的肩膀真是宽，虽然他个子不高，脸却十分俊朗，白手套在下午的太阳光下直晃眼。他盯着我，皱起眉头。"铁匠派你来的？"

"谁？"

"铁匠。"

"我不认识什么铁匠。"

"传了什么话？"

"这我可不知道。"

"那你唱什么歌儿？《我们一起吃顿饭》？是那首歌吧？"

"没什么歌儿。我只知道南方佬儿唱的什么《老家伙回乡》之类的。"

他一脸茫然地看着我。"你有毛病吧？"

"没毛病。"

"你是传教士那伙儿的？"

"什么伙儿？"

"那就是铁路。"

"什么铁路？

他扭头看看那宅子。"你是逃出来的？你是逃奴？"

"不是。现在还不是。不算是。"

"这三个回答可不一样，孩子。"他厉声说，"你到底是不是逃奴？"

"你爱怎么想就怎么想吧，长官。"

"我没时间跟你废话。快说你来干什么。你不经允许就躲在树丛里，偷看华盛顿将军门口的路。你可别磨蹭到他回来。我得在三十分钟后赶到城里去接他。"

"城里？就是哈珀斯费里？"

他指了指镇子那边的山。"你觉得那边像是费城，小不点儿？当然是哈珀斯费里。每天都要去，还能是哪儿呢。"

"这样啊，那我可得警告你。"我说，"那边可要出大事了。"

"总有什么地方出大事。"

"我说的是白人的大事。"

"白人总是出大事，各种事，人人都出事。一出事儿让他们赶上，说有事就有事。还有什么别的？对了，你是小妞儿？你这副样子挺别扭，小不点儿。"

我假装没听见，我还有正事要办呢。"要是我告诉你，要出大事了，"我说，"特别大的事，你愿意帮助我，让黑蜂都归巢吗？"

"归什么巢？"

"帮我，团结黑人，把黑人兄弟团结起来。"

"姑娘，你说这话，可是选了把烂锄头除草。如果你是我亲生的，单单因为你鼓动我老婆学什么识字，我就要抄起家伙，给你两发热气腾腾的小蛋糕，打发你走得远远的，爱怎么嘲笑，爱怎么发牢骚，都随你。你说那种话，是要把这地方的黑人都泡到开水里烫。我老婆跟你们不是一条船上的。"

"什么一条船？"

"就是'福音火车'什么的，她不会支持你们的。她根本不明白那是什么玩意儿。也不想明白。不可能明白。那玩意儿不可靠，没必要明白，你明白我要说什么了吧？"

"我根本不明白你说的是什么。"

"那你这蠢东西就滚得远远儿的。"

他爬上马车，准备好催动几匹马儿。

"我知道消息。非常重要的消息！"

"姜还是老的辣。嘴上没毛儿，办事不牢。说的就是你，小不点儿。你有麻烦了。"他抬起鞭子，预备策动那些马儿，"一切顺利。"

"约翰·布朗老头儿要来了。"我脱口而出。

这下把他吓呆了。吓得僵住了。整个密西西比河以东，没有哪个黑人不知道约翰·布朗老头儿的。他可真是个神仙哪。对黑人简直有魔法。

他从高处傻看着我，手里还举着缰绳。"你竟敢站在那儿瞪眼儿说瞎话，单为这个，我就该好好抡你一顿鞭子。信口雌黄，蛊惑人心。"

"我对上帝起誓，他真的要来了。"

赶车的瞥了一眼那宅子。他拨转车头，脸朝着马车，这样马车外侧那道车门就离开了那宅子的视线范围。"上车，趴在地上。要是你不经我允许就抬起脑袋，我就把你直接交给管家，说你是个小偷，让他办你。"

我照做了。他驾起马儿，我们继续前进。

十分钟后，马车停了下来，赶车的下了车。"出来。"他说。门已经半开了。他把我送到地方了。我爬出马车。那是一条山路，是一条小径的岔路，现在已被人废弃，坐落在茂盛的灌木丛中，我们脚下就是哈珀斯费里。

他爬上马车，指指身后。"这条路通向钱伯斯堡，"他说，"还有三十二公里。沿着路走上去，找亨利·华生，是个理发匠，告诉他是赶车的派你去的。他会告诉你接下来怎么做。别走大路，别离开灌木丛。"

"可我不是逃奴。"

"我不知道你是谁，小不点儿，滚吧。"赶车的说，"你本身就是个麻烦，你不知道打哪儿来，满嘴胡说着什么约翰·布朗老头儿啦，识字啦之类的鬼话。布朗老头儿已经死了。他算得上黑人在这个世界上最伟大的朋友，可是已经死得透透的了。你根本不配提他的名字，小不点儿。"

"他没有死！"

"死在堪萨斯地界儿了。"赶车的说。他似乎非常笃定。"我们这儿有人看过报纸了。他给我们念报纸那天，我也在教堂里。我亲耳听到的。布朗老头儿在西边，敌军跟在后头穷追不舍，美国骑兵也要咬住他不放，跟他在一起的兄弟人人都不放。因为有悬赏金。他们说他冲出去了，的确是这么回事儿，但是他们过一阵子又捉住了他，把他溺死了。上帝保佑他。我的主人恨死了他。滚吧。"

"我能证明他没死。"

"怎么证明？"

"因为我见过他。我认识他。他来了以后，我可以带你去见他。"

赶车的冷笑着抓住了缰绳。"这么说，我要是你爹，就一脚踹到你屁股上，叫你抱着我的大脚指头喘粗气，叫你胡说八道！你到底出了什么毛病了，大言不惭，满嘴谎话？那伟大的约翰·布朗要你这小黑妞儿干什么？赶紧给我滚到路上去，否则我就给你吃两个小蛋糕！别跟任何人说你见过我。我今天听够了那该死的'福音火车'！见到铁匠之后告诉他，别再给我寄邮包了。"

"邮报？"

"邮包。"他说，"没错！不准再寄了！"

"哪种邮包？"

"你是不是傻呀，小不点儿？滚开。"

"我听不懂你说的话。"

他居高临下地盯着我看。"你是个鬼魂还是什么？"他问。

"什么鬼魂？"

我全糊涂了，他盯着我，眼睛几乎冒出火来。"赶紧顺着这条路上钱伯斯堡去，否则我就把你一脚踹飞！"

"我去不了。我住在肯尼迪家的农场呢。"

"看见没！"赶车的不屑地说，"又撒谎了。肯尼迪老爷子去年这个时候就咽气了。"

"布朗手下有人从寡妇手里租下了这个农场。我是跟他一起来这儿的。"

听了这话，他冷静了些。"你是说那个新来的白人，那个在城里到处乱窜的大嘴巴？那个跟玛丽小姐鬼混的家伙？就是那个住在路尽头的金发小妞儿。"

"就是他。"

"他是约翰·布朗老头儿的人？"

"是的，长官。"

"那他干吗跟她鬼混？上过那傻妞儿的人排成队比铁路还长。"

"我不知道。"

赶车的皱了皱眉。"我兄弟不让我跟逃奴混在一起，"他咕哝道，"跟他们在一起满嘴谎话，根本说不出真东西来，"他叹了口

281

气，"我估摸着，我要是风餐露宿、东躲西藏的，也是满嘴胡话。"他又嘟囔了几句，然后在口袋里摸了摸，掏出一把硬币。"你需要多少钱，我这儿只有八美分。"他递过来，"拿着，然后滚开。现在就滚，带着钱滚，滚到钱伯斯堡去。"

这话还算有点儿贴心。"先生，我不是来要钱的。"我说，"我也不要去什么钱伯斯堡。我是来警告你，约翰·布朗老头儿要来了。带着病。他要夺取哈珀斯费里，要发动起义。他叫我来鼓动黑人。他说，'洋葱头，你告诉黑人兄弟，我就要来了，你把他们都发动起来。让黑蜂归巢。'所以我就这么说了。我不能告诉别人，因为别人不值得我冒险。"

说完，我便转过身去，顺着山路朝哈珀斯费里方向走去，我们已经在城外了。

他叫住我："钱伯斯堡在另一个方向。"

"我想去哪儿就去哪儿。"我说。

他的马车也朝着山上钱伯斯堡的方向，与我相反。他勒住缰绳，顺山路往山顶走了好几分钟，才来到一条大路上得以转过弯来。毕竟他的车上套着四匹马呢。他来了个急转弯，驾着马儿们在我身后全速奔过来。赶上我之后，他把牲畜们死死拽住。来了个急刹车。他驾车的本事还真有一套。他盯着我看。

"我不认识你，"他说，"我不知道你是谁，也不知道你从哪儿来。可我知道你不是我们这儿的人，所以你的话一文不值。但是，我问你，要是我到肯尼迪老爷子的农场打听你，打听得着吗？"

"那儿现在只有一个人。就是我跟你说的那个家伙。他的名字叫库克先生。老家伙派他进城探听消息，打前站，可老家伙不应该派他来的，他的嘴太碎。现在他说不定已经对城里所有的白人都讲过上尉的事情了。"

"上帝啊，你撒谎都不带打草稿的。"赶车的说，他呆坐在那儿好一会儿。接着他朝四周望望，看路上是不是有人来。"我要考验考验你。"他说。他把手伸进口袋，掏出一张卷了边的纸。"你说你识字？"

"我识字。"

"那你念念这个。"他说。他坐在赶车人的座位上，把那东西递给我。

我接过来，大声念起来，"上面说，'亲爱的卢夫斯，请给从你的仓库里给我的赶车的取四柄长勺子，另外，千万不能让他再吃从商店里买的饼干了，这东西都记在我账上了。那黑鬼已经够胖的了。'"

我把那东西递回去。"上面签了名字，'路易斯·F.华盛顿上校'，"我说，"你的主子？"

"那天杀的猪脸老浑蛋，"他喃喃道，"老不死的。从没干过一天活儿。给我吃的都是煮石头子儿和馊饼干。他还想怎么样？"

"怎么办？"

他把那张纸一把塞进口袋。"要是你说的是实话，可那也很难说。"他说，"伟大的约翰·布朗怎么会让一个娘们儿干男人的活儿？"

"等他来了，你自己问吧。"我说，"你狗嘴里吐不出象牙来。"我朝山下走去，他根本没法儿相信。

"等一等。"

"不等。我告诉过你了，也警告过你了。自己去肯尼迪家的农场，看看你能不能找到库克先生，正在那儿满嘴胡言乱语。"

"那玛丽小姐呢？她现在也是约翰·布朗老头儿的人了？"

"不是。他只是跟她勾勾搭搭。"

"呵，他就会这一套？那女人的脸简直能让钟表都转不动了。你那个库克先生到底是吃错了什么药，非要跟着她屁股后头转？"

"队伍里其他人都跟库克先生不一样，"我说，"他们是来开枪打仗的，不是来追女人的。那都是些亡命之徒。他们从艾奥瓦州大老远过来，带了那么多武器，你一辈子都没见过，他们装那长枪的时候，把枪栓都卸了，说要快。这都是实话，长官。"

这句话起作用，我头一次看见他脸上的疑云散开了点儿。"你那一套还挺唬人的，可听着还是不像真的。"他说，"就算这样，派个人到肯尼迪老爷的农场去也没什么坏处，要是跟你说的一样，就留你一条小命，我去看看你说的是不是实话。在这期间，我琢磨着你还没傻到跟城里的任何人提起我，或者铁匠，或者亨利·华生。要是你真那么蠢，你就应该给挂在铁匠的冷却板上。那两个人也不是好惹的。要是你把他们的事说出去，他们会在让你脑袋开花，拿你喂猪。"

"要是那样，他们最好保证自己的后槽牙一个不少。"我说，"因为如果布朗上尉过来的话，我就告诉他你和你的朋友都捣过乱，你们就得对付他了。你们拿我当骗子，他会好好收拾你们。"

"你还想怎么样，要个金牌吗，小不点儿？我根本不认识你老兄是谁。你从地底下冒出来，小小年纪口气可不小。你的那些谎话对我说，算你走运，你没落到这附近别的黑人手里，那帮人会把你交给黑奴贩子，换个鹅毛枕头。我跟库克先生碰个头，看你说的对不对。不管你到底有没有撒谎。要是你不说实话，你可不好圆谎了。要是你没撒谎，你的胆子可不小，真是大逆不道。因为就算约翰·布朗老头儿还有口热乎气儿，他也不可能跑到这个三步一岗五步一哨的地方来，给黑人争取什么自由。他这是把脑袋塞到狮子嘴里啦。要是他还活着，他可够勇敢的，但他是个不折不扣的傻蛋。"

"你根本不了解他。"我说。

可他没听见我说的话，他已经拉起缰绳，离开了。

23

消息传开

两天后，有个黑人老太婆推着一辆装着扫帚的独轮小推车，来到肯尼迪农场的门口，敲了敲门。库克睡得正香，他猛地惊醒，抓起步枪来到门口。他隔着门，手枪垂在一边，说："谁？"

"我叫贝基，先生。我是卖扫帚的。"

"我们不要扫帚。"

"赶车的说你们需要。"

库克迷惑地看着我。"就是我告诉你的那个人。"我说。他站在那儿眨了半天眼睛，好像还没睡醒。我告诉他那个赶车人的事情，可他还不如一条狗对自己的生日记得清楚呢。路尽头那个胖玛丽把他的气力都吸干了，昨天晚上他过了凌晨才回家。他衣冠不整，头发比鸡窝还乱，浑身酒气，又是笑又是吹口哨。

"好吧。慢慢进来。"

那女人走进来，动作慢而笃定，那只木桶就放在面前。她又老又瘦，深棕色的皮肤，一头蓬乱的白发，满脸皱纹，衣裙褴褛。她从木桶里拿出两把崭新的扫帚，每只手拿着一把。"这是我自己做的，"

她说，"用的都是新割的稻草和刚砍下来的松枝。都是最好的南方松木。"

"我们不要扫帚。"库克先生说。

那女人朝四周看了一圈。她看见标着"采矿用品"和"工具"的箱子。那采矿用的锄头斧子干干净净的，连个泥点儿都没沾过。她立刻看看我，又眨了眨眼，然后看了看库克。"这位小姐，"——她冲我点点头——"肯定得需要一把扫帚跟着年轻的主子拾掇拾掇吧？"

库克睡眼惺忪，满脑子起床气。"我们有的是扫帚。"

"可如果你们挖矿的时候都给弄脏了，你们就会带进来一大堆脏东西，我可不想让主子身上沾上脏东西。"

"你听不见吗？"

"那抱歉了，赶车的说你们需要扫帚。"

"谁？"

"就是我告诉你的那家伙。"我又大声说了一遍。库克看看我，皱了皱眉头。他跟老家伙不一样。他不知道怎么对付我。我们俩在西部的小路上相处得还可以，那是因为当时周围没有人给我们添麻烦。可我俩一旦进入有人的地方，他就不知道自己是黑是白、是兵是匪、是精是傻了。自打我们俩进了费里城，他就没正眼瞧过我一眼。我就是个小兄弟。他光知道玩。我当时并不知道他没拿老家伙的计划当回事儿，我也不知道他到底信不信得过老家伙，因为库克还没参加过真刀真枪的战争，也从来没见过老家伙参加战争。"这娘们儿是不是你们那伙儿的？"他问。

"算是。"我说。

"那就让她归巢，"他说，"我来煮点儿咖啡。"他拿起一只水桶走了出去。离开后院一段路的地方有口水井，他拿着水桶一边揉眼睛一边脚步蹒跚地走过去。

贝基瞅瞅我。"我们是来执行任务的，"我说，"我估摸着赶车的告诉过你。"

"他说在路上遇见一个怪里怪气的小东西，穿一身挺奇怪的衣服，跟他说了不少倒霉消息，而且有可能都是在扯谎。"

"你们最好嘴里别不干不净的，我又没得罪你们。"

"要是你还这么横，我就要你的小命。你上蹿下跳，卖你的十全大补丸，吹得天花乱坠，等于找死。卖还卖错了人。赶车人的老婆不在'福音火车'上干活儿。她那张嘴比瀑布还能说。你宣扬约翰·布朗老头儿那股架势，把好多人都推到火坑里了。"

"我已经从赶车人那儿听了一耳朵了，"我说，"我根本就不知道什么'福音火车'的事儿，那东西是圆是扁、是好是坏，一概不知道。我不是逃奴，跟逃奴也没关系。我是来召唤黑蜂归巢的。把黑人团结在一起，老家伙派我是来干这个的。"

"他干吗要派你来？"

"他的队伍里只有两个黑人。另一个他信不过。"

"怎么个信不过法儿？"

"怕他们没等完成任务就溜了。"

"那上尉是什么人？"

"我已经告诉你了。是约翰·布朗。"

"上尉让你来干什么？"

"来召唤黑蜂归巢，你没听见我说？"

库克捧着一罐水来到厨房，又去搬柴烧水。"你召唤她归巢没有？"他兴致勃勃地说。这是个傻蛋。我没见过比他还乐呵的人。早晚得付出代价。老这么傻呵呵的，会丢了性命的。

"她不肯相信。"我说。

"不相信哪部分？"

"哪部分都不相信。"

他站在那儿，清了清嗓子，心烦意乱的样子。"听着，波力阿姨，我们大老远从……"

"麻烦您，我叫贝基。"

"贝基。很快要有个大人物来解放你们黑人兄弟了。我刚从他那儿收到一封信。还有不到三个礼拜，他就来了。他得让黑蜂归巢，把你们全给解放了。"

"我听够了什么黑蜂归巢、什么解放。"贝基说，"这些归巢啦、解放啦之类的事要怎么办？"

"我也说不好。但是约翰·布朗老头儿是肯定要来的。从我们西部过来。你和你的同胞们已经离自由不太远儿了。洋葱头可没说谎。"

"洋葱头？"

"我们就这么叫她。"

"她？"我赶紧说话，"贝基小姐，如果你不愿意归巢，或者不愿意如约翰·布朗老头儿的队伍，你也用不着来。"

"我没那么说。"她说，"我想知道他到底葫芦里卖的什么药。自由？在这儿？要是他以为自己能跑到这儿来一根汗毛都伤不着，他还不如对着死猪唱首歌儿呢。这儿可是有座该死的军火库。"

"他就是为这个来的。"库克说，"要拿下军火库。"

"怎么个拿法儿？"

"大伙儿一起上。"

"还有呢？"

"他一拿下那军火库，所有的黑人就都会加入我们的队伍。"

"老爷，你说疯话呢吧？"

库克这个牛皮大王，要是他跟谁说话，人家不信他或者胆敢定罪，他就跟给人拔了毛似的气急败坏。要是对方是黑人，就更厉害了。"我说疯话？"他说，"瞧瞧这个。"

他把贝基带到另一间房，那里摆着不少挖矿箱，上面都写着"挖掘工具"。他拿起一根撬棍，打开一只箱子。里面整整齐齐地摆着三十支干干净净、油光锃亮的夏普斯步枪，一支挨着一支。

我从来没看过箱子里面放的是什么东西，一见里面摆得满满当当，我和贝基都给镇住了。贝基睁圆了眼睛。"壮观。"她说。

库克嗤之以鼻，又吹嘘开了。"这样的箱子我们有十四个呢。轮船还会运来更多的箱子。上尉的武器够武装两千人的。"

"哈珀斯费里不过有九十个黑奴，先生。"

库克一下没词儿了。他的脸上没了笑容。

"我以为这儿有一千两百个黑人呢。邮局的人昨天说的。"

"没错。大多数都是自由黑人。"

"这差得也太多了。"他喃喃道。

"差不太多。"贝基小姐说，"自由黑人差一步也就给戴上枷锁了。很多人的老婆丈夫都是当黑奴的。我是自由人，可我丈夫是个奴隶。大多数自由黑人的亲戚都是当黑奴的。他们不会支持蓄奴制的。相信我。"

"好！那他们也会跟我们并肩作战。"

"这话我可没说，"贝基坐下来，揉着脑袋，"赶车的这下把我弄得进退两难。"她嘟嘟囔囔地说。接着她突然激动起来："这简直就他妈的是个骗局！"

"简直难以置信！"库克乐呵呵地说，"你就告诉你的朋友们，三个礼拜之后，约翰·布朗老头儿就要来了。我们在十月二十三日发动袭击。他写信把日子告诉我了。把这个消息带出去。"

现在我只是个穿裙子的小男孩，蠢头蠢脑的，不管是谁犯了错我都拦不住，可不管怎么说，我的内心已经是个男子汉了，而且就算是当时的我也比他们聪明点儿。我突然想到要是哪个黑鬼想从主子那儿讨得一罐桃子或一个水灵灵的小西瓜什么的，这件事一下子就完蛋了，搞砸了，大家全都得玩儿完。

"库克先生，"我说，"咱们也不知道能不能信任这个女人。"

"她是你请来的。"库克说。

"要是她说出去怎么办？"

贝基小姐皱皱眉头。"看把你们吓的，"她说，"你们闯到车夫的地盘上，差点儿让他告发了他那大嘴巴老婆，现在你们有什么资格说别人可不可信。你们才不可信。你们这一套说不定全是骗人的，小不点。你们最好把谎话编得严实点儿。要不然的话，铁匠一下就能弄死你们，这事儿就没戏了。巷子里什么地方死了个黑小孩，城里谁也不会为这事上心。"

"我怎么惹他了？"

"你威胁到他的铁路线了。"

"他还有铁路线？"

"秘密铁路，小不点儿。"

"等等，"库克说，"你们那位铁匠不会弄死任何人的。我们洋葱头就像是老家伙的闺女一样。他最宠她。"

"那是。我还是乔治·华盛顿呢。"

库克火了。"别跟我胡扯。我们是来救你们的。不是你们救我。我们洋葱头是上尉从奴隶主手里解救出来的。她就跟他的家人一样亲。所以，你们别总跟铁匠谋划着伤害她，或者伤害任何人。你们那铁匠要是敢给上尉的计划捣乱，他也活不长。要是跟布朗上尉作对，可得小心点儿。"

贝基用手捧着脑袋。"我真不知道自己该信什么，"她说，"我不知道怎么跟赶车的说。"

"那管事的黑人在这附近？"库克问。

"有一个。最大的头儿是'列车员'。"

"他在什么地方？"

"你说呢？在铁路上呗。"

"地下铁路？"

"不是，是真正的铁路。巴尔的摩到俄亥俄这一条线。就是咣啷咣啷响的那条线。我估计他今天在巴尔的摩或者华盛顿特区。"

"太棒了！他可以在那边儿召唤黑蜂。我怎么联系他？"

她站起身来。"我得走了。我跟你说得已经太多了，先生。我看下来，你有可能是新奥尔良来的黑奴贩子，来这儿偷运黑奴，再把他们卖到河下游。你可以自己挑一把扫帚。给你们的礼物。用它把你们的谎话扫出去。要是你们不想把镇长招惹来，就对隔壁那女人长个心眼儿。她鼻子可尖了，名字叫作赫夫马斯特太太。她既不喜欢黑人，

292

也不喜欢黑奴贩子，也不喜欢废奴分子。"

她朝门口走去时，我突然说："你应该跟你的人也商量商量。找你那个'列车员'。"

"我谁也不商量。这是个骗局。"

"那你滚蛋吧。走着瞧。我们也不需要你。"她扬长而去，可走到门口衣帽钩那边时，她注意到了挂在上面那件将军在加拿大送给我的破披肩。那是哈丽雅特·塔布曼太太本人的披肩。

"这件披肩哪儿弄来的？"她问。

"人家送的礼物。"我说。

"谁送的？"

"上尉的一个朋友送我的。说这东西有用。我带着它，是因为……坐马车的时候得用它盖东西。"

"你现在……"她说。她轻轻地把披肩从挂钩上解下，在灯光下看了看，又放在桌子上，用棕色的手指将它摊平。她仔细打量着披肩的样式。我可没注意过这些。那标志不过就是箱子里的一只土狗，四只脚分别指着箱子盖上的四个角。好像有什么东西打动了她。她摇摇头。

"简直不敢相信。你是在哪儿遇到那个……送你礼物的人的？"

"我不能说，因为我也不认识你。"

"哦，你可以告诉她。"库克说，他真是个大嘴巴。

可我闭紧我的嘴巴。贝基小姐盯着那披肩，双眼陡然瞪圆了，射出明亮的目光。"小不点儿，要是你不说谎，真是万事大吉。送你这东西的人，没说别的？"

"没有。不过……她说不要改变时间，因为她会亲自来。带着她的人。就是这么说的。对上尉说的。不是跟我说的。"

贝基小姐沉默地站了一会儿，仿佛头上降临了一道魔咒，又好像我刚刚塞了一百万美元给她。她脸上的皱纹展平了，嘴唇也做出了微笑的形状，额头纹也好像没了。她拿起披肩，离远了瞧了瞧。"我能拿走吗？"她问。

"要是你觉得有用就拿走。"我说。

"有用，"她说，"能派大用场。哦，我主上帝专门管祝福别人的，是不是？他今天准是祝福我来着。"说完，她又显出行色匆匆的样子，把披肩往肩上一围，收好她的筲箩，扔进独轮车，我和库克在一旁瞧着她。

"你去哪儿？"库克说。

贝基小姐在门口犹豫了一下，抓住门把手，紧紧攥着，她开口说话的时候，眼睛还紧盯着那门把手。刚才的愉快心情消失得无影无踪，又换上了一副公事公办的口吻。板着脸，一句闲话也不说。"等几天，"她说，"等着就行。别出声。别对任何人多说一句话，甭管他是白人黑人。要是黑人到这儿来打听你们的上尉，小心点儿。要是他们上来没有先说到铁匠或者'列车员'，就给他们戳上一刀，斩草除根，要不我们全得完蛋。你们不久就知道信儿了。"

说完，她打开门，推起独轮车离开了。

24

"列车员"

没过多久，库克在费里的韦杰之家找了个活儿，那地方是个小客栈，也是火车站的仓库，恰好在军械库旁边，正好可以跟当地人打成一片。库克的工作时间很长，一直到半夜，与此同时，我就待在农场，扮成他的跟班儿，打扫卫生、做饭，尽可能地把那些柳条箱藏好。一个礼拜之后，库克的工作有了点眉目，一天晚上，库克回家后说："有人想见见你。"

"谁要见我？"

"铁路那边的一个黑人。"

"把他们带过来可以吗？"

"说他不想过来。太危险。"

"他干吗不让你传话？"

"他说得很明白。他想跟你谈。"

"他提没提铁匠？"

库克耸耸肩。"那我可不知道。他就说想跟你谈谈。"我于是准备出门了。反正我在这房子快要憋死了。

"现在不能去。"库克说，"今夜，凌晨。凌晨一点，他说的……安安生生坐着，该睡觉睡觉。我回酒馆。时间到了我会叫你。"

用不着他叫，我就自己起床了。我等了整整一晚上，心急火燎的，到了半夜，库克总算回来了。我们从肯尼迪农场一路步行下山，来到了费里。下山的路上天黑漆漆的，还下着毛毛雨。我们过了波多马河一侧的那座桥，过桥时看见火车已经到了，巴尔的摩至俄亥俄的那辆巨大的火车正停在费里的军火库外头。火车头呼呼冒着黑烟趴在河上。车厢里空无一人。

库克领着我走过整列火车绕到车站背面。我们来到最末一节车厢时，他分开树丛，朝波多马河方向走过来，来到河边。波多马河就在铁道线底下流过。那地方很黑，借着月色只看得见打着漩涡的河水。库克指了指河岸。"他想跟你在那边谈。单独谈。"他说，"这些黑人一点儿也不信任别人。"

他在河岸上等，而我则下到波多马河的河岸。我坐在那儿等着。

过了几分钟，河岸远处出现了一个高大的人影。那人一看就知道是个硬汉，穿着铁路搬运工那种整齐的制服。他并没有直接冲我过来，而是现在铁路货架的阴影里等了一会儿，再向我身边走过来，其间他一直盯着河水。在我们头顶上，火车突然发出尖厉的喷气声，接着，所有的火车阀门也都噼里啪啦地打开，纷纷放出蒸汽。我给吓得跳了起来，于是他瞥见我，然后又将目光移开，去看着那河水。

"把蒸汽放掉要一个小时，"他说，"也许需要两个小时。我只有这点儿时间。"

"你就是'列车员'？"

"我是谁不重要。问题是你是谁。你是干什么的？"

"我是捎信的。"

"耶稣也是捎信的。你见过他老人家穿着裙子和灯笼裤满街跑吗？你是男孩还是女孩？"

"干吗每个人都婆婆妈妈，关心我是男是女，"我说，"我就是一个带信儿的。"

"你就是个惹祸的。一旦有人起了疑心，你就报销了。"

"我错在哪儿了？"

"我明白，你要买车把式的笤帚。我们要把它们送到巴尔的摩和再远点儿的地方。"他说。

"谁说的？"

"铁匠说的。"

"铁匠到底是谁？"

"你还是不知道的好。"

他盯着河对岸。借着月光，我看见他那张脸的轮廓。这家伙面相倒挺和善，可那张脸紧绷绷的。他的心情可不怎么愉快。

"现在我再问一次。"他说。他扭头瞥了一眼正俯瞰着我们的库克，有转回来看着河水。"你是谁？你从哪儿来？你想要干什么？"

"这个嘛，我也不知道有什么可说的。我已经说了两遍了。"

"你跟那车把式的老婆一样满嘴里跑火车，天上一句地下一句扯什么暴动的时候，你最好先说清楚自己是谁。"

"我没有瞎说。我就告诉她我识字。"

"一回事。在这个地方，你最好别提那档子事儿。要不然，你就得对付铁匠了。"

"我大老远跑过来，不是听你威胁我的。我是代表上尉来跟你谈话的。我本人跟这件事无关。"

"跟哪件事无关？"

"你知道是哪件事。"

"我不知道，跟我说说。"

"怎么这地方的黑人个个喜欢兜圈子说话？"

"因为只有白人才直来直去——他们的子弹都是直着打出来的，小不点。尤其如果黑人蠢到要暴动的话！"

"又不是我出的主意。"

"我不管谁出的主意，现在你跑不了了。要是你的主子——如果他就是你说的那个身份的话——要是你的主子正要鼓动黑人，他就来错地方了。这儿最多有一百个黑人能跟着他干。"

"怎么会呢？"

"这儿只有一千两百个黑人，大部分还是女人和小孩。剩下的宁愿坐在大树底下带着他们的小崽子喂猪，也不愿意跟白人作对。该死。要是约翰·布朗老头儿想要黑人给他打仗，他得往东一百公里到巴尔的摩，或者华盛顿，或者……或者再往东走到马里兰州的海岸线上去。那些黑人都识字。他们有船有枪。有些人还是水手。人们可以互相鼓动。那他可就挖到宝藏了。甚至也可以到南部的弗吉尼亚州棉花地那边儿去。那里的种植园里挤满了黑人，要是能跑出来他们什么都乐意干。可是这地方？"他摇摇头，扭头看看费里，"他来错地方了。我们人数太少。每个县都是白多黑少。"

"这里有枪。"我说，"他就是为这个来的。他想从军火库里弄枪给黑人武装上。"

"算了吧。这儿的黑人连步枪和烧火棍都分不清。他们哪儿会摆弄步枪啊。他们根本不让黑人靠近那些枪。"

"他还有长矛和片儿刀。好多好多。好几千把。"

"列车员"嗤之以鼻。"没用。他刚开第一枪，就会给白人烧死。"

"你没见过他打仗吧？"

"见过也没用。人家会把他的脑袋揪下来，揪完了之后，方圆一百六十公里之内的黑人都会给撵走，就为了让他们忘记我们在这些地方见过约翰老头儿。他们恨死他了。要是他还活着的话。不过我估计他已经死了。"

"那你继续说吧。我懒得解释，懒得证明他还活着。等他来了你一看就明白。我见过他的作战计划。他有好多地图，五颜六色，上面画了好多标记。黑人就会从那些地方过来。他说什么地方都有：纽约、费城、匹兹堡。他全计划妥当了，要发动奇袭。"

"列车员"摆摆手，一脸厌恶。"这儿不可能有什么奇袭。"他说。

"你以前知道他会来？"

"自打我一听说这个主意，我就烦，没想到他居然蠢到硬要试试看。"

这时我第一次听到不是老家伙身边的人提到这个作战计划。"你是从哪儿听说的？"

"从将军那里，所以我才来的。"

我的心跳加速了。"她要来？"

"我不希望她来，她的脑袋会搬家了。"

"你怎么知道这么多事？"

他第一次转向我，咂了咂嘴。"你的那位上尉，上帝保佑他吧，等他们料理完他，他就得分成三截回家。不管哪个黑人蠢到要跟着他干，都得给碎尸万段。这该死的。"

"你发什么火儿呀？他又没得罪你。"

"我老婆和三个孩子都在这儿，"他没好气地说，"这些白人先杀了约翰·布朗老头儿，接着就会用围捕大象的法子，把最后一颗子弹都招呼到黑人身上。不把每一个黑人死死戳在地底下决不罢休。他们会把这里长得稍微黑一点儿的人全变成黑奴。他们会顺着这条河跑到新奥尔良去，该死的。我还没攒够钱把我的孩子们赎回来呢，只够赎一个的。我现在得拿主意了，就今天，要是他来……"

他闭上嘴。这件事深深地折磨着他。把他的心都扯碎了，他扭头看着别处。我看出他有心事，就说："你用不着担心。我亲眼见到很多很多黑人也都答应来。在加拿大开过一场大会。他们整天演讲。他们都气势汹汹的。很多很多人。都是些大人物，识文断字的，都是些文人。他们答应要来……"

"哦，扯淡！"他嗤之以鼻，"那些高高在上、说话不带换气儿的黑鬼，好多人骨头轻得很，磨碎了连个该死的指环都填不满！"

他生气了，头扭到一边，接着指了指我们头顶上的货架。"上面那辆火车，"他说，"那是巴尔的摩到俄亥俄州的火车。那火车每天从华盛顿特区和巴尔的摩开出来。往北走一点点，每周有两次跟从费城和纽约开出来的列车对接。过去的九年来，每一个坐过那辆火车的黑人我都见过。我可以告诉你，一半的黑人领袖，兜里的钱还不够坐火车走出十米远。可他们却能为了向白人讨一杯牛奶，把自己老婆的脑袋轰下来。"

他愤怒地叹了口气,鼻子里直冒火。"哦,他们说得漂亮,为废奴派的报纸写写故事什么的。但是在报纸上写写故事、发表演说跟真刀真枪可不一样,离危险只有一步之遥。离前线只有一步。离自由也只有一步。他们真能长篇大论,衬衫撑得滚圆,人模狗样,喝着茶,咂吧着好吃的,穿着丝绸衬衫跑遍了新英格兰,让白人揩揩眼泪什么的。货车布朗,弗雷德里克·道格拉斯。狗屎!我在钱伯斯堡认识一个黑人,抵得上二十个这路货色。"

"亨利·华生?"

"别管他叫什么了。你问题太多,知道的也太他妈多了,上帝怎么不诅咒你。"

"你不应该白使唤上帝的名号。尤其是在上尉要来的时候。"

"我不是看他不顺眼。我已经为'福音火车'工作了很多年了。我知道他在做什么。打我一开始做这个我就听说过他的名字。我喜欢上尉。我爱他。我常常在夜晚为他祷告。现在他……"他生气起来,又说了几句脏话,"他死了,黄花菜都凉了。他队伍里有多少人?"

"这个嘛,上回我数了数……差不多十六个人。"

"列车员"哈哈大笑。"那还不够玩掷色子的呢。老家伙的脑子看来是出了问题。起码说明我不是唯一一个疯子。"他坐在河边,往河水里丢了一颗石子。一个小小的水花。月亮明晃晃地照在他身上。他看上去悲伤到了极点。"全告诉我。"他说。

"什么全告诉你?"

"作战计划。"

我把大大小小的细节都给他讲了,他听得十分专注。我说要拿下前门和后门的值夜哨兵，然后逃进山里。他点点头，表情平静些了。

"这个嘛，费里拿得下来，上尉这一点没错。不过只有两个守门的。我不明白的是第二部分。他觉得黑人都是打哪儿来投奔他来着？从非洲吗？"

"这都计划好了。"我说，可我觉得自己跟小羊羔儿似的，一点儿底气都没有。

他摇摇头。"约翰·布朗是个大人物。上帝保佑他。可以肯定的是，他并不缺乏勇气。但是这一回上帝的智慧并没有降临在他身上。我没法儿说他该怎么干，可他想错了。"

"他说他已经研究了好多年了。"

"他不是第一个策划暴动的人。黑人已经计划了一百年了。他的计划行不通，不现实。"

"那你能把它弄得现实些吗？你是'福音火车'的大总管。你知道那些黑人会跟着干，是不是？"

"我做不到让两百个黑人从巴尔的摩和华盛顿特区冲出来，到这里。他至少需要这么多人，才能突破军火库，拿走东西之后再躲进山里。可他从哪儿弄那么多人呢？他得让这些人从巴尔的摩北上到底特律，还得另一些人南下到亚拉巴马。"

"那不是归你管吗？"

"让一两个人通过过境进入费城是一回事。把两百人从特区和巴尔的摩弄过来是另一回事。根本不可能做到。消息得四面八方都传到了才行，得一路传到亚拉巴马，才能保证到他鼓动起那么多人来。'福音火车'传话快些，可也没那么快。三个礼拜来不及。"

"你是说，做不到？"

"我说的是，三个礼拜之内做不到。从这里寄一封信到匹兹堡，得花上足足一个礼拜，有时候小道消息比寄信来得还快……"

他停下来想了想。

"你是说，三个礼拜之内，他就要把铁拳头伸出去了？"

"十月二十三日，还有三个礼拜。"

"时间确实不够了。真他妈的烦。真是作孽。除非……"他用手指头摸摸下巴，琢磨了一会儿，"你们知道吗？告诉你们。就这么说——你让他自己决定。要我说，要是有人问我，我用上帝的语言起誓，一定说实话，可我真不想这么说。我是本镇镇长的好朋友，镇长是方丹·贝克汉姆。他跟黑人关系挺好，对我也挺好。要是他问起来，我得说得出这句话：'镇长先生，这件事儿我可一点儿都不知道。'我是不能对他说谎的。你明白吗？"

我点点头。

"把下面这句话传给老家伙：巴尔的摩和华盛顿特区有几百个黑人，等不及要跟蓄奴制拼命。可他们没接到电报，也没收到信。"

"什么意思？"

"意思是说，好几千个人既没收到电报，也没接到信，怎么才能一下子把话传给他们呢？从A点到B点，最快的路线是什么？"

"我不知道。"

"铁路，小不点儿。你可以直接进城。但是那时候，你就得直接面对黑人。我知道怎么做到这一点。听着。我认识巴尔的摩的几个开赌场的家伙。他们每天都从当黑奴的和自由黑人那儿要赌债。他们得给赢钱的人付款。每天都有好几百人玩色子。我自己也玩色子。要是你能让老家伙给我些钱上下打点，这些要赌债的就能把消息一下子传出去。一两天之内，就全知道了，因为这种人连法律都不怕。他们在乎的就是能不能弄到一两个小钱。"

"需要多少钱？"

"差不多两百五十美元。一个人二十五美元。有些人在华盛顿，有些在巴尔的摩。我能想到十个人。"

"两百五十美元！老家伙连五美元都拿不出来。"

"那他就得自己想办法了。给我弄到这笔钱，我就能在巴尔的摩和华盛顿特区传话。要是他再投入二百五十块，我就能弄到一架马车专门负责这件事，让大伙儿想跟着他干——我估计还会有女人进来，很多女人，她们得坐马车过来，得花上一天工夫呢。"

"多少架马车？"

"五辆车差不多了。"

"马车走哪条路？"

"沿着铁路走。铁路从巴尔的摩到这儿差不多走的是直线。沿着铁路线有一条土路。有几段路坏掉了——我会叫黑人去修修，可那条路能走得了。火车每小时不过能前进三四十公里。每十五分钟就得停下来上下旅客，或者加水。马车应该赶得上，不会落后太多。"

他眼望着河水犹豫了一会儿，点头，思索，一边搔着脑袋一边说："我乘火车过来。从巴尔的摩，乘坐巴尔的摩到俄亥俄州的专线（以下简称BO线）每天凌晨一点二十五分到达。记住这个时间。一点二十五分。BO线。我就在车上。你和老家伙的队伍一发信号，我就通知路上的马车，到时候咱们就进城。"

"听上去有些不保险哪，'列车员'先生。"

"你还有高招儿吗？"

"那倒没有。"

"既然如此，就这么办。告诉上尉，他得在一点二十五分截住火车，赶在它穿过BO大桥之前。稍后我会告诉你们接下去怎么做。我得走了。告诉老家伙，给我送来五百美元。我坐下一趟车，两天后到。一点二十五分，一分也别差。还是到时候就在这儿见我。见过面之后，永远别再提起我。"

他转身离开。我跑上山来到库克身边，他还站在河岸上呢。库克目送着他离开。

"怎么样？"

"他说我们需要五百美元才能召唤黑蜂归巢。"

"五百美元？没心肝的卑鄙小人。要是他拿着钱跑路了怎么办。我们是来解放他们的。你觉得怎么样？老家伙绝对不会拿这笔钱。"

然而老家伙却果真拿出了这笔钱，而且远远比这个多。真是太不幸了，这次他的损失太惨重了，而拿出钱来的时候，这件事已经传得沸沸扬扬，根本不可能回头了。我多希望老家伙还能挽回，因为正是因为我犯下的几个错误，让每一个人都付出了沉重的代价，包括那位"列车员"。

25

安妮

库克很快写信给老家伙本人，说了"列车员"的要求，还不到一个礼拜，便有一个黑人乘着马车从钱伯斯堡轰隆轰隆地来敲农场的门，他带给库克一个箱子，上面写着"采矿用具"。一句话都没说就走了。盒子里面是几样工具、一点儿吃喝的东西，还有一个小袋子里装着五百美元，加上一封老家伙写来的信，上面说队伍一个礼拜之内就到。老家伙说他的人结成两三人一组，半夜进城，好减少怀疑。

库克把钱塞进一只午餐桶，再放上些吃的，递给我，我便急匆匆地赶往费里，等着一点二十五分从巴尔的摩开出来的BO列车。所有的乘客和工作人员下了车之后，"列车员"才最后一个下车。我打了个招呼，递给他午餐袋，大声说，这是为了给他回巴尔的摩的路上吃的午饭——这样做是为了防止有人偷听。他一句话都没说便离开了。

两个礼拜之后，老家伙单枪匹马地来了，跟往常一样气呼呼地没个笑模样。他在农场里转悠了几分钟，检查粮食储存得怎么样、道路怎么走什么的，然后他坐了下来，让库克给他拿地形图。

"我猜你没好意思提咱们这趟买卖吧？"他对库克说。

"跟只耗子一样，一句话也没敢说。"库克说。

"很好，我的队伍马上就要开过来了。"

那天稍晚，第一个人来了——没想到，居然是她。

来人是个姑娘，一个十六岁的白人少女，黑漆漆的头发，坚定的棕色眼睛背后好像藏着无数个出其不意的好消息，好像随时随地会发出欢笑。她把头发挽到脑后，结成发髻，脖子上绕着黄色丝带，身穿一件朴素的农家少女衣裙。她叫安妮，在老家伙的几个女儿之中，她算是其中年龄较大的一个。老家伙的孩子们一共活下来十二个，可我估摸着安妮应该是女孩子那群里最出色的一位。她要多漂亮有多漂亮，生性沉静谦虚、温良柔和，并且跟老家伙一样虔诚。当然，我那个世界里的女人，如果不是低贱肮脏、酩酊大醉、手里攥着扑克牌的烟鬼，我就没法儿跟她接触，可安妮属于另一个世界，她是那么好看，她的突然来到让我无比舒适。她安安静静地带着十六岁的玛莎——老家伙的二儿子奥利弗的老婆——来到这里，奥利弗也从艾奥瓦州老家伙的队伍里跟其他人一道赶来，心急火燎地要跟我们一起干。

老家伙把我介绍给姑娘们："我知道你怎么会干家务活儿，洋葱头，说你是个做饭的，不如说你是扛枪的。可现在你得开始学着有点儿女人样了。这两个帮你整理家务。你们三个要照顾好男人的吃喝用度，让邻居看着咱们农场有模有样的。"

这主意不错，老家伙知道我干不来妇道人家的活儿，连锅开水都烧不好，可当他安排大家谁跟谁睡一间房的时候，我就蔫儿了。我们三个姑娘得一起睡在楼下的房子里，男人们睡楼上。我自然没意见，可他一蹿上楼，安妮就跑到厨房去烧洗澡水，还脱了衣服钻进浴缸，我蹦出厨房，在身后摔上门，站在化妆室里，背过身去。

"哦，你真是个害羞的小东西。"她在门后说。

"我就是呀，安妮。"我在另一头说，"你能理解我真好。我不敢在人前脱衣服，不管是白人黑人还是什么，我满脑子只想着要马上解救我的同胞。跟黑人在一块儿住得太久了，我还不知道白人是怎么个规矩呢。"

"可父亲说你是我亲爱的兄弟弗雷德里克的朋友！"安妮从门后的浴缸里喊着说，"你跟爹他们一起过了差不多整整三年。"

"没错，可那都是在路上。"我从我这边喊回去，"我需要时间来适应在屋子里生活，适应自由的生活，因为我的同胞还不知道怎么去过文明人的日子，他们一直都当黑奴来着。所以，你能来这里我觉得很高兴，正好给我看看按照上帝的意愿，我这下半辈子该怎么当个有教养的自由人。"

天哪，我真是个恶棍，因为她全当真了。"哦，你真好。"她说。我听见她撩水、搓身体的声音，最后出了浴缸。"我很高兴。咱们可以一起念《圣经》，一起愉快地学习分享上帝的言语和智慧，还有我主上帝的勇气和善行！"

这全是扯谎，我对《圣经》一点儿兴趣也没有，还不如一头野猪对节日的兴趣多。我知道他们的安排行不通，所以决定待在房子外头。虽然比起我在西部混过的那种慢悠悠的底层生活，她显得稍稍有点儿邋遢——实际上，当她头戴软帽走进来的时候，身上的确是灰扑扑的，毕竟她刚从纽约的家中往南赶了好几天路——但她钻进浴缸的时候，我还是偷偷瞄见了她身体的好多地方，上帝呀，这就够了，那身子又丰满又成熟，我身上立马燃起熊熊大火。我实在受不了了，我几乎可以肯定自己当时已经有十四岁了，还未经人道，而我有限的所知已经让我满脑子都是恐怖、欲望和迷惑，这都得感谢甜心。我得让自己想点儿别的，否则我可就露出"马脚"了。我骨子里就不是正经人，这是上帝给我安排的本性，于是我决心离她远远的，干脆尽量躲到房子外头去"招黑蜂"算了。

这件事一看就不容易，因为我们的任务是照看老家伙这支队伍，姑娘们来了之后，他们陆陆续续、三三两两地也来了。幸运的是，老家伙让我跟班，帮他整理地图和文件，当天下午他就命我从厨房出去，直接到他的起居室去帮他画草图、做计划。安妮和玛莎在厨房里焦头烂额地做着堆积如山的家务活儿时，老家伙从箱子里拽出几卷大帆布片儿说："我们要加大筹码。战争一触即发。洋葱头，帮我把这些地图铺在地板上。"

他的地图、文件和来信又增加了一些。在堪萨斯那会儿，曾经给他卷着塞进裆包里的一小袋文件、新闻夹、账单、信件和地图，现在已经成了跟《圣经》一样高的两摞纸。他的地图画在巨大的帆布片儿上，展开来跟我差不多高。我帮他把地图铺在地板上，帮他削好铅笔，伺候他喝茶，而老家伙则一动不动地凝视着面前的图纸，时而涂抹些标记、做些计划，姑娘们给我们两个准备饭食。老家伙从来没像现在这么能吃过。他通常生吃洋葱，像啃苹果似的一口一口咬着吃，然后就着黑咖啡吞下肚，这两样东西混在一起，老家伙嘴里那股气味儿冲得简直能把衬衫上的皱纹都熨平了，而后还能给浆得笔直。有时他也灌点玉米糊糊，权作零食，可不管他吃什么我都得给他打扫剩饭，因为老家伙走到哪里，哪里的吃食就不富余。人们接二连三地来到，我早已学会尽量抓住每一个机会滋润肠胃，这样，为有朝一日完全无食可吃做些准备，我觉得那一天用不了多久就会来到。

我们就这么着干了一两天，直到一天下午，老家伙一边盯着地图沉思，一边对我说："你们俩在这儿的时候，库克先生管住他的嘴巴了吗？"

我没法儿扯谎，可又不想让他失望，边说："多多少少管住了一点儿吧，上尉。可是也没完全管住。"

老家伙点点头，眼珠儿仍然不停地上上下下扫视地图。"果然不出所料。没有关系。我们的军队一个礼拜之内就集结完毕了。一旦他们来了我们就可以拿起长矛，开到军火库。我在这附近路面的时候用艾萨克·史密斯的名字活动，洋葱头，可别忘了。要是有人问，就说我是个开矿的，这也不是说谎，我为开采人们的心智，开采国家的良心，要在这荒谬的制度里开出黄金！好了，现在给我报告一下黑人的情况，你和库克肯定已经探了虚实，挖了消息，召集了黑人。"

我把好听的那部分讲了，说我联系上了"列车员"。我没说车把式老婆的事儿，也没说她说不定已经漏了风。"你干得漂亮，洋葱头，"他说，"召集黑蜂归巢是我们这套战术的重中之重。他们会来的，毫无疑问，成千上万地会来，我们必须做好准备。好了，你的工作不再是锅碗瓢盆、洗洗涮涮，我要让你继续干你的活儿。继续召集，我的孩子。在你的同胞之中散布消息。你出色极了！"

他欣喜若狂到了极点，我却没胆量告诉他这不过是剃头担子一头热。我把那笔钱给了"列车员"之后，他一个字儿都没说，那笔钱可是要打点要账人，让他们去传话用的。车把式躲着我呢。有一天下午，我在镇子里见到贝基，她就跟见了鬼似的，忙不迭顺着木板路一阵风似的跑了。我估摸着他们觉得我简直是个瘟神。我已经给诅咒了，镇子里的黑人见到我扭头就跑。我在家里给安妮跑腿打杂，忙得不可开交，而她觉得我需要她给我上上宗教课，于是每隔几天等男人们都出去便裸了身子，通的一声钻进浴缸，逼得我只得找出这样那样的借口躲到外边去。有一次她说我的头发起毛打绺，非得给我洗洗。我通常把头发用破布包着，或者塞在软帽里，几个礼拜都不洗，可安妮一天下午发现了我的秘密，非洗不可。我不肯，她就说要给我找一顶假发，还趁着夜色跑到费里去，还从镇图书馆带回一本《伦敦卷发大全》。她给我念出一串适合我的假发："将军头、桅杆头、五彩羽毛头、菜花头、台阶头，最喜欢哪个？"她问。

"洋葱头。"我说。

她哈哈大笑起来，不了了之了。她的笑声会让男人心头小鹿乱撞，这对我来说真是危险，因为我有点儿喜欢围着她转了，于是我便把自己弄得面目狰狞些。我硬是找了个理由，黑夜里睡在火炉旁边，离她和玛莎远远儿的，我想方设法做到晚上最后一个睡，早晨第一个起。

我就这么着一天天过着日子，召集黑蜂归巢的任务也没多大进展。哈珀斯费里的黑人都住在波多马河一侧的铁路线最远处。我跟他们混了几天，到处找黑人搭讪。当然，他们都躲着我，跟躲避瘟疫一样。老家伙的计划已经传开了。我从来没有弄明白到底是怎么传开的，可是黑人根本不想跟这件事，或者跟我沾上一丁点儿关系，他们一见我就脚底抹油。一天早晨，这种失望的情绪到了极点，那时候老家伙让我去木材作坊跑腿。我找不到路，便跑到街上的一位黑人妇女身边打听路怎么走，可我还没开口她就说："小痞子，一边儿去！我跟你们这种人没瓜葛！你们要害死我们了！"说着她便跑开了。

这下我灰心丧气极了。可也不全是坏消息。凯基来了之后，自己跟"列车员"接上了头，我估摸着他那股冷静劲儿让"列车员"稍稍放下了心，根据凯基的汇报，他们将要从东边和各处地方将黑人会集到费里镇，有好几条方案呢，"列车员"好像也进展顺利，答应帮我们运人。老家伙一听乐开了花。他对大伙儿说："咱们真走运！洋葱头也在卖力地召唤黑蜂呢。"

我不敢苟同，除了四处闲逛之外，我其实什么也没干。说实话，老家伙说什么我都无所谓，我为自己操心还来不及呢。日子一天天过去，安妮在我心中的分量也越来越重。当然，我不想也没想发生这样的事，可情况就是这样，就算我得在外头东奔西跑，老家伙的大部队一开到，我们三个人——加上安妮和玛莎——就在厨房里忙得不可开交。我们手忙脚乱，一刻不得闲，我原本那个逃亡到费城的计划也在忙忙碌碌中不了了之了。根本没时间想别的。总是有新人来到，开始是两三个人的零星部队半夜摸进来，之后到来的规模稍大也更有规律。起先来的都是老朋友：凯基、史蒂文斯、蒂德、O.P.安德森。后来有了新面孔——弗朗西斯·梅里亚姆，脾气暴躁、疯疯癫癫；斯图尔德·泰勒，脾气暴躁；剩下的就是汤普森弟兄和考普克家的小子，那两个贵格教徒，神枪手。最后来了两个黑人，路易斯·利里、约翰·科普兰，都是意志坚强、面目英俊的壮小伙儿，来自俄亥俄州的欧柏林。他们俩的到来大大增强了老家伙对黑人的信心，他们俩都是读书人，不知道从哪儿得了消息，就不知从哪儿的黑人堆儿里钻了出来，也要为自由决一死战。老家伙一见这两个人也入了伙儿，精神大振，一天晚上，老家伙一边查看地图，一边问我在费里附近召唤黑蜂的工作进展如何。

"十分顺利，上尉。他们会来得很起劲儿呢。"

我还能怎么说啊？当时老家伙亢奋得快得精神病了。他几乎不吃饭、不睡觉，整天盯着地图和各种统计数据，在信纸上奋笔疾书，来信多得让人没法儿相信收信的是正常人。有些信里鼓鼓囊囊塞得都是钱，被老家伙交给姑娘们去买粮食和其他日常用品。有些来信力劝他离开弗吉尼亚。那一阵子我心乱如麻，不知自己何去何从。根本没时间细想。那座小房子就跟个火车站兼军营似的：准备枪支，清点弹药，统计兵力。他们到处都布置了人手，有的在家，有的在费里，有的在山谷各处，有的在附近。人们筹备辎重，清点人数，打探军火库的情报，报告费里的军火库有多少扇窗户，人们从杂货铺里带回报纸，从里面的信息计算人数等情况。老家伙和凯基开始半夜往返于费里和二十四公里之外的宾州钱伯斯堡，坐马车去接收其他武器，老家伙将它们发往钱伯斯堡的几个秘密地址。工作实在是太多了。安妮和玛莎专门负责做饭洗衣，负责给大家解闷儿，因为男人们整天都得躲在楼上下棋读书，因此，我们三个人跑上跑下准备吃食之外，两位姑娘还得让大伙儿开开心心、乐乐呵呵的。

　　大约六个礼拜就这么过去了。忙乱中，唯一的慰藉就是召唤黑蜂，这工作可以让我出个门，或者隔三岔五跟安妮晚上在门口坐坐。这也是安妮的工作，放哨，负责让这个家看上去普普通通，让一楼的模样看得过去，防止万一有人闲逛过来，发现箱子里堆着成百条步枪和长矛。有好多个夜晚，她要我陪她一起坐在门口，因为男人们不准露面，另外，安妮还觉得自己有责任给我讲解《圣经》，并教导我过上基督徒式的生活。暮色苍茫之中，我们花上几个小时一起读《圣经》，讨论其中的篇章。我开始喜欢这种谈话，虽然我已经过惯了整天撒谎的日子——我得装成女儿身——却渐渐领悟到了这个道理：不管怎么说，只要你是黑人，你就得撒谎。没有人真正了解你。不管你是什么肤色,你只能靠外表判断。黑白混血儿、有色人种、黑人,没什么区别。人家就把你看成是个黑鬼了。可是不知怎么的,坐在门口的长凳上陪安妮聊天,望着那夕阳渐渐沉入费里上空的群山之中,会让我忘记自己身上的假面,忘记老家伙正带着我们往搅碎机里头钻。我开始渐渐明白,也许更重要的是人的心灵,而不是世人所以为的外表,无论黑白男女。

"你以后想成为什么样的人?"一天傍晚安妮问我,我们正坐在门口看日落。

"什么意思?"

"等一切结束之后。"

"等什么结束之后?"

"打完仗之后。等黑人都自由了的时候。"

"这个嘛,我可能会当个……"我不知道说什么好,因为我根本没想过这件事还能成功。往北跑到自由州还容易些,可我当时并没有什么十足的把握,坐在她身边的每一分钟都让我觉得无比愉悦,时间过得那么快,使我对未来的打算渐渐模糊了,变得无所谓了。于是我说:"我可能会买一把小提琴,下半辈子就唱歌。我喜欢音乐。"

"亨丽埃塔!"她俏皮地责备我,"你可从来没露过这一手。"

"怎么啦,你也没要求我呀。"

"那么,就给我唱个曲儿吧。"

我给她唱了《南方牛仔》和《雄赳赳气昂昂,黑人要回乡》。

我们坐在屋顶上垂下来的一条秋千上,那是老家伙装的,我坐在安妮身边,对她歌唱。她的脸越来越柔,整个身体软得像棉花糖似的坐在那秋千上听着。"你唱得真美。"她说,"可我不喜欢这种造反的曲儿。唱个宗教歌曲吧。献给上帝的那种。”

于是我唱了《珍惜他赐予的面包》和《靠近你，我的主》。

这下可投其所好了。这些曲儿简直把她高兴坏了。她坐在那儿前后摇晃着身体，一副轻松惬意的样子，身子软得像面团，目光里荡漾着柔情蜜意。她朝我身边蹭了蹭。

“老天，真美。”她说，“哦，我多么热爱上帝呀。再唱一个。”

于是我唱了《爱是启明星》和《萨利的蛋糕毛烘烘》——这是堪萨斯老家的一首古老淫词小调儿，可我把“蛋糕毛烘烘”改成了“玉米糕”，这首曲子就入了她的耳。她简直给迷晕了。她听得喜滋滋的，那双棕色的眼睛——上帝呀，那眼睛像星星一样漂亮，跟硬币差不多大——盯着我，用胳膊搂住我，那双大眼睛望着我，好像把我吞了似的。她说：“哎呀，这是我这辈子听过的最美的小曲儿了。我的心扑通扑通直跳。如果你是个男孩子该多好，亨丽埃塔。那样的话呀，我就嫁给你！”说着在我脸蛋儿上亲了一口。

这下我可毁了，她那么含情脉脉地看着我，我痛下决心，绝不再靠近她一步，因为我已经成了不可救药的傻瓜，傻到了家，而且我很清楚，我对她的爱不会有好下场的。

老家伙把安妮布置在门口放哨是件好事，因为门口的大路走到底，就有一个招祸的母夜叉，要不是安妮，我们肯定立刻就被戳穿了。而实际上呢，这一起子事儿全搞砸了。没什么新鲜的，又是为了女人。

她叫赫夫马斯特太太，就是贝基嘴巴里的那位“有点儿烦”的女人。她是个白种女人，成天不声不响，到处打听，邋里邋遢，三个娃娃趾高气扬地跟在她身后，嘴里嚼着饼干，脑袋昂得像天鹅似的，她什么都要打听，单单不操心自家的事。这女人每天都在我们房前的马路上荡来荡去，没过多久便不请自来地闯到了大门口。

安妮通常会透过窗户看见她，然后一个箭步赶在赫夫马斯特太太走上门廊之前迎上去。安妮告诉哈弗玛斯特太太和邻居们说，她爹和库克在巷子另一头开矿，当初租下这座破旧农场也正是为了这个目的。可这老货听了还不死心，她那股打听人家隐私的劲头儿简直是贪得无厌。一天早晨，赫夫马斯特太太趁安妮不注意溜到大门口。安妮眼睁睁地看见她敲敲门，正要破门而入。安妮赶在最后一秒钟从窗口瞧见赫夫马斯特太太的脚正踏上大门口的台阶，便用身体一靠，碰上了大门。真及时，蒂德和凯基当时正为整整一箱夏普斯步枪和引信卸货呢，要是赫夫马斯特太太闯进来，一定会一跤跌在门口地板上的步枪和子弹上，那一大堆武器足够装备一整支美国骑兵了。安妮一直顶着门，而赫夫马斯特太太使劲往里推，而我、凯基和蒂德慌慌张张地把步枪又堆回箱子里。

"是你吗，安妮？"那老货问道。

"我还没穿好衣服呢，赫夫马斯特太太，"安妮白着一张脸说。

"这门出什么毛病了？"

"我马上就来。"安妮大声说。

令人抓狂的几分钟过去之后，我们把东西都摆好了，安妮拉开门，还拉着我一道把那女人拦在门口。

"赫夫马斯特太太，我们还没准备好迎接客人呢，"安妮一边拍打着身上的衣服，一边拉着我坐在门口的长凳上，"您想先来点柠檬水吗？我很愿意给您拿来。"

"我不渴。"赫夫马斯特太太说，那张脸上的表情跟马儿吃饱了草料一模一样。她四下里打量着，想从窗户往里看，她觉出苗头不对。

楼上挤着十五个男人，大气儿也不敢出。他们白天不敢出门，只敢半夜活动，安妮跟那老货东拉西扯的时候，他们都屏住呼吸傻坐着。可那女人还是觉出情况不对，打那天起，她就成天找机会在门口转悠。她就住在马路尽头，而且到处放风，说库克已经跟邻居家的姑娘们打情骂俏，而那些姑娘都是他弟弟的意中人。她把这类消息当作丑事到处宣扬，每天三番五次过来转悠，带着那几个破衣烂衫、脏兮兮的赤脚娃娃们，活像老母鸡带着小鸡崽似的，东闻闻西嗅嗅，净挑安妮的不是。这女人粗俗无礼，不像东部人，倒像是我们堪萨斯地界儿来的。她老找安妮的碴儿，而安妮像一只剥了皮的洋葱似的，又得体，又文雅，又贴心。安妮知道自己绝不能触怒了那老太婆，就不温不火地打起了持久战。

每天下午都是如此，有时候赫夫马斯特太太跺着脚走上我和安妮坐着的门厅，像狗似的吼道："你们今天干啥呢？"或者："我的派怎么还不拿来？"简直欺负到头上来了。一天早晨她跺着脚又来了："你们在屋子后头怎么晾了那么多衬衫！"

"没错，夫人，"安妮说，"我爹和我兄弟有好多衬衫呢。他们每个礼拜要换两次，有时候还不止。我每天都忙着给他们洗。你说可怕不可怕？"

"千真万确，我那老头子，一件衬衫能穿两三个礼拜呢。你怎么弄到这么多衬衫的？"

"哦，就是今天一件、明天一件呗。都是我爹买的。"

"他是干吗的来着？"

"哎呀，他是开矿的呀，赫夫马斯特太太，他还有几个工人也住在这里给他干活。你是知道的。"

"对了，你爹和那些工人在哪儿开矿来着？"

"哦，我不管他们的事。"安妮说。

"你的库克先生对姑娘们可是很有一套，她跟最远处那家的玛丽打得火热。他也在矿里干活吗？"

"我估摸是这样。"

"那为什么他还跑到费里的酒馆里干活呢？"

"我不管他的事，赫夫马斯特太太。可他说起话来真是好听。"安妮说，"也许他打两份工吧。一份说话的工，一份挖矿的工。"

她们就这样说呀说呀。赫夫马斯特太太有时不请自来地走进家门，安妮就会挡住她说："哦，我还没做完饭呢。"要不就指着我："哦，亨丽埃塔马上要洗澡。"诸如此类。但是那女人越来越神出鬼没。过一会儿她又假惺惺地路过门口，换一副口气又问一遍："这黑鬼是谁呀？"某天下午她走到我和安妮身边，当时我们正在边读《圣经》边聊天呢。

"哎呀，那是亨丽埃塔呀，赫夫马斯特太太。她跟我们是一家人。"

"是黑奴还是自由人？"

"哎呀，她是个……"安妮不知道怎么说好，于是我接口道："我呀，我还是黑奴呢，夫人。可是在这个世界上你找不到比我更快活的人啦。"

她盯着我问："我可没问你快不快活。"

"是，夫人。"

"可如果你还是黑奴，为什么老在费里那边的铁道上转悠，鼓动黑人造反呢？镇子里都在传你的事情。"她说。

我吓坏了。"我没干这种事。"我扯谎。

"你是在扯谎吧，小黑鬼？"

我吓坏了。安妮则沉着地坐在那里，面无表情，可我看见血涌上她的脸颊，平常那副快活的神情消失不见，取而代之的是不动声色的怒火——布朗家的人全都是一个样。他们布朗家的人只要给惹急了，只要热血沸腾起来，就变得安静而沉着，接下来就吉凶难料了。

"哦，赫夫马斯特太太，"她说，"亨丽埃塔是我亲爱的好朋友，也是我们一家人。我不喜欢你用这么不友善的口气对她说话。"

赫夫马斯特太太耸耸肩。"你对你自己的黑奴爱怎么说就怎么说。可你最好先把你自己的谎话扯圆了。我丈夫在酒馆里听见库克说你爹既不是开矿的，也不养黑奴，而是个废奴派。黑鬼们正打算大干一场呢。而你这儿的黑鬼却说你们全是养黑奴的。库克说你们不养黑奴。到底怎么回事？"

"我估摸着你不是在打听我们怎么过日子吧。这跟你没什么关系。"安妮说。

"你小小年纪，倒有一张巧嘴。"

那女人真不该用那种态度对布朗家的人说话。布朗家的人不管男女，一旦给别人绊住了后腿，可就咬住不撒口啦。安妮还年轻，可那脾气也是一点就着，她的眼睛里冒出火花，一瞬间你就明白她是什么人了，外表冷若冰霜，心里主意又正，性子又野；布朗一家子根子上就是这种人。不同寻常。适合纯粹的野外生活。他们跟一般人想的都不一样。他们的思想更接近动物，他们的想法不掺杂一丝杂念，怎么想就怎么做。我估摸着正是因为这个原因，他们才认为黑人与白人应该平等相处。那自然是她爹的本性，而她也自然具有了同样的想法。

"要是您离开我的门厅，那就多谢了。"她说，"快点儿，要不我扶着您走。"

她把手套一抖，我估摸着她这是要发脾气了。那女人一溜烟儿没了踪影。

我们望着她仓皇离开，那女人跨过泥泞的道路，消失在我们的视野之外时，安妮脱口而出："我爹要跟我发脾气了。"说完迸出了泪花。

我当时别无选择，只得尽力克制自己不去搂住她，我对她的感情是多么深邃、多么厚重。她坚强而有力，她是一位真正的女人，如此和善，品行如此端庄，不愧是老家伙的血脉。可我却不能肆意流露自己的感情。如果我将她揽进怀里，如果我用双臂揽住她，她必将发现我的真实身份。她会感觉到我的心脏怦怦跳动，她会感觉到我的爱肆意流淌——她会知道，我是一个男人。

26

天降大任

安妮戳穿了赫夫马斯特太太的把戏之后还不到一个礼拜，上尉加快了进度，敲定了行动时间。"我们十月二十三日行动。"他说。他早就说过是这个时间，还写了信，告诉了大嘴巴库克和所有他觉得有必要知道此事的人，所以这件事其实算不得什么秘密。可我估摸着老家伙觉得还是最好宣布一下，防止大家忘记此事，或者怕整个行动还没来得及热火朝天地开展起来，大伙儿就一走了之了。

十月二十三日，记住这个日子。当时还有两个礼拜。

人们很高兴，虽然姑娘们睡在楼下挺舒服——其中也包括你们忠实的讲述者——男人们在上头的阁楼里住得比耗子还挤。那个小地方摆满了床垫，上面挤挤挨挨地睡了十五个人，还得下棋、操练、看书读报。他们给挤得密密匝匝的，跟沙丁鱼罐头差不多，还不能发出一丝声响，怕让邻居或者赫夫马斯特太太听见。天上一打雷，他们就赶紧上蹿下跳，扯着脖子大嚷大叫地发泄一通。到了夜里，有几个人甚至冲到外面去，可不能走得更远，也不能到村里去，他们简直受够了，一天都忍耐不下去了。他们越来越爱拌嘴抬杠，连史蒂文斯也是如此，他本来就不是什么好脾气的人，他们为了一点鸡毛蒜皮的小事就要动拳头。老家伙把他们带过来得太早了，可他也没地方让他们去。老家伙本来没打算让他们在那儿窝那么久。他们是九月来的，到了十月，已经整整一个月过去了。老家伙宣布他们要在十月二十三日发动，还有三个礼拜时间。这就是七个礼拜了。时间可真长啊。

凯基提过这件事。可老家伙却说："他们已经操练了这么久。再忍上几个礼拜也没什么问题。"他没好好研究他的手下人。他满脑子都是黑人。

一切都取决于黑人会不会来，虽然他竭力装出漠不关心的样子，可实际上这根弦却时刻紧绷着——之前也是如此。他在加拿大有一帮黑人朋友，曾经拍着胸脯保证一定前来，他给他们每个人都写了信。回信的没几个。他等了一个夏天，现在已经进入了九月。十月初，他突然茅塞顿开，想了个主意，决定跟凯基一道前往钱伯斯堡去看看老朋友道格拉斯先生。他决定带着我一起去。"道格拉斯先生喜欢你，洋葱头。他在心里问到你的情况，有你在，他一定会来的。"

老家伙现在还全然不知道格拉斯先生酗酒，也不知道他打的什么算盘，也不知道他追着我满书房跑和别的一切勾当，他以后也不会知道，只要你是个小女孩，就会知道女人的心事对谁也不会说。这个秘密将永远保守在我心里。可我很想去钱伯斯堡，因为我还没去过呢。再说，只要能让我离开这房子，只要能让我远离我的爱人，我就愿意去做，安妮让我伤透了心，我很乐意随时从她身边逃走。

我们与十月初的某天傍晚乘坐敞篷马车抵达钱伯斯堡。路上没怎么耽搁时间。不过二十二公里的路程。上尉先是拜访了几个黑人朋友、亨利·华生，还有一位叫作马丁·德拉尼的医生。德拉尼先生帮忙把武器运到费里，显然自己也承担了不少风险。我总感觉当时"列车员"说"我在钱伯斯堡认识一个黑人，抵得上二十个这路货色"时，说的就是华生先生，因为此人十分冷静。他中等身材，黑皮肤，有些瘦弱，人也聪明。我们找到他的时候，他正在镇子边上的黑人聚居区，自己的理发店里。一见老家伙，他就把店里的黑人都赶走，打了烊，把我们带到店铺后面自己家里，给我们拿吃的喝的，还从一个标有"干货"的袋子里拿出十二支手枪，一句话都没说就递给老家伙。接着，他又递上五十美元。"这是共济会出的钱。"他绝不多话。与此同时，他太太站在身边，帮他关店门什么的，她脱口而出："还有共济会会员的太太们。"

"哦，对，还有共济会会员的太太们。"

他告诉老家伙，已经安排了在镇南一座采石场跟道格拉斯先生会面。弗雷德里克·道格拉斯那年月正在干大事。他可不会悄无声息地进城。他就像是黑人的总统一样。

华生先生告诉老家伙具体路线。老家伙接过来之后，华生说："我很担忧，黑人可能不会来。"他看上去忧心忡忡。

老家伙笑了，拍了拍华生先生的肩膀。"他们会揭竿而起的，我可以肯定，华生先生。别烦恼，我会对我们那位无所畏惧的领袖提到你的忧虑。"

华生冷笑。"我根本不认识他。他大包大揽地说要给我们找个安全的地方。看来这个人为了你们的目的真是不择手段了。"

"我会对他说的。我会消除他的疑虑。"

两人谈话时，华生太太一直站在他们身后，她突然对老家伙说："我们有五个人可以跟你们干。五个信得过的人，而且很年轻，没有老婆孩子。"

"谢谢你。"老家伙说。

"其中一个，"她尽力克制着哽咽，"其中一个是我们的大儿子。"

老家伙拍拍她的后背。她已经有点儿忍不住眼泪了，老家伙拍拍她，想给她点勇气。"天父不会辜负我们。他就在我们的身后。"他说，"鼓起勇气。"他把枪和他们给的钱收拢在一起，握了握他们的手，便离开了。

结果那五个人也根本没来，事情一向如此，因为等这几个人整装待发之后，他们唯一可去的地方就是朝北方逃命，能跑多快跑多快。老家伙起事之后，白人气得发疯，他们暴跳如雷，不放过方圆数公里内的任何黑人。他们吓得没了魂儿。我估摸着他们给吓破胆了。

我听人家传了不少老家伙和道格拉斯先生最后一次见面的情况。关于这个话题，不同的书里有十几种不同的记载，我已经听够了，那些识文断字的家伙也没少就这个话题发表意见。说实话，整个事件发生的时候，在场的只有四个成年人，而且除了道格拉斯先生，没有一个活到能讲述事情来龙去脉的时候。事情结束后，他又活了很久，而且他是那么一个擅长演讲的人，因此他讲了那么多种不同的版本，却偏偏不肯直截了当地说说当时发生的事情。

可我也在场，我看到的跟他讲述的有所不同。

老家伙身穿一件油皮夹克，戴一顶渔夫帽，扮成个打鱼的去赴约。我也说不上来他为什么要穿成这样。到目前为止，不乔装打扮也可以，因为他还是初来乍到呢。从匹兹堡到亚拉巴马，他的白胡子和恶狠狠的目光上了每一张通缉海报。实际上钱伯斯堡的黑人大多知道那次本该保守秘密的会见，因为差不多有二三十次，我们钻进马车，在一片死寂的黑夜中驶往采石场。我们跟黑人们在路边灌木丛里悄悄打招呼，有些人送上坛子、煮鸡蛋、面包和蜡烛。他们会说"上帝保佑您，布朗先生"，还有"晚上好，布朗先生"，还有"我全力支持您，布朗先生"。

然而谁也没说要到费里去参加战斗，老家伙也没有要求。可他看出他们是支持他的，他深受感动。因为每隔十分钟就停下来跟黑人打招呼，接受食品、零钱，还有他们奉上的这个那个，导致跟道格拉斯先生的会见迟到了一个小时。黑人们爱戴老家伙。他们的爱使他充满力量。这种爱实际上是对他最后的朝觐，因为事后他们将再也不会有机会感谢他——老家伙以迅雷不及掩耳之势开始大肆屠杀白人之后，白人也无所不用其极，将大量黑人清理出城，不管有没有犯罪都一样。但是黑人们给老家伙加足了油、鼓足了劲，我们进入采石场，沿着坑坑洼洼的小路颠簸到它后面的时候，老家伙已经是热血沸腾了。"老天爷，洋葱头，我们要把这万恶的制度一举粉碎！"他大声说，"这是上帝的意志！"

采石场背面有一条又宽又长的大沟，足够马车在其中通过。我们不费吹灰之力就将马车赶了进去，一位年迈的黑人默默无语地引导我们穿过大沟，来到采石场背面。那里站着的，正是道格拉斯先生本人。

道格拉斯先生身后跟着一位长着一头卷发、肤色黝黑锃亮的黑人壮汉。他自称希尔德·格林，可道格拉斯先生管他叫"皇帝"。"皇帝"果然一派王者之风——腰杆挺得笔直，身体紧绷绷的，寡言少语。

道格拉斯先生只看了我一眼，也懒得跟凯基先生打招呼。他拉着脸，拥抱了两次后便站在那儿一动不动，一声不出，看着老家伙说他的整套方案：计划，袭击，黑人蜂拥到他的营地，军队藏到山里，黑人白人并肩作战死死守住山口，让联军和敌军不得其门而入。这当儿，凯基和"皇帝"就静静地站着，两个人一声不吭。

等老家伙说完，道格拉斯先生说："我说了什么话，居然让你觉得这样的计划也会奏效？你要走到陷阱里去踩夹子了。你要抢的是美利坚合众国的弹药库。你刚开第一枪，他们就会从华盛顿特区调来联军。不出两分钟你就给人家逮住了。"

"可你我二人已经策划了好多年了，"老家伙说，"我已经把所有的事情都想透了。你自己有一次也说过做得到。"

"我没说过这种话，"道格拉斯先生说，"我说的是，应该做。可应该做和做得到是两回事。"

老家伙恳求道格拉斯先生也来。"跟我来吧，弗雷德里克。我需要召集黑蜂归巢，有了你，所有的黑人就一定都回来了。黑奴们需要自由。"

"是需要自由。但是不能靠寻死来获得自由！"

他们又争了几句。最后，老家伙搂住道格拉斯先生。"弗雷德里克，我答应你。跟我来，我会用我的生命保护你。你不会出事的。"

然而穿着大氅的道格拉斯先生还是站在那里，不为所动。他吃过太多的烤鸽子，吃过太多的肉冻和抹了黄油的苹果派。道格拉斯先生只适合在客厅里发表演讲，穿着丝绸衬衫和精致的高帽，披着亚麻外套，系着领带。他只会说话，只会发表演讲。"我不能这么做，约翰。"

老家伙戴上帽子，走到马车旁。"那我们走了。"

"祝你好运,老朋友。"道格拉斯说,但是老家伙已经转过身去,钻进了马车。我和凯基跟在后面。接着,道格拉斯先生转向他身边的希尔德·格林:"'皇帝',你有什么打算?"

"皇帝"耸耸肩,只说:"我觉得还是跟老家伙干。"接着,"皇帝"便跟在凯基身后,也钻进了马车。

老家伙驾起马儿,从道格拉斯先生身边后退,马车掉转方向,离开了。他再也没有跟弗雷德里克·道格拉斯说过话,也再没提过他的名字。

回哈珀斯费里的路上,老家伙一句话也没说。我感觉得到他的失望像潮水一般直往外冒。他手拿缰绳的姿态,赶着马儿在夜色里小步快跑的样子,月色洒在他身后,他的胡子在月色中显出轮廓来,那胡子随着马儿的奔跑微微颤动。他的薄嘴唇抿得很紧,那样子看上去活像一个鬼魂。他给人家打倒了。我估摸着,这种事人人都躲不掉,什么棉花枯死了、棉铃虫把庄稼啃没了,你只能沮丧地摇摇脑袋。最让他心碎的是他的朋友道格拉斯心碎。我的伤心事则是他的亲闺女。要是上帝他老人家不让这件事过去,那就没处躲没处藏,因为上帝创造一切,他老人家所拥有的一切,他的一切财富,上帝送来的一切东西,都不应该在这个世界上享受。那是他说的,不是我说的,因为我那时候根本不信这一套。可是那天晚上,望着老家伙艰难地忍受这个晴天霹雳,我仿佛突然受了点化。我身上发生了些许变化。上尉完全明白这个消息意味着什么,回到哈珀斯费里时,他已经明白一切都完蛋了。为黑人而战的事业将要失败,而失败的原因恰恰是黑人本身,然而他还是义无反顾,因为他相信我主上帝所说的话。那些话多么有力量。那一刻,我的心底第一次感受到上帝的存在。我没有告诉老家伙，在那一瞬间，无需用真理去打扰他，而且如果那样，我就得把事情的另一面也告诉他，就是说，即使我找到了上帝，即使上帝也对我讲话，正如对他一样，我们的天父也是让我赶紧逃命去。再说，我还爱着他的女儿。我不想告诉他这个。我那时知道一两件事情。都是刚刚学到的。第一件事情就是，道格拉斯先生根本不可能义无反顾地参加真正的战斗。他只会在客厅里发表演说。同样，我也知道自己永远不可能成为真正的男子汉，与一位真正的女子结为伴侣，更别提还是一位白人女子了。这世界上有些事情原本就不正常，原本就没法儿遂人心愿，要靠我们的心对它念念不忘，把它当作回忆，当作对未来世界的承诺。一切的一切结束之后，我们会得到奖赏，然而，我们仍需负重前行。

27

逃亡

　　返回费里农场，等着我们的是一大团糟心事。一进门，安妮和上尉的儿子奥利弗正在门口迎着我们。安妮说："赫夫马斯特太太把警长叫来了。"

　　"什么？"

　　"说她在院子里看见了黑人。她跑到警长那里，污蔑我们是废奴派，然后把警长也拽来了。"

　　"到底怎么回事？"

　　"我告诉她你得到礼拜一才能回来。他想进来，可我不让。接着，奥利弗下楼叫他离开。他走的时候挺生气的。他教训了我一通，说废奴分子把黑奴都弄到北方去了。他说：'你爹说他开矿，那矿在哪儿呢？他说要把挖矿的工具挪个地方，那搬运的牛和马车在哪儿呢？'他说她要带着一群警官来搜查咱们的房子。"

　　"什么时候来？"

　　"下礼拜六。"

　　老家伙琢磨了一会儿。

"当时是不是有人在院子里？黑人？"凯基问。

"无所谓了。等一下。"老家伙说。

他站在那儿，犹豫着，踌躇了一会儿才开口。他好像快要给逼疯了似的。他的胡子快垂到腰带搭扣上去了。他的外套也差不多烂成了布条，头上也还戴着那顶渔夫帽，帽子底下那张脸像一团破抹布。所有的事情都不对头。好像窗帘给绳子上拽掉了似的。有几个家伙写信回家跟老妈告别，弄得家里疑窦丛生，当妈的纷纷写信给老家伙，让他"把我儿子送回来"。他自己的儿媳妇玛莎——也就是奥利弗的老婆——怀了孕，每隔半小时就要哭天喊地作一场；有几个给过他钱、支持他反对蓄奴制的白人现在又想把钱要回去；另一些人写信给国会议员和政府的人，把自己听说的全招了；波士顿那几个金主没完没了地追问现在队伍已经扩大到什么程度了。他那些武器也全出了麻烦，四万个引信，盖子全都盖不上。家里挤满了人，个个心急火燎，窝在丁点儿大的阁楼里简直难以忍受。面对这么大的压力，任何人都会给逼疯的。可老家伙不是一般人，光看他说话的样子就知道他已经半疯了。尽管如此，他似乎还是僵住了。

他站在那儿犹豫了一刻，说："这不是问题。我们礼拜天就出发。"

"只有四天了！"凯基说。

"现在不走，以后就走不了了。"

"四天走不了！我们让大部队二十三日才来！"

"要来的人，四天之内就会来。"

"到了礼拜天，再过一个礼拜就是二十三日了。"

"等不了一个礼拜了，"老家伙不屑地说，"礼拜天出发。十月十六日。要写家信的赶紧写。通知下去。"

用不着凯基通知，有几个人已经凑过来听见了他们的谈话，而且已经写好了家信。他们在那小阁楼里窝着没事干。"我们怎么把消息送给黑人？"史蒂文斯问。

"我们不必找人送消息。该来的黑人都来得差不多了。五个来自钱伯斯堡，五个来自波士顿，这是马里曼答应过的。还有这附近的人，还有加拿大那边的。"

"要是我，就不会指望加拿大的人过来。"凯基说，"没有道格拉斯他们不会来。"

老家伙皱皱眉。"我数了数，二十九个人。"他说。

"有十四个有事不在场。"

老家伙耸耸肩。"我们一动手，他们就会从四面八方归巢。《圣经》里说：'那不信任别人的人，也不值得被信任。'你得信上帝，上校。"

"我不信上帝。"

"无所谓。上帝信你。"

"将军那边怎么样？"

"我刚接到她的一封信，"老家伙说，"她病了，来不了。她把'列车员'介绍给我们。那就够了。他会把消息传给她的手下。"

他朝我转过身来。"洋葱头，赶紧到费里去，等火车。巴尔的摩到列车一来，告诉'列车员'我们十六日出发。不是二十三日了。提前了一个礼拜。"

"最好我去。"凯基说。

"不行，"老家伙说，"他们要逼上来了。你会给拦住盘问的。

他们不会为难一个黑人小姑娘。我需要你们的人。我们还有好多事情要做。去把剩下的夏普斯手枪拿来准备好。得把引信都准备好，还得把长矛一根根放好。得让安妮和玛莎顺着高速公路往北走，一天内出发，最多两天。洋葱头回来之后跟她们一起准备，她也去。发动攻击时我不要女人在场。"

听了这话，我的心脏快乐地跳动起来。

"她们怎么走？"凯基问。

"我儿子萨尔曼会把她们送到费城。她们乘火车从那里往北到纽约州。没时间说话了，上校。咱们赶紧动手。"

我沿着铁道线往前跑，像出笼的小鸟儿似的唱着歌儿。我在河岸底下等着一点二十五分的列车，盼着它别晚点，因为我可不想给人家仍在后面。我绝不会错过费城之旅，不管出了什么事，不管有多少麻烦，都不会。我会让他们把我带到费城。为了去那里，我已经等了很久很久。我可以毫无愧疚地离开。老家伙果真给我带来福气了。

感谢上帝，那铁家伙准时到了。我等着乘客们全都下了车。火车还得再咣啷咣啷地往前挪动一米才能停在水面上。它停在水塔旁时，我撒腿跑去找"列车员"。我看见他待在靠近火车最末端的地方，把乘客的行李搬进车站，搬上等在一旁的马车。我等着他干完活儿。他来到火车另一侧靠近守车的地方，跟另一个黑人搬运工碰了头。我凑到他身边，另一个人看见我过去，便悄悄溜走了。他知道我要办什么事，不想跟我沾边，可是"列车员"看见了我，一言不发便朝着河岸底下那个地方点点头，那正是我们上一次见面的地方，之后，他便回到火车上。

我顺着河岸跑下去等着他，我站在行李架的阴影下，好不被人家看见。不大一会儿，他就走了过来，一脸的怒气。他背靠在行李架的支柱上，背对着我。可他还是火气十足。"我不是告诉你不要来吗？"他说。

"计划有变。老家伙四天之内要动手。"

"四天？你们在逗我吗？"他说。

"我没逗你。"我说，"我就通知你一下。"

"告诉他四天之内我弄不到那么多人。我刚刚开始下手。"

"能带多少人带多少人，他这次豁出去了。"我说。

"我还需要一个礼拜。他说过二十三号的。"

"二十三号取消了，这个礼拜他就要发动。"

"将军病了，他不知道吗？"

"与我无关。"

"当然与你无关。你们只关心自己那副臭皮囊，你这小走狗。"

"你冲我发脾气没有用。你干吗不找个跟自己个头差不多的？"

"小心点儿说话，要不然我就把你铲平，你这小无赖。"

"至少我不当贼。我知道你把老家伙的钱全卷走了，什么也没干，跟其他人一样，你也不会来。"

"列车员"是个大块头，而且背对着我。但是现在他转过身来抓住了我的裙子，提溜着我，我的两只脚都离了地。

"你脸上那个破洞里再胡说八道一句，你这小混账，我就把你扔到河里。"

"我只是转告你老家伙说了什么！他说四天之内他要动手！"

"我听见了！攥紧你的舌头，其他的话不用说。我能发动多少人就发动多少人，叫你的老家伙截住火车，别让它开到波多马河大桥上去。别让它过了桥。在那儿截住它，给我发暗号。"

"暗号是什么？"

"一个词儿，一个标志。你们那边不都是用暗号的吗？"

"没人说过这种东西。"

他把我放在地上。"狗屎，这个行动计划真是烂。"

"这么说，我可以告诉上尉，就说你知道了？"

"告诉他，我知道了。告诉他，我能带多少人就带多少人。"

"还有别的吗？"

"告诉他，我们需要一个暗号。截住火车，别让它开到桥上去。也别在车站。要不然乘客就下车了。在桥上截住火车，然后我就出来看看出了什么事。我会拎出来一盏灯笼。我顺着火车走，把你告诉我的暗号说出来。你记得住吗？在上桥之前截住火车。"

"记住了。"

"我说，你脑子不好使，所以我给你一个暗号。得找一句平常的话。我就说：'是谁呀？'，不管那边是谁，就说：'耶稣来了。'记得住吗？"

"是谁呀？耶稣来了。我记住了。"

"别忘了。是谁呀？耶稣来了。要是没有这句话，上帝见证，我可绝不会朝我身后的人摇我的灯笼。我会带着满满一车黑人，也许火车旁边还有一辆马车，里面也坐满了黑人。我还可以找来更多的人，但是四天时间不够。"

"明白了。"

"我从铁路那边摇摇灯笼，黑人就知道该怎么做了。他们会从后车厢下车，过来拿下售票员和火车头，把他们交给上尉关起来。剩下的人会拿上我给她们的几样工具，把后面的铁轨捣坏，好让火车没法儿倒退回去。这样就能截住火车了。"

"你怎么才能做到？"

"还有一个黑人搬运工和一个黑人司炉工。他们跟咱们是一伙的。"

"那是什么意思？"

"意思就是说，他们知道这个计划，但是不参与。这世上不是每个人都像我这么傻。可他们都很可靠。要不然你现在早已经没命了。像你这样在火车站晃来晃去、胡说八道，费里的黑人个个知道要发生什么事了。不管怎么说，他们两个人会装成傻乎乎的黑鬼截住火车，让车厢里和马车里的黑人下去。懂了吗？"

"好吧。"

"这些黑人一旦下了车，我就出去。你把话儿带给老家伙。你就这么说：他们一下火车，'列车员'的任务就完成了。还有，如果没接到暗号我就按兵不动。'是谁呀？''耶稣来了。'不听到这句话，我手里的灯笼一下都不会动。要是那灯笼不动弹，黑人就不动弹。这件事无论如何就完蛋了。不管怎么说，我的任务就是这个，不管到时候情况如何。你懂了吗？"

"我明白了。"

"好。那你赶紧滚蛋，你这小流氓。你真是个怪东西，蓄奴制真是造出不少怪物来。我当然不希望你死到临头那天还长着现在这副脑瓜子。要是你在路上，或者阳世间的任何地方再看见我，绝对不准跟我说话，甚至不准朝我点头。这辈子我再也不想看见你。"

说完，他敏捷地转个身，溜下河岸和货架，顺着斜坡爬上呼呼直喘的火车。而我也已经匆匆跨过大桥，回到马里兰州一侧，踏上与波多马和平行、通向肯尼迪农场的大道，这时，那铁家伙已经吭哧吭哧地朝着弗吉尼亚州的方向驶去，无影无踪了。

　　我回到总部，情况一片混乱。那地方跟一座失了火的军营一样。人们四散奔逃，有的拖着箱子、皮包、长枪短炮、火药子弹。可怜他们在那小地方憋了那么长时间，总算重见天日，可以开始行动了。他们铆足了劲儿，跟打了鸡血似的。安妮和玛莎东跑西颠地准备着上路。那座小小农场里的每一个人都忙着自己的事儿，只把我往旁边推搡，而我却有些不知所措。接下来的两天，我开始劝他们慢下来，因为我想跟老家伙好好道个别。

　　老家伙的心思没放在我身上。他陶醉在自己的伟大事业之中，像一阵旋风似的上蹿下跳。他浑身都是锯末子和火药，一会儿下楼一会儿又上去，咋咋呼呼地指挥着。"蒂德先生，把钢珠儿沾上油，我们要用它炸大桥。科普兰先生，枪盒里多放些子弹夹。动作要快，先生们，要快。我们是正义的事业，我们要对抗宇宙！"他忙活了整整两天，缩着身子从在房间之间乱窜，眼里根本没有我这个人。到第二天，我放弃了，溜进厨房的一角找吃的，我老是饿着肚子，况且我就要上路了。我恰巧来得及看见安妮正筋疲力尽地坐下来。她朝窗外望了一分钟，没注意我，她脸上的表情让我忘记了自己身在何处。

　　她黑着脸坐在火炉旁，然后慢慢捡起几样锅碗瓢盆之类的包好，勉强打起精神。布朗家没有任何人对老爹失去过信心，这一点我得说句公道话。他们全跟他一样，都相信黑人是自由平等的。当然，那个时候他们全都跟疯了差不多，可也情有可原，毕竟他们都是在宗教氛围里长大的，多少有点儿冒傻气，相信《圣经》上的每一个标点符号。然而，安妮真的蔫了。她的情绪十分低落。我一见她这样沮丧，不免心疼，便溜过去，她一见我就说。"我有一种很糟糕的感觉，洋葱头。"

"什么也别担心。"我说。

"我知道我不该担心，但是很难勇敢起来，洋葱头。"说完她笑了笑，"我很高兴你能跟我和玛莎一起。"

哎呀，我高兴得都要爆炸了，可却自然不能说出来，于是我像往常一样，假装无所谓。"没错，我也很高兴。"我说不出别的话。

"帮我把其他的东西都收拾好，行吗？"

"当然。"

我们一阵忙乱，准备离开这里，此时我打开了自己的小算盘。安妮和玛莎要住在靠近加拿大的纽约州，老家伙在那儿有一处产业。我不能跟她们一起去。在安妮身边我简直度日如年。我决定要乘马车去宾夕法尼亚，在那儿溜之大吉，我的目标是费城——如果我们走得了那么远的话。这可不是一般的路，因为无论我在哪儿甩开她们，都给她们增加了极大的危险。我们得穿过蓄奴州，再说，因为我们得快走，所以必须利用白天的时间，这就危险了，因为越靠近宾夕法尼亚州象征着自由的州界，萨尔曼就越有可能被拦下来盘问，查看他是不是在贩卖黑奴。萨尔曼这小子是个死脑筋，跟他爹一样。他才受不了那些傻瓜和检查贩奴的哨兵，他带着妹妹和嫂子奔向自由的路上，不会让任何人拦下来，他也同样不会把我拱手让人。再说，他还得回去呢。他一定是二话不说，用子弹开路。

"我得去拿些干草，"我对安妮说，"我最好躲在马车后头的干草堆里，到宾夕法尼亚再出来。"

"那得花上整整两天时间。"她说，"你最好跟我们在一起，假装成家奴。"

但是，一见她那张漂亮的脸蛋儿，那真挚单纯的眼神儿朝我一望，我那套作假的本领就使不出来了。我停下了走向棚子的脚步。棚子里存着点儿草料，我弄了一些，放在我们坐着的马车上。光天化日之下，我得藏在马车上的干草堆里旅行，一直到晚上才能出来，这种日子我得过上整整两天。藏起来比出来强。但是，我得在耶稣基督面前说实话，那时候，我已经过烦了这种东躲西藏的日子。我想尽一切办法躲藏，我已经厌倦了。

进攻之日的前一天，我们装好马车，没搞什么仪式就离开了镇子。上尉递给安妮一封信："这是给你妈和兄弟姐妹的。按照上帝的意志，过不了多久，我就见到你们啦。"他对我说："再见了，洋葱头。你打了仗，打得漂亮，一旦你的黑人兄弟重获自由，我就会见到你，要是上帝愿意那样做的话。"我祝他好运，然后一行人便离开了。我登上马车，坐在干草堆底下。沿着马车侧面放着一块木板，底下是覆盖着我的干草，安妮便坐在木板上，而赶车的萨尔曼跟他嫂子，奥利弗的老婆玛莎，坐在车头。

我们出发了，安妮就坐在我的头顶上，辚辚的车轮声中，我听得见她抽泣的声音。过了一阵儿，她停止哭泣，突然说："等大功告成，你的同胞们会重获自由的，洋葱头。"

"是的，他们会的。"

"你就可以远走高飞，拿着把提琴，唱着歌儿，完成你的心愿了。大功告成之后，你就可以一辈子到处唱歌了。"

我想对她说，我愿意追随她到任何地方，一辈子为她歌唱。甭管是十四行诗，还是宗教小曲还是什么歌颂上帝的牛仔小调儿，只要她喜欢就好；只要她开口，我什么歌儿都能学。我想告诉她，我要浪子回头，我要重新做人，我要拿出我的英雄本色。可我却不能，因为我的本色并非英雄好汉。我只是个懦夫，靠撒谎过活。仔细想想，这个谎撒得也并不太坏。身为黑人，你就得对白人笑脸相迎，日日如此。你得知道他想要什么、他需要什么，挖空心思讨好他。而他却不必在意你想要什么。他也不管你需要什么，也不管你的感受如何，也懒得关心你是个什么人，因为你跟他根本不在一个层次上。在他眼里，你只是个黑鬼，是个物件儿，比如一只狗、一把铁锹或者一匹马。你的需要和欲望一点儿都不能流露出来，不管你是姑娘还是小伙儿，是娘们儿还是爷们儿，高矮胖瘦，是圆是扁，爱酸还是吃辣，也没人对你知冷知热的。有什么区别呢？在白人看来，没区别，你不过生活在社会的最底层。

　　然而对于你来说，对于你的心来说，这的确是有区别的。一想到这点，我便心酸起来。要是一个人不知道自己是谁，那他那副皮囊也舒服不了。辨不清自己的身份，你就跟一粒豆子一样可怜。不管你外表长成什么样，也好过这样。派克斯维尔镇的西博妮娅让我明白了这一点。我琢磨着，正是在密苏里那会儿，因为眼睁睁看着西博妮娅和妹妹莉比上了绞刑架，我的生活轨道才发生了改变。"做个男子汉！"人家要绞死他们的时候，西博妮娅这样对那个摔倒在绞刑架前的小伙子说。他们让他跟其他人一样浑浑噩噩，把他像破衬衫似的挂在晾衣绳上，可他挺住了。他做到了。他让我想起了老家伙。人家绞死他之前，他的神色不同以往，好像看到了别人看不到的景象。老家伙脸上永远是这副表情。老家伙是个疯子，可也是个好心肠的疯子，他做不到心平气和地跟他的白人兄弟们一样，他做不到跟你我一样，跟着狗群一起狂吠，因为他跟他们不是一路人。他笃信《圣经》。他是个神圣的人，疯得不像样，纯真得要命，随便谁都能被他忽悠晕了。可至少他知道自己疯癫，至少他知道自己是谁。光是这一点就比我强。

我傻呵呵地躺在马车里的干草堆下面，脑子里翻来覆去地想着这些，怎么也想不出我应该是个什么人，也不知道这辈子该唱什么调调。安妮的老爹是我心中的英雄。他是主心骨，我们黑人同胞的命运全负担在他的肩头。他背井离乡，去追寻心中的信仰。我没什么信仰。我就是个黑鬼，只想混口饭吃。

"我琢磨着，等打完仗我就要唱点歌。"我憋出一句话，"到处唱唱。"

安妮转过了头，眼中噙满泪水，不知想起了什么。"我忘记告诉爹杜鹃花的事了。"她突然说了这么一句。

"什么杜鹃花？"

"杜鹃花。我在院子里种了一些，长出来，是紫色的。爹说如果真是那样，就告诉他，说那是个好兆头。"

"这么说，他可能会看到的。"

"不。他不会往那儿看。他们在院子后头，靠近灌木丛的地方。"说着，她终于忍不住，又痛哭失声。

"就是一朵花嘛，安妮。"我说。

"不光是一朵花。爹说好兆头是天堂发出的信号。好兆头很重要。比如弗雷德里克的上帝鸟。就是因为这个，他才总是在队伍里用这些鸟毛。这不是一般的羽毛，也不是一般的暗号，是兆头。这些东西不会轻易忘了，就算遇到困难也不会。遇到困难的时候，你也会记得你的好兆头。你不会忘记的。"

我的全身弥漫着一种极端恐怖的感觉，我蓦然想起，"列车员"说在桥上截住火车的时候的暗号得告诉老家伙，而我忘了个一干二净。他说过要告诉他暗号的。他会说"是谁"，对方得回答"耶稣来了"。要是没听见暗号，他就不会交出他的人。

"老天爷。"我说。

"没错吧，"她痛哭着说，"是坏兆头。"

我再也没对她说什么，而是静静地躺在那里，听她失声痛哭，只有上帝听得见我的心脏痛苦万状，怦怦跳动。我想，去他的。我才不会从那干草堆里爬出去，光天化日之下穿过路上的层层哨卡，在弗吉尼亚和宾州之间有数不清的逃奴稽查员，我可不想一一躲开他们回到费里。我会给劈成碎片的。我们已经走了三个小时了。我感觉太阳的热力从地底下钻冒出来，穿透我身下的马车地板。我们一定已经抵达钱伯斯堡，马上要进入弗吉尼亚州界了，而弗吉尼亚州又偏偏是个蓄奴州。

安妮又痛苦了一会儿，之后渐渐平静下来。"我知道你还想着费城，洋葱头。可我不知道……我不知道你会不会跟我到北埃尔巴来。"她说，"也许我们可以合伙开一家学校。我知道你的心。北埃尔巴是个安静的地方。废奴。我们合伙开学校。我们可以找——我可以找到一位朋友来帮忙。"说到这里，她突然又痛哭起来。

这下完蛋了。我躺在干草堆底下，觉得自己还不如加拿大那些只会吹牛的卑鄙的牧师和医生什么的，他们答应参加老家伙的战争，却肯定不会来。在安妮的痛哭声中，我的羞愧排山倒海一般压下来。我们一公里一公里地前进，我的羞愧也随之滋长蔓延，巨石般压在胸口。我到了费城之后怎么办？谁会爱我？我只有孤零零的了。而在纽约她要过多久才会发现我的本来面目？用不了多久。再说，要是连你自己都闹不清自己是谁，别人又怎么会爱你？我扮成一个彻头彻尾的女孩时间已经太长了，我已经喜欢上了这种感觉，我习惯了，习惯了用不着扛东西，也习惯了别人觉得我不如男人力气大、反应快，不如男人那么坚强而替我开脱。然而问题就在这里。你装得了一时，却改不了自己的本性。你只是假装而已。你不是真的自己。说到底，我只是个黑人，黑人得扮演黑人的角色：躲躲藏藏，笑脸相迎。假装身上有枷锁算不了什么，可枷锁终有解开的一天，之后呢？自由又有什么用？跟白人一样？白人的生活就都是对的吗？按照老家伙的想法，也不尽然。那时我所想到的就是，在生活中，你要时时刻刻做自己。也包括要去爱什么人。要是你不能做自己，又怎么能爱上别人？这样的人怎么会拥有自由？这个想法压在我的心口，像一把老虎钳。我垮了。我拜倒在那姑娘的脚下，我承认，自己用全部的心灵爱着她，要是因为"列车员"没有听到暗号，她的父亲就会丧命，那我这一辈子都会被他的责难压得透不过气来。她那个婊子养的爹！还有那"列车员"！那道貌岸然、无知狂傲、长得像头大象似的浑蛋！还有那些反对蓄奴制的家伙没一个好东西！我脑子里乱哄哄的。一想到老家伙要因为我而丢了老命，让我觉得比失去安妮的爱更难受十倍，要是她知道了我的本来面目，一定会厌恶我，一个男扮女装的黑鬼，不配做个男子汉，还妄想要爱她！她根本不可能爱上我，甚至不会喜欢我，不管她之前多么真心实意地拿我当好闺蜜。她爱的只是一个幻象。要是我像个懦夫似的躺在干草堆底下，而不是显出男人本来的样子，回去说出那几个字，哪怕只能帮他延续五分钟的生命，那么我的下半辈子双手将沾满她父亲的鲜血——老家伙虽然愚蠢，可我的命值钱，他的命也值钱，而且老家伙还多次为了我的缘故冒着生命危险。去他妈的！

因为我的所作所为，使我的双手沾满上尉的血，这是我所不能容忍的，我受不了。

安妮屁股底下那块木板支在两块薄板上，我用双手推开两厘米左右，从稻草堆里坐了起来。

"我得走了。"我说。

"什么？"

"叫萨尔曼停车。"

"不能停车。咱们在蓄奴州境内呢。回到草堆里去！"

"我要回去。"

她还没过来，我便从木板底下钻出来，一把撸掉软帽，把裙子扯到腰部以下。她的嘴张得老大。

"我爱你，安妮。我不会再见到你了。"

随着一个轻捷的转身，我抓起褡包，从马车后部一跃而出，滚到大道上。安妮的叫喊声响彻在我周围的树林里。萨尔曼一扯缰绳，朝身后的我喊了句什么，然而那喊声却好比石沉大海一般，我已经顺着大道，远走高飞了。

28

进攻

我一阵风似的顺着大道跑下去，搭上一个黑人老头儿的车。他来自马里兰州弗雷德里克市，正驾着他主子的马车去费里拉一车木材。我们花了整整一天时间往回走，因为那老头儿很精明，我们得路过好几个黑奴市场，他一路说起他主子做着的生意。他让我在距离费里几公里、隶属于马里兰州的地方下了车，我步行走完了剩下的路程。我很晚才回到农场，那时天已经黑了好几个小时了。

我走过去一看，房间很黑，也没点着蜡烛。细雨蒙蒙，没有一丝月色。我没有钟表，可我估摸着那时候时间已经接近午夜。

我冲进去一看，人去楼空。我转身往门口冲去，却发现一个人影挡住了大门，一支枪管直直抵在我的脸上。一束光射过来，后面是老家伙的三个手下：巴克莱·科波克——那个神枪手贵格教徒，还有欧文和疯狗似的独怪侠眼弗朗西斯·梅里亚姆，这家伙是后来才入伙的。三个人手里都擎着步枪，刀枪剑戟丁零当啷挂了一身。

"你跑这儿来干什么？"欧文问。

"我忘了把'列车员'的暗号告诉你爹了。"

"父亲跟他没有暗号。"

"没错。'列车员'给了我一个暗号，让我告诉他。"

"晚了。他们几个小时之前就走了。"

"我得告诉他。"

"别动。"

"干吗？"

"他们自己会想办法解决。你对我们有用。我们守着弹药，等着黑人归巢。"欧文说。

"哟，这可是我这辈子听过的最蠢的话了，欧文。你琢磨明白了吗？"

我瞧瞧欧文，我敢对上帝发誓，欧文是在竭尽全力板着那张脸。"我誓死反对蓄奴制度，谁不反对谁就是蠢货，"他说，"黑人会来的，我就在这儿等着他们。"他说。我估摸着，他一向就是这么着对父亲表忠心，而且我估摸着他已经退出了行动。农场离费里镇八公里远，我估摸着老家伙之所以走了，就是因为欧文受够了疯子老爹。他经历了整个堪萨斯战争，见证了战争中最险恶的阶段。至于剩下的两个人，老家伙留下他们是为了把他们排除在行动之外，考波克才二十岁，而梅里亚姆的脑子顽固得跟一团烂泥似的。

"BO列车到了吗？"我问。

"不知道。没消息。"

"几点到？"

"凌晨一点十分。"

"一点二十五之前到不了。我得去警告他。"我说着，朝门口走去。

"等等，"欧文说，"我懒得老把你往火坑外面拽，洋葱头。坐着别动。"可我已经出门离开了。

往费里镇要跑八公里，夜色黑漆漆的，还下着小雨。要是我还留在那黑人老头儿的马车里，而不是在肯尼迪农场下车，我还能直接赶到镇上，我估摸着那样一来我还能更及时。可是那老家伙早没影儿了。我把装着我全部家当——几件男孩子穿的换洗衣服而已——的褡包背在背上。我打算好了，等这件事大功告成，我撒丫子就跑。"列车员"会让我搭车的。他说过他不会久留。要是我有点儿脑筋，就该在背包里塞上一把手枪。农场地上堆着十来支枪呢，就在我走进房间的时候，窗台上就放着两把枪，子弹和引信似乎也装好了。可我当时没过脑子。

我拼命往山下跑，一路上一声枪响都没听见，也就是说，还没交上火。可当我奔到山下，沿着波多马河跑着时，却听见火车呼啸而来，只见从东边的河对岸约一千六百米的地方闪出一盏昏暗的灯光，沿着山边蜿蜒而来。那就是从巴尔的摩开出来的BO列车，一分钟都没耽搁。

我甩开两条腿，没命地沿着大道，朝着波多马河上的大桥跑去。

我刚跑到，火车就开到了另一边。我听见火车暂停时发出嘶嘶的刹车声时，刚刚登上火车对面的大桥。我看见火车在那里顿住，嘶嘶作响，纹丝不动，车轮下就是横跨波多马河的大桥桥架。火车在离车站几米的地方停了下来，跟"列车员"说得一模一样。列车通常会停在车站旁放下旅客，再往前走个几米到水塔取水，然后跨过谢南多厄河上的大桥，再向南直奔弗吉尼亚州的威灵市。火车停在那儿可不同寻常，这就是说，老家伙的队伍已经打响了战争。

谢南多厄大桥尚有棚子，一边是马车车道，另一侧是火车铁轨。我站在BO大桥顶上，可以看见两个背着步枪的家伙从火车靠着的谢南多厄大桥一侧跑上去，离我大约还有四百米。我还在奋力奔跑着穿过BO大桥，火车稳稳地停着，纹丝不动，咝咝喷出蒸汽，车顶的灯笼在火车车头的排障器上荡来荡去。

我离得更近些时，从大桥上看出那两个人影是奥利弗和斯图尔特·泰勒，他们两个拿步枪指着司炉工和添煤工人，同时跳下火车。这两个人算是落到奥利弗的手心里了。他和泰勒押着两人朝火车尾部走去，然而火车引擎发出咝咝声和咣啷咣啷的响声，我跑得气喘吁吁，因此我听不见他们说了些什么。但是我使出吃奶的劲儿越跑越近，终于快跑到的时候，听见了几句。

我刚要穿过桥，就看见"列车员"高大壮实的身影从一节客车车厢的边门闪了出来，走下台阶。他走得很慢，若有所思的样子，之后伸手关上身后的车门，然后步行沿着铁轨向前走去。他在奥利弗身边停下脚步，提着一盏灯笼。他没有摇那灯笼。朝奥利弗和泰勒走去时，他是稳稳地提着那灯笼，而那两人正领着两个犯人，朝与他相反的费里镇方向越走越远。奥利弗转身看见"列车员"，示意泰勒跟两个囚犯继续往前走，而他自己离开他们，朝"列车员"走去，屁股后头挂着一把步枪。他没抬起枪口，只是稳稳地端着它，朝"列车员"走过去。

我拼命往那边跑，使出了吃奶的劲儿。我跑下费里这一侧的大桥，掉转方向顺着铁路朝他们奔去，一边跑一边大声叫喊。他们离我不过两百米，可是火车发出叮叮咣咣的噪声，我又在暗处朝着铁轨跑，当我看见奥利弗来到"列车员"身边时，我大喝一声："奥利弗！奥利弗！小心！"

奥利弗没听见。他朝身边看了一眼，然后扭头朝"列车员"走去。

说时迟，那时快，我已经听得见两人的对话。"列车员"朝奥利弗走过去，我听见他喊道："是谁？"

"站在那儿别动。"奥利弗说。

"列车员"还往前走，又问了一次："是谁？"

"站着别动！"奥利弗厉声说。

我哇哇大叫起来："耶稣来了！"可我离得还不够近，两个人都没听见我说的话。奥利弗这次没有转回身，因为"列车员"离他不过只有一米五的距离，手里还提着灯笼。他是个大个子，我估摸着就是因为他虎背熊腰的，就是因为那种雄赳赳气昂昂的架势，才让奥利弗端起了枪。奥利弗才不过二十岁，还是个小伙子，可他毕竟是布朗家的人。这一家人一旦打定主意，就绝不回头而来。我尖叫起来："奥利弗！"

他又转过身。这一次他看见我朝他扑去。"洋葱头？"他问。

夜色漆黑，我不知道他看没看清楚是我。但是"列车员"一点儿也没看见我。他离奥利弗不过一米五远，手里拎着灯笼，他又对奥利弗说："是谁？"语气很不耐烦，还有点儿紧张兮兮的。这下子，看得出他是在等着动手了。

奥利弗扛着步枪，又朝他转过身去说："一步也别上来！"

我不知道"列车员"是不是误会了奥利弗的意思，然而他的确是转身背对着奥利弗。他转过身去，一阵风似的离开奥利弗身边。奥利弗手里的枪还对着他，我估摸着奥利弗不会眼睁睁看着他又上了火车。然而，那"列车员"做了一个怪动作。他停下来熄灭了灯笼，接着，他没有回到火车上去，而是朝离铁轨只有几米之遥的铁路办公室走去。他没走向火车，而是直接来到铁路办公室。这下子丢了性命。

"别动！"奥利弗吼道。他喊了两次，第二声喊出来，"列车员"丢下灯笼，朝办公室走去，三步并作两步地走去。

老天爷作证，他没摇晃他的灯笼。要不就是因为我们这边的人蠢头蠢脑地说不出那暗语，激怒了他，要不就是他拿不准到底发生了什么事。反正他把手里的灯笼一扔，朝办公室跑过去的时候，奥利弗一定是觉得他去叫人了，于是便用手里的夏普斯步枪对付他，一枪就把他撂倒了。

那把夏普斯步枪已经很老旧了，它的声音居然那么大。那玩意儿闷住了一部分火药，发出巨大的轰鸣，在两条河的两岸久久回响；那声音撞击着四面的群山，有如天堂传来的声音，那声音在河的两岸来回游走，传到阿巴拉契亚山谷中，又像一只保龄球似的顺着波多马河顺流而上。那声音宛如上帝的怒吼，枪声惊天动地，放出一只火球，直击"列车员"的后背。

"列车员"是个壮汉，足有六掌高。可那火球还是把他吓了一跳。一击之下，他并没什么反应。他直挺挺地站了几秒钟，又仿佛若无其事似的，继续往前走，朝着那铁路办公室，脚步有点儿踉跄着抬腿跨过铁轨，随即便向前摔倒在铁路办公室的门口。他就跟一捆破布似的倒了下去，两只脚弹了几下。

两个白人打开门，把他拖了进去，我刚好赶到奥利弗身边。他转身看到我，说："洋葱头！你怎么来了？"

"他是我们的人！"我喘着粗气说，"他是负责召集黑人的！"

"他早该说的。你也看见了。我让他停下来的。他一个字都不说！"

现在告诉他已经没用了。都是我的错，我认罚。反正"列车员"已经上了西天。他是哈珀斯费里战役中牺牲的第一个人。一名黑人。

事后，白人抓住这件事不放。他们开起了玩笑。他们说："哦，约翰·布朗在哈珀斯费里解放黑人的第一枪，撂倒了一个黑人。"可事实上，"列车员"没有当场死亡。他又活了二十四小时。比奥利弗活得还久。他中枪后有整整一天时间可以讲讲到底是怎么回事，因为他最终死于失血过多，死前一直意识清醒，他的老婆孩子，甚至朋友们，还有镇长都去看他，他也对他们都讲了话，然而他没有把自己的所作所为和真实身份告诉任何人。

后来我听说他的真名叫海伍德·谢泼德。风波平息后，哈珀斯费里的白人们按照军人的标准为他举行了葬礼。他们把他当英雄埋葬了，因为他是他们的黑奴。他死去时，银行里有两千五百美元的存款。他们从来都没弄清楚他一个扛行李的怎么搞到那么多钱，或者他要拿那些钱做什么，可我知道。

假使老家伙没有临时改变动手时间，导致"列车员"把暗号给错了人，他也许能多活一天，把他省下的钱用来解放自己的同胞。然而他传话传错了人，使计划出了毛病。

只是最后关头的一个无心之错。我也并没有痛心疾首地责怪自己。事实上，那天灭了"列车员"灯笼的并不是我，让他扔了灯笼的也不是我。是"列车员"自己。要是他冷静些，再等一会儿，他就会看到我，上下摇一摇那盏灯笼。可说实话，这件事没法儿就这么想开了，因为损失太惨重了。

我让奥利弗先别走："都是我的错。"

"有什么账以后再算。"他说，"咱们得走了。"

"你不明白。"

"以后再明白，洋葱头。咱们非走不可。"

可我动弹不得，奥利弗身后的一幕景象把我吓傻了。我就站在他面前，望着他身后的铁路，此情此景，吓得我裙子底下的两颗小核桃都颤抖起来。

灯笼昏暗的光亮中，几十个黑人——六七十个的样子——从两节客车车厢里涌出来。正是礼拜一的凌晨时分，有几个人身上穿的约摸还是做礼拜的衣服，他们前一天可能刚去过教堂。男人穿着白衬衫，女人则穿着裙子。男女老幼，有的穿着专门上教堂的最体面的衣服，而有的却连鞋都不穿，有的手里拿着木棍和长矛，甚至还扛着一两支步枪。他们火烧屁股似的纷纷跳出火车车厢，这一大帮子人撒丫子没命地往巴尔的摩和华盛顿特区扭头就跑。他们本来等着"列车员"摇晃灯笼呢。一看不妙，他们就立马脚底抹油，逃之夭夭了。那年月，黑人无须多想，就知道自己准是给人耍了，甭管对方是白人黑人。

奥利弗转身往后看去，正巧最后一个家伙跳出车厢，顺着小路跑掉了，他转身对着我，茫然地说："怎么回事？"

我望着最后几个人也左拐又绕，逃进了灌木丛，有几个人沿着小径一路狂奔，都消失得无影无踪，我说："咱们完蛋了。"

29

一团乱麻

奥利弗和泰勒押着司炉工和搬煤工人迅速离开大桥，我则灰溜溜地跟在后面。他们带着那两人经过谢南多厄大街的黏土房子，直接走进了无人看守的军火库大门。一路上，奥利弗告诉我们行动已经展开。库克和蒂德割断了镇里的电报线，他哥哥沃特森——也是老家伙的儿子——和汤普森家一个小子守着谢南多厄大桥。其余的解决了两个看守，摸进军火库，夺了武器。两个家伙拿下了弹药库，有几个兵在那儿看着步枪。火车也给截住了。凯基和黑人士兵约翰·科普兰拿下了步枪作坊——步枪都是在那儿组装的。老家伙军队里的其余十七个人则分散在军工厂的各个房间里。

"只有两个看门的。"奥利弗说，"我们出其不意。我们设下的陷阱妙极了。"我们把犯人带进发动机生产车间，看门的是老家伙手下的两个兵，我们一进去，只见上尉正忙着发号施令呢。他转身看见我走进去，我以为他要因为我不遵守命令而失望发火呢。然而他已经习惯了乱糟糟的麻烦事和层出不穷的娄子。他没生气，脸上反而有一种欢欣鼓舞的表情。"我都知道了。上帝已经提前知道了我们的喜讯！"他大声说，"仗打赢了，因为我们的报喜鸟——洋葱头回来了！《以赛亚书》说得好：'邪恶之人得遇邪恶之事。还说了，那正义之士将与他老人家安然同在！'"

大伙儿欢呼雀跃，放声大笑，我注意到只有两个人例外，O.P.安德森和"皇帝"。那是房间里仅有的两个黑人。他们看上去颓了，萎靡了，蔫巴了。

老家伙拍拍我的后背。"我看见你穿上了胜利的服装，洋葱头，"他说，我身上还穿着那破麻袋呢，"你已经准备妥当了。我们马上要去山里。很快，等黑蜂一回潮，我们就远走高飞。还有好多活儿等着我们呢！"说完，他转身走开，又开始发号施令起来，跟什么人说要找三个农场的人收拾附近一所学校，好把黑人都聚集在那里。他满脑子都是命令，让人干这干那的。我呢，除了老老实实坐着之外，没什么可干的。房间里已经有八九个犯人了。已经快凌晨两点钟了，有些人困得睁不开眼睛，而他们差不多都是给从被窝里拽出来的。回想起来，房间里还有一对夫妇，他们俩是在从镇上的高尔特酒馆抄近路经过军械库旁边的时候给捉住的，还有两名军火库工人、两名铁路工人，还有一个一直躺在地板上的醉汉，一醒过来就嚷嚷着说自己是高尔特酒馆的厨子。

老家伙从他们身边来来去去，对他们视若无睹，嘴里不停地吆喝着，快活极了。自打我认识他，还从没见过他的脸色这么红扑扑的，而且他脸上的皱纹也变了形，跟通心面条似的绕着鼻子转了好几圈，这副尊容好久都不会消失，眼下乱七八糟的大娄子一下子凝聚起来——叫我怎么说好呢——一副称心如意的模样。老家伙那张脸不会笑，没法儿形成那种发自内心的、咧开大嘴的、跟开抽屉似的那种笑容，他就是露不出那排大得吓人的、跟玉米粒一样焦黄的大门牙——老家伙啃熊腿、嚼猪大肠的时候我倒是见过那玩意儿。可现在，因为心满意足，他脸上的确是松弛到了极点。他完成了一件大事。一看就知道。我大受触动。他真的办到了。他拿下了哈珀斯费里。

回头想想，从毫无章法到大功告成，他只用了不过五个钟点的时间。从他们九点钟走进来，到火车在凌晨一点抵达，满打满算也只有五个小时。在我来这儿之前，事情顺得跟太妃糖似的。他们割断了电报线，撂倒了两个看门老头儿，从两个挤满废奴分子的沙龙旁边神不知鬼不觉地溜过去，直接杀进了军火库。那军火库占地面积可不小，足足有四公顷，分成好几幢功能各不相同的楼房，有的地方是造步枪的，有的地方存放着枪管，有的放着滑膛枪，有的放着子弹、镰刀什么的。他们攻入了那里的每一栋锁得严严实实的房子。主楼是豪尔负责的步枪作坊。老家伙在那儿布置了最得力的手下，有凯基上校、欧柏林来的黑人兄弟，还有约翰·科普兰。

我的到来似乎有推波助澜的作用，老家伙花了几分钟告诉手下做这做那，发出毫无意义的号令——因为一切都大功告成了——然后他停下来，往四周看看，用沉痛的语气说："伙计们！我们目前已经控制了十万支步枪。我们的增援部队到了之后，根本用不了这么多。"

人们又欢呼起来，噪声平息下去之后，老家伙转过身去找跟我一起来到发动机生产车间的奥利弗。"奥利弗呢？"他问。

"回去守着火车去了。"泰勒说。

"哦，对了！"老家伙说。他转向我。"你看见'列车员'了吗？"

我可没勇气把这个噩耗告诉他。反正不能硬着头皮直接讲出来。

所以我说："多少见到了。"

"他在什么地方？"

"奥利弗照顾着他呢。"

"'列车员'召集黑蜜蜂了吗？"

"哎哟，他召集了，上尉。"

那两个黑人——O.P.安德森和"皇帝"——一听我这么肯定的语气，都跑了过来。

"你有把握？"安德森说，"你是说，黑人来了？"

"好几伙人呢。"

老家伙乐开了花。"上帝仁慈，让我们开花结果了！"他说着站了起来，低下头，双臂推开，双掌向上，做出神圣的样子。他双手合十开始祷告。"我主不是曾经讲过吗，'那配得到的人，不要将他们与喜讯隔离开来'？"他用近乎嘶吼的声音说，"您那强有力的双手啊，何时才会发动？"这下子，他一发不可收，声嘶力竭地感谢《传道书》什么的。他站在那里，时而嘟嘟囔囔，时而慷慨激昂，足足花了五分钟引用《圣经》，而这工夫安德森和"皇帝"则满屋子追着我问东问西，不让我转身开溜。我只想逃避这一切。

"他们有多少人？"安德森问。

"一伙人。"

"他们现在在哪儿？""皇帝"问。

"在北边的路上。"

"他们跑了？"安德森问。

"要我说，那不叫跑。"我说。

"那你说那叫什么？"

"我说那只是有点儿小误会。"

安德森抓住我的脖颈子："洋葱头，你最好老实点儿。"

"好好，是有点儿不清不楚的。"

老家伙就站在旁边，嘴里唠唠叨叨，深深沉浸在祷告之中，闭着眼睛，嘴里叽里呱啦，可一听见这话，他的眼皮立马弹开了。"什么不清不楚？"

话音未落，响起一声巨大的敲门声。

"谁在屋里？"

老家伙跑到窗口，我们全跟在他身后。在发动机作坊的前门口站着两个白人，都是铁路工人，两个家伙看上去都醉得快要趴在阴沟里喝脏水了，也许他们刚从附近谢南多厄大街的高尔特酒馆走出来。

老家伙清清嗓子，把头探出窗外。"我是奥萨沃托米·约翰·布朗，来自堪萨斯。"他说。每次要开展之前，他都喜欢把印第安名字一字不落说出来。"我是来解放黑人同胞的。"

"你是来干什么的？"

"我是来解放黑人同胞的。"

两个家伙哈哈大笑。"你是那个开枪打死黑人的家伙吗？"其中一个问道。

"什么黑人？"

"就是铁路那边那个。大夫说他快死了。说他们看见一个黑人小姑娘开枪打的。这事儿传闻可多啦。威廉姆斯在哪儿？按说他该值班的。"

老家伙转向我。"有人在那边开枪了？"

"威廉姆斯在哪儿？"外面那家伙又说，"按说该他值班的。把这该死的门打开，你这蠢货！"

"你自己的人，问你们自己。"老家伙从窗户往外喊话。

安德森拍了拍上尉的肩膀，突然说："威廉姆斯就在这儿，上尉。军械库的看守里有他。"

老家伙斜眼看看那叫作威廉姆斯的看守，那家伙正一脸愁云地坐在长凳上。他把身子探出窗外："抱歉，"他说，"他在屋里。"

"那让他出来。"

"你们要是放了黑人兄弟，我们就放他出去。"

"别犯傻了，你这愚蠢的丑八怪。让他出来。"

老家伙把夏普斯步枪伸出窗外。"要是你自己走开，那我多谢你了，"他说，"告诉你们头儿，奥萨沃托米·约翰·布朗老头子就在联邦军械库。手里有人质。我的目的是解放黑人不受奴役。"

突然间，那一直靠墙坐在长凳上的军械库守卫威廉姆斯站起身，把脑袋扎到身旁的窗户外面，嚷嚷道："佛格斯，他可不是闹着玩儿的。他们这里有一百个带枪的黑鬼，他们把我抓了俘虏啦！"

不知道是因为那些家伙们看到自己人往窗户外头喊呢，还是因为他说有什么带枪的黑人呢，还是因为老家伙的步枪发挥了威力呢，反正这帮人立刻就一哄而散了。

不出十分钟，十五个男人站在安全距离之外，大部分刚从街对面的高尔特酒馆喝得醉醺醺的，这帮人推推搡搡，打打闹闹，只有两个人有枪，而且不管他们跑到军械库大门里的哪座房子企图拿枪，都有一支步枪伸出窗外，正对着他们，还有人告诉他们滚到一边儿去。其中一个人从聚集在门口的人堆里偷偷溜出来，蹑手蹑脚地凑到发动机生产车间的前门旁——好让人家听得清楚点儿——喊道："别闹啦，把该死的詹姆斯放出来，不管你是谁，要不然我们就把警长弄来！"

"那就弄来吧。"老家伙说。

"好吧，我们去带他过来。要是你敢动我们的人一根指头，你就吃屎去吧，我们要把你的脑袋炸个大洞出来，再塞头骡子进去。"

史蒂文斯吼道："够了！"他把卡宾枪伸出窗外，朝他们的脑袋上方开了一枪，"我们是来解放黑人兄弟的，"他喊道，"赶快去传话。要是你们不给我们拿点吃的过来，我们就杀死俘虏。"

老家伙朝史蒂文斯皱皱眉头："你说这些干吗？"

史蒂文斯耸耸肩。"我饿了。"他说。

我们望着那些家伙拥出大门，四散奔逃，他们上山进了村子，朝更远处那些乱七八糟的房子奔过去，一边跑一边叫喊。

这事儿开始得磨磨蹭蹭，现在倒好，彻底僵住了。天亮了，接着晨曦，可以看到在军械库围墙外，村民们已经醒来。虽然昨晚没少嚷嚷，可似乎还是没人知道如何是好。人们东跑西窜，装出若无其事的样子，而在火车站那边倒有不少动作。我估摸着，有几个人聚在那儿，不知道司炉工和添煤工人哪儿去了，因为BO列车的发动机在河里躺着一动不动，熄了火，机器里倒是没有水，因为它已经给拖出水面，那司炉工也和添煤工人一道成了我们的俘虏，不知去向了。高尔特酒馆旁的人们全都迷惑不解，隔壁的维泽之家——跟高尔特酒馆一样，也是沙龙兼旅店——也聚着一伙儿闲人。有几个是火车上下来的旅客，他们溜达到车站，打听到底怎么回事。有几名旅客拿着行李，比比画画的，我估摸着他们说的完全是另一码事儿，我还听见有几个人嘟嘟囔囔地说，他们看见一伙儿黑人从行李车厢里跑出来。尽管如此，说实在的，人们的情绪相当欢快。大伙儿站一边，说着闲话。有几个工人走过人群，直接进了军械库大门去上班，根本不在意这里发生了什么事，他们大摇大摆地冲着老家伙手下人的枪口走过去，而老家伙的人还在说："我们是来解放黑人兄弟的。你是我们的俘虏。"

有几个人根本不行，可人家二话不说，把他们一把拖进了发动机作坊，就这样，到上午十点钟，我们已经有了五十个该死的俘虏，全混在一块儿。这帮人不像昨天晚上的那些人那样，他们已经有点儿新了，因为上尉派"皇帝"看着他们，"皇帝"那张脸可不是吃素的。那张黑脸上傲气十足，虎背熊腰，严肃得要命，手里还端着那支夏普斯步枪。"皇帝"一点儿都不是开玩笑的。

十一点钟时，老家伙开始接二连三地犯错，现在回头想想是这样，可当时看上去却没什么错。他正拖延时间，等着黑人到来。好多傻瓜都是这样等着黑人做这做那，包括黑人自己也一样，那可不知道要等到猴年马月了。可老家伙没有那么多时间。他只有几个小时，这么一等，就付出了惨重的代价。

他朝窗外看去，怒气冲天的顾客一个个下了车，人越来越多，嘴里骂骂咧咧，因为晚点而愤怒不已，却不知道发生了什么事。老家伙转身看着泰勒说："我看不出有什么理由不让他们继续往前走，他们毕竟也花钱买了车票。把司炉工和添煤工人放了吧。"

泰勒照办，他解开司炉工和添煤工人身上的绳子，跟在他们身后走到火车旁，好告诉正在桥上截着火车的奥利弗让火车继续往前走。

这么让火车一走，老家伙就放了两百个人质。

虽然有泰勒跟在身后，司炉工和添煤工人仍然没在大门口停留，泰勒把两人从军械库后门撵到桥架另一头，直接进入蒸汽火车的车头。三十分钟之内，他们便发动了火车，乘客们纷纷上了车，那火车便开足了马力，朝弗吉尼亚州威灵镇轰隆隆地开走了。

"到第一个镇子，他们准会停下来发电报告诉外头。"史蒂文斯说。

"我看不出有什么理由，非要截住《美国通讯报》。"老家伙说，"再说，我们还想让全世界都知道咱们的壮举呢。"

到了中午，果然满世界都知道了，早晨还喜气洋洋，人们抿着小酒，传着闲话，现在则一肚子怀疑，一肚子不满意，最后干脆聚集在军械库的墙根儿底下骂起街来。我们听得到这帮人大呼小叫，信口雌黄，议论老家伙为什么要占领发动机车间。一个家伙说，由一群疯子要轰开军械库的仓库。另一个嚷嚷着说，一个医生杀了他老婆，躲在车间里。还有一个胆子挺大，说有个黑人姑娘发了疯，杀了自己的主子，跑到车间里躲起来了。另一个说，BO列车给一个扛行李的毁坏了，为了一桩桃色事件。真是众说纷纭，单单不理老家伙的解释。一群白人占领了本州最大的军火库，要解放黑人兄弟，我估摸着这个说法超过了他们的理解能力。

最后他们派出一位信使去找老家伙，这家伙一脸大事不好的表情，穿着亚麻外套，头戴圆礼帽，一副政客打扮。他大步流星，走进大门，朝老家伙喊了几嗓子，让他们别犯傻，别像个醉鬼似的，招来一颗子弹从头顶嗖嗖飞过。那子弹"嗖"的一声冲出大门外，那人的帽子都给掀掉了，子弹还没落地，那家伙便蹿回路对面去了。

最后，一点钟左右，一个一副普通工人的打扮、老得不成样子的家伙，从那群只敢站在路对面高尔特酒馆大门口隔着安全距离乱嚷嚷的围观者中走出来，不顾死活地走进军械库，来到发动机车间门口敲了敲门。老家伙透过窗户瞟了一眼，手里的夏普斯步枪随时待命。天光已经大亮，谁也没睡觉。老家伙的脸绷紧了。

"我们知道，你就是堪萨斯州奥萨沃托米的约翰·布朗老头儿，"老人彬彬有礼地说，"对吗？"

"我就是。"

"那么，凑近了看，你还真是挺老的。"那人说。

"我今年五十九岁，"老家伙说，"你多大岁数？"

"我虚长你八岁，长官，我今年六十七岁。我说，你把我弟弟关在里头了。他六十二岁。要是你把他放出来，我感激不尽哪。他可是有病在身。"

"他叫什么名字？"

"奥格登·海斯。"

老家伙转身冲着房间问："奥格登·海斯是哪个？"

三个老头儿举起手站了起来。

上尉皱皱眉。"不行。"他说，开始给三人大讲特讲《圣经》和《列王传》，他说，所罗门看到两个女人都说那孩子是自己的，便说："我要把孩子割成两半，一人一半，于是一个女人说，给另一个母亲吧，因为我不忍心看自己的孩子给一切两半，于是那所罗门王便把孩子给了那说话的女人，因为她才是真正的母亲。"

这故事是在羞辱他们，也许是劈成两半那部分，也许是老家伙一边讲一边用刀尖画来画去。不管怎么说，反正其中两人立刻承认自己说了谎，重新坐下，那真正的奥德金还站着，于是老家伙便放他走了。

外面的老人表示感谢，可穿过军械库走回谢南多厄大街的时候，人群又激动起来，可以看见几个穿着军装的家伙混在人堆里，手里挥着手枪和长剑。高尔特酒馆和维泽之家都是沙龙，生意兴隆得很，那群人又全喝高了，个个脾气火暴，激动难耐，嘴里骂骂咧咧的。

与此同时，里面的俘虏肚子开始咕咕叫，开始要吃的，更别提那史蒂文斯了。老家伙看出这一点，说："等着。"他从窗户朝大门喊："先生们。这屋里的人饿得慌。我这里面有五十个俘虏，从昨夜开始就没吃东西，我的手下也没吃。我交出一个人，换顿早饭。"

"你交出什么人？"有人喊。

老家伙点出一个人名，就是那个昨夜跟跄着被我们捉住，还说自己是高尔特酒馆厨师的那个醉鬼。

"别放那酒虫子。"有人喊，"会做饭也没用。你留着他吧。"

人们哈哈大笑，可更多的人抱怨、叫骂，最后他们同意放了那人。厨子跌跌撞撞地回到高尔特酒馆，过了几个小时，又领着三个男人，拿着食物碟子发给俘虏们，还拿了一瓶威士忌。接着他喝了一口，又倒头大睡，全忘了自己已经给人家放了。

已经是下午四点钟了。太阳高挂在半空，人们觉得燥热。给列车员治伤的大夫显然已经把列车员要死了的消息传了出去。看得到几个骑着马的人穿过玻利瓦尔山——缩在军械库顶上，正好看得见他们朝这几幢房子飞奔而来，听得见他们大声喊叫，谣言响彻山谷：他们喊着说军械库已经给黑人暴动占领了。这样一来，事情变得刺激起来了。各种好玩的消息都出来了。骂街的醉鬼开始声嘶力竭，破口大骂，他提到别人的娘啦什么的，还说要奸几个白人娘们儿，看得见人群里有好几支步枪耀武扬威，可目前为止，他们还未发一颗子弹。

接下来，在军械库另一头正对着步枪车间的地方，几个镇民一路小跑着冲出了没人把守的、存放偷来的步枪的房子。凯基、利里、科普兰正在院子另一头守着步枪车间，透过窗户看了个一清二楚，立即开了火。

大门外的人群一哄而散，也回敬了几枪。老家伙的人又开火，窗户玻璃噼里啪啦地碎了，落在镇民身边的砖墙上。人群立刻凑成了几支队伍。于是突然凭空出现了两支服装各异的敌军队伍，有的穿着全套军装，而有的却只戴着帽子，穿着外套，在军械库院子外面组成了拉拉杂杂集合起来。这些蠢货手里拿着他们能找到的任何武器：逮松鼠的步枪、毛瑟枪、六连发步枪、鸟枪，甚至还有几把生了锈的片儿刀。有六七个人跨过了费里那边的波多马河，跑过切瑟匹克和俄亥俄运河旁边的山口，朝桥上的奥利弗和泰勒扑去，而后者举枪迎战。另一队人马则来到了步枪车间对面的谢南多厄河。第三队人马边朝老家伙派去的两个守卫射击，边占领谢南多厄大桥。军械库另一边的凯基和科普兰突然手忙脚乱起来，忙着应付来偷步枪的第四队人马。就这样，突然忙乱起来了。发动了。

一眨眼的工夫，大门外的敌军和老百姓就挤成了一团，随后编成几队，开始行军，我管他叫行军，就是说，足足有三十个人，长驱直入地走进了军械库大门，边走边朝发动机车间开火，不放过每一扇窗户，往里倾泻子弹。

在发动机的车间里，老家伙也甩开了膀子。"小子们！冷静点儿！别浪费子弹和火药。瞄得低一点儿。不浪费一发子弹。他们以为咱们马上就撤。小心点儿瞄准。"人们照做，从窗户里为那个敌军身上打出一排排子弹，将其逼退了十米开外的军械库大门外，不大工夫，又使他们退到了谢南多厄大街上。

对于那些弗吉尼亚人来说，火力太猛了，他们便待在大门外，可这次没待多久就冲回路这边来了。看得见更多的兵力从山头上冲下来，有的甩开两条腿，有的骑着马。我看见窗户外面的凯基从步枪车间里冒出来，在科普兰的掩护下，他的子弹穿过院子，穿过了大门，试图杀开一条血路。要到发动机作坊可不是一件容易的事，可是他玩了命，还是冲过去了。"皇帝"给他开了门，又在他身后重重地甩上。

凯基很镇定，可脸也涨得通红，一副心惊肉跳的样子。"我们得找机会撤了，"他说，"他们的人要把两座桥都占了。要是我们不动手，几分钟之内他们就会占领BO大桥。要是他们占了谢南多厄大桥，咱们就进了包围圈了。"

老家伙眼皮都不眨一下。他派泰勒去顶住BO大桥，让凯基带着黑人士兵丹杰菲尔德·纽比回到岗位上，接着对史蒂文斯和O.P.安德森说，"带洋葱头会农场，把黑人带过来。他们肯定已经集结在那里，等不及要拼个你死我活，解放自己。这场战争到了更深入一步的时候了。"

安德森和史蒂文斯立即行动。安德森脸上的表情仿佛在说他无怨无悔，我也一样。我有一种不好的预感，我知道老家伙大势已去。当时我没心情跟他告别，虽然我还没把"列车员"已经被人打死的事完全告诉他。当时的情形看起来说不说已经无所谓了，一切都急转直下，比我预想的还要倒霉。我当时已经火烧屁股了，虽然三年来我那小屁股后头一直盖着衬裙，衬裙外头还盖着套裙，可我的屁股还是长在后头，我还舍不得给人给它烧没了。我习惯了老家伙枪一响就不说人话、满嘴《圣经》语录了。我无所谓。我有所谓的是：大门外头有一百多荷枪实弹的白人，又是叫喊，又是往里涌，人越来越多，好像眼一花就增加了一倍似的。我好像说过，有生以来第一遭开始以为自

364

己是个圣人了。我觉得自己朝我们的天父靠近了一点点。也许是因为我有点儿尿急了，却没地方释放出来，那时候，憋尿一直是个大问题——每天晚上上床睡觉都得穿着那身裙子，弄得好像要去打猎似的。可我觉得还有点儿别的原因。老家伙成天想给我灌输点神性，可我这么多年以来，一直不理不睬。那些话我听不进心里去。但是看着门外大兵压境，我突然觉得自己心虚了，我胯下的老二和旁边那一对儿小东西都给吓傻了。我不知不觉喃喃自语："主啊，求你快来救我。以前我没好好听您的话，可现在……"凯基听见我的话，吼了几嗓子，他是个意志坚强的人、充满勇气的人，可即便如此，他的勇气也会动摇，也会经不起考验。在那张永远冷静的脸上，我看到了真切的焦虑，我听出他的声音透着嘶哑。他实打实地告诉老家伙："趁现在还不晚，赶紧撤，上尉。"可老家伙不理他，他听见我嘴里交出了主的名字，使他激动万分。他说："珍贵的耶稣！洋葱头已经找到了你！啊！胜利就在眼前！"他转向凯基，像吃了一颗定心丸似的："回到军械库。增援部队来了。"

凯基照做，同时，安德森和史蒂文斯又抓起几个弹匣丢进褡包，推倒后窗附近。我也跟在后面，那扇窗户正对军械库的后墙。他们朝窗外打了几枪，正溜达到那儿去的几个弗吉尼亚人顿时鬼哭狼嚎起来，我们仨顺势钻出去溜走了。我们来到后墙根儿，从那儿可以直达BO大桥旁边的河底。我们一眨眼工夫就翻过墙。我们成功跑过开阔地，撒腿过了桥，全靠着奥利弗和泰勒顶住一小股负隅顽抗的敌人。子弹在身边乱窜，几秒钟之内，我们就跑过了大桥，来到马里兰州境内。从那里，我们又跑过老家伙的两个手下身边，穿过大路，几秒钟之后，我们已经钻进茂密的灌木丛，往山上的肯尼迪农场爬去——那个地方可没有掩护。

我们爬了八百米，停在一片开阔地。居高临下地看去，敌军和老百姓在军械库外面越聚越多，已经形成了几支队伍，四五人一组乡里猛冲，他们先是朝发动机车间开火，老家伙带着手下还击的时候他们便躲起来——每次都有一两个弗吉尼亚人应声倒地。他们躺在毫无掩护的军械库院子里呻吟，离战友只有几步之遥，有些人完全咽了气，而幸存的兄弟们挤成一团站在谢南多厄大街的军械库大门口，气急败坏地骂着，又不敢进来把他们拖回去。哦，那场面真是混乱到了极点。

我们看着这一切，吓破了胆。我知道我们不会再回到费里了。军械库外面的人群已经有差不多二百人，而且不断有更多的人加入进去，多数人一手拿着烈酒，一手端着步枪。他们身后镇子里，还有高处的玻利瓦尔山上，几十个人往山顶逃去，跑出了哈珀斯费里，大部分是黑人，也有不少白人。

史蒂文斯一直往山顶爬去，而安德森和我则一道站了一会儿，看着这一切。

"你会回去吗？"我问安德森。

"我要是回去，"他喃喃道，"这辈子就倒着走路。"

"咱们怎么办？"

"不知道，"他说，"但是，就算耶稣基督他老人家本人就在地下，我也绝不回去了。"

我默默地赞同他。我们转身朝山顶爬去，跟在史蒂文斯身后，以最快的速度抵达农场。

30

解散群蜂

我们在肯尼迪农场附近一条安静的土路上找到了兴奋不已的库克。我们一句话都没来得及说，他便脱口而出："我们召唤到黑蜂！"他令我们来到附近一间学校，蒂德和欧文正站在两个白人和十来个黑人身边。黑人们都坐在学校前的门廊上，一副大惑不解的表情，好像还没睡醒似的。库克指着其中一个坐在欧文枪口地下的白人说："那是路易斯·华盛顿上校。"

"是谁？"安德森问。

"他是乔治·华盛顿的曾外甥。"

"就是那位乔治·华盛顿？"

"没错。"他从门廊地板上超期一把亮闪闪寒光四射的片儿刀，"我们从他家壁炉里发现了这个东西。"他转向安德森说："现在我将他曾伯父的大刀赠给你。这是弗雷德里克大帝赠给华盛顿的礼物。"

安德森瞅着那把刀，好像上面有毒药似的。"我干吗要拿这个玩意儿？"他问。

"老家伙希望你拿着。这东西有意义。"

"我……我要这个没用。"安德森说。

库克皱皱眉。史蒂文斯夺过刀插在腰带里。

我走到华盛顿上校身边，看了看他。这是个高高瘦瘦的白人，穿着睡衣，头上还戴着睡帽，没刮脸，身子抖得像受惊的小鹿。他看上去又呆又怕，真丢人。

"我们冲进他家的时候，他还以为我们是贼呢，"蒂德不屑地说，"他说：'把我的威士忌拿走吧！把我的黑奴也带走。但求饶我一命。'跟个婴儿似的哇哇大叫。"蒂德俯身到华盛顿上校身旁："拿出男子汉的样子来！"他吼道，"像个男人样儿！"

这一来，史蒂文斯也冲动起来，他是我这辈子遇上的最容易头脑发热的假货。他也是我这辈子见过的最出色的士兵，可一挥拳头打架，史蒂文斯就跟魔鬼没两样。他三步并作两步来到华盛顿上校身边，从上面俯视着他，眼睛瞪得像铜铃。上校在他的庞大的身躯下越缩越小。"你还算个上校吗，"史蒂文斯说，"居然要拿黑奴换你自己的贱命。你连一颗豆子都不如，更赶不上一瓶威士忌了。"

这下上校恼了，史蒂文斯打到了他的痛处，可上校闭紧了嘴巴，因为他看出史蒂文斯正在气头上。

蒂德和欧文拿出长矛和步枪，分给黑人，可老实说，那些黑人丈二金刚摸不着头脑。有两个人起身，小心翼翼地接过来。随后，第三个人也拿了一把。"你们怎么搞的？"蒂德说，"你们不是准备好要解放自己了吗？"人们什么也没说，他们完全蒙了。有两个人脸上的表情好像刚给人从被窝里拽出来似的。一个人把头扭到一边，不肯接受人家递到眼前的武器。剩下的人说了几句不知所云的话，表示心里一点儿底都没有，然后也半推半就地拿过武器，像烫手山芋似的接在手里。可我却注意到，那一排黑人最边上有个家伙。那人坐在地板上，穿着睡衣和长裤，背带裤的带子耷拉下来。他看着挺眼熟，我又惊又怕，花了好一会儿才发现，那人就是赶车的。

他现在可说不上衣冠楚楚了，没了那套神气活现的车夫制服，也没了白手套，跟以前大不一样，可那就是他，错不了。

我朝他走过去，随后转回身，因为我一看就知道他不想让我认出来。我知道他心里有些秘密，觉得还是装作不认识为妙，毕竟他的主子也在场。我不想给他惹麻烦。一个人要是知道下梁要造上梁的反，那可就大不一样了，要是他多多少少知道白人早晚会夺回费里镇，到时候会把黑人赶尽杀绝的话。我目睹了费里镇发生的一切，而他一无所知。蒂德和库克也不知道，老家伙手下其他留在农场的人也不知情。可我看见安德森把蒂德拽到一边说了几句话。蒂德什么都没说。可是赶车人听见了他们的对话，可在他还什么都没听见的时候，我估摸着他就已经下了决心，再也不想装傻了，他豁出去了。

他站起身，说："我要战斗。"说完，他抓过了人家递到跟前的长矛，"我还需要一把手枪。"于是人家给了他，外加不少弹药。

他的主子——华盛顿上校——坐在学校门廊的地板上，他目睹了这一切，车夫接过那武器时，他再也忍不住了。他恼羞成怒。他说："你干什么，吉姆，给我坐下！"

车夫走到华盛顿上校跟前，一副怒不可遏的样子，俯视着他。

"我再也不听你的命令了，"他说，"我已经对你唯命是从，二十二年了。"

华盛顿上校不知所措。他怔住了。他怒气冲天，结结巴巴地说：

"干什么，你这忘恩负义的浑蛋黑鬼！我对你不薄。我对你全家有恩！"

"你这卑鄙小人！"赶车人喊道。他举起长矛，要把他一枪扎死，幸亏史蒂文斯和安德森一把拦住了。

他们费了不少力气才拉住他，史蒂文斯是个大块头，体壮如牛，饶是如此，也几乎拉不住那赶车人。"够了！"史蒂文斯吼道，"够了。在费里打得还不够热闹吗。"他们把他从上校身边拉回来，可赶车人仍是愤愤不平。

"他是钻到树林里的最卑鄙的小人！"赶车人嚷嚷着，"他把我母亲卖掉了！"他朝华盛顿上校再次冲过去，这次劲头更大，就连史蒂文斯这个大块头也拉不住。四个大汉——蒂德、史蒂文斯、库克和安德森——一齐上阵，才没让他手刃了他的前主子。他们不得不一直拽住他，长达好几分钟。赶车人耗尽了这几个人全部力气，他们终于将他制伏时，史蒂文斯气极了，便拿出家伙抵住赶车人的脸。

"你再来一次，我就亲手崩了你。"他说，"我不允许你制造流血事件。这场战争是为了自由，不是为了复仇。"

"为了什么我不管，"赶车人说，"你让他离我远远的。"

上帝见证，整个事态已经远远超出了我们的控制，而且越来越糟。史蒂文斯转向安德森说："我们得把这批人弄走。咱们把他们带到费里去吧。老家伙需要人手。我盯着其他的人。你负责把他弄开，别待在上校旁边。"他朝赶车人点点头。

安德森不乐意。"你也知道现在费里是个什么情况。"

"我们有命令。"史蒂文斯说，"我得服从命令。"

"我们怎么赶到费里去？我们得杀开一条血路。现在路都封死了。"

史蒂文斯斜眼看着华盛顿。"我们用不着杀开血路。我们大摇大摆走过去。我都想好了。"

从马里兰州一侧的学校那条通往到费里镇的道路十分危险。陡峭、险峻的山路。道路顶端的弧度形似鸡蛋。到了最顶上,你就可以将脚下的费里镇和波多马河尽收眼底,然后你到了山尖儿上,再冲下来,直抵山脚下的波多马河。你得往右急转,紧紧贴着大路,才能回到费里镇。要是在山头上走得太快,离开了山路可不行,要是下山路走得太急,那坡度会陡得让你收不住脚。我估摸着不止一辆马车在山脚下断了车轴,就因为转弯转得太急的缘故。你得紧紧拽着你的马,死死踩着车闸,要不就得葬身在波多马河里。

赶车人赶着华盛顿上校的四轮马车,就跟有魔鬼在身后催命似的,奔驰在这样一条道路上。他往山下冲得太快,好像风儿在自动把我往下拽。史蒂文斯、华盛顿上校和另一个奴隶主子走在山路的内侧,而我和安德森则坐在车里,命悬一线。

从山下走了八百米左右,在那致命急转弯到来之前,史蒂文斯——感谢上帝——朝赶车人吼了一嗓子,让他死死拽住马,停下马车,那赶车人照做了。

我就站在马车上看着,脑袋贴着车窗。史蒂文斯坐在华盛顿身旁,从枪套里抽出手枪,上了子弹,拉开保险栓,捅进华盛顿的后腰。他随即用外套盖住,谁也看不到。

"我们要通过BO大桥,"他说,"我们要是给敌军截住,你就想办法让我们过去。"他说。

"他们不会让我们过去的！"华盛顿上校说。哦，他可真尿了。那么大个子的一个壮汉，跟个小鸟儿似的哼哼唧唧。

"他们肯定会让我们过去。"史蒂文斯说，"你是军队上校。你就说：'我已经安排好了，用我和我的黑奴，换发动机车间里的白人俘虏。'你就这么说。"

"我做不到。"

"你能做到。要是到了桥上，你张开嘴说别的话，我就一颗子弹崩了你。要是你听我的，什么事都不会有。"

他把脑袋探到车窗外，对赶车人说："咱们走。"

赶车人一秒钟也没耽搁。他拽紧马缰绳，马车继续嗒嗒走在路上。我从指甲盖儿往下全身紧绷，身体都僵直了。车一停我就要跳下去，可有史蒂文斯在身边，谁也别想动弹一下。眼下，那马车又越跑越快，要是我从马车上跳下去，就得给车轮子碾成齑粉，那车轮子比我的四个手指头还粗——假使那神经快崩断了的史蒂文斯没有先一枪打死我的话。

到底是给甩出马车摔死，还是因为企图逃跑丢了小命，我倒没具体考虑哪种死法更好些。可我突然想到，一旦我们抵达山脚，我就可以安然脱险，因为如果赶车人转弯太急的话，马车的一侧就会脱落，而我恰好就坐在那一侧。上帝保佑，这主意真够糟心的，而且我还不知道为什么糟心。于是我便集中精力考虑跳车。山脚下的那个急转弯足够甩掉车轮。我知道赶车人得放慢速度，急转向左边，再走上通向费里的大路。不管怎么样，他必须得放慢速度。我决定到那时候动手。跳车。

安德森也打着同样的注意。他说："一到山脚下，我就跳车。"

我们到达山脚之前，有一个较缓的转弯，我们来到附近，急转向

372

波多马河，这时我们俩都明白自己要大失所望了。大道上赫然出现一队士兵，正在路口大步行军，这时赶车人正朝他们冲过去。

他看见那些兵，倒也没放慢速度，上帝保佑他，他直接冲到那个丁字路口，拼命催着马，直接撞到队伍里面去了，那些兵被我们冲得一哄而散。接着他往后一退，左转，用马鞭一刺，马头高高扬起，接着他将马鞭搭在马背上。那黑鬼指挥马儿的确是有一套。一眨眼工夫，我们和那些当兵的之间便拉开了一定的距离，这样做很有必要，因为一旦他们缓过神来，看见这帮破衣烂衫的黑鬼驾着华盛顿上校体面的马车，又说不出个所以然来，就会抽出家伙，二话不说就动手。子弹可就嗖嗖地过来了。可赶车人赶到前面去了，我们就在山路的转弯处甩掉了他们。

我们现在已经看得见费里镇了。我们还得过河。可是已看得见前方的硝烟，听得见枪声。似乎打得正激烈。面前的道路不时有士兵跑来跑去，哪支部队都有，哪个州都有，身上的军服各不相同，他们互不相识，二话不说就放我们过去了。他根本不知道我们身后的军队正朝我们开枪呢，我们身后的枪声早已融入了波多河对岸传来的隆隆炮响。谁也不知道别人在干啥。赶车人这招儿使得漂亮。他赶着马车从他们身边走过，嘴里吆喝着："我车上是上校。我车上是华盛顿上校！他要用自己交换人质！"人们便左右分开，让我们通过了。根本没人阻拦，这可苦了我，周围全是兵，我就不能溜走了。我还得继续坚持。

正所谓冥冥中自有天意，我们到达BO大桥时——桥上全是兵，都快给踩塌了——华盛顿上校信守了诺言，一字不落地说了那番话，对方一挥手，我们便顺利过桥了。有些人还冲着欢呼呢："上校来了！胜利！"他们谁都没多个心眼儿，因为多数人都是酩酊大醉。那桥上足足有一百号人，就是奥利弗和泰勒昨天通过的那同一座桥，当时桥上一片漆黑，一个鬼影都没有。老家伙已经没有机会逃出来了。

我们过桥的时候，我往下一看，底下的军械库清晰可见。老天爷呀，底下可不是一个兵，而是足足有三百个，在大门口和墙根儿底下转来转去，还有更多的士兵从镇里和玻利瓦尔山上往下涌，堵住了入口，挤满了河岸，站满了军械库的四面墙边。全是白人。看不见一个带色儿的。军械库的墙都被包围了。我们这是自投罗网来了。

上帝好像有点儿没顾上我。魔鬼偷偷溜进我的身体，上帝却把自己关在我的心门外。我说："耶稣啊！流血了！"我说了这几个字，顿时感觉上帝的精神从我身边溜走了。我的心脏仿佛要蹦出我的躯壳之外，我的灵魂陡然涨大，周围的一切，树木、桥梁、城市都变得清晰可见。那时那刻，我决定一旦有朝一日我能说清楚，我就要告诉老家伙我的想法，我要说他曾经念叨过的所有教义都不是闹着玩儿的，我要告诉他，我没把该说的说给"列车员"，还要向他坦白之前我编的种种谎话。说实话，我也不知道自己是不是还有机会，我觉得自己也并没有完全屈服于宗教精神。然而我毕竟有所思考。

我们过桥的时候，马车朝军械库驶去。我转向安德森，他正用指甲死死抠住马车。我说："再见了，安德森。"

"再见了。"他说，随后他所做的事把我吓坏了。他拼尽全力往车下跳去，顺着河岸滚入波多马河，跟个土豆似的滚入河水，之后我便再也没有见过他。足足滚了六米多远，"扑通"一声掉进河里。他不会再回到军械库当神枪手了。他选择了自己的死法。在老家伙的牺牲名单里，又多了一个黑人的名字。我亲眼见证了老家伙的军队里两个兄弟的死亡，把黑人解救出来的，正是黑人自己。

我们跟着赶车人来到军械库大门，一路叫嚷着车上坐着华盛顿上校，长驱直入，冲入士兵之中，然后又开进院子。那群激动的士兵根本不想阻拦我们。上校就在车里，他们认识他的马车，也知道他的大名。我估摸着他们之所以让开，是因为车里有个大人物，可当我们穿过大门，安全抵达院子的时候，真正的原因才为我所知。

院子跟棉花地一样安静。跟耗子在棉花上撒尿一样，鸦雀无声。

在桥上我没看见的，在发动机作坊的院子里，我全看见了。老家伙可没闲着。好几个人横七竖八摊在院子里，有白人，也有几个黑人，全都躺在发动机车间和周围几幢建筑物的射程之内。老家伙可丝毫没开玩笑。原来那些兵全挤在军械库大门和围墙外面，原因正在于此。他们还不赶紧去。老家伙把他们逼退了。

赶车人催动马车，围着几个死人转了几圈，终于厌倦了，便直奔发动机车间，车子被死人脑袋硌得颠来颠去——反正他们也不在乎了，他们又不痛。赶车的在发动机车间门口站定，里面的人打开大门，我们冲进去，大门又在我们身后关上了。

那地方散发出一股臭味，呛得要命。里面关着差不多三十多人质。白人在屋子一头，黑人在另一头，虽说中间隔着一堵墙，可也没到天花板，一次可以在两边穿行。两头都没有茅房，要是你觉得黑人白人之间到底有什么区别的话，也看不出什么来，只要看看他们的行为的本质，就会理解，都是一个品种的豆子，一株不会长得比另一株高多少。那地方让我想起了堪萨斯地界的小酒馆，只是更不堪，简直就是人间地狱。

上尉站在窗户旁，端着步枪和七连发手枪，像一株玉米秆子似的纹丝不动，只是实在有点儿萎靡不振。那张老脸就算在平时也时常密布着皱纹，现在盖满尘土和火药末，那一把白胡子好像在土堆里蘸过似的，外套上也全是洞，给火药烧出一个个窟窿。老家伙已经不吃不睡，坚持了三十个小时。可跟其他人相比起来，他仍然精力十足。其余的小伙子，奥利弗、沃特森他们——他们已经冲过了谢南多厄河——还有泰勒，这几个人看上去完全筋疲力尽了，他们白着一张脸，跟游魂差不多。他们知道自己走向何方。只有"皇帝"看上去还算镇定。那家伙可是天不怕地不怕的黑人。除了安德森之外，我还没见过比他更勇敢的人呢。

史蒂文斯把华盛顿上校的宝剑递给老家伙，老家伙将它高高扬起。"那是正义之剑。"他说着转向华盛顿上校的黑奴。这几个人刚刚走下马车，走进发动机车间的大门，老家伙说："以美利坚合众国临时政府的名义，我，荣誉当选的总统约翰·布朗，合众为一[1]，在此全权负责，有一众同胞兄弟组成的国会选出，我在此宣布你们都是自由人。安心去吧，我的黑人兄弟！"

那些黑人看上去当然还是一片茫然。一共只有八个人，再加上几个靠着墙根儿的人质，他们哪儿也不会去，听了这话，更糊涂了。那些黑人根本不会动一下，也不会抱怨一句。

既然谁也不说话，老家伙又说："你们当然愿意，毕竟咱们已经到这儿反蓄奴制来了。如果你们愿意跟我们一道为自由而战，哎呀，我们也是为着这个目的。为了这个目的，为了你们未来的自由生活，谁也不能把它从你们身上剥夺，我们把你们武装起来。"

"我们要那么做，"史蒂文斯说，"可他们的长矛在来时的路上

---

1 原文为拉丁文。

都找不到了。"

"哦，我们还有哪。安德森和其他人去哪儿了？"

"不知道，"史蒂文斯说，"我以为他们坐在马车上呢。我估摸着他们正召集黑蜂呢。"

老家伙点点头。"肯定是这样！"他说着，望着我们刚刚带进来的几个人。他朝那排黑人走去，握了几个人的手，表示欢迎。黑人们面无表情，老家伙当然假装没注意这一点，一边握着他们的手一边跟史蒂文斯说话。"事情跟我想象的完全一致，史蒂文斯。祷告起作用了，史蒂文斯。你这样一个精神至上主义者，真应该做一名信徒。有时间的时候，提醒我跟你分享几句我们伟大的造物主传给我的话，因为我知道你的本性是可以转向我们伟大而谦卑的主的。"

他肯定是想当然了。安德森根本没召集什么黑蜂，而是葬身波多马河了。库克、蒂德、梅里亚姆和欧文都躲在偏僻的肯尼迪农场了，我敢保证他们全都远走高飞了。话又说回来，我也不反对他们的做法。他们只是比较惜命罢了。人嘛，全都有弱点，这个我很清楚，因为我自己弱点也不少——处处是弱点。我不怪他们。

老家伙突然间发现我也站在那儿，便说："史蒂文斯，洋葱头怎么也在这儿？"

"她是自己跑回费里镇的。"史蒂文斯说。

老家伙不乐意了。"她不该出现在这里，"他说，"仗打得有点儿惨。她应该到安全的地方去召集黑蜂。"

"她自己想来的。"史蒂文斯说。

这是一句该死的谎言。我从没说过要回到费里镇。史蒂文斯在学校那边说了算，我跟通常一样，只是服从而已。

老家伙把手放在我的肩上说："看到你在这儿，我心里很高兴，洋葱头，因为我们需要孩子也见证你们黑人同胞的解放，去给子孙后代，给白人和黑人讲讲今天的故事。今天将永远被历史铭记。还有，你永远代表好运。你在的时候，我从未输过一场战争。"

他把奥萨沃托米那次抛到脑后了，那一次弗雷德里克战死沙场，马革裹尸，可老家伙本性如此。要是他不想记得，他就真记不住，他只把自己愿意相信的事情告诉自己。

他站在那儿，一脸惆怅。"上帝保佑我们，洋葱头，因为你是个勇敢的好孩子。此时此刻迎来了我最伟大的胜利，而有你在我身边，就像我的弗雷德里克在我身边一样，他为了黑人牺牲了生命，只是他的屁股不知道脑袋在干啥。你让他总是那么快活。你让我有了一个理由，去感谢我们伟大的救赎者，感谢他为我们所有人付出了多少。"说到这里，他闭上眼睛，双手在胸前合十，嘴里叽里咕噜吐出一串祷告，念叨着他对那位走上杰里科之路的伟大的救赎者的感激之情什么的，祷告着弗雷德与天使们同行是多么幸运，他说这些话的时候，也没忘记提到其余二十二位子女中的几位，那几个因病亡故、走上了光辉之路的儿女们：先死的几位，小弗雷德和两岁夭亡的玛茜，死于高烧的威廉，被烧死的鲁斯。接着说起一串尚在人间的孩子们，接着是堂表兄弟们的孩子，接着是他的老爹老妈，感谢上帝在天上照料他们，教导他走上神圣之路。与此同时，他的手下站在一旁，人质们站在他身后看着，门外还有足足三百名白人，个个喝得酩酊大醉、神志恍惚，互相递着弹药，准备再发起一轮冲锋。

现在欧文不在，不能把老家伙拉回现实生活——据我所知，欧文是唯一有胆子这样做的人——念祷文可是一件大事，我见过其他不知天高地厚的家伙试图打断老家伙和他的造物主之间的对话，把他惹得大动肝火。就连他最得力的手下凯基和史蒂文斯也有所忌惮，他们只能拐弯抹角地，比如把酒杯摔碎在他脚底下啦，拼命咳嗽啦，使劲儿吐痰啦，叮叮咣咣劈木头啦什么的，没有一次能得逞，一计不成，他们便瞄准老家伙的脑袋，把帽子正好丢在他耳朵根下面，可仍旧无法把他拽出长篇大论的祷告。可我的屁股，或者说我剩下的半截屁股，现在正烧得火急火燎，我可爱惜它们了，于是我说："上尉，我渴了！还有事儿急着办呢。我感觉到耶稣的存在了。"

这话猛地把他拽回现实生活。他直挺挺地站着，甩出两三个"阿门"，大大地张开双臂说，"感谢上帝，洋葱头！感谢上帝！你走上了正确的道路。来人，给洋葱头拿点水来！"接着他便挺直身体，从腰带里抽出伟大的弗雷德里克赠给他的宝剑，欣赏了一番，随即将它横在胸前。"洋葱头的心灵皈依了人类之子，但愿她的皈依标志着我们为黑人同胞正义之战的勇气。但愿它给我们带来前所未有的力量。让它激励我们更加忘我地投入我们的事业，对敌人迎头痛击，让他们鬼哭狼嚎。伙计们，现在行动起来。投入战斗。战斗还未结束！"

哎哟，他可没说要冲出去。我等的其实是这句话。他一个字也没说。

他命令手下和黑奴们在墙上凿些缝隙出来，大家随即忙乱了一通。一个叫菲尔的黑奴集合了几个黑奴——总共差不多二十五个，有些是自己来的，有些则是跟我们带来的人一起的，再加上五个一动也不动的白人奴隶主——忙乱起来。他们用长矛和上了膛的步枪在墙上开了好些规规整整的窟窿。他们把步枪一支一支塞进去，这样老家伙的兵就可以一个接一个地拿起它们，而无须给装卸，我们要好好睡上一觉了。

31

最后一站

门外的大兵们等了足足一个小时，让华盛顿上校尽自己的什么鬼职责，用他本人和黑奴们换取白人人质。一个小时过去了，还没有任何动静，有人便吼了出来，"我们的上校在哪儿？你准备用多少人质换我们上校和他的黑奴？"

老家伙的脸贴在窗户上吼道："一个也没有。想要你们上校，自己来接。"

这下子，又炸开了锅。对面骂骂咧咧、吵吵嚷嚷、推推搡搡，过了几分钟，他们命令约两百名穿军装的大兵涌进门里，让他们挤在发动机车间门口，对他们说："开火！"上帝呀，他们一动手，就好像有个恶魔在踢那房子一样。整个发动机车间都摇了三摇，发出了巨响。从上到下，房梁的砖头和石灰块裂开了大口子。火力将大片大片的石灰从发动机车间的墙上震落，外加扯掉了一根支撑着房顶的木房梁，那根木料一下子就垮了。

可我们并未给吓住。老家伙的人训练有素，处变不惊，他们从敌军扫射在砖墙上形成的弹孔里向外扫射，老家伙不停地嚷着："冷静。瞄得低一些。好好跟他们算一账，伙计们。"枪林弹雨向敌军头上撒去，他们不得不撤出大门外。

敌军又在墙外集合了，他们醉醺醺、气咻咻，好不难看。昨天他们还又笑又骂来着，今天全不见了，代之以盛怒和不解。第一轮火力过去，有几个人一见自家兄弟在老家伙的人手下死的死伤的伤，给吓成缩头乌龟，那些给撂倒的让人从队伍里死狗似的拖了出去。然而，更多的人涌到门口，不出几分钟，队伍就重新集结，再次开进大门内，这次他们更是人多势众，因为不少人从军械库外赶来，顶上了死伤者的位置。老家伙的人还是设法将他们挡了出去。那伙人又撤走了。他们在门口的安全地带围成一堆，骂骂咧咧，叫嚣着要把老家伙吊死在他自己的命根子上。不大一会儿，他们不知又从什么地方弄来第二支队伍。这次穿的衣服不一样。这些人往大门里开进了约摸两百米，比第一拨人气势更猛，嘴里不干不净的，冲着发动机车间，他们的枪子儿一出膛，老家伙的手下又撂倒了他们不少人，有如刀削萝卜，风卷残云，干净利索，这拨人比上一拨还玩命地往大门口逃命去，在院子里又扔下几具死尸。弗吉尼亚人一要回来搬伤员，老家伙手下就有一人从砖墙裂缝里探出一只夏普斯步枪，教训他们，让他们别做梦。这下子，对方更是气红了眼。他们气疯了。

与此同时，白人俘虏们一声不吭，全吓傻了。老家伙让赶车人和"皇帝"看住他们，还让二十五个奴隶忙得脚不着地。这帮黑鬼脑子一转过弯来，个个争先恐后。而他们的白人主子呢，连个屁都不敢放。这会儿，我们离白人主子的救兵近在咫尺了。听得到当兵的在门外叫喊，大声咒骂。人群越聚越多，嘴也越来越杂。有人说往东，有人就嚷嚷这是个傻主意，另有人嚷嚷起来："我表兄卢夫斯在院子里受伤啦。咱们得给他弄出来。"马上就有人说："要去你去！"他们便打成一团，再来个上尉乱指挥一通，门外面便自己乱了阵脚。他们自己窝里反了。一见这情形，上尉便不动声色，命令手下和黑人兄弟们："伙计们，装弹药。低低地，瞄准。把上了膛的步枪插在墙里，这样你们好打完一支马上换成下一支。我们要痛击敌人。"伙计们和奴隶们又是开火又是填弹药，动作之快、效率之高，跟上了发条的机器似的。约翰·布朗老头儿打起仗来心里很有数。我得说，接下来那场伟大的战争里，他满可以效劳。

可他的运气没坚持多久。突然间就无影无踪了，一向都是这样。来无影，去无踪。老家伙总是这样。

开头是一个五短身材的白人来跟老家伙喊话，想缓和缓和气氛。看起来这家伙好像是个官。他到军械库来过几次，说什么我是来讲和的、咱们有话好好说之类的。可每次，这家伙没走几步就走不动了。一缩脑袋，撒丫子就撤。他身上没带武器，伸着脑袋求了几次之后，老家伙跟手下说："别瞄准他。"然后冲那小个子喊道："离远点。回去。我们是来解放黑人的。"可那家伙还是闹不清自己该进来还是出去，往里边探探头，又缩了回去。他一次也没能把整个身子探进来。我听见他试图让大门外那帮人冷静点儿，他们已经吵成一锅粥了。谁也镇不住他们了。他尝试了几次，最后终于放弃，又钻到军械库里来，比前几次多走了几步，他往里头偷瞄了几眼，又跟个耗子似的哧溜一下溜了回去。他逃到院子里的一只水箱后头，一躲进去，就从那后头探出头来，老家伙布置在另一个军械库的人发现了他——我估计是埃德·科波克干的——一眼看见了他，两枪给他撂倒了。这家伙玩儿完了。倒在地上，这辈子的苦差事算是到头啦，完蛋啦。

这家伙一死，门外那帮疯子一下子炸开了锅。他们早就杀气腾腾了——大门口的两间小酒馆功不可没——可这家伙的死让他们彻底红了眼，一眨眼工夫成了彻头彻尾的暴徒。后来才知道，这家伙居然是哈珀斯费里的镇长呢，名字叫方丹·贝克汉姆，跟"列车员"他们，甭管白人黑人都是称兄道弟的朋友。科波克可不知道，当时简直是混乱极了。

镇长的尸体跟其他人的一道丢在那里长达几小时之久，门外的弗吉尼亚人不断起哄叫嚷，摔锅砸碗，放出一通通狠话，说早晚他们要冲进门来，把老家伙切成碎末，再把他的命根子塞进他嘴里。他们气急败坏，要把老家伙的眼珠子磨成渣。可实际上什么事都没有。夜幕降临。半明半暗之中，外面却静了下来，仿佛已经入了夜。肯定有什么猫腻。他们不喊叫了，都住了嘴。天色越来越暗，我已经看不见他们了，可是肯定什么人来了，说不定是个当官的，整顿了队伍。他们就这么的待了十分钟，嘴里嘟嘟囔囔，这个那个地嘟嘟哝哝了一会儿，跟小娃娃说悄悄话似的，声儿挺小，不吵不闹。

老家伙透过窗户看见了一切，然后缩回头。他点了一只灯笼，摇摇头："行了。"他说，"咱们打掉了他们的锐气。耶稣的荣耀比任何凡人都伟大。这一点你们尽可以放心，伙计们。"

话音未落，门外的人便成群结队地冲进大门——据报纸上后来说，足有四百人——黑压压的一片，根本分不清谁是谁，他们边蹿进来边开枪，气势汹汹，蛮不讲理，一副不达目的的不罢休的模样打了进来。

我们顶不住了。我们没那么多人，又分散在军械库的各处。凯基和欧柏林来的两个黑人利里和科普兰在很远处的另一头，步枪工厂车间里，他们是第一批沦陷的。他们给赶到哪座房子背面的窗户旁，再逃到谢南多厄河岸，在那里有两人中了枪。凯基的脑袋吃了个枪子儿，应声倒地。利里背部中枪，紧随其后。科普兰往河边多跑了几步，想办法爬到河中央的一块大石头上，结果在那儿给人堵住了。一个弗吉尼亚人泅水过去，跟他一起爬到石头上。两人同时抽出左轮手枪开火。结果两把枪都进了水，哑了火。科普兰举手投降，过了一个月被处以绞刑。

这工夫，敌人在军械库又放倒了一个叫利曼的。他冲到侧门，纵身跃入波多马河，试图游到对岸。桥上的敌军发现了他，朝他开枪，他受了伤，却保住一条命。往下游顺水漂了几米后，他抱住一块大石头。另一个弗吉尼亚人游到他身边，高举着手枪，不让它进水。他爬上利曼仰天躺着的那块巨石。利曼让道："别开枪！我投降！"那家伙笑了笑，举枪给利曼来了个满脸花。利曼的尸体在那大石头上晾了好几个小时，成了敌人练习射击的靶子。那些家伙灌足了酒，把他的尸体当个枕头打得满是弹孔。

汤普森家有个叫威尔的小子——年龄较小的那个——不知怎么跑出军械库，在路对面高尔特酒馆的二楼中了埋伏。他们扑上去，把他拖下楼，让他当了几分钟俘虏，然后把他带上BO大桥，准备枪决。可一个上尉跑过来说："把这俘虏押到旅馆里。"

"旅馆老板娘不想让他去。"他们说。

"为什么？"

"她说不想把地毯弄脏。"他们说。

"告诉她，就说是我的命令。他不会弄脏地毯的。"

可他们根本不理会那上尉。他们推着汤普森，让他站在桥上，从背后枪决，接着就地把他打成个筛子。"这下他可要把地毯弄脏啦。"他们说。

汤普森跌入河里。河水很浅，第二天早晨还看得见他的尸体仍然待在原地，他的脸翻出河水，双目圆睁，永远地睡去了。他的尸体在水里一上一下地弹动，脚上的靴子一点一点地拍打着河岸。

我们在发动机车间里顶住了敌人的进攻，然而枪战极其激烈。从院子角落的步枪车间，最后一个幸存者——黑人丹杰菲尔德·纽比看见我们激战，便试图跑过来。

纽比家里就在五十公里之外，老婆和九个孩子全是黑奴。他跟凯基他们都给堵在步枪车间里。凯基他们往谢南多厄河冲过去的时候，纽比灵机一动，躲了起来，让敌人都去追别人。他们一走，纽比便从波多马河一边的窗子钻了出去，穿过军械库，直奔军械库背面的发动机车间。那机灵的黑鬼一秒钟都没耽搁，他直奔我们来了。

水塔背面有个白人发现了他，一枪打过来。纽比看见了那人，也抽出步枪，撂倒对方，继续往前跑。

就在他快要跑到发动机车间的时候，街对面一座房子里有个人从二楼窗户探出身子，用一支装满十五厘米钢钉的松鼠枪瞄准了纽比。钢针好似长矛直插入纽比的脖颈。鲜血从脖子里噌噌往外冒，纽比倒在半路上。

与此同时，我们正把全部火力投入与敌人的交战中，因此，除了眼睁睁地看着，我们无法可想，可暴徒们却注意到他的死。他们认定他是第一个牺牲的黑人，拼了命地要把尸体弄过去。他们抓住尸体，拖到大门口，再拽到大街上，用脚踹，用拳头捶。随即有人跑上来，割掉他的耳朵。另一个人扒掉尸体的裤子，割下生殖器。第三个人在尸体的弹孔上插了一根树枝。接着他们把尸体拖到北边的一个猪圈里扔进去，让猪随便乱拱，其中一头猪从尸体腹中拽出一根软乎乎的长条，一头叼在猪嘴里，另一头还留在纽比的肚子里。

猪糟蹋纽比尸体的这一幕让老家伙手下的人按捺不住叫骂起来，他们死命朝敌军队伍里倾泻子弹，敌军人多势众，越逼越近，如今老家伙手下的人杀红了眼，又把他们撵了回去。这种情况坚持了几分钟，然而我们已经无路可逃。敌人占据了主动。敌人关上了门，我们被包围了。没有凯基他们从院子里的其他地方掩护我们，再也没法儿把他们挡在大门外了。他们从各个方向朝我们扑来，可突然犹豫起来，停止攻击，原地待在步枪的射程之外不动弹了。老家伙把他们挡在原地，可更多的人从前后门一道扑进院子，现在没法儿把他们挡在门外了。他们就在两百米开外的地方。我们大势已去。

那一刻，我真真切切地感受到我主上帝的存在。诚然，之前我也曾得见主，可却没能完全接受他老人家，直到此时此刻。虽然我参为了传道受尽流言蜚语的迫害，虽然老家伙用神圣的言语把我折磨得欲哭无泪，可上帝他老人家硬是按着他的意志显出了他的存在。他二话不说，使我完全折服，在他彻底占据我的心灵之前，毕竟也提前发出了警告，而现在，他死死攥住了我的心灵。眼看着足足三百个气势汹汹、杀红了眼睛的弗吉尼亚人揣着世界上所有的枪，眼冒凶光地朝你冲过来，要是你觉得这样的情景是通向救赎的通行证，那你可算说对了。我目睹了他们对纽比的暴行，发动机车间里的每一个黑人都知道纽比的惨死，我们还差两趟旅行，因为纽比是幸运的。他死后才遭虐待，我们这些人则不得不将这惨死的情景悉数记在心间，一辈子也别想忘记——假使我们能活完一辈子的话。上帝的确存在。我实心实意地向他老人家呼喊。一种感觉攫住了我的身体。我坐在角落里，捂着脑袋，从软毛里抽出我的上帝鸟羽毛，紧紧攥着它祈祷："主啊，让我做你身边的天使吧。"

可老家伙没听见。他忙着想主意呢，房间里的人们已经从四面墙边和窗边撤回他的身旁，他也从床边走了回来，若有所思地撩了撩胡子。"我们已经做完了想做的事。"他兴奋地说。他转向史蒂文斯说："让沃特森带一个俘虏出去，告诉他们，我们要用自己人换黑奴。现在库克他们已经在学校和农场那边召集了不少黑蜂。一看见咱们的信号，他们就要带着黑人从后头动手，到时候咱们就撤。现在，咱们该进山了。"

史蒂文斯不愿意。"进山的时间应该是中午。"他说，"昨天中午。"

"别动摇，上校，仗还没打完呢。"

史蒂文斯嘟囔了几句，一把拽起个人质，朝忠实地跟在他身后的小沃特森点点头。发动机车间的大门实际上是三扇双开的门，已经全给绳子紧紧绑死了，他们解开中间那扇门的绳子，慢慢推开门走了出去。

老家伙把脸贴在窗户上。"我们要谈判，交出俘虏，给我的黑奴军队换得一条安全通道。"他嚷道。随后他又说："毫不动摇的黑奴军队。"

回应他的是一串密集的子弹，老家伙被迫退回窗边，一跤跌坐在地板上。插在腰里的弗雷德里克宝剑——就是我们从华盛顿上校手中缴获的那把——"铿啷啷"一声滚落一旁。

老家伙爬起身来时并未受重伤，更没咽气，可当他将宝剑收回腰间，回到床边的时候，史蒂文斯却已经跌坐在院子里，受了重伤，挨了一枪的沃特森拖着半死不活的身体，死命地撞击着发动机车间的大门。

人们为沃特森开了门，他踉踉跄跄地走进来，嘴里冒出血块。他躺在地板上，老家伙俯瞰着他。父亲俯瞰着身受重伤、痛苦呻吟着的儿子，只是站在那里，什么都没有说。他好伤心。一眼就看得出。他摇摇头。

"他们就是不明白。"他说。

他跪在儿子身边，抚摸着他的头，然后试了试脖子上的脉搏。沃特森闭着眼睛，仍旧有呼吸。

"你的任务完成得很出色，儿子。"

"谢谢你，父亲。"沃特森说。

"像个男子汉一样死去。"他说。

"是，父亲。"

沃特森十个小时后才死去，然而他忠实地听从了父亲的命令。

32

远走高飞

夜幕降临。敌军又撤了回去，这次带走了他们的伤员，也带走了还活着的史蒂文斯。外面点起灯笼，却一片死寂。大门外的吵吵嚷嚷好像给推到马路对面，不复存在了。暴徒们从军械库大楼撤走了，好像来了什么新命令，又要出事了。老家伙派"皇帝"到白天塌掉的房梁形成的窟窿里去看看。"皇帝"便去了。

他爬下来说："联邦军队从华盛顿特区开来了。我看见他们的军旗，还有身上的衣服。"老家伙耸耸肩。

他们派了人过来，那人走到几扇紧闭的木门旁，把眼睛贴在门上的窟窿里，还敲了敲门。他喊道："我想见见史密斯先生。"那是老家伙在肯尼迪农场和费里镇用的化名。

老家伙走到门边，却不开门："什么事？"

那只眼睛往里窥视着。"我是杰布·斯图尔特，隶属美利坚合众国骑兵队。我带着我们司令，罗伯特·E.李名誉上校的命令。李上校现在就在大门外，要看着你们投降。"

"我要求这片土地上生活在枷锁之中的黑人同胞兄弟们得到自

由。"

斯图尔特真是白费时间。"现在这工夫，先生，除了刚才那个要求之外，你想要什么？"他问道。

"什么也不要。如果你能立刻答应我的要求，我们就撤兵。但是我觉得你没有那么大权力。"

"请问对面是哪一位在说话？可以露个脸吗？"

木门有个活动板。老家伙把它往后一滑。斯图尔特惊讶地眨眨眼，随机后退一步，搔搔脑袋。"哎哟，你不是奥萨沃托米·布朗老头儿吗？你给咱们堪萨斯地界惹了不少麻烦哪。"

"正是在下。"

"你已经被一千两百名联邦骑兵包围了。你得投降。"

"我不投降。我要用这里的俘虏作交换，让我和我的人过BO大桥。我们现在还没走到绝路上。"

"那可没法儿安排。"斯图尔特说。

"那咱们就没什么可谈了。"

斯图尔特难以置信地站了一会儿。

"那就继续谈。"老家伙说，"该干的我们都干了，除非你本人能解除黑人的枷锁。"他"砰"的一声关上了那小门。

斯图尔特退回大门旁消失了。可在发动机车间里，俘虏们觉出形势有变。一晚上发生了翻天覆地的变化，然而他们一旦觉得老家伙失势，那些奴隶主便叽叽喳喳地发表起意见来。五个人沿着墙根儿坐了一排，包括华盛顿上校本人，他开始朝上尉叽里呱啦地说起来，其他人也趁机跟着起哄。

"你犯了叛国罪。"他说。

"你会给绞死的，老头儿。"另一个人说。

"你应该投降。这样能得到公正的审判。"第三个说。

"皇帝"大步流星走到他们身边。"闭嘴！"他喝道。

除了华盛顿上校外，这伙人全都缩了回去。他到死都气咻咻的。"套上绞索时有你好看，你这放肆的黑鬼。"

"是嘛，那我得你点颜色看看。""皇帝"说，"我现在就送你上西天。"

"不要做这种事。"老家伙说。上尉独自站在窗边，出神地盯着外头。他看也不看地对"皇帝"说："'皇帝'，过来。"

"皇帝"走到角落里，老家伙搂住这位黑人肩膀，对他耳语了一阵。悄悄话说了好一阵。我看见"皇帝"的背影，他缩起肩膀，好几次摇摇头，表示不愿意。老家伙又是一番耳语，语气更坚决，然后让"皇帝"一个人盯着窗子，让他自己待一会儿。

"皇帝"陡然显出精疲力竭的神色。他从老家伙身边走开，在发动机车间最远的角落里停下脚步，离那些俘虏远远的。"皇帝"第一次满脸阴云。一瞬间，他的精气神仿佛倏地一下子全跑光了，他盯着窗外的夜幕。

夜很静。

这时，发动机车间已无多少事情可做，人们也懒得去想这些意味着什么。然而黑暗精灵了，军械库内外都是如此安静，该想想如何收场了。屋子里有约摸二十五名黑人。其中差不多有十个，可能更多些，肯定逃脱不了绞刑：菲尔、赶车人、三名女黑奴和四名男黑奴，全是热心支持老家伙军队的积极分子，他们帮忙装卸武器，在墙上凿枪眼儿，安排搬运弹药。房间里的白人俘虏肯定会告发他们。只有上帝知道他们叫什么名字，可他们的主子肯定认识那几张脸。他们惹上麻烦了，因为他们一旦明白这个体制是怎么回事儿，便为自由奋起反抗。他们受到了命运的诅咒，没多少筹码了。剩下的，我得说差不多有一半，也就是五六个人虽然热心帮忙，可对打仗什么的并没多少热情。他们之所以这么干，纯粹是听命于人。他们知道主子盯着自己呢，从来也不热心。接下来是最后的五个人，他们可不会给绞死，因为他们特别会溜须拍马，简直无以复加了。他们什么都没做，只是受到了胁迫，有几个人甚至打仗的时候都睡着了。

现在情势急转直下，这最后五个人高枕无忧、心安理得了。可中间派的几个——正站在栅栏边，有一半机会可以逃出去——却心急如焚地倒向了自己的主子。这几个人拼了命讨好主子，希望能赢得他们的赏识。其中一个叫奥蒂斯的家伙说："主子啊，这简直是一场噩梦。"他主子根本不搭理。一个字都懒得跟他说。我不怪这些黑人这么溜须拍马。他们知道，只要主子们说出一个不利于他们的字来，他们可就死定了，而且主子们一定不肯轻易打出这张王牌。现在还不到时候。还没到最后的关头呢。

剩下的黑人——就是那些注定要倒霉的——都盯着"皇帝"。他在他们之中有权威，漫漫长夜，他们亲眼目睹了他的勇气，老家伙对他说了那番话之后，他们的眼睛就没理开过"皇帝"。他站在窗边，盯着夜色，深深思索。外面一片漆黑，除了从枪眼儿里射进来的淡淡月色之外，什么也看不见。老家伙不准人家点灯笼。"皇帝"就那么往外看着，接着他往前走了一小步，继续出身。赶车人、菲尔和另外几个必死无疑的黑奴紧紧地盯着他。他们信赖他的勇气，全要追随他。

过了一小会儿，"皇帝"把他们叫到角落里，于是大伙儿围了上去。我也来了，因为我知道无论人家怎么惩罚，他们的命运也就是我的命运。他们凑到我们身边聆听着的时候，那种绝望的心情表露无遗，"皇帝"轻轻地开口了。

"天亮之前，老家伙要向前门发起一轮射击，好让黑人从后门窗户逃走。如果你们想脱身，枪一响，就从后窗户爬出去，到河边远走高飞。"

"那我老婆怎么办？"赶车人问，"她还在上校家里当黑奴呢。"

"那我就不知道了。""皇帝"说，"可如果你给抓住了，就编一套谎话。你就说自己是俘虏。要不然你肯定给绞死。"

他不说话，任由绝望的情绪继续弥漫。

"老家伙给我们放一条逃命的路，"他说，"走不走由你们。他和剩下的人要把沾了油的子弹打出去。他要把子弹打到院子里，弄出一大团黑烟，然后接着烟幕射击。到时候你们得瞅准机会从后窗户逃出去，翻过外墙。谁想试试看都可以。"

"你会吗？"赶车人问。

"皇帝"没说话。"你得睡一会儿了。"他说。

他们都觉得该睡会儿了，于是就回去休息了几个小时，过去的四十个小时里，没有人合过眼睛。袭击从礼拜天开始，现在已经是礼拜一夜里，明天就是礼拜二了。

屋里大部分人都睡着了，可我却不行，我知道下一步意味着什么。"皇帝"也睡不着。他站在窗边，一边往外看，一边听着垂危的沃特森发出痛苦的呻吟。老家伙队伍里的所有黑人之中，"皇帝"并不是最得我心的一个。我并不很了解他，可他从未缺乏勇气。我走到他身边。

"你要试试看能不能获得自由吗，'皇帝'？"

"我已经是自由人了。"他说。

"你说你是自由黑人？"

在黑暗中，他笑了笑。我看得见他的白牙，可他却没再说话。

"我琢磨着，"我说，"有没有什么法子不让我上绞刑架。"

他看看我，冷笑了一声。借着从窗户里透进来的月色，我看得见他的脸。他的皮肤是深黑色的，巧克力色，厚厚的嘴唇，卷曲的头发，神态平和。我看得见他的轮廓。他的头颅在窗户框中间，一动不动，微风吹拂着他的脸颊，他看上去颇为冷静，精神焕发，好像微风在他的脸庞前自动左右分开了似的。他俯身凑过来，柔声说："你真不明白，是吧？"

"我明白。"

"那为什么你知道答案，还要问？他们会把这里所有的黑人都绞死。见鬼，就算你多看那几个白人一眼，你也得给绞死——而且你肯定看了不止一眼。"

"他们又不认识我。"我说。

"他们太认识你了，就像上帝君临世界一样，毫无疑问。他们熟悉你，就跟熟悉我一样。你得挺起胸膛来。"

我使劲咽了口唾沫。我得做这件事，受不了也得受着。

"要是有人跟别人以为的不也一样呢？"我轻轻说。

"在白人眼里，咱们都是一个样。"

"不都是一个样。"我说。我抓住他的手，在黑暗中，将它探进我的下身。让他摸摸我的小秘密。我觉出他屏住呼吸，迅速抽回了手。

"他们不知道我是谁。"我说。

长久的沉默。随后"皇帝"咯咯一笑。"上帝呀，那东西可算不上雄伟。"他说。

"雄伟？""皇帝"不识字，可他却说出一个不知所以的字眼儿。

"雄伟。威物。你那东西可没什么料。"他不屑地哼了一声，"光是找到那小玩意儿就得花上一整夜工夫。"他又在夜色中笑了几声，笑得停不住。

我可笑不出来。可我已经想好了。我需要男孩的衣服。发动机车间里只有两个人的衣服我能穿，而且神不知鬼不觉。有一个挨了枪子儿的黑奴昨天下午刚咽气，还有老家伙的儿子沃特森。那黑奴的身材太高大，他的胸口中了一枪，衣服上染满了他的血迹。可那衣服倒是不赖——显然他是个管家——必须穿得得体。管他有没有血渍呢。

"你能不能帮个忙？"我说，"给我从那家伙身上弄下来一条裤子、一件衬衫。"我轻声说，冲那黑奴努努嘴，月色中，看得见那尸体的轮廓，"也许靠你的帮助，我可以偷偷换上衣服，跟黑人一起逃走。等老家伙一让我们出去，我们就走。"

"皇帝"考虑了很长时间。

"你不想像个爷们儿一样死去吗？"

"问题就在这里。"我说，"我才十四岁。我还算不上个爷们儿，怎么像爷们儿一样死？我还没享受过姑娘呢。我还没吻过姑娘呢。我觉得人活一世，一定得有机会活出自己来，然后再说别的。真心诚意颂扬上帝的大名，而不是鹦鹉学舌。因为我已经见过上帝了。"

漫长的沉默。"皇帝"搓了搓下巴。"坐在这儿。"他说。

他过去叫醒了赶车人和菲尔，把两人拽到角落里。三个人耳语一番，上帝作证，我听见他们几个叽叽咕咕、嘻嘻哈哈地说些啥。屋里黑得很，我看不见他们，却听得见他们说话，我没法儿假装听不见。他们三个笑话我呢，于是我便说："有什么好笑的？"

我听见"皇帝"的大皮靴向我走过来。我觉出脑袋上给人套了一条裤子、一件衬衫。

"要是联邦军队的人发现了你，他们会把你一巴掌拍到小河里去。可要是你滚蛋了，我们几个还挺高兴的。"

那衬衫特别肥大，还有那条裤子也是，上了我的身，更是肥大不堪。"这裤子是谁的？"我问。

"赶车人的。"

"赶车人穿什么？就穿着裤衩子钻到窗外去？"

"你管得着吗？"他说。我这才发现他没穿衬衫。"他哪儿也不去。菲尔也一样。这儿——"他在我手里塞进一片破旧的羽毛——"这是最后一片上帝鸟羽毛。老家伙给我的。他自己也就剩这一片了。我估摸着他只给了我。"

"我已经有羽毛了。我不需要你的，'皇帝'。"

"拿着。"

"这些裤子呢？太大了。"

"你穿着挺合适。白人才不管你穿什么。在他们看来，你不过就是个鸡贼黑鬼。放机灵点儿。天亮时，上尉一下令，我们就打出些钢珠弹，前前后后打一通，再从窗户里射几枪，到时候你就赶紧从窗户里爬出去。只要你能逃出费里镇，白人根本不会多看你一眼，还不如多看看地上的坑呢。你跟他们说，你是哈罗德·古朗先生的黑奴。H.古朗先生，听见没？他是住在肯尼迪农场附近的白人。赶车人认识他。他说古朗有个小黑奴，跟你年龄、块头儿都差不多，他们两个现在都不在城里。"

"总有人认识那孩子的！"

"他们都不认识。那儿的联邦军队都不是本地的。他们都是从华盛顿特区来的。他们看不出你们谁是谁。咱们黑鬼，他们全看不出谁是谁。"

天亮了，老家伙下了命令。大伙儿打出一阵钢珠弹，开始往窗外狂轰滥炸，掩护黑人从发动机车间的后窗户逃走。我跟他们一起，一共四个人，我们其实等于直接进入了美国骑兵的地盘儿。我们一着地人家立马就盯上了，把我们从发动机车间接出去，剩下的兄弟们朝车间发动猛烈的火力。后门铁轨底下，他们围住我们问里面的几个白人是怎么回事，问我从哪里来，问我是谁家的黑奴，还问那几个白人有没有受伤。他们其实主要想知道那几个白人有没有受伤。我们说没受伤，他们就问我们是不是老家伙队伍里的。我们捶胸顿足，赌咒发誓说自己不是。你这辈子都见不到这么蠢的黑鬼。上帝见证，我们装得像是遇到大救星了似的，两腿一软就跪下，又是哭又是求又是感谢上帝，让他们到我们身边把我们救出苦海什么的。

他们可怜我们，那些联邦军队的元帅们，"皇帝"说得没错。他们把本地兵都撤出军械库了。这些问话的士兵根本不是费里镇的本地人。这些从华盛顿特区来的联邦军人还是信了我们这套说辞，虽然心中还是不免狐疑。可是他们时候仗打得正酣，他们一心想回去领大奖呢——就是老家伙本人——于是他们让我们自便。可是有个兵却觉察出不对劲儿。"你是谁家的黑奴？"我便抬出古朗主子的大名，告诉他古朗主子住在什么靠近玻利瓦尔高地的地方，肯尼迪农场旁边。

他说："我送你过去。"

我跳上他的马背，直接来到肯尼迪农场。我给他指路，心里盼着敌人里面没人知道那地方其实是老家伙的总部。很走运，他们果然不知道，我们到那儿的时候，一切都静悄悄的。

我们骑着马冲进院子，我就坐在那联邦士兵的后面，我们一进去，出来的不是别人，正是安德森，正跟一个他不知从哪儿捡来的黑奴一起从井里打水呢。那傻瓜还没死。他手里没有枪，穿一身奴隶的衣服，看上去跟别的黑奴一个样，没梳头，穿得跟另一个家伙一样破破烂烂，跟橘子皮一样皱皱巴巴。这两个人说不定是兄弟呢。

可看见我没戴软帽，穿着男人的衣服，还是把安德森吓了一跳。

"这是谁家的黑奴？"那兵说。

安德森眨眨眼，脸上没了惊讶的表情，舌头都不听使唤了。

"啥？"

"他说他跟一个叫古朗先生的住在这一带。"那兵说，"可怜的小家伙给人绑架了，在费里当了俘虏。"

安德森似乎还是说不出话，可他终于还是弄清楚了。"我听到消息了，主人，"他说，"我很高兴你把这孩子带回来。我会叫醒主人告诉他这个消息。"

"不需要。"欧文说着，从木屋走过来踏上门厅，"我就是主人，我没睡。"我估摸着他刚才跟蒂德、一个叫黑兹利特的家伙还有库克一起躲在屋里呢。我一阵紧张，因为我不敢肯定他们三个一看见那兵走进去，就会立刻在他脑袋上开一枪。欧文走出木屋，等于是救了那个当兵的，因为那几个人刚睡了几小时，正要准备跑路呢。

欧文走下门厅，朝我过来一步，突然认出了我——他还是头一回看见我扮成男装。他用不着假装。他的惊讶完全发自内心。他好像要昏倒了似的。"洋葱头！"他说，"上帝保佑！是你吗？"

那兵看不出有什么毛病。他人挺不错。"这黑鬼夜里折腾得够呛。他说是古朗先生家里的，他就住在这条路上，可我知道他住在城外。"

"没错。"欧文顺水推舟地说，"可如果你把这黑鬼交给我，我会替古朗先生看着他，因为这工夫兵荒马乱的，太不安全。我谢谢你把她带回到我这里来。"欧文说。

那兵冷笑了一下。"她？"他说，"那是个他，长官。"他不满地说，"你都分不清你家的黑奴谁是谁吗？你待手下的黑奴太他妈的糟糕了，连谁是谁都分不清。在我们亚拉巴马，绝对不是这么待黑奴的。"

说完，他便转身上马，离开了。

我没来得及把老家伙的情况详细告诉他们，也没有这个必要。他们也没必要问。他们知道发生了什么。他们也没问我为什么打扮成男孩子。他们当时急匆匆地做着逃命的准备。实在筋疲力尽了，便睡了几个小时，可现在天亮了，该动身了。他们很快收好行李，我们便往穷乡僻壤逃去——我、安德森、欧文、库克、黑兹利特，还有梅里亚姆。我们爬上肯尼迪农场后面的大山，阳光就在身后冉冉升起。登上山顶后，大家发生了不小的争执，因为除了安德森之外，大家都觉得应该走通向正北的山路，可安德森说他知道另一条路。那条路更安全，可需要绕点路。先往西南方穿过查理斯镇，然后再往西，通过"福音火车"到达马丁斯堡，然后折向钱伯斯堡垒，但是其他人都不同意。说到查理斯镇绕路太多，我们大家又给人通缉得正紧。安德森说了好一通，又放了不少狠话，毕竟时间不多了，巡逻兵又随时可能过来。结果五个人走了原来的路，直接去钱伯斯堡，安德森则向西南前往查理斯镇。我决定赌一把，跟着安德森走。

这样倒也好，因为库克和黑兹利特一两天之后在宾夕法尼亚被捕。欧文、梅里亚姆和蒂德想办法逃脱了。从那以后我就再也没有见过这些人。我听说梅里亚姆在欧洲自杀了。我这辈子再没见过欧文，但听说他活了好大一把年纪。

我和安德森通过乔治·考德威尔和他太太康妮获得了自由，他们夫妇帮我们穿过查理斯镇。现在他们两人都已经去世了，所以透露这个秘密也没什么坏处了，那辆不为人所知的秘密"福音火车"其实做了很多工作。有个黑人农民用马车把我们送到考德威尔先生的理发店，对方一弄明白我们是谁，他们夫妇俩就决定让我们分头行动。我们给通缉得太紧了，他们让安德森跟着一马车棺材去费城，有两个卫理公会的废奴分子赶着车。至于他最后是个什么下场，是死是活，我就不知道了，我再也没有听说过他的消息。我就留在考德威尔家。我成天跟他们坐在一起，别在房子里等着，坐在考德威尔先生的理发店后面的小房间里，等了足足四个月才有点儿动静。至于老家伙的遭遇，我并不是待在理发店后头的小房间里听说的。

事情好像是这样的，我逃出去之后只过了几分钟，杰布·斯图尔特和美利坚骑兵队就冲进去了，他们只想杀人，也杀了人。他们把发动机车间几乎踏平了，他们杀了道尔、汤普森、威尔的兄弟、赶车人、菲尔和泰勒。老家伙的两个儿子沃特森和奥利弗也完蛋了。无论好人歹人，一律赶尽杀绝，除了"皇帝"。"皇帝"不知怎么的保住一条命，至少活到了给人吊死的那一天。

那老家伙后来怎么样了呢?

这个嘛,约翰·布朗老头儿也活下来了。按照考德威尔先生的说法,他们想杀他来着。敌人闯进门后,有个上校就挥着一把剑直刺老家伙的脑袋,这时候老家伙正忙着换弹匣呢,考德威尔说是上帝救了他。上校是临时被叫来执行镇压暴动的,离开自家房子的时候颇匆忙。他走得太急,跑出门外的时候拿错了剑。没拿着顺手的那把阔剑,而是抓起了阅兵用的那把。要是他手里用的是平常的剑,早就轻取了老家伙的命。"可上帝不想让他死,"考德威尔先生自豪地说,"他老人家还给他留了活要做。"

这话也许没错,但是老家伙失败后,命运待查理斯镇的黑人可不怎么好,老家伙给关了起来,不日就要交付审判。那几个礼拜,我藏在考德威尔先生理发馆背后的小屋里,听到了这些消息。查理斯镇正在从哈珀斯费里出来的那条路的尽头,哈珀斯费里的白人全都慌了神,差不多半疯了。他们纯粹是给吓坏了。每天都有骑兵闯进考德威尔先生的铺子,把那帮黑人拢起来。每次拖走两三个人,拉到监狱去审问暴动的事,关进去几个,放出来几个。就是在奴隶主子家里最受信赖的黑人都给换到干活去了,因为主子们不放心他们在家里,觉得这些黑奴会造反把自己杀掉。好几十个黑人给卖到了南方,还有好几十怕自己被卖掉,因而逃跑了。一个黑奴来到考德威尔先生的铺子,抱怨说夜里有耗子的尾巴尖儿碰着他主子家的墙壁,整个房子里的人就都别安生了,人们抄起枪,他头一个就得给派到楼下去看看动静。白人的报纸说巴尔的摩军火商卖了一万支步枪给弗吉尼亚人,就在审讯约翰·布朗老头儿期间。理发店里的一个黑人开玩笑说:"柯尔特公司得好好感谢布朗上尉一家子。"查理斯镇的几座种植园给人放了几次火，谁也不知道纵火者是什么人。查理斯镇的报纸上有报道说，奴隶主抱怨他们的马儿和羊突然死了，好像中了毒。我也在考德威尔先生的理发店后头听说过这个传闻。我一听就告诉考德威尔先生："要是干这些坏事的家伙那阵子在费里镇，事情可就大不一样了。"

"不，"他说，"一切本该如此。约翰·布朗老头儿心里有数呢。他们本该杀了他。他现在又是写信，又是演说，比用枪炮的煽动力更大。"

他说得没错。他们把老家伙他们关在查理斯镇的监狱里，从战争中幸存的有黑兹利特、库克、史蒂文斯、两个黑人、约翰·科普兰，还有"皇帝"，等上尉写完了信，又从在新英格兰的朋友们那儿开始接见访客的时候，哎哟，他又成个大明星了。全州都在议论他。我听说老家伙临死前的六个礼拜说服了好多人开始关心黑奴问题，比他在堪萨斯那边儿红刀子进去白刀子出来动员的人还多，也比她在新英格兰作的演讲效果更好。既然白人也血溅沙场，老百姓就真当了一回事儿。而且不是一般的白人老头儿为他们流血牺牲。约翰·布朗还是个基督徒呢。是有点儿不靠谱，可却是你这辈子都没见过的好人。他有好多朋友，白人黑人都有。我真的相信那六个礼拜写写信、说说话，对蓄奴制度的瓦解作用大大超过之前的动刀动枪。

他们迅速审判了老家伙，给他定了罪，还商量了日子施行绞刑，与此同时，老家伙还在奋笔疾书、振臂高呼，宣扬废奴思想，在美利坚合众国的任何愿意听他讲话的一家报纸听来，他的声音无异于魔鬼撒旦，可他们毕竟在聆听，因为那些造反行动把白人的胆子都吓破了。老家伙的所作所为为即将到来的战争揭开序幕，毕竟没有什么东西比一群黑鬼摇晃着手枪争取自由更加让美国南方人胆寒了。

可我那时并没往心里去，那些秋日的夜晚是多么难熬、多么孤独。这么多年来，我总算恢复了男儿身，现在我是个男孩了，已经是十一月底了，也就是说，再过上五个礼拜就是一月，到时候我就十五岁了。我从来不知道自己生于何年何月，可跟多数黑人一样，我总是在一月一号过生日。我想生活下去。造反行动结束后的五个礼拜以后，十一月底的一天晚上，考德威尔先生来到店铺后头给我送些火腿、饼干和卤肉汁之类的东西时，我问他，我是否可以动身去加州。

"眼下你还不能去。"他说，"现在风头正紧。他们还没绞死上尉。"

"他怎么样啦？他活得可还好？"

"还好，跟以前一样，在监狱里关着呢。定的十二月二日绞刑。也就一个礼拜了。"

我想了想，心里有点儿发痛。于是我说："我琢磨着，那倒也不错，我想见见他。"

他摇摇头。"我把你藏在我这儿，可不是为了自己安全和好玩的。"他说，"光是照顾你就够危险的了。"

"可老家伙总是说我给他带来好运气。"我说，"我跟他南征北战，整整四年了。我算他儿子的朋友，算他的家人，甚至算是个闺女了。我这张脸讨喜。说不定我还能帮帮他，反正他再也见不到老婆孩子了，看一张讨喜的脸总可以吧。"

"抱歉了。"

他考虑了几天。我也没问。他自己说的。几天后他来找我，说："我想了想，改主意了。让他见见你有好处。让他知道你还活着，最后这几天也好过些。我来安排。不用你管。我有办法。"

他叫来几个人，几天之后又带来一个叫克拉伦斯的黑人老头儿，来到我藏身的小屋。克拉伦斯是个白胡子老头儿，动作慢腾腾的，可却周到而精明。他负责打扫老家伙他们那间牢房。老头儿和考德威尔先生坐下来，考德威尔先生说了整个计划。老家伙一边沉思一边听他讲。

"我跟监狱长关系挺铁，约翰·艾维斯队长，"克拉伦斯说，"打他小时候，我就认识艾维斯队长了。人挺好。挺正派。他打小儿喜欢约翰·布朗老头儿。可艾维斯队长不会让这孩子进去。"他说。

"我当你的跟班儿也不行吗？"我问。

"我不需要跟班儿。我不想添麻烦。"

"克拉伦斯，想想上尉给黑人做了多少事。"考德威尔先生说，"想想你自己的孩子们。想想布朗上尉的孩子们。他有那么多孩子，全都见不到爹了，在阳间孩子老婆再也见不着啦。"

老人想了很长时间，一个字儿也没说，十个手指头搓来搓去，静静地想。考德威尔先生的话多少打动了他。最后，他说："有不少事要做。老家伙太受欢迎了。白天来来往往的人太多。我得干好多活，处理他们留下来的东西，礼物啦，信件啦，还有别的什么七七八八。老家伙北方有不少朋友。艾维斯队长好像倒不怎么在意这些。"

"那我可以去啦？"我问。

"让我想想。我也许可以跟艾维斯队长说说。"

三天后，也就是一八五九年十二月十二日凌晨，克拉伦斯和考德威尔先生来到理发铺子的地下室，把我从睡梦中叫醒。

"我们今晚行动，"克拉伦斯说，"老家伙明天上绞架。他老婆从纽约过来了，刚回去。艾维斯现在顾不上咱们这边。他现在脑子乱着呢。"

考德威尔说："那很好，可你得现在就行动，孩子。要是你给人家发现了，再回来，我这里可就危险了。"他给了我几美元，让我去费城的路上用，还给了我一张从费里镇到费城的火车票、几块手绢，还有一点吃的。我谢了他，转身离去。

天刚蒙蒙亮。我和克拉伦斯先生坐上一辆骡子拉的旧马车，启程去监狱。克拉伦斯先生给了我一只水桶、一把清洁刷，我们便骗过前门的兵，大摇大摆地从他们身边走过，不费吹灰之力就进了牢房。其他犯人睡得正香。约翰·艾维斯队长也在，他坐在门口一张写字台前，在笔记上潦草地写着什么，他看看我，一个字也没说。他对克拉伦斯点点头，就又埋头在纸堆里了。我们走到监狱背面，犯人们都给关在那里，在走廊尽头右手最后一间里，坐在小床上借着壁炉里的一点亮光写字的正是老家伙。

他停了笔，朝黑暗中望望，我正提着水桶站在牢房外面的过道里，他看不清楚。最后他开口说话。

"谁呀？"

"是我，洋葱头。"

我从暗影中走出来，身上穿着长裤和衬衫，手里提着桶。

老家伙打量了我好一会儿，对眼前的景象不置一词。他只是盯着我看，之后说："洋葱头，过来。队长没锁门。"

我走进去，坐在床上。老家伙看上去疲惫极了。他的脖子和脸上满是伤口，走到壁炉旁添柴时也一瘸一拐的。他又挣扎着坐回到小床上。"你感觉怎么样，洋葱头？"

"我很好，上尉。"

"看见你我心里很好受。"他说。

"你好吗，上尉？"

"我很好，洋葱头。"

此时此刻，我也不知该对他说些什么，于是冲开着的牢房门点点头。"你可以轻轻松松逃出去，是不是，上尉？人们议论可多啦，说可以从各个地方鼓动些人，把你弄出去。难道你就不能冲出去，我们再给你拉一支队伍，咱们跟过去一样，再干一回，就像在堪萨斯那会儿一样？"

老家伙还是一如既往的严肃，他摇了摇头。"我干吗要那么做？我是世界上运气最好的人。"

"看上去似乎并非如此啊。"

"身前身后皆是永恒，洋葱头。中间的那个小点儿，不管时间长短，就是人的生命。相形之下，那不过是一分钟而已。"他说，"有生之年里我已完成上帝交给我的任务，那就是我的使命，召集黑蜂归巢。"

我简直受不了了，他真是个废物，他什么人都没召集到，什么人也没解放。看见他落到这步田地，我有点儿不好受，我爱老家伙，可他就这么稀里糊涂地死了，我可不想要这个结果。于是我说："黑奴没有召集起来，上尉。都是我的错。"

我说起"列车员"的事，可他摆摆手。

"召集黑蜂不是一天两天的事。有时候好多年也不够。"

"你是说，最终总是做得到？"

"我是说，上帝的仁慈会将这光芒普照人间。正如他老人家将神圣的仁慈洒在你的身上。看你在发动机车间里见到上帝，我心里很受用，洋葱头。单是这一点，单是有个人得见我们的平安之王[1]就抵得上一万枚子弹，抵得上人世间的全部苦难。我看不到如上帝所愿的那个变化了。可我希望你能。多少能有所变化。上帝啊，我又想祷告了，洋葱头。"他站起身，抓住我的手，祷告了足足半小时，那老树根似的枯手抓着我的手，垂着头，跟他的造物主哼哼唧唧，东一句西一句地说个不停，他感谢上帝让我认识到真正的自己，还有别的七七八八的什么事，他为牢头祷告，希望牢头能拿到工钱，别给人抢了去，谁也不要在他当班的时候来劫牢，对那几个使他身陷囹圄、害他好几个儿子丢了性命的家伙，他也说了一大堆好话。我任由他说下去。

过了半小时，他说完了，筋疲力尽地坐回小床上。外头渐渐光亮起来。透过窗户可以瞥见黎明的光芒。我该走了。

"可是，上尉，你从没问过我……怎么变成现在这个样子呢。"

那张坑坑洼洼、皱纹横行的老脸皱了起来，又七扭八歪地挤了一会儿，最终从最深处迸出一个大大的微笑，灰色的眼睛突然放出光芒。我从没见他笑得如此快意。那是发自内心的微笑。如同上帝的脸庞上发出的微笑。有生以来我第一次明白，只有他才能领导黑人走向自由并非无稽之谈。他心底有坚定的信心。我第一次真真切切地明了了。我也知道，他一直知道我的身份——从最初就知道。

"不管你是什么身份，洋葱头，"他说，"不要有所保留。上帝待人不偏不倚。我爱你，洋葱头。有时间去看看我的家人。"他伸手到衬衫口袋里，掏出一根上帝鸟羽毛，"上帝鸟不是成群结队飞在天上的。自己飞自己的。你知道为什么吗？它在寻找。寻找那棵最合适

---

1 平安之王：指上帝。

的树木。一看见那棵树，那棵从森林的泥土里吸足了养分和好东西，然后死去了的树，它就去缠着它，直到那东西再也扛不住，轰隆一声倒下去，化成泥土，又养活了别的树。这样它们就都有好东西吃了。把它们养得肥肥的。给它们生命。就这样生生世世，循环往复。"

他把那鸟毛给了我，坐回床上，又拿起笔写开了，我希望他继续写信。

我打开牢房门，又轻轻关上，走出了监狱。此后，我再也没有见过他。

我走出监牢，钻进克拉伦斯老头儿的马车时，天已大亮，空气清冽，新风拂面。时令已是十二月，可这天气执行绞刑还是不够冷。查理斯镇刚刚从睡梦中苏醒。我们踏上到费里镇的大道，去搭通往费城的火车，一路上见到骑着高头大马的军人，两人一组从我们身边走过，背着旗子，穿着五颜六色的军服，长长的队伍一眼望不到边。他们冲我们迎头走来，经过我们身边，绞刑架已经搭好，只等着老家伙把脖子套进去。用不着回考德威尔先生家了，我挺高兴。他给我开了通行证，给了盘缠、吃的，还有到费城的火车票，从今以后我就是独行侠了。我没等着执行绞刑。路上的兵多得足以挤满一块棉花地。听人家说，刑场附近方圆五公里内不许黑人靠近。人家说老家伙是坐在马车里给带出来的，坐在他自己的棺材里，负责看守他的艾维斯队长赶着车离开监狱。他跟队长说："真是个美丽的地方，艾维斯队长。我今天才知道这地方这么美。"他走上绞架时，让行刑人绞死自己的时候手脚麻利点儿。可他还是一如既往的背运，他的脸上套着罩子，两只手给绑起来，足足等了十五分钟，等着围观者列队整齐，来的人成千上万，有来自美利坚合众国各地的几千名白人士兵，来自华盛顿特区的合众国骑兵，还有各处拥来的大人物：罗伯特·E.李、杰布·斯图尔特，还有斯通威尔·杰克逊。这最后两位数年后死在扬基佬儿手里，死在正是老家伙参与发动的那场战争之中，李将军则惨遭失败。前来围观的其他看客，之后也有死于战乱的。我琢磨着，日后他们上天堂的时候，看见老家伙正在那儿等着，肯定吓得魂儿都没了，老家伙手里捧着《圣经》，给他们历数蓄奴制度的种种罪恶。等老家伙说完，他们说不定恨不得下地狱呢。

可也是奇了。我觉得他们用不着等太久。我们撤出查理斯镇时经过一座黑人教堂，听得到里面的黑人在高声歌唱，歌颂大天使加百列的胜利。那是老家伙最心爱的一首，《吹响你的号角》。老家伙在广场上，脖子给套进绞索时，那些黑人正在老远的地方做着不相干的事。可他们的歌声却嘹亮、清晰。

吹响你的号角。

吹响你的号角……

走出很远之后，还听得到他们的歌声，仿佛他们已经高高地升入云端，在空中久久地停留。在教堂上空，很高很高的地方，有一只奇特的、黑白相间的鸟儿正在寻找一棵树，它要在上面筑巢。我估摸着，它要找的是一棵枯树，这样一来，当它停在树上做完自己的活儿，那树就有可能轰然倒塌，滋养其他树木。

致谢

　　向多年以来，一直记得约翰·布朗事迹的所有人，
致以诚挚的谢意。

詹姆斯·麦克布莱德

宾夕法尼亚州索尔伯瑞镇全体居民

图书在版编目（CIP）数据

上帝鸟 /（美）詹姆斯·麦克布莱德
（James McBride）著；郭雯译. -- 上海：文汇出版社，
2017.11
（读客外国小说文库）
ISBN 978-7-5496-2366-2

Ⅰ. ①上⋯ Ⅱ. ①詹⋯ ②郭⋯ Ⅲ. ①长篇小说—美
国—现代 Ⅳ. ① I712.45
中国版本图书馆 CIP 数据核字（2017）第 275497 号

中文版权 © 2017 上海读客图书有限公司
经授权，上海读客图书有限公司拥有本书的中文（简体）版权

图字：09-2017-848 号

上帝鸟

作　　者 / [美] 詹姆斯·麦克布莱德
译　　者 / 郭　雯

责任编辑 / 张　涛
特邀编辑 / 叶　子　黄迪音
封面装帧 / 陈艳丽

出版发行 / 文汇出版社
　　　　　　上海市威海路 755 号
　　　　　　（邮政编码 200041）
经　　销 / 全国新华书店
印刷装订 / 三河市良远印务有限公司
版　　次 / 2017 年 12 月第 1 版
印　　次 / 2017 年 12 月第 1 次印刷
开　　本 / 890mm×1270mm 1/32
字　　数 / 298 千·字
印　　张 / 13.25

ISBN 978-7-5496-2366-2
定　　价 / 52.00 元